英米人の迷信・俗信考

―古来の信とその心を人と文芸に探る―

藤高 邦宏 著

ふくろう出版

出版に当たって

科学の知識、技術の進んだ今日では、人々は一層「合理的な考え方」でもって、幸せを願いつつ生活をしている。人々は幸せを願うが故に、仮令（たとえ）非科学的で不合理に思えるもの、所謂（いわゆる）「迷信・俗信」の類いでも敢えて採り入れようとする。当書は、英語文化圏、特に英米の人々の多様な「迷信・俗信」を多角的視点から考察し、「人々の心の底流なるもの」に触れるように努め、英米の人々とその文化への理解をより深めたいとの願いからの著である。

当書は、『岡山理科大学紀要』と『倉敷芸術科学大学紀要』に、"英米人の迷信・俗信考－古来の信とその心を人と文芸に探る－"と題して、約二十年間に亘るシリーズの論説として掲載されたものを、幾分か書籍体裁に改めたものである。(なお、このシリーズの論説は計十九篇からなるが、両紀要の各号の刊行を追って、全十九篇が『英語学論説資料』(東京：論説資料保存会刊)に採録されていることを附記する。)

かつての両大学紀要の執筆に当たっては、特に英米の絶版書籍の入手等でご尽力いただいた両大学図書館の職員の方々に深く感謝申し上げたい。また、特に、イギリスの迷信・俗信に関する貴重なご教示を賜ったPiers H. Dowding氏（岡山商科大学）、アメリカのそれについてはElenor Koch氏（Write State University）、Amy Chabez氏（中国短期大学）、その他ご助言等をいただいた諸氏に厚くお礼を申し上げたい。

当書の出版に際しては、ふくろう出版（岡山市）の方々に大変お世話になり、特に編集上の諸問題の解決とその進展に関して、快く多大なるご尽力をいただいた担当者の亀山裕幸氏に、心より感謝を申し上げる。

拙著が、英語や英米文学関係の諸氏のみならず、広く一般の方々にも「教養、文化の書」としてお読みいただけるように、また更に、読者諸氏が「英米の人々の心と文化」への理解を一層深められるうえで、その一助となることを切に願う次第である。

平成二十八年九月　　著者

目　　次

序

<異文化の中での迷信・俗信体験談>

以下の話は、日本の貿易商社に勤める若いエリート社員Ｋ氏が、初めてのロンドン出張をしたときの体験談である。彼の任務は、小型情報機器を、ロンドンの販売商社に大量輸出するための契約を取ることで、何としても契約を取って帰るように、との至上命令であった。ロンドンに着くと早速手筈通り、先方の社長Ｗ氏と商談をした。僅(わず)か10分しか話ができず、色好い返事は全く期待できない感触であった。帰りに秘書嬢に挨拶をしたとき、苦悶の顔つきをした彼を気の毒に思ったのか、彼女は、社長の夫人が現在入院中である、と暗示をしてくれたのである。

その日の夕方、彼は花屋でバラの花を買い、Ｗ夫人の入院先へ見舞いに出掛けた。花束を差し出したとき、夫人は、“Oh, beautiful! Thank you so much!”（まあ、奇麗だこと！大変ありがとうございます！）と礼は言ってくれたものの、ちょうど居合わせていた夫のＷ氏と顔を見合わせて、幾分緊張した顔付きになった。花束のバラは紅白取り混ぜたものであったが、Ｋ氏は、「紅白の花を取り混ぜた花束は、病室に死人が出ることを意味する[1)]」などとは、全くもって知らなかったのである。Ｋ氏がこの迷信について知ったのは、帰国後に週刊誌の迷信のコラムを読んだときであった。後で思うに、あの翌日の商談でＷ氏の色好い返事がもらえなかったのも道理であった。その二日後、Ｋ氏が再度Ｗ夫人を見舞ったとき、夫人はベッドで起き上がり、手鏡を覗いていた。ところが、ふと手を滑らせてしまい、鏡を床に落として割ってしまったのである。夫人は、“Oh, no, ... I'll have seven years of bad luck!”（まあ、とんでもないわ！ ... 七年も不幸が続くことになりますわ[2)]！）と青白い顔が一層青ざめたかのように見えた。そのときＫ氏は、夫人のサイドテーブルの上に卓上塩入れがあるのに気付き、彼としては初めての思い切った行為―「塩を手に取り、自らの左肩越しに投げること[3)]」―をやってのけたのである。

(実は結果的には、W夫人自身がなすべきこの行為を、夫人が病人故に彼が代行したことになったのだが）彼の機転を利かせたこの行為が夫人に大いに喜ばれ、彼はむしろ照れた気持ちになった、と言う。幸運にもその翌日のW氏との商談は大成功で、最後にW氏はこう言った。“We're very happy to know you can understand us English people. I completely like you, ... ah, ... I believe your words. Good luck!”（あなたが、我々イギリス人を理解してくれると分かって、とても嬉しいですな。私は、あなたを本当に気に入りましたよ ... ええ、あなたの言葉なら信じますよ。ごきげんよう！）こうしてK氏は、意気揚々と帰国の途に就いたということであった。

＜文化の背景にある迷信・俗信＞

「不吉な事が起きた場合には、自らの左肩越しに塩を投げればよい[4]」という英米人の俗信は、時として見られるものではあるが、K氏は学生時代に読んだその話を思い付き、実行してみた訳である。日本文化の中では、「紅白」と言えば＜めでたさ＞＜縁起のよさ＞の象徴である筈だが、イギリス人夫妻には、「紅白の花のブーケ」は余り有り難くなかったのである。また、紅白の花束が何故不吉とされるかについては、「ローマ時代に、死亡した恋人たちの墓には、紅白のバラが供えられる習慣があった[5]」とされるが、それが現代にまで命脈を保っている訳である。また、「鏡を割ると七年不幸が続く[6]」という俗信についても、実はこれには多様な謂れがあるが、その一つに、「ローマ人は、生命は七年ごとに再生されるものと考えたことから、‘broken’（割れた）鏡は、‘broken’（損なわれた）健康に通じ、それが回復されるには七年を要する[7]」というものがある。こうした迷信・俗信は、いずれの国の人々の日常生活の中にも見られるものであり、その「国民、民族の心」として、その生活文化の底流をなすものである。こうした事情を鑑みれば、迷信・俗信は、その国民の「文化の背景をなすものの一つ」だと見做し得るであろう。

＜迷信・俗信の非科学性＞

如何なる国の迷信・俗信も、その大半のものは不合理という性質―非科学性―を持つものである。人間の科学文明の進歩に伴って、迷信・俗信の持つ非科学的特質が大いに暴露されてきた結果、現在では全く姿を消してしまった迷信・俗信も数多くあるであろう。また逆に、それが暴露されているにも拘わらず、そのことは承知の上で、なおも活用されているものも数多くあるようである。この「非科学性を承知の上で活用される」という性質は、迷信・俗信の持つ不思議な属性の一つである。

＜宇宙飛行士と迷信・俗信＞

今日の科学時代の最先端を行くとも言える「宇宙飛行士」が、ロケットに搭乗する直前に、十字を切って更にＶサインをする姿は、如何に考えられるであろうか。科学者に信仰心があったり、縁起を担ぐ言動が見られるとしても、何の不思議さも感じないのではないだろうか。むしろそのような姿にこそ、その人の「人」を、「人間らしさ」を感じずにはいられない次第である。そこには、人が「生きている」という生活感が強く存在し、それこそ正に、彼が「生きた文化」の中に納まっている証、とも言えるであろう。

＜自然の法則―科学―への人格的干渉＞

迷信・俗信を非科学的なものとして割り切り、排除しようとする考え方があるとするとき、他の一切には何の異義も唱えないものではあるが、一つだけその考えに再考を加えることを提案したいものである。それは、「信仰に関するもの」である。例えば、旧約聖書の『創世記』の中で、「イヴの誕生に関して」は次のように述べられている。

> And the rib which the LORD God had taken from man, made hee a woman, & brought her vnto the man[8)].
>
> こうして神である主は、人［アダム］から取ったあばら骨を、一人の女に

造り上げ、その女を人のところに連れて来られた[9]。

「イヴは、神によってアダムの肋骨から造られた」というこの非科学性をもって、これが単なる迷信・俗信の類いと処理する考え方について、異議を申し立てようという訳である。聖書に記述されたこの話を、信じる信じないを争うこと以前に、我々は一つの認識を持たねばならぬのではないかと思うのである。こうした話は、信仰の世界では、所謂（いわゆる）「奇跡」と呼ばれているものであるが、「奇跡」は、「自然法則の違反」ではなく、それは「自然法則への神の人格的干渉」と呼ぶべきものであり、その認識がなされるべきなのである。その認識こそは、この「奇跡」を信じることの是非を超越し得るもの、と言えるであろう。

「自然の法則への干渉」について、もっと卑近な例を挙げれば、次のようになる。

(1) 1 ＋ 2 ＝ 3 … （自然法則）
(2) 1 ＋ 2 ＝ ∞ … （自然法則への干渉）

(1)は、まさに自然法則における算術のルールである。ここで(2)についても、これが成立することを考えてみたいものである。ここで数字１と２に「人の英知」という意味合いを含める干渉をしたとすると、

１人の英知＋２人の英知 ＝ 無限大多数人の英知 （≠３人の英知）

と考えられるのではないだろうか。こうなると、(2)は正に成立することになる。「三人寄れば文殊の知恵[10]」という諺があるが、これは、三人の人が知恵を合わせれば、ただの三人の知恵ではなく、無限万人の知恵を持つと言われる、文殊菩薩[11]の知恵にも相当するものになる、と解せるものである。

＜「迷信・俗信」は、かつては「確信」であった＞

‘superstition’（迷信）の語源は、次のように記されている。

> -L. *super*, near, above; and *statum*, supine of *stāre*, to stand, which is cognate with E. *stand* [12].
> ラテン語の*super*の「近くに」「上に」の意味と、*stāre*の動詞状名詞*statum*の「立つこと」の意味。*stāre*は近代英語*stand*と同系列語。

‘superstition’ とは、「上に（近くに）立つこと」の意味になろうが、James Kirkup氏はこう述べている。

> In ancient times the survivors in battle or natural disasters were called *superstites* because they were ‘still standing above’ their fallen fellow-men. Today's superstitions are therefore ‘survivors’ from olden days[13].
> 昔、戦闘や天災で生き残った者は、*superstites*と呼ばれた。その理由は、彼らは倒れた仲間たちの「上にまだ立っていた」からである。今日の迷信は、それ故に昔の時代から「生き残ってきたもの」である。

‘superstition’（迷信）の語源は、「昔の時代から生き残ってきたもの」という同氏の考えも大いに頷（うなず）けるのであるが、もう一つ次の解釈も可能と信じるものである。上記の引用書の同所に、

> -L. *superstitiōnem*, acc, of *superstitio*, a standing still over or near a thing, amazement, wonder, dread, religious scruple[14].
> ラテン語*superstitio*の対格*superstitiōnem*から、事物、驚き、驚異、恐怖、心の呵責に直面して、その場にじっと佇むこと。

と記されている。古代の人々は、その生活の中で有形無形の諸々のもの（事）に直面し、その不思議さに対して、何とか説明等を加えようとして、その場にじっと佇み、その知恵を絞ったとき、浮かんだ考えが彼らの「信じるもの（事）」であった、と考える訳である。彼らの「信じるもの（事）」が、後の時代の人々の進んだ知識によって見直され、不合理だとされたとき、それは「迷信・俗信」という名で呼ばれるようになった、と考えられ得るのである。つまり、今で言う「迷信・俗信」とは、かつては正に「確信」だったのである。

＜「迷信・俗信」が、かつては「確信」であった証拠＞

古代人たちが知恵を絞って考え出した「確信」には、後世の人間には理解されにくい点が一つあるように思われる。それは、古代人のその「確信」には、「真摯な姿勢があった」と考えられる点である。今でこそ「日食」等も、天体の理屈で説明されるが、古代人にとっての「日食」の不思議さ、いやその恐怖は、生命の危険さえをも感じさせたに違いないであろう。それだけに、彼らの「確信」には、「真剣さ」が込められていたのである。

昔の人々の真剣さが込められた「確信」の証（あかし）として、この上なく明白な例は、「魔女裁判とその処刑」に関するものであろう。魔女が存在して人々に病気や危害、また天候異変等をもたらすという考えは、相当に古い時代からあったようであるが、中世になって教会の絶対的権力が確立されていた時代に、異端者としての魔女の存在と、その魔力への恐怖が最高潮に達した結果、異端者狩りと絡めて魔女狩りが行われ、正に人権無視の裁きによって、火刑等の極刑が断行されたのである。西ヨーロッパ全域で、その検挙者・被害者は、何万人にも上ると推定されており、新天地アメリカにおいても、代表的な事例として、1692年にマサチュセッツの開拓者の寒村サレム（Salem; セイラムとも）において、約百五十名が検挙され、うち三十余名もの処刑者を出している事実がある[15)]。

今で言う「迷信・確信」が、かつては「確信」であった証（あかし）となるもので、これほど大掛かりで悲劇的なものはないであろう。英米の現代の人々のうちで、魔女の実在を信じる者は、一部の少数の人々以外には先ずいないであろうが、当時においては、魔女の存在は、当然のこととして確信されていたのである。こうした犠牲者の中に、フランスのジャンヌ・ダルク（Joan of Arc, 1412–1431）[16] がいる。百年戦争（1337–1453）[17] の折、農家の娘であった彼女は天使の声を聴き、フランス軍の先頭に立ちイギリス軍と戦い勇名を馳せたが、後にイギリス軍に引き渡され、宗教裁判で異端者とされ火刑に処せられたのである。裁判時の彼女の手記と言われるもの（印刷物）を見るとき、一体何故をもってこの筆跡の主を「魔女」と判定し得たのであろうか、と大いなる衝撃を禁じ得ないのである。人間にとって「確信」程恐ろしいものはない、と言わざるを得ない。

＜本書での「迷信・俗信」の扱い方＞

英米の迷信・俗信は、広く言えば、カナダ・オーストラリアその他を含む英語文化圏のそれであり、同時にそれはまた、ヨーロッパ全域にも概ね共通するものと言えるであろう。多種多様の迷信・俗信を扱う方法としては、極力数多く扱おうとする場合の整理体系化、また少なくしてトピックスとして扱う場合の掘り下げの程度、更に、迷信・俗信を、そのルーツ究明に中心を置きながら、時代区分及び地域別に整理する方法等、種々の扱い方が考えられる。また、迷信・俗信を考察する視点として、民俗学的な見地から見るか、あるいは心理学的、宗教的、また構造主義的等の見地から見るかの問題もあるであろう。

日本で出されている英米の迷信・俗信を扱ったものは極めて少なく、それは英文学研究者や英語教師の便宜を図るために、ごく一般的な大まかなものを、おいおいにして断片的に解説したものと見受けられる。迷信・俗信が人間の生活全般に関わっている—言わば「生まれてから死ぬまで迷信・俗信に付き纏われている」—という事実をも鑑み、本書では、人が誕生して死に至るまでの、生活全般の中で見られる迷信・俗信を、極力数多く扱い、その体系化に努めるとともに、しばしば不明という難点を持つそのルーツ探索、及び時代的、地域的調査をも加味し、その個々のものの特質によって民俗学的、心理学的その他の観点からの考察を試みる、という「迷信・俗信の総合的、多角的な扱い」をするものとする。

迷信・俗信の「世界」は、「人の生涯を取り囲む世界」であり、私流の提言をお許し願えるならば、それは、「生きることを中心軸にした、陰と陽の『吉凶』の明暗が反転する球体の世界」と言えそうに思えるのである。この球体の世界を、真半分に断ち、その中身である迷信・俗信に関する主たる項目を示すと次のようになる。

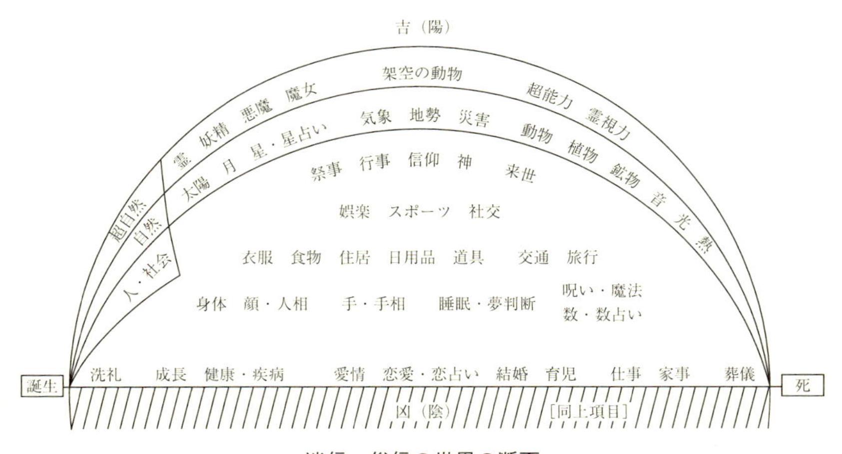

迷信・俗信の世界の断面

当書の内容等につき、調査研究の不十分な点、また異論・異説等についても、是非ご教示のほどを願うものである。

Notes

1）“flower,” *Dictionary of Symbols and Imagery*, ed. Ad de Vries（Amsterdam: North-Holland Publishing Company, 1974）21-b-d.

2）‘Break a mirror and you'll have seven years of bad luck.’ と言われる。

3）塩を零すこと（spilling salt）は縁起の悪いこととされるが、そのとき一つまみの塩を、悪魔のいる左後ろ方向（左肩越し）に投げれば、災難除けになると信じられている。その迷信から、縁起の悪いことが起きると、一般に塩を左肩越しに投げて縁起直しをする。

［参考］T. Sharper Knowlson, *The Origins of Popular Superstitions and Customs*（London: T. Welner Laurie, 1930）167-68.

4）Knowlson, 167-68.

5）東浦義雄・船戸英夫・成田成寿著『英語世界の俗信・迷信』（東京：大修館書店, 1974）224.

6）Julie Forsyth Batchelor & Claudia de Lys, *Superstitious? Here's Why!*, annot. K. Yokoyama（Tokyo: Hokuseido Press, 1974）58.

7）Batchelor & de Lys, 58.

8）*The Holy Bible*, An Exact Print in Roman Type, Page for Page of the Authorized Version（A. V., 1611; Oxford: Oxford Univ. Press, 1985）'*Genefis*,' II -22.

9）<和訳借用>『聖書』（東京：いのちのことば社, 1981）『創世記』II -22.

10）尚学図書編『故事・俗信　ことわざ大辞典』（東京：小学館, 1982）509.

11）"文殊［菩薩］"：「Manjusri; 文殊師利の略。此菩薩は普賢［菩薩］と一対にて常に釈迦如来の左に侍して知恵を司るなり。」"文殊"<要旨引用>『（織田）仏教大辞典』織田得能編（東京：大蔵出版, 昭和29年）.

12）"superstition," *An Etymological Dictionary of the English Language*, New Edition Revised and Enlarged, rev. Walter W. Skeat（Oxford: Clarendon Press, 1978）.

13）James Kirkup, *British Traditions and Superstitions*, annot. K. Jin（Tokyo: Asahi Press, 1975）6.

14）"superstition," Skeat.

15）"Salem Witch Trials," *The Encyclopedia of Witchcraft and Demonology*, ed. Rossell Hope Robbins（New York: Bonanza Books, 1981）429-48.

16）"ジャンヌ・ダルク"：「［仏］Jeanne d'Ark, 1412. 1. 6-1431. 5. 30; フランスの愛国少女、聖女。ロレーヌとシャンパーニュの間の小村ドムレミ（Domremy）の貧しい農家に生まれ、幼時より篤信で、十三歳の時から大天使ミカエル、聖マルガレータ等の声を聞き、フランスをイギリス軍から解放しようとして、シャルル七世に謁し、六千の軍隊を授けられオルレアンの開囲に赴き、イギリス軍を破って包囲されたデュノアを救出した（1429）。後に、王の側近に嫉まれ、ブルゴーニュ公の軍に捕えられて（1430）、イギリス軍に売渡されルアンに幽閉後、宗教裁判により異端の宣告を受け、同地で火刑に処せられた。後に異端の汚名をすすがれ（1455）、聖女に列せられる（1920）。」“ジャンヌ・ダルク”＜要旨引用＞『岩波　西洋人名事典（増補版）』岩波書店編集部編（東京：岩波書店, 1981）.

17）“百年戦争”：「Hundred Years' War, 1337-1453; イギリス、フランス間の戦争。フランスの王位継承問題に、羊毛業の盛んなフランドル地方の領有問題が加わって、両国の王家が対立した百十数年に渡る戦争。1430年頃までは、イギリス軍がフランスの西南辺を占領したが、ジャンヌ・ダルクの出現などによって、フランス軍が攻勢に出、イギリス軍は連敗して戦争は終局した。」“百年戦争”＜要旨引用＞『（新編）西洋史辞典』京大西洋史辞典編纂会編（東京：東京創元社, 平成２年）.

第１部　誕　生

第1章　生命誕生の神秘・出産と安産の願い・新生児の「魂」入れ

はじめに

人の誕生については、医学上、生理学上等の科学的な説明がなされていることは勿論であるが、地上の他の生き物とは異なり、人が「魂」「心」を持って生きるとされる点から、その誕生に関しては、単なる科学的説明に終わらず、古来「人の智力、能力を超えたもの」―「神の業・神秘」―による説明が重んじられてきた。この誕生における「神秘」性は、実は極めて大切なものである。というのも、例えば、子供の「赤ちゃんはどこから来るの？」の質問に対して、「赤ちゃんはコウノトリ（神様）が運んで来るのだよ」と話すことによって、子供に「生命尊厳の心」を芽生えさせることになる故である。

出産においては、妊婦は命懸けの業に取り組むのだが、それについては妊婦のみならず夫や家族、身内、知人、周囲の人々等が安産を願い、科学的な対処の上に、しばしば神にも縋りたい心から、所謂「迷信・俗信」にさえも縋るのが実情と言えよう。例えば、今でも一部に見られると言われるが、安産への呪いとして、「家の扉を全部開放し、結んであるものはすべて解く」などが挙げられる。［2. 参照］

当章では、人の誕生の神秘、出産と安産への願い等について考察する。

1．生命誕生の神秘

洋の東西を問わず、いずれの国でも、「赤ちゃんはどこから来るの？」という幼い子供たちによる素朴な疑問がある。英米の大人たちは、その答えとして、「コウノトリの訪れ」(visit from the stork) による説明を持ち出すのが典型的なようである。これについては、次のような記述がある。

In his fairy tales, Hans Christian Andersen, the Danish writer (1805-1875), immortalized the myth of north European countries, that the stork brings a baby sister or brother to a family, and drops it down the chimney[1].

お伽噺で、デンマークの作家ハンス・クリスチャン・アンデルセン（1805-1875）は、コウノトリが家族に赤ん坊の弟妹を運んで来て、それを煙突から落とす、という北欧諸国の神話を不滅のものとした。

古来コウノトリは、幸福をもたらす鳥として尊重され、特にこの鳥が巣を作った家には、必ず赤ん坊が誕生するという伝承がある。この「コウノトリの訪れ」説は、元来オランダやデンマーク等の北欧諸国に、その起源を持つものと見做される。

幼い子供たちの質問に対しては、「コウノトリの訪れ」説以外にもいろいろな答え―「樹、土、井戸、湖などから生まれた[2]」というような答え―がなされるようであるが、この他に割によく用いられる答えに、「キャベツから生まれた」というものがある。この「キャベツ」説の起源については、次のような記述がある。

... perhaps rooted in the ancient acceptance of trees as immortal spirits capable of giving birth to human beings, as among the ancient Greeks and Irish and in South Africa and Indonesia[3].

恐らく、[キャベツ説は] 古代ギリシャ人やアイルランド人の間で、また南アフリカやインドネシアでのように、古い時代には、樹木は人間を誕生させ得る不滅の霊である、と見做したことに根差したものであろう。

こうした伝承による生命誕生説は、子供の質問に対する大人の照れ隠しの逃げ口上、という便宜ばかりではなく、子供に対して生命誕生の神秘を感知させ、更にそれは、「生命尊厳の考え」を暗示指導することになるであろう。生理学・医学による科学的な生命誕生説明とともに、迷信・俗信とはいえ、伝承的な生命誕生説も大いに重要な意味を持つものだと言えるであろう。

2．出産と安産への願い

英米では、昔は大抵、出産は家庭でなされ、妊婦に陣痛が始まると産婆（midwife）が呼びにやられた。産婆は、赤ん坊を取り上げるのみならず、母子の健康や新生児が幸運であるようにと、呪（まじな）いやお祓いをも施す習慣があったと言われている。現代以上に危険を伴ったせいか、イギリスの一部の地域、特にHerfordshire辺りでは、「擬娩」（*couvade*）と呼ばれる習慣があり、夫も妻と同様に床に就き、'There he pretends to suffer sympathetic labour pains.'（そこで彼は、ともに陣痛を被（こうむ）るふりをする[4]。）のだと言われた。'*couvade*—from French, meaning to hatch'（「クヴァド」は、「雛を孵す」の意のフランス語由来[5]）であり、相当に古い伝統のある風習であったようである。今ではこの習慣は、もう無くなっているものと見てよいようである。これに関連して、次のような記述が見られる。

> '*Couvade*' existed within living memory in Hereford and Worcester; in Yorkshire, too, particularly in the north, it gave rise to a curious tradition. If the mother of an illegitimate child would not reveal the father's name, her relatives would search the village for any man ill in bed—the first they found was supposed to be the father[6].
>
> 「クヴァド」が存在したことは、ヘレフォードやウスターで、現在生きている人々に記憶されている。ヨークシアでも、特に北部でだが、クヴァドは、奇妙な伝統を生み出した。もし私生児の母親が父親の名を明かそうとしないならば、彼女の身内たちは、村中の病気で寝ている男を誰彼（だれかれ）無く捜し歩いたものであった—彼らが最初に見つけた者が、その父親だとされたのである。

かつては無事出産が終わると父親は、祝いの菓子とチーズ—陣痛菓子（groaning cake）とか陣痛チーズ（groaning cheese）と呼ばれる—を誕生に居合わせた人すべてに、また隣人・知人に、彼らの幸運を祈って分配した。昔は父親が、子供の誕生する前に菓子とかチーズを作り、子供の誕生を待ち受けたと言われるが、この頃ではこのような父親は極めて少なくなり、英米の父親の中には、チーズ、パン、アーモンド等を買い、それを配る者があるようである。

'dreaming cake' という言葉があるが、日本語では「夢見菓子」とでも言うべきであろうか。この言葉の由来は、陣痛チーズの中央をくり貫いて大きな輪を作り、洗礼日にこの輪の中を子供にくぐらせる風習が、かつてOxfordshireやYorkshire辺りに見られたが、未婚の女性がそれを一切れもらい、枕の下に入れて寝ると、「夢」の中で未来の夫たる人に逢える[7]、という俗信にあるとされる。この 'dreaming cake' の俗信は、Yorkshireの片田舎では今も伝えられているようである。

現代では、出産は普通の場合病院・医院でなされる。無事出産を願って、分娩室前の廊下を行き来する夫の姿が見られることがあるが、それは昔の所謂「擬娩」の風習の現代版と言えるものであろう。

生まれてくる子が、男児か女児かの希望・期待がなされることは、いずれの国でも同じことであろう。一般的には、男の子の誕生を喜ぶ場合が多いようであるが、米国では、むしろ女の子の誕生を喜ぶようである。米国では、親夫婦が結婚した子供の家で一緒に暮らすことは少ないが、それでも夫婦のいずれかが亡くなった等の場合には、残った者が子供夫婦の家庭で暮らすことはある。ところが、一般に夫婦のうちでは、夫のほうが年齢が上なので、妻が夫に先立たれ一人になりがちであり、その場合彼女は息子夫婦の家で暮らすよりも、娘夫婦の家で暮らす方が精神的に楽だと考えるせいか、後者の方を選ぶようである。そうした事情から、一般にアメリカ合衆国では、女の子の誕生をむしろ好む傾向がある。

男児・女児の産み分けについては、将来科学的に確立の高い方法が示されるであろうが、この善し悪し等については、また諸問題が生じることであろう。その事はともかくとして、男児・女児の産み分けについての俗信に関しては、英米の各地で多様なものがあるようである。例えば、一般的によく言われるものとして、

☆ 妊婦のベッドの敷布団にナイフを突き立てると、男の子が生まれる[8)]

というのがある。

古来「ナイフ」には「男児」のイメージがあり、「突き立てる」を「直立状態にする」ことと解すれば、それは、威勢のよい男児誕生への願望に結び付くもの、と考えられるであろう。

一部のアメリカ人の間では、ニワトリの首を刎ねて男女児の産み分けをしようとする呪(まじな)いが見られる。John Steinbeckの1930年代の作品*To A God Unknown*（『知られざる神に』）の中には、以下の記述が見られる。

Every morning Rama came to talk, always in secrets, for Rama was full of secrets. She explained things about marriage that Elizabeth, having no mother, had not learned. She told how to have boy children and how to have girl children—not sure methods, true enough; sometimes they failed, but it did no harm to try them; Rama knew a hundred cases where they had succeeded. Alice listened too, and sometimes she said, "That is not right. In this country we do it another way." And Alice told how to keep a chicken from flopping when its head is cut off.

"Draw a cross on the ground first," Alice explained. "And when the head is off, lay the chicken gently on the cross, and it will never flop, because the sign is holy." Rama tried it later and found it true, and ever after that she had more tolerance for Catholics than she had before[9)].

毎朝、ラーマがやって来て、決まって秘密を話して行った。彼女は秘密に溢れていた。彼女は、母のいないエリザベスが知らなかった、結婚についてのいろいろなことを話した。彼女は、どうしたら男の子が生めるか、ま

> たどうしたら女の子が生めるかを話した。それは確実な方法ではなかったが、しかし嘘ではなかった。失敗する人も時にはいた。しかし、それをしたからといって害にはならなかった。ラーマは成功した例を百も知っていた。アリスもじっと聞いていた。そして時々口をはさんだ。「それは違います。ここでは別なやり方でやります。」アリスは、首を切った時、ニワトリが跳びはねないようにするにはどうするかということを話した。「まず地面に十字を書くんです。」とアリスは言った。「そして、頭を切ったら、その十字の上にそっと置くんです。そうすれば、決してはねたりしません。その印が神聖だからです。」ラーマはあとで試してみて、それが正しいことを知った。そしてそれ以後は、カトリック教徒に対して以前より大分寛容になった[10]。

それでその後、どのような男女児の産み分けの呪いをしたのかは記されていないが、エリザベスは男児を出産する。

安産を願っての神への祈りが、夫や関係者によってなされることは勿論であるが、古来次のようなことが安産に役立つと考えられている。

☆ 出産を楽にするために、家の中の扉の鍵を全部開け、結んであるものをすべて解く[11]

☆ 産褥の床のベッドに、釘を打ったり、鋏を隠したりする[12]

釘や鋏は金属でできており、魔除けになると信じられている。これは、出産を邪魔しようとする悪霊、悪魔、魔女等を寄せ付けない効果があるとされる。彼らは、金属、特に鉄によって、その魔力が封じられるものと考えられたのである。

☆ 妊婦の首の周り、またはベッドに、護符や呪いを書き付けたものを、付けたり入れたりしておく[13]

☆ 妊婦の腿の周りに、イーグルストーン（eagle stone; 鷲石）を結び付けておく[14]

イーグル・ストーンについては、ローマ時代の博物学者プリニウス（Pliny

the Elder）による記述が興味深い。

> それ［鷲石］はワシの巣の中で発見される。それは雄と雌の対で発見される。それがないと、そのワシは子を生むことができないという。… 鷲石を、生贄（いけにえ）にされた動物の皮に包んで、流産を防ぐために、妊娠中の婦人や四足獣のからだに護符として付ける。それは分娩の瞬間まで外してはならない。そうでないと子宮の脱垂が起る。他方、分娩中にそれを外さないと子供が生まれてこない[15]。

イーグル・ストーンは、一般には黄褐色の小石で、東方のワシの巣の中にあり、雌ワシが産卵の苦痛を和らげるため、また卵を毒から守るために利用した[16]、と言われるものであり、かつてはそれを妊婦の安産の護符としてよく用いたようであるが、現在では、この習慣は、先ず見られなくなっているようである。

☆ 教会の鐘の音は、産褥の苦しみを和らげるのに役立つ[17]

と言われる。

こうした安産への願いとともに、産後の母親の体力回復についても、多様な俗信があるようであるが、そうしたもののうちで幾分変わったものとして、「出産直後、ベッドの下でヒヨコの羽を焼くと、産後出血を防ぐ[18]」というものがある。今時この俗信は皆無であるが、ヒヨコに限らず、一般に「羽毛」（feather）には、空気や精気中の「不純物の浄化」の意味があるとされ[19]、それを「焼く」ことによって、不浄と見做されていた出産の「浄化」を、一層確実なものにしようと意図したものであろう。

3．新生児に「魂」を入れる

子供が誕生したとき、その子に人としての要件―「魂」を有すること―を備えてやることが親の務めである。欧米諸国では、赤ん坊に「魂」が宿るようにすべく、家の戸や窓をすべて開放し、家の中に魂を呼び入れようとする[20]。この俗信は、都会で暮らす人々よりも、地方で暮らす人々の間でよく見られ、米国では現在も広く見られるようである。

Notes

1）Claudia de Lys, *A Treasury of Superstitions*（New York: Philosophical Library, 1957）41.

2）"babies from the earth, lakes or wells," *Funk & Wagnalls Standard Dictionary of Folklore, Mythology and Legend*, ed. Maria Leach and Jerome Fried（1949; New York: Funk & Wagnalls Publishing Company, 1972）.

3）"babies from cabbages," Leach and Fried.

4）James Kirkup, *British Traditions and Superstition*s, annot. K. Jin（Tokyo: Asahi Press, 1975）23.

5）Reader's Digest Association ed., *Folklore, Myths and legends of Britain*,（London: Reader's Digest Association, 1977）50.

6）Reader's Digest Assn., 50.

7）成田成寿編『英語歳時記』（東京：研究社, 1979）「雑」441.

8）"knife," *Dictionary of Symbols and Image*ry, ed. Ad de Vries（Amsterdam: North-Holland Publishing Company, 1974）8-B-b.

9）John Steinbeck, *To A God Unknown*（New York: Bantam Books, 1968）14, 76.

10）＜和訳借用＞高橋悦男訳『知られざる神に』（東京：東京現代出版社, 1969）121.

11）"birth," de Vries, 8-A-a.

12）"iron," de Vries, 12-A-c.

13）"birth," de Vries, 8-A-c.

14）"birth," de Vries, 8-A-c.

15）"鷲石"『プリニウスの博物誌』中野定雄・中野里美・中野美代訳（東京：雄山閣出版, 昭和61年）Ⅲ, 1484.

16）"eagle," de Vries, 0-b.

17) "bell," de Vries, 14-c.

18) "feather," de Vries, 16.

19) "feather," de Vries, 1.

20) 東浦義雄・船戸英夫・成田成寿『英語世界の俗信・迷信』(東京：大修館書店, 1974) 63.

第2章　誕生の「時」と運勢・誕生と潮の干満・超能力者の誕生・誕生時の事情と吉凶

はじめに

古来、英米の人々の間では、人が誕生する日に関して、一年のうちで最も好ましい日はクリスマスやクリスマスイヴとされるが、勿論これ以外の日でも、幾つかの例外を除けば何ら差支えはないとされる。その例外とは、一般に「五月生まれ」は好ましくないとされ、また「幼児殉教の日」（十二月二十八日）は特に最悪の日とされる。また、人が誕生する「曜日」によっても、その子供の運勢が予測できるとされ、古い童謡に纏められている内容では、安息日の日曜日が最もよろしいとされる。［1.参照］

人の誕生の時（刻）と「潮の干満」との関係についても、世界の国々で海を有する国々におけると同様に、海洋国イギリスでは古くから「満ち潮時の誕生説」が見られ、十九世紀のディケンズの小説『デイヴィッド・コパーフィールド』の中でもそれが見られる。［2.参照］

また、特に限られた特別な時刻や、極めて稀（まれ）な特異事情の下で誕生する者は、「千里眼（透視力）」や「病気を治癒する能力」等の、所謂（いわゆる）「超能力」が授けられると信じられる。例えば、帝王切開（Ceaserian section; シーゼリアンセクション―かつては、出産中に母親が死亡した場合の切開手術）で生まれた者は英雄になると言われる。シェイクスピアの劇作品『マクベス』では、王位簒奪者の主人公マクベスは、帝王切開で生まれた英雄マクダフに倒される。［4.参照］（なお、ローマ時代の大英雄シーザーは、果たしてこの事情のもとに誕生したのであろうか。）

当章では、人の誕生の日・時（刻）・曜日と運勢、誕生と関わりがあるとされる諸事について、また、誕生時の特異な事情とそれに纏わる吉凶運勢等について考察を試みる。

1．誕生の日・曜日と運勢

子供が生まれてくる日や曜日には、善し悪しがあるとされる。生まれるのに最もよい日は、クリスマスとクリスマスイヴだと言われる。しかし、これらは年に一度の日であり、それ以外の日でも勿論大いに結構なのである。ただし、幼児殉教の日（Childermas; Holy Innocents' Day）の十二月二十八日は悪しき日とされる。この日は、ヘロド王の命令によって、ベツレムの子供たちが虐殺されたとされる記念日であるため、特に悪しき日とされる。また一般に、五月も好ましくないとされる。

> May-born babies, like May kittens, are usually said to be weakly and unlikely to thrive[1].
> 五月生まれの赤ん坊は、五月生まれの子猫と同様に、普通虚弱で育ちにくいと言われる。

五月は子供の誕生に悪しき月であるばかりでなく、結婚にも悪い月とされるが、それは、「ローマ人の迷信で、この月には、純潔、貞節の女神ボナデアの祭典と、レムラリアと呼ばれる死者を祭る儀式が行われた[2]」ことが、一般にその理由であると考えられている。五月生まれの子は、'May chet' と言われ、Cornwall地方などでは嫌われる[3]と言われる。'May chet' は「五月っ子・五月っ娘」と和訳できそうである。'chet' は 'chit' の訛ったものと考えられる。'chit' は 'applied, more or less contemptuously, to a child, especially a very young child[4]'（多少軽蔑的に「子供」特に「幼児」の意）であるが、この語には特に、'pert girl[5]'（生意気な小娘）の意味も含まれており、それに、「おいおいにして女児の誕生が歓迎されなかった風習」をも考え併せると、「五月っ娘」の和訳は、'May chet' の本来の意味を表わすものと言えるかもしれない。しかし一般的には、五月生まれの子供は男女児合わせて、'May chet' ＝「五月っ子」の和訳が適切と言えそうである。

子供が誕生する曜日にも吉凶があるとされており、その一つとしてよく知られているものに、次のイギリスの古い童謡（nursery song）がある。

Monday's child is fair of face, 月曜日生まれは器量よし、
Tuesday's child is full of grace, 火曜日生まれは「神の恵み」多し、
Wednesday's child is full of woe, 水曜日生まれは悲しみ多し、
Thursday's child has far to go, 木曜日生まれは遠くさすらい、
Friday's child is loving and giving, 金曜日生まれは愛嬌者で気前よく、
Saturday's child works hard for his living, 土曜日生まれはその日暮らし、
And the child that is born on the Sabbath day そして、安息日生まれは、
Is bonny and blithe, and good and gay[6]. 丈夫で快活、また善良で陽気。

こうしてみるとき、よい生まれの者はよい気分であろうが、例えば水曜日、土曜日に誕生した者は、気分の悪い思いをすることであろう。これは既述の五月に誕生した者等についても全くもって同然であろう。逆に、月曜日、火曜日、金曜日、日曜日はよい運勢になっており、安息日の日曜日は特によい。一部の地域、特にYorkshireでは、安息日生まれは悪霊等の呪(のろ)いを受けない、とも言われる。これは、人々の信仰からくるものであろう。それぞれの曜日に当てはめられた運勢の根拠は、探り難いものであり、その根拠にはいささかの科学性も見出せないであろう。暦に「曜日のシステム」がいつ頃採用されたかについては、ユリウス暦を用いていたローマ時代に、「コンスタンティヌス帝は、321年に七日週の使用を命じた[7]」とされており、これ以後ヨーロッパ大陸のキリスト教文化の中で、「曜日」のシステムが大衆に流布し、やがては上記引用の童謡の原型が創り出され、それが後になって大陸民族のブリテン島への侵攻や定住によってイギリスにもたらされ、子供たちの間でこの小歌が広まったものであろう。安息日の日曜日生まれが極めて幸運とされるのは、キリスト教

信仰の特徴を示すものに他ならないであろう。

２．誕生と潮の干満・時刻

太古の昔より、人の生命の誕生は、その死とともに「潮の干満」と結び付けられていた。英米の人々の間でも、次のような考え方があった。

> Generally speaking, it is best for boys to be born when the tide is flowing, and for girls when the tide is ebbing[8].
> 一般的に言えば、男の子は潮が満ちて来ているとき、女の子は潮が引いて行くときに、生まれるのが一番よい。

また、海洋国イギリスでは、次のようにも言われる。

> In some seaside places, the luckiest babies are thought to be those born early in the morning while the tide is coming in[9].
> 一部の海岸地方では、最も幸運な赤ん坊とは、早朝潮が満ちて来ている間に生まれる赤ん坊である、と考えられている。

この伝承では、「潮が満ちること」と「早朝の日の出」という二つの活力が、新生児の将来への活力を象徴するものとして重ねられている。

潮の干満と人の生死との結び付きについて、十九世紀の英国作家Dickensは、*David Copperfield*（『デイヴィッド・コパーフィールド』）の中で、次のような記述をしている。

> "People cant die, along the coast," said Mr. Peggoty, "except when the tides pretty nigh out. They can't be born, unless it's pretty nigh in—not properly born, till flood. ... [10]"

「人間というものは、海邊ではね」ペゴティさんは言った、「相當に潮が退いた頃でないと、死ねないんですよ。相當にいっぱいになった頃でないと、生れないんでしてね―満潮までは、ほんとうには生れませんて。…[11]」

この中でも、人の誕生には「満ち潮」が関与していることが明言されている。当作品は1859-60年の作であるので、十九世紀半ばの英国では、「満ち潮時誕生説」は通用していたものと考えて差し支えないであろう。

日本でも、恐らくは、太古縄文の時代から、「潮の干満や月の出入りは、人の出産や死亡の時期と関係するもの[12]」と考えられていたであろう。また、地方によると、「満ち潮に生まれた子はモノになるが、引き潮に生まれた子はモノにならない」とも言われ、モノになるとは「立派に成長する」の意で、モノにならないとは「早死に、若死にをする」の意である。

英米では、この「誕生と潮の干満」に関する俗信が、一部の人々には、今もって固く信じられているとも言われる。いずれにせよ、生命誕生という崇高な事柄を、潮の干満という「宇宙の自然法則」の中に捉えようとした姿勢は、正に人間の英知の具現と言うべきである。この類いの俗信は、世界の各地に見られ、枚挙に暇がないであろう。

3．誕生の時刻の吉凶

英米では、一日のうちでも、誕生に好ましい「時刻」があるとされ、一般的には次のようである。

☆ 日の出に生まれる者は、知恵と成功に恵まれる[13]

☆ 日没時に生まれる者は、怠惰で無気力な人間になる[14]

☆ 生まれる時刻が遅い者は、早死にをする恐れが多分にある[15]

☆ 鐘の鳴る時刻や、真夜中の一定時刻に誕生する者は、人並み外れた能力を授かる[16]［4．参照］

４．超能力者の誕生

英米では、赤ん坊が生まれてくる時刻や、その誕生時の特殊な事情によって、その子には「超能力」と呼ぶに相応(ふさわ)しい能力が天から賦与される、と信じられている。

☆ 鐘の鳴る時刻―三・六・九・十二時（または、四・八・十二時とも）―に誕生する子供は、しばしば「透視力」(second sight; 千里眼とも）を有し、幽霊や精霊(しょうりょう)とも言葉を交わすことが可能である[17]

この「透視力」を持つ者は、壁の向こうにあるものが見透かせるのみならず、「未来」までもが眺められると言われ、霊との会話能力をも合わせれば、正に現代においても賞賛を浴びる、所謂「超能力者」、「霊能者」に匹敵するであろう。

☆ 夕方や、夜中の十二時から一時までの間に生まれる子供も、上記と同様のものが授けられると信じられる[18]

ディケンズの『デイヴィッド・コパーフィールド』の主人公デイヴィッドは、金曜日の真夜中の十二時に、時計が鳴り始めたときに誕生したために、

> In consideration of the day and hour of my birth, it was declared by the nurse, and by some sage women in the neighbourhood, who had taken a lively interest in me several months before there was any possibility of our becoming personally acquainted, first, that I was destined to be unlucky in life; and secondly, that I was privileged to see ghosts and spirits; ... [19]
>
> 私の生まれた日と時刻とから考えて、保姆や、また、とても、まだまだ、知合になんかなれっこのない、数カ月も前から、私に對して、酷(ひど)く興味を持っていた賢婦人連が、まず第一に、私という人間は、一生不幸な運命を持っている、第二に幽霊や化物を見る特権を持っていると云った。... [20]

とある。つまりデイヴィッドは、幽霊や化物を見る能力―「超能力」―が備わっている、と周囲の人々から見られたようである。

誕生時の特殊な事情によって、「超能力」が授けられるとは、次のような場合である。

☆ 逆子（さかご）（footling―足から先に生まれてくる胎児；「足位分娩児[21]」）で運好く生を受ける者は、「病気治癒」の力を授かる

と言われる。

この能力を有する者は、特に、リュウマチ・筋肉痛・腰痛の治癒力に優れる、と信じられている[22]。昔は、逆子は母子ともに危険が伴われるので、出産に無事成功する割合が極度に低いと言われていた。現代では、帝王切開手術[23]で十分な対処がなされるが、かつては悲劇的な事態が生じることも珍しくなかった、と言われる。一般にそうした珍しい幸運な誕生をする者は、人並み外れた能力を授かるものと信じられたようである。

☆ 父親（または、母親とも言われるが）の死後に生まれる子（posthumous child）も、上述のような「治癒力」を持つ[24]

とされる。

☆ 帝王切開（Caesarian section）によって生まれた子供は、素晴らしい資質に恵まれ、並外れた頑強な体や透視力を授かり、隠れた宝物を捜し出す能力を持つ。少なくとも、帝王切開は何かの前兆となるものであり[25]、また、しばしば英雄を生む[26]

と言われている。

なお、'Caesarian section' とは、ローマ帝王ジュリアス・シーザー（Julius Caesar）が切開手術によって誕生した、という伝に基づく言葉とされているが、かつての帝王切開手術は、母親が出産中に死亡した場合に施されたようである。医学上で生体への手術成功例が多く見られるのは、二十世紀初頭になってからのようである[27]。

また、「帝王切開は、しばしば英雄を生む」という俗信に関しては、Shakespeareの*Macbeth*（『マクベス』）の中に、その例が見られる。主人公マクベスは、魔女の集会で幻影から、' ... non of woman born / Shall harm Macbeth[28].'（... マクベスを倒す者はいないのだ、女の産み落とした者のなかには[29]。）と予言されていたのだが、帝王切開で誕生したMacduff（マクダフ）が、王位簒奪者であり妻子の仇でもあるマクベスと闘い、遂には彼を倒すのである。

Macb.　... Thou losest labour:
As easy may'st thou the intrenchant air
With thy keen sword impress, as make me bleed:
Let fall thy blade on vulnerable crests;
I bear a charmed life; which must not yield
To one of woman born.

Macd.　... Despair thy charm;
And let the Angel, whom thou still hast serv'd,
Tell thee, Macduff was from his mother's womb
Untimely ripp'd.
...
[Exeunt, fighting. Alarums. Re-enter fighting, and Macbeth slain[30].

マクベス「... いくらあがこうと、むだだ。貴様の剣がどれほど鋭かろうと、この手ごたえなしの空気は斬れぬ、おれの体に傷はつけられぬぞ。その手に負える相手をねらえ、おれの命はまじないつきだ、女から生まれた人間には手がつけられないのだぞ。」

マクダフ「ふむ、そんなまじないの効きめ、いつまで続くものか、もうだめだぞ。貴様が大事に奉っている悪魔の手先に、もう一度うかがいをたててみろ、このマクダフは生まれるさきに、月たらずで、母の胎内からひきずり出された男だぞ。」

［闘いながら退場。ラッパが鳴る。闘いながら再登場。マクベ

ス殺される[31]。

☆ 七男の七男（the seventh son of a seventh son）として生まれてくる者は、瘰癧（るいれき）、甲状腺腫、白癬等を、患部にその手を当てるだけで治癒できる能力を持つ[32]

と言われる。

The seventh son of a seventh son, or for that matter, the seventh daughter of a seventh daughter, is still believed by many to be a child with supernatural healing powers through its hand. Such a child, especially a seventh son, is supposedly destined to become great and prosperous[33].

七男の七男、あるいは七女の七女もやはり、その手を用いての治癒の超能力を持つ者になる、と多くの人々によって今なお信じられている。そのような子供、特に七男は、偉大な成功者になるべく運命付けられているとされる。

なお、上記引用文の筆者Claudia de Lysは同箇所で、'seventh' については、一般によく知られている 'lucky seven'（幸運の７）に由来するものと述べている。それにしても「七男の七男」とは、極めて稀なケースであろうと思われるが、それだけにそうした超能力が備わるものと信じられたのであろう。

5．誕生時の種々の事情に関する吉凶

☆ 誕生の際に、かなり珍しいケースではあるが、眼を開けている子は幸運を授かっている[34]

と言われる。このような子供は、誕生の時点で既に眼を見開いて、「未来を見据えている」という幸先のよさを示すもの、と考えられるであろう。

☆ 誕生の時、頭部が南に向いている子は、幸運に恵まれる

方角については、南は太陽や生命を表わし、北は死を表わし死を支配すると言われている。新生児の頭部が南に向くようにするには、母親が分娩の際に、頭部を北に向けていなければならない[35]。母親が北枕に寝ていれば、新生児の出口は陽光の射す南を向いており、太陽によって「浄化」され、強い「生命」を産むことになる、と考えることができそうである。ただしこの俗信については、北半球においてのみ適用され得ることになる。（英語文化圏と言えども、オーストラリア・ニュージーランド等では、適用不可である。）

☆ 体の上半身に「あざ」（birthmark）のある子は、幸運に恵まれる[36]［次章１. 参照］

☆ 誕生の際に、大網膜（caul―胎児の頭部を覆う羊膜[37]）を被（かぶ）っている子は、それを保存しておきさえすれば、生涯水難を免れる

と言われる。

水難除けになると言われるため、そうした大網膜は、船乗りたちの間では大いに求められてきた、と言われる[38]。ディケンズの『デイヴィッド・コパーフィールド』の中に、主人公デイヴィッドの誕生時の「大網膜」に関して、以下のような記述が見られる。

> I was born with a caul, which was advertised for sale, in the newspapers, at the low price of fifteen guineas. Whether seagoing people were short of money about that time, or were short of faith and preferred cork jackets, I don't know; all I know is, that there was but one solitary bidding, and that was from an attorney connected with the bill-broking business, who offered two pounds in cash, and the balance in sherry, but declined to be guaranteed from drowning on any higher bargain[39].
>
> 私は薄膜［大網膜］がついて生まれ落ちたのだが、この薄膜は、十五ギニイという安い値段で、新聞に賣物の廣告が出されたものである。その當時、船乗り連中は、金銭が足りなかったものか、それとも、信心が足りな

くって、コルク上衣の方がいいと思ったのか、それは、私には分らない。私に分っていることは、それには、たった一つばかり入札があったので、それは、手形仲買業に関係のある代言人からで、その男は、現金で二ポンド、残額はシェリイ酒でというのだが、それより高いのなら、なにも溺死をしない補證をして貰わなくってもいいと云ったのである[40]。

☆ 生まれながらに歯が一本生えている子は、やがて有名人になる[41]

と言われる。

普通、乳歯（milk tooth; baby tooth）は、「下顎の内切歯が生後六～八カ月から生え始める[42]」とされているだけに、これは、極めて珍しい誕生の仕方と言えるであろう。

また次のようなケースは、なお更珍しいと言えよう。

☆ 生まれながらに歯が二本生えていて、その間が広く開いている子は、成長すると遠方に旅をする[43]

と言われる。

そうした子は、生まれた土地で生涯住むことなく、遠く他の土地に住む運命を背負っている、とされる。この俗信から言えば、アメリカ人の多くは、生まれながらにして、間の開いた歯が二本生えているのではないか、と愚直な憶測がなされそうである。と言うのも、彼らの生涯は、一般的に言って、可動性大の特質を持つからである。

誕生した日の天候、気象についても吉凶があると信じられる。

☆ 嵐の最中に誕生した子は、困難、苦難の生涯を送る[44]

☆ 新月が次第に満月に向かう間に生まれる子は、幸福に満ちた人生を送る[45]

☆ 地震の時に生まれた子は、長じて国を亡ぼす[46]

などの俗信がある。

ただし、地震については、イギリスではまず体験されないものであるが故に、イギリス人の間では、この俗信は皆無である。（恐らくこの俗信の出所は、ヨーロッパの地震国にあるものと考えてよいであろう。）

その他、天候、気象等の自然条件に関連して、山間部や農村では、次のようなことも言われる。

☆ クルミが豊作の年には、教区で子供、特に男の子がたくさん生まれる[47]

これについては、クルミ（nut）の俗語としての意味に、'[generally human] testicles'[48]（[一般に人間の] 睾丸）とあり、その実りが豊かであるということは、「男児」の誕生が多いということに結び付くであろう。

Notes

1）"Times of Birth," *E. & M. A. Radford Encyclopaedia of Superstitions*, ed. and rev. Christina Hole（1948; London: Hutchinson & Co., 1961）53.

2）"May: May unluky for wedding," *Brewer's Dictionary of Phrase and Fable*, Centenary Edition, rev. Ivor H. Evans [orig. ed. Ebenezer Cobham Brewer]（1870; London: Cassell, 1978）696.

3）成田成寿編『英語歳時記』（東京：研究社, 1979）「雑」411.

4）"chit," *The Oxford English Dictionary*（London: Oxford Univ. Press, repr., 1970）.

5）"chit," *Shogakukan Random House English-Japanese Dictionary*『小学館ランダムハウス英和辞典』（東京：小学館, 昭和48年）.

6）Iona and Peter Opie ed., *The Oxford Dictionary of Nursery Rhymes*（Oxford: Oxford Univ. Press, repr. 1991）〈309〉.

7）"暦"『万有百科大辞典』（東京：小学館, 昭和50年）第９巻「世界歴史」.

8）James Kirkup, *British Traditions and Superstitions*, annot. K. Jin（Tokyo: Asahi Press, 1975）22.

9）Kirkup, 22.

10）Charles Dickens, *David Copperfield*, Everyman's Library（London: J. M. Dent & Sons, repr. 1965）XXX, 421.

11）＜和訳借用＞市川又彦訳『デイヴィッド・コパーフィールド』（東京：岩波書店, 1950）4, 21.

12）『日本民俗学大系』（東京：平凡社, 昭和33年）第７巻, 6-7.

13）“Times of Birth,” Hole, 53.

14）“Times of Birth,” Hole, 53.

15）“Times of Birth,” Hole, 53.

16）“Times of Birth,” Hole, 53.

17）“Times of Birth,” Hole, 53.

18）“Times of Birth,” Hole, 53.

19）Dickens, Ⅰ, 1.

20）＜和訳借用＞市川，一，17.

21）“footling,”『医学英和大辞典』加藤勝治編（東京：南山堂，1978）.

22）Kirkup, 23.

23）“帝王切開術”：「外科的に子宮を切り開くことによって新生児を牽出すること。…古代においては、この手術は死体においてのみ行われた。生きている婦人に対する帝王切開は20世紀初頭まで恐るべき危険を伴った。」
“帝王切開術”＜要旨引用＞『医学大辞典』森岡恭彦監訳（東京：朝倉書店，1985）.

24）“child,” *Dictionary of Symbols and Imagery*, ed. Ad de Vries（Amsterdam: North-Holland Publishing Company, 1974）Ⅴ-2.

25）“birth,” de Vries, 8-c.

26）“手術による出産”『プリニウスの博物誌』中野定雄・中野里美・中野美代訳（東京：雄山閣出版，昭和61年）Ⅰ，305.

27）“帝王切開術”森岡.

28）William Shakespeare, *Macbeth*, The Arden Edition of the Works of William Shakespeare, ed. Kenneth Muir（London: Methuen & Co., repr. 1974）Ⅳ-Ⅰ, 80-81.

29）＜和訳借用＞福田恆存訳『マクベス』（東京; 新潮社，昭和44年）Ⅳ-Ⅰ, 17.

30）Shakespeare, Ⅴ-Ⅷ, 9-34.

31）＜和訳借用＞福田，Ⅴ-Ⅷ，115.

32）成田，411.

33）Claudia de Lys, *A Treasury of Superstitions*（New York: Philosophical Library, 1957）309.

34）James Kirkup, *Everyday English Superstitions,* annot. S. Tanaka & O. Nakayama

(Tokyo: Macmillan Language House, 1987) 7.

35) "North," de Vries, 7-a.

36) 成田, 411.

37) "caul," 加藤.

38) 成田, 411.

39) Dickens, Ⅰ, 1.

40) ＜和訳借用＞ 市川, 一, 18.

41) 東浦義雄・船戸英夫・成田成寿共著『英語世界の俗信・迷信』(東京：大修館書店, 1974) 64.

42) "生歯"『小児保健』坂本吉正・藤田弘子編 (東京：朝倉書店, 1979) 45.

43) 東浦・船戸・成田, 64.

44) 東浦・船戸・成田, 64.

45) 東浦・船戸・成田, 64.

46) "earthquake," de Vries, 3-b.

47) "nut," de Vries, 10-a.

48) "nuts," (*Eric Partridge*) *A Dictionary of Slang and Unconventional English*, ed. Paul Beale (London: Routledge & Kegan Paul, 1984).

第3章　赤ん坊の「あざ」・母から子に伝わるもの・赤ん坊の「あくび」・育児留意事項

はじめに

生まれたばかりの赤ん坊に赤い「あざ」がある場合、それは母親（妊婦）のうっかりしたある行為によってできるものであり、それは「嘗めて」治せるものだと言われる。唾液には、そうした治癒効果があるのであろうか。

また、乳幼児がしばしば舌を出す癖がある場合には、母親が妊婦のときに食べられなかった物があったからだとされ、母親の不満が子に伝わったのだと言われる。なお、一般に、子供は母親からいろいろなものを伝えられるものだとされ、「食べ物や衣服の色の好み」さえも伝わることがよくある、と言われる。

生まれたばかりの赤ん坊や幼児が「あくび」をすると、親はその子供の口の上で十字を切る習慣がある。かつては、「あくび」をすれば、開いた口から悪魔が入り、果ては生命をも脅かすと考えられたようである。[3.参照]

子育てをするに当たっては、古来、多様な留意事項があるとされる。例えば、揺り籠（かご）には、ナイフや鋏（はさみ）などの鉄製品や鍵を入れておくとよい、とされる。「鉄」は悪魔や魔女の力を封じるのだとされていたようである。また、鍵については、それは鉄でもあり、かつそれは揺り籠に施錠することになり、妖精等から「取り替え子」をされるのを防止する、と言われる。[4.参照]

当章では、赤ん坊の「あざ」や「あくび」に関して、また、育児上の多様な留意事項を取り上げつつ、種々の迷信・俗信を考察する。

1. 赤ん坊の「あざ」(birthmark)

'birthmark' は「母斑」とも言われ、「生まれ付きのあざ」を意味し、「打撲等によってできるあざ、傷」を意味する‘bruise’と区別される。生まれてきた子供の顔や体に「あざ」がある場合、その原因は、その子がまだ母親の胎内にいたときの母親の行為にあるものとされる。妊婦が恐ろしい獣や気味の悪い昆虫等を見たり、更にもっと酷(ひど)い場合には、流血の場面を目撃したりすると、ショックを受けると同時に、無意識に手を顔等に当てることがある。この行為によって、生まれてきた子の顔等の、母親が手を当てた所と同じ所に「あざ」ができる[1)]と言われる。この俗信には母親の「精神的ショック」の問題が絡んでいるだけに、産婦人科医からも、妊婦は極力ショックを受けないように努めるべきだ、との言が聞かれる。

日本でも古来今なお、全く同じことが言われる。例えば、「(妊婦は) 火事を見てはいけない。赤あざの子を産む[2)]」と戒められているのもその一つであろう。これは火災の際に、燃え上る炎を目撃した妊婦が、ショックを受けて手を顔に当てた場合、子供の顔に「赤あざ」ができるのを心配するのである。

☆ 赤ん坊の「あざ」を治すには「あざ」を嘗めてやるとよい

> A common cure for this disfigurement was for the mother, or failing her, some other woman, to lick the mark all over every morning before she had broken her fast. The treatment had to be started as soon as possible after the birth, and continued for a period variously given as nine, twenty-one, or thirty days, or until the blemish has disappeared[3)].
>
> この損傷に対してよく用いられる治療法は、母親、または彼女に支障があれば、誰か他の婦人が、毎朝朝食を取らぬうちにそのあざ全体を嘗めてやることであった。その治療は、誕生後極力早いうちに始められ、九日間、二十一日間、あるいは三十日間なりのさまざまの期間、またあるいは、その損傷が消えてしまうまで、続けられねばならなかった。

俗信的治療法ではあるが、英国では今も多くの地方でこの方法が覚えられており、この治療による成功例が、1950年にホーム郡やミッドランド地方で記録されている[4]、と言われる。唾液は、昔から、朝食前等の所謂断食状態時には、特に強力な魔力を有するとよく言われ、また唾液には、人間だけでなく他の動物についても当てはまるようだが、殺菌力があるものと本能的に信じられてきている。

2．母から子に伝わるもの

乳幼児の中には、しばしば舌を出す癖のある者があるが、それは母親が妊娠中に食べたいと思った物を、何らかの事情で食べられなかった場合に、その不満が子供に現われるのだ、という伝承がある[5]。また、母親が妊娠中に好んで食べる物は、実は胎児が欲している食物であって、それは成長後にその子の好物となる、とも言われる。

一般に、母親の好む物と嫌う物—食物は言うまでもなく、衣服、ペット、花等の植物、それに色彩等に至るまで—がそのまま子供に伝わる[6]、とも言われる。母と子のつながりが、絶対的に強力で崇高なものであることには、世界中の人々が同意するところであろうが、それだけに両者のつながりに関する迷信・俗信は、世界中で酷似しているようである。

3．赤ん坊の「あくび」(yawning)

誕生して間もない赤ん坊や、発育期の幼児が「あくび」をするとき、親はその子の口の上で十字を切ってやらねばならない。

> If a baby yawns as soon as it is born, someone should at once make the sign of the cross over the open mouth, so that the Devil cannot enter and take possession of the infant's immortal soul[7].
>
> もし赤ん坊が生まれてすぐにあくびをすれば、誰かがすぐに、開けた口の上で、十字を切ってやらねばならない。それは、悪魔が入って来て、幼児

の不滅の魂を手に入れることができないようにするためである。

古代人は、「あくび」をすることによって、「呼吸が止まり、死んでしまうのではないか」と恐れ、手を口に当てようとしたらしく、あくびは生命そのものと深い結び付きがあると考えられたようである[8)]。従って、赤ん坊があくびをすることは、その生命が危ぶまれることだと恐れたのであろう。

現代の欧米の人々が、あくびをするとき手で口を塞ぐのは、目の前の相手に対するマナーからであるが、元来は「悪魔の侵入を防止するため」であった。英米人は、うっかりあくびをしてしまった後で相手に謝る習慣があるが、それもやはり、相手に対する失礼を詫びるマナーからであるが、元来は、古代人の習慣に由来するものであろう。つまり、古代人にとっては、「あくび」は「死」を意味するものであり、自らのあくびが相手に伝染すれば、その相手をも危険に晒（さら）すことになるため、相手に謝罪したのである[9)]。それにしても、あくびに関しては、'Yawning is catching.'（あくびは移るもの）とも言われ、その「伝染性」が、昔から不思議に思われてきた次第である。

４．育児留意事項

赤ん坊があくびをすれば、十字を切ってやることが育児上の大切な事柄の一つであるが、その他にも、次のような育児上の重要な留意事項がある。

☆ **新生児は、先ず真っ先に処女の腕に抱かせねばならない**[10)]

☆ **新生児が男児ならば母親の古着を、女児ならば父親の古着を着せるのがよい**[11)]

これは特にEngland地方北部辺りで言われるようである。

「揺り籠」についての俗信は、極めて多様である。

☆ **揺り籠は、カバの樹で作ったものがよく、ニワトコの樹で作ったものは不吉とされる**

カバの樹は魔女を寄せつけず、ニワトコの樹は魔女がこの樹に変身すると言われ、更に、この樹は、「凶数13」のイメージを持つので不吉とされる[12]。

☆ 悪魔や魔女、また凶眼（evil eye; 邪眼とも）からの危害を防止するため、揺り籠やベッドに、剃刀（かみそり）・ナイフ・鋏等の刃物を入れておくのがよい[13]

☆ 浄化の目的で、揺り籠の中に、塩を入れた小袋を入れておくとよい[14]

塩の「浄化性」の適用例は、世界の各地に見られるようである。

☆ 揺り籠の中に、マッチを入れておくのがよい

と信じられている[15]。

これもやはり、火の力で悪者どもの魔力を焼き払えるように、との願いからである。

☆ 揺り籠の中、特に寝ている子供の枕の下に、鍵を入れておくのがよい

という俗信が、ヨーロッパ各地に見られる[16]。

これは勿論、妖精その他の悪者どもが子供を攫（さら）って行かないように、揺り籠に施錠しておく、という意図から出たものである。

☆ 強力な匂いを発するニンニクを、揺り籠に掛けておけば、取り替え子をされたり、妖精の代母となるのを防ぐことになる[17]

妖精は、自分の子供を人間の子供と取り替えて、自分の子供を人間に育てさせたりする、との俗信がある。‘changeling’という語は、「取り替え子；鬼子」の意で、妖精が攫った人間の子供の代わりに残しておく、妖精自身の子供のことである。

☆ 揺り籠やベッドには、赤（紅）いリボンやひもを結び付けておくとよい[18]

これは、「赤（紅）色」には、悪霊・悪魔・魔女・妖精等の悪者どもの魔力を封じる力がある、と信じられたためである。なお、「リボン」や「ひも」は、幼児の「衣服」が転じたものであろう。

揺り籠については、次のような俗信もある。

☆ 揺り籠は、子供が生まれないうちに買い整えてはならない[19]

☆ 揺り籠は、もう不要だとして人に譲ると懐妊する[20]

☆ 空の揺り籠を揺すると、懐妊する[21]

次に挙げるのは、子供の衣服についての留意事項である。

☆ 子供の衣服には、どこかその一部に赤（紅）色系のものを用いるべきである[22)]

という伝統的な戒めがある。

これは現今においても、しばしば見受けられる俗信の一つである。特に、肌触りのよいフランネルで作られた赤（紅）い服が、子供によく着せられるようである。赤（紅）色は、悪魔や凶眼に対して、その力の発揮を抑える効果がある、と古来信じられてきている。

☆ 子供の衣服には、緑色系のものは避けるのがよい

と信じられている。

「緑色」には、「妖精」のイメージがあり[23)]、それは、「妖精の着る服の色」故に不吉である、と信じられたためである。もっとも、妖精のすべてが悪者という訳ではないのだが、一般に妖精は、人間をからかったり困らせたりするばかりでなく、悪事をも働く者が多いために不吉である、とされたようである。

その他、次のような育児上の厳しい戒めが挙げられる。

☆ 子供が一歳になるまでは、体重を量ってはならない[24)]

特にOxfordshireでは、昔から固く信じられている。子供の体重を量れば、それが数値で表わされるが、「数」には場合によって不吉な魔力があり、下手をすると子供を危険に晒すことになる、と考えたのである。これに加えて、体重測定によって子供の成長を「自慢する」ことが、神々への「不遜」になりはしないか、という懸念が重ね合わされている、と見ることができそうである。

☆ 子供に乳歯が生えるまでは、鏡を覗かせては不吉である[25)]

アングロサクソン系の人々は殊にそうである。一般に「鏡」については、次のように信じられている。

> Centuries before breakable mirror were invented, a shiny surface was considered a tool of the gods. Early man wondered at his reflection in the waters of ponds and lakes. Since he had no scientific knowledge, he supposed this to be the soul or "other" self, as he called himself in his

dreams. He believed that this "other" self was injured if disturbed in any way[26].

割れ易い鏡がまだ発明されていなかった何百年もの昔には、表面が光る物は神様の道具である、と考えられていた。昔の人は、池や湖の水に映った自分の姿を不思議に思った。科学的な知識が無かったので、彼はこれを魂、つまり「もう一人の」自分であると思った。それは、夢に出てくる自分のことをそう呼んでいたようにであった。もしも如何(いか)なる風にでも掻き乱されれば、「もう一人の」自分が害を受けるのだと信じたのである。

このような考えから、人が鏡に自分の姿を映すとき、その映っている姿は、実は「自分の魂」なのだと思い、必ず後でそれを自分に戻しておかねばならない、と考えたのである。大人ならまだしも、一歳にも満たない子供にはとてもではないが、自分で「魂を戻す」ことなどは不可能であり、魂を失(なく)した子供は活力に欠け、'cutting his or her teeth'（歯を生やすこと）に支障があるばかりでなく、生命までをも奪われることになろう、と恐れたのである。

日本でも、「鏡は神の正体[27]」と言われ、「人間の姿を所有することができる[28]」と畏怖の念が強かった。鏡が人の魂を映すものであるとか、鏡は神である、という考え方は世界の諸国で酷似しているように思える。

なお、歯を丈夫に保つために、「サンゴのお守り」が一般によく所持され、赤ん坊の場合にも、それは乳歯の生えるのを助ける[29]、と言われている。

☆床などを這っている子供を、決して跨いではならない[30]

這っている子供を跨ぐ行為は、先ずは赤ん坊に怪我をさせる恐れがある、という実際上の点からも決して好ましい行為ではない、と言えよう。しかし、実はこの俗信には別の意味があり、それは、這っている子供を跨ぐことは、その子供の自然な成長を阻害する恐れがある[31]、というものである。それはちょうど、小さな木の上に大きな木が覆い被されば、小さな木には陽が当たらず、その成長が妨げられる、というのと同じ理屈ではないだろうか。

特にイギリスのBedfordshireでは、この俗信が大いに信じられていると言われるが[32]、これは欧米諸国のみならず、東洋諸国にも見られる俗信のようである。日本でも、「子供を跨ぐと大きくようならぬ[33]」と同様の俗信が見られ、これは大人についても転用されているようである。また更に、「人を跨いでしまったときには、縁起直しに、もう一度跨ぎ返せばよい」などと言う人々を見かけることもある。

☆ 赤ん坊の足の裏や顎の下をくすぐると、後になって吃るようになる[34]

これは極めて科学的根拠に乏しい俗信と言えよう。赤ん坊の足の裏や顎の下をくすぐることによって、過度に笑わせることが、唾液を詰まらせるとか、あるいは喉の筋肉に不必要な負担をかけることになり、それが発声器官に好ましからざる影響を及ぼし、やがては吃るようになり易い、とでも考えられるであろうか（？）。

☆ 初めて子供にしてやる行為—例えば、湯浴・接吻・食い初めなど—は不吉を伴い易いので、それに相応しい用心をすべきである[35]

「それに相応しい用心」とは、神々に感謝を捧げることを怠らず、また悪霊等に油断を見せて付け込まれることの無いようにの意、と解せるであろうが、実際上は、病気に対して抵抗力の弱い乳児に対する配慮、つまり保健衛生上や食品衛生上の留意点を指すもの、と考えられよう。

Notes

1）“Birthmark,” *E. & M. A. Radford Encyclopaedia of Superstitions*, ed. and rev. Christina Hole（1948; London: Hutchinson & Co., 1961）53.

2）『日本民俗学大系』（東京：平凡社, 昭和33年）第12巻, 90.

3）“Birthmark,” Hole, 54.

4）“Birthmark,” Hole, 54.

5）東浦義雄・船戸英夫・成田成寿『英語世界の俗信・迷信』（東京：大修館書店, 1974）63.

6）東浦・船戸・成田, 64.

7）James Kirkup, *Everyday English Superstitions*, annot. S. Tanaka & O. Nakayama

(Tokyo: Macmillan Language House, 1987) 6-7.

8) Claudia de Lys, *A Treasury of Superstitions* (New York: Philosophical Library, 1957) 187.

9) de Lys, 187.

10) 成田成寿編『英語歳時記』(東京：研究社, 1979)「雑」411.

11) 成田, 411.

12) "elder," *Dictionary of Symbols and Imagery*, ed. Ad de Vries (Amsterdam: North-Holland Publishing Company, 1974) 12-A-b & 12-B-a.

13) "cradle," de Vries, 6-b.

14) "cradle," de Vries, 6-b. / 東浦・船戸・成田, 63.

15) 東浦・船戸・成田, 63.

16) 東浦・船戸・成田, 63.

17) "garlic," de Vries, 5-a.

18) "red," de Vries, 17-c.

19) "cradle," de Vries, 6-a.

20) 成田, 411.

21) 成田, 411.

22) 東浦・船戸・成田, 64.

23) "green," de Vries, 28-a.

24) James Kirkup, *British Traditions and Superstitions,* annot. K. Jin (Tokyo: Asahi Press, 1975) 23.

25) Kirkup, *British Traditions and Superstitions,* 21.

26) Julie Forsyth Batchelor & Claudia de Lys, *Superstitious? Here's Why!,* annot. K. Yokoyama (Tokyo: Hokuseido Press, 1974) 57.

27) "鏡"『故事・俗信　ことわざ大辞典』尚学図書編 (東京：小学館, 1982) 243.

28)『日本民俗学大系』(東京：平凡社, 昭和33年) 第10巻, 93.

29) "coral," de Vries, 8-d.

30) Kirkup, *British Traditions and Superstitions,* 23.

31) Kirkup, *British Traditions and Superstitions,* 23.

32) Kirkup, *British Traditions and Superstitions,* 23.

33) “人” 尚学図書編, 969.

34) “tickling,” de Vries, 3-a.

35) “child,” de Vries, V-1.

第4章　洗礼［式］・洗礼時の留意事項

はじめに

いずれの時代においても、また、いずれの文化においても、新生児は神仏の加護を得て成長するものだ、と信じられてきている。日本においても、赤ん坊に「宮参り」をさせる風習があるが、英米でもこれに極めてよく似たものとして、赤ん坊に「洗礼」を受けさせる習慣がある。赤ん坊は、受洗により名をもらい、以後は神に護られて成長していくものとされる。

受洗の際に、牧師によって赤ん坊の額等に聖水が振り掛けられるとき、赤ん坊が泣き声を発すれば、悪魔や魔物が体外に出て行く証（あかし）とされるため、その際に赤ん坊の足などをつねって故意に泣かせることもあるようだが、これもまた、日本のあの微笑ましい風習に酷似している。［2.参照］

当章では、新生児の洗礼（式）、及びそれに関する留意事項を取り上げ、また現在ではほぼ廃れてしまっている一部の迷信・俗信的習慣をも含めて、今後も必ずや続けられるこの一大習慣である「洗礼」について考えてみる。

1．洗礼［式］（baptism）

新生児の洗礼は、生後一週間以内の早いうちに受けるのがよいとされる。洗礼は、普通その教区の教会堂で行われるが、その際牧師によって、赤ん坊の頭上に数滴の聖水（holy water）が三回振り掛けられ、“I baptize thee in the name of the Father and the Son and the Holy Ghost.”（父なる神、神の御子、及び聖霊の御名において、我汝に洗礼を施す。）と唱えられる。更に英国国教会派では、このとき幼児の額に十字が切られる。聖水が振り掛けられたり、十字が切られる瞬間に、幼児の体の中にいる悪魔が体外に出て行くことになるが、それと同時に、幼児が大声で泣き声を発することがめでたいこととされる。その泣き声は、追い出されている悪魔の悲鳴であると考えられている。従って、「大きな泣き声を発しない子供は長生きをしない、と考えられている[1]。」

洗礼は、『聖マタイ伝』に記されるキリストの御旨に基づく儀式である。

> Goe ye therefore, and teach all nations, baptizing them in the Name of the Father, and of the Sonne, and of the holy Ghost: ...[2]
> それゆえ、あなたがたは行って、あらゆる国の人々を弟子としなさい。そして、父、子、聖霊の御名によってバプテスマを授けよ。...[3]

また、'baptism' の動詞形 'baptize（古くは、baptise）' の語源は、

> -OF. *baptiser*. -L. *baptīzāre*. –Gk. *βαπτίζειν*; ... to dip.
> 古フランス語 *baptiser*、ラテン語 *baptīzāre*、ギリシア語 *βαπτίζειν* に遡り、... 意味は「浸す」[4]。

であり、「浸す」とは「水に浸す」の意である。従って、元来洗礼は、「水による洗いの礼」であり、水による洗いは、物質的な水が肉体を浄めるのと同様に、魂を浄めると信じられるのである。牧師によって、洗礼盤（font）の聖水が受洗者の頭上に垂らされ、名親（godfather, godmother）によって命名されることになる。幼児洗礼（infant baptism）は、洗礼の習慣のごく初期からあったのではなく、十五世紀の半ば頃から始められた習慣である[5]、と言われている。

日本の「産土（うぶすな）参り（宮参り）[6]」は、この洗礼の儀式に酷似していると言えよう。これは、生後三十日前後（男児三十二日目、女児三十三日目が一般的に多い）の初めての宮参りであるが、このとき幼児は、神前で大きな泣き声を発することがめでたいこととされている。泣き声は、幼児が自己の名乗りを上げることであり、それが産土神（氏神）によって聞き届けられ、神の子（氏子）としてその名が登録され、産土神（氏神）の加護を受けることになる、と

言われる。その際、幼児がタイミングよく泣き声を発しない場合、足の裏などをつねることによって泣かせたりするとも言われ、英米人の間で、「洗礼時のpinch（つねること）」と言われるものと同じ行為であり、これはいずこも同じ「子を思う親心」からの行為であり、実に微笑ましい限りである。

2．洗礼時の留意事項

☆ 洗礼の時、子供は声を上げて泣かねばならないが、「くしゃみ」をしてはならない[7)]

とされる。

「くしゃみ」は幼児のみならず大人の場合にも、欧米の人々にとっては、古来、「魂が追い出される（魂が飛び出る）行為[8)]」だと考えられた。

☆ 幼児に振り掛けられた聖水は、拭いてはならない[9)]

これは、自然に乾かすべきものと考えられている。

☆ Christening cap（洗礼帽）は、洗礼式の日の夜には（時には、その当夜のみならず、更に長きに亘って）被(かぶ)らせたままにしておく[10)]

やや古い習慣であるが、かつては広く行われていたようである。そのため、洗礼式で帽子を聖水で濡らし過ぎる傾向のある牧師は、評判がよくなかったと言われる。

☆ 子供の名前は、洗礼式が無事済むまでは、近親者以外には誰にも明かさないでおく[11)]

これは、子供の名前が知れると、悪魔がその子の名を呼び何らかの危害を加えるかもしれない、と恐れる故である。英米では、今でも実際にこれを守る親が少なくない、と言われている。

☆ 命名に当たっては、死亡した子供の名は決して付けてはならない[12)]

もし死亡した子供の名を付けると、新生児が死亡した子に呼び寄せられる[13)]、と心配するからである。

洗礼式では、名親が受洗の新生児に「名」を贈り、また同時に祝いの贈り物―‘apostlespoon’（柄の先に、十二使徒の顔を刻んだスプーン）が伝統的―をする習慣がある。これについて、次の記述が見られる。

> The custom of giving children apostle spoons is no longer vogue, the present-day godmother usually selecting some article of silver — a mug, accompanied perhaps by a spoon, though not one of the apostle variety[14].
> 子供にアポスルスプーンを贈る習慣は、もはや流行してはいない。今日の名親は、大抵銀の品物を選ぶ―それは、十二使徒の類いが刻まれているものではないが、多分スプーンを一本付けたマグカップである。

不幸にして、「洗礼を受ける程の時も経たぬうちに、死亡する子供もあるであろう。こうした子供が埋葬されるのは、教会の墓地の北側にある聖別されぬ地であり、彼らは天国には入れないとされる。または、教会の軒下に埋められ、天からの雨に原罪を浄めてもらう。洗礼を受けぬ子供は、本当に死ぬことができず、地獄落ちからは免れるが、最後の審判の日まで彷徨（さまよ）い歩くよう運命付けられている[15]」と言われる。このような子供の墓は、‘unchristened ground’（未受洗児の地）と呼ばれ、その上を歩く者には不治の病等の致命的な祟（たた）りがある[16]、と一般に信じられているようである。

３．安産感謝式

安産感謝式とは、無事出産を終えた母親が後日教会へお礼参りに出掛け、感謝の礼拝式をしてもらうものである。ただし、この風習はイギリスのEngland北部やScotlandにおいて見られるものであり、イギリス全土に及ぶものではなく、またアメリカでは、この類いの風習は見られない。イングランド北部やスコットランドでは、一般に、母親がこのお礼参りを済まさないうちに、どこか他の場所を訪れることは厳に慎むべし、とされている。それを破ると、その婦人は魔物に狙われる[17]、と言われる。イングランド北部のノーサンバランド地方のダラム郡では、それを破ると、母子ともに災厄を招くと固く信じられており[18]、スコットランドでは、母親も訪問を受けた人々もともに不幸に見舞われる[19]、と言われる。

安産感謝式に纏わる迷信の一つに、初めてこの式に臨んだ母親は、式後教会堂を出たときに最初に顔を合わせた人が男性ならば、次の出産には男児を授かり、女性ならば女児を授かる[20]、というものがある。

因みにスコットランドでは、安産感謝式を終えた後の母子の外出に関して、特別な習慣が見られる。それは、初めての外出をする乳児を迎える家の者は、その子の幸運を願って、塩、パン、卵、それに硬貨、マッチ等を祝儀として贈り、また、母親にも飲食物を出して歓待する、という習慣である。この習慣を等閑（なおざり）にすれば、訪問を受けた家の者はやがて飢餓の苦難に見舞われる[21]、と戒められている。迷信・俗信には、このように人に義務を押し付け人を縛り付ける、という大いに厳しい一面がしばしば見られるようである。

Notes

1）“Baptism,” *E. & M. A. Radford Encyclopaedia of Superstitions*, ed. and rev. Christina Hole（1948; London: Hutchinson & Co., 1961）29.

2）*The Holy Bible*, An Exact Print in Roman Type, Page for Page of the Authorized Version（A. V., 1611; Oxford: Oxford Univ. Press, 1985）‘*The Gofpel according to S. Matthew*,’ XXⅧ-19.

3）＜和訳借用＞『聖書』（東京：いのちのことば社, 1981）『聖マタイ伝』XXⅧ-19.

4）“Baptism,” *An Etymological Dictionary of the English Language*, New Edition Revised and Enlarged, rev. Walter W. Skeat（Oxford: Clarendon Press, 1978）.

5）石橋幸太郎代表編, *Question Box*（東京：大修館, 1963）XⅣ,「洗礼」156.

6）森浩一他『日本民俗文化大系』（東京：小学館, 昭和61年）第10巻, 393. / 柳田国男監修, 民俗学研究所編『民俗学辞典』（東京：東京堂出版, 昭和54年）566-67.

7）“Baptism,” Hole, 29.

8）Claudia de Lys, *A Treasury of Superstitions*（New York: Philosophical Library, 1957）178.

9）“Baptism,” Hole, 28.

10）“Baptism,” Hole, 29.

11）“Baptism,” Hole, 29.

12）成田成寿編『英語歳時記』（東京：研究社, 1979）「雑」412.

13）成田, 412.

14）T. Sharper Knowlson, *The Origins of Popular Superstitions and Customs*（London: T. Welner Laurie, 1930）108.

15）“grave,” de Vries, 8-B-a, b.

16）成田, 413.

17）成田, 413.

18）James Kirkup, *British Traditions and Superstitions*, annot. K. Jin（Tokyo: Asahi Press, 1975）23.

19）東浦義雄・船戸英夫・成田成寿著『英語世界の俗信・迷信』（東京：大修館書店, 1974）65.

20）東浦・船戸・成田, 65.

21）東浦・船戸・成田, 65-6. / 成田, 413.

［以上は『岡山理科大学紀要』第28号Bによる。］

第2部　死

第１章　死の前兆

はじめに

英米人が「死の前兆」(omens of death) と見做す事柄の一つに、「ウマの躓(つまず)き」(horse's stumble) がある。これについて、サー・ウォルター・スコット (Sir Walter Scott, 1771–1832; 英国の詩人・小説家) が体験した実話が、T. S. Knowlson によって次のように紹介されている。

> When Mungo Park took his leave of Sir Walter Scot, prior to his second and fatal expedition to Africa, his horse stumbled on crossing a ditch ... "I am afraid" said Scott, "this is a bad omen." Park answered, smiling, "Omens follow them who look to them," and striking spur into his horse, galloped off. Scott never saw him again[1)].
>
> マンゴウ・パークが、命取りとなった二度目のアフリカ探険に先立ち、ウォルター・スコット卿に別れの挨拶をして帰ろうとしたとき、彼の馬が溝を越えた際に躓いた。…「好からぬ事が起こらねばよいが」とスコットが言った。パークは微笑んで、「前兆なんてものは、そいつを気にする者に取り憑くものさ」と応えて、馬に拍車を当て駆け去って行った。スコットは、二度とパークの姿を見なかったのである。

この話の中では、スコットは「死の前兆」を気にする立場を代表し、彼の友パークはそのようなものを意に介さぬ立場を、それぞれ代表していると言えよう。こうした迷信・俗信に関しては、個人によってさまざまな考え方があり、両極端を行く者もあれば中庸を行く者もある。しかしながら現代の英米人の中にも、こうした「死の前兆」を信じる、あるいは少なくとも気にする者が相当いることは、紛れも無き事実と言わねばなるまい。

一般に「前兆」とは、広い意味では、吉凶いずれにせよ未来の運を暗示する事柄・出来事を指すが、しばしばそれは「凶運を示唆するもの」と解される。'There is no origin for omens; they are as old as man himself[2].'（前兆には起源が無い。それは人間自体と同じ歴史を有するものである。）と言われ、「死の前兆」についても同様に、それは太古の昔より古人によって始められ、今日に至るまでその命脈を保ってきている。その意味では、こうした迷信・俗信は、「人間の心の歴史の一端を示すもの」と言っても過言ではあるまい。

当章では、「死の前兆」に焦点を絞り考察を試みたい。民間伝承に関する文献には、これに関する断片的な記述は散見されるが、これを満足の行く程に収集分類した文献は、英米にも先ず見当たらないようである。当章では、全百項目の「死の前兆」を収めるが、収集事例の整理分類に当たっては、時代・地域等種々の背景を検討し、更に個人独自の創造や活用になるもの等を割愛し、極力「普遍性及び一般性を持たせる」べく努めたい。

1.「動物」に関するもの

☆ イヌ（dog）が遠吠えするのは死の前兆

と言われる。

特に夜間にイヌが天を突くような姿勢で遠吠えすると、それは死の前兆だと言われる。死ぬ運命にある人は、そのイヌの向いている方角の程遠からぬ所にいるとされる。次はマーク・トウェイン『トム・ソーヤーの冒険』の中で、トムとハックが夜間に出歩いたときのハックの台詞の一部である。

> "... they say a stray dog come howling around Johnny Miller's house, 'bout midnight, as much as two weeks ago; ... and there ain't anybody dead there yet[3]."
>
> 「... 二週間も前のこと、真夜中頃に、野良犬が一匹やって来て、ジョニー・ミラーの家の周りで遠吠えしてたそうだけど、... なのにさあ、あの家では

まだ誰も死なないよねえ。」

☆ イヌが何の理由も無く、特に開いた戸口に向かって吠え立てるときは死を予示している

とされる。

これは、家に入ろうとしている死神に吠え立てていると考えられるからである。

☆ 見知らぬイヌが付いて来ることも死の前兆

とされる。

ただし、そのイヌが家の中にまで入り込めば幸運の徴(しるし)と言われる。

☆ ネコ（cat）が病人のいる家から出て行ったまま戻らぬときは、その病人が死亡する前兆

と伝えられる。

概して、ネコは少し出歩いたら家に戻るという習性があると言われ、'cat's walk[4]'（猫歩き―出掛けてもすぐ戻るの意）という言葉がある程であるが、それが戻って来ぬのは凶兆とされ、特に病人のいる家では、病人の死の前兆と考えられる。

☆ 万一黒ネコを不注意にも殺したりすれば、丸一年間不幸が起こる恐れがあり、また真夜中に黒ネコが鳴けば死の訪れの前兆

と言われる。

☆ 黒ネコに行く手を横切られると不吉とされ、時としてそれは死の予示でもある

と信じられる。

ただし、黒ネコに関する考え方には英米で違いがあり、それについてZolarはこう記している。

> In England, a black cat coming towards you is ... good luck. In America, however, a black cat crossing your path is considered bad luck[5].

イギリスでは、黒ネコが近付いて来るのは…幸運である。ところが、アメリカでは、黒ネコに行く手を横切られると不吉と考えられる。

因みに、黒ネコに行く手を横切られた場合、その凶兆から逃れる方法があるとされる。

Bad luck can be expected when a black cat runs across your path unless you turn and go in another direction or break the spell by spitting[6].
黒ネコがあなたの行く手を走って横切る場合、もしもあなたが方角を変えて進むとか、つばを吐いてその呪(のろ)いを破るかしなければ不幸な事が起こり得る。

☆ウマ（horse）が躓くと凶兆であり、時として死を予示する
とされる。

この項目については当章の冒頭でも触れたが、文芸上の用例としてシェイクスピアの『リチャードⅢ世』の次の箇所が挙げられよう。ヘイスティングスがグロスター（後のリチャードⅢ世）から予期せぬ突然の死刑宣告を受けた直後に、彼はこう述懐している。

Three times to-day my foot-cloth horse did stumble,
And startled, when he look'd upon the Tower,
As loth to bear me to the slaughter-house[7].
わしの盛装した馬は、今日三回も躓いた。
このロンドン塔を眺めたときには、ちょうど主人のわしを、
刑場へ送り込むのを嫌がるかのように狂奔したものだ。

☆ウマが互いに噛み合いをするのは死の前兆
とも言われる。

元来ウマはおとなしい性格で喧嘩をすること自体少なく、まして互いに噛み合うなどとは異常な事態であり、それ故にその行為は、異常事態である「死」を予告していると考えられる。シェイクスピア『マクベス』で「ダンカン王が暗殺される前の日には、馬が噛み合いをした[8]」ことが描かれている。

☆メウシ（cow）が、夜の十二時を過ぎてから鳴くのは家族の死の予示

とされる。

☆ネズミ（rat, mouse）が突然に増えたりいなくなったりすると、家族に死者が出る前兆

と言われる。

またネズミの急増は戦乱勃発の凶兆[9]とも言われ、それが急に姿を消すと火災の起きる前兆とも考えられ、特に船乗りは、船からネズミが急に姿を消すことをかえって恐れる、と言われる。

☆キツネ（fox）が家の周りに一度に数多く姿を見せるときは、その家の誰かの死の予告

と見做される。

☆複数のキツネに同時に出会うのは不吉とされ、時には死を暗示する

と伝えられる。

ただし、一匹のキツネに出会うのは幸運の徴とされる。

☆キツネに噛まれた者は、ほぼ間違いなく七年以内に死亡する

と言われる。

☆野ウサギ（hare）を殺したり傷付けたりすれば、必ず村人の一人が死亡する、あるいはそのウサギと同様の怪我を被(こうむ)る

とされる。

☆イタチ（weasel）に行く手を横切られたり、それが家の周辺にいるときは一般に凶兆とされ、特にそれが鳴き声を発するときは、その家に死者が出る前兆[10]

とされる。

イタチは「魔女の使い魔」とされ、古くから恐れられてきた生き物である。

☆ 洗濯場や搾乳場の下に、穴を掘っているモグラ（mole）が見つかると、その家の主婦が翌年中に死亡する[11)]

これは、特にウェールズで信じられている。

☆ 玄関の上の段にマムシ（adder）がいると不吉とされ、時としてその家の者が死亡することを意味する

と言われる。

（因みに、マムシは英国で見られる唯一の毒蛇である。なお、米国の毒蛇にはガラガラヘビ［rattlesnake］がいる。）

☆ コウモリ（bat）が家の周囲を飛び回るときは死の警告

と伝えられる。

コウモリは飛行能力のあるほ乳動物であり、よく言われるように決して盲目ではなく小さな眼を持っており、飛行中はレーダーと同様の働きをする耳を活用すると言われる。

中世においては、コウモリの出没する時間帯が魔女のそれと一致したため、この生き物は魔女の手先と見做され、今日でさえも'witches' bird'（魔女の鳥）との別称を持つ。十六世紀の初め頃、南米に吸血コウモリがいることが報告されてからは、ヨーロッパでは、コウモリは益々悪役の仮面を被らされ、更に吸血鬼ドラキュラの話が一層コウモリの怖さを強調することになってしまったようである[12)]。コウモリは害虫を捕食する点では、文句なしに有益な生き物と見做され得る。

☆ 真夜中にオンドリ（cock; rooster）が時を作るのは不吉とされ、おいおいにしてそれは、家族・親類・縁者に死者が出ることを予告する

と言われる。

この場合すぐに鶏舎に行き、鳴いているオンドリが向いている方角を調べ、次いで鶏冠・肉垂・脚が冷たいかどうかを調べる。それが冷たいときには、その方角の近親者が死亡する、と言われる。

☆ オンドリが午前四時以前に時を作るのは死兆

と見做される。

☆オンドリが裏出口（勝手口）の所で鳴くのは、家族の死を予示する
と言われる。

☆メンドリ（hen）が声高らかに時を作ると、その家の誰かが死亡する前兆
と言われる。

メンドリは普通時を作らないで、比較的小さな声でしか鳴かないとされる。

☆メンドリが黄身の二つ入った卵を産むと不吉とされ、時として関係者の死を予告する
と伝えられる。

☆スズメ（sparrow）を殺すと凶兆
とされる。

スズメは害虫退治の益鳥とされ、特に農民にはつながりの深い鳥でもある。スズメは時として「死者の魂」であると見做される。（因みに、イギリスのスズメがアメリカに初めて移されたのは、1851-2年、との説がある[13]。）

☆スズメを籠（かご）に入れて飼うと、家族に死をもたらす
と言われる。

> To catch a sparrow and keep it confined in a cage will bring death into the house where it is kept, striking either the father or mother[14].
> スズメを捕らえて籠に閉じ込めれば、それを飼っている家の主人か妻に死をもたらすであろう。

☆カラス（crow）・ワタリガラス（raven）が付き纏うように現われたり、家の周囲で鳴くときは、身近な人の死を予告している
とされる。

この種の鳥は一部では霊鳥として見做され、英国のコーンウォル辺りではアーサー王（King Arthur; 六世紀頃の伝説的英国王）の生まれ変わりとも言われるが、一般的にはいずれの国においても、その羽の色が黒いことや不気味な鳴き声のため、また遠方からでも人や動物の死肉を嗅ぎ付けるとされるため凶鳥とされがちである[15)]。カラス類は「死」を告げるのみならず、「死」を疫病の如く伝染させるとも言われる。シェイクスピアの『オセロー』の中に次の記述が見られる。

As doth the raven o'er the infected house,
Boding to all[16)].
まるで大烏が疫病に取り憑かれた家の屋根に来て、
不吉な声で鳴き立てているようだ。

その鳴き声“cras, cras”（クラス、クラス—あした、あした）の響きは、「罪人の改心を引き伸ばさせようとする悪魔性のもの[17)]」とも言われる。しかしながらカラス類は、人間との長い付き合いの中で、吉兆と見做される場合もある。またカラスは、しばしば子供の数え歌等にも歌われており、極めて親しみのある鳥でもある。

☆ **コマドリ（robin; robin redbreast）が家や教会の中に入って来たり、窓ガラスを叩くときは死の前兆。ただし、それが十一月の出来事なら大丈夫**

と言われる。

コマドリは殺したり傷付けたりしない限り、‘bringer of good luck’（幸運をもたらす鳥）とされる。

☆ **コマドリが薮で歌えば天気は荒れる。だが、それが納屋で歌えば暖かくなる**[18)]

という天候占いの言葉がある。

☆ **カモメ（gull）を殺すと不吉なことが起きる。また、カモメが窓を叩くときは誰かの死の予告**

とされる。

カモメは海鳥のため、海に生きる人々との関わりが深く、溺死した漁師や海兵の霊魂であるとも見做される。またこの鳥は嵐を予告するとも言われ、‘The gull comes against the rain[19)].’（カモメは嵐を背にしてやって来る。）という諺がある。

　コマドリやカモメに限らず、一般に、

☆ 鳥が窓を叩くのは不吉。場合によっては、死の前兆

と信じられる。

　一般に、鳥に関しては、

☆ 鳥が家に飛び込むのは凶兆で、時としてそれは死を予告する

と言われる。

☆ カッコウ（cuckoo）の初鳴きを耳にした場合、その際に見ていた方角が一年後にいる場所を示すとされ、もしその人が地面を見ていたら一年後には土の中にいる（死亡する）[20]

との伝承がある。

　カッコウの特異な習性はその托卵性にあると言われ、他の鳥の巣に卵を産んで育てさせる。シンボルとしては＜利己主義・欺瞞・嫉妬＞等があり、また「春の訪れを告げる鳥」ともされ、四月馬鹿の日に人を担ぐことを、スコットランドでは‘hunting the gowk（＝cuckoo）’と言う。因みに、この鳥の名前はその鳴き声からきたものであり、英語の‘cuckoo’はフランス語の‘cocu’（コキュ＝寝取られ亭主）と通意だとされる。シェイクスピアの作品には「カッコウ！カッコウ！ああ、嫌な言葉だ、女房持ちには耳障り[21]」という表現が見られる。また、カッコウの鳴き声は雨の予告とも言われる。

☆ 白いハト（white dove）が早朝に頭上を飛び回ると、その人の魂は遠からず抜けていく（死亡する）

と考えられている。

　これは、白いハトのシンボルが＜肉体を離れる魂＞だとされる[22]ことに由来するものであろう。因みに、ハトは＜平和＞のシンボルでもある。白いハトの伝承に関連して、

☆ 夢の中に白い鳥が現われるのは確たる死の前兆

と言われる。

☆ 万一胸の白い鳥が現われれば死兆

とも言われる。

この俗信は、殊にデヴォンシアの人々に信じられるようである。

☆フクロウ（owl）の鳴き声は死の予告

と言われる。

フクロウのシンボルは両価的と言われ、陰陽両様の意味を持っている。陰性シンボルには、＜死・死の予告・冬・寒さ・困窮・暗黒・孤独・絶望・受動・不信心（者）・魔力＞等があり、陽性シンボルには＜予言能力・英知・勤勉＞等がある。シェイクスピアのフクロウの扱いでは、＜死・死の予告＞に関するものが最も多いように見受けられる[23]。『マクベス』で、主人公マクベスが主君ダンカン王を正に殺害せんとしているとき、別室でその成功を待ち受けているマクベス夫人の耳に、不気味なフクロウの鳴き声が聞こえてくる場面がある。そのとき彼女はこう呟いている。

> It was the owl that shriek'd, the fatal bell-man,
> Which gives the stern'st good-night[24].
> 今鳴いたのは、梟だわ、最後のおやすみを告げる運命の夜番ね。

この作品の舞台はスコットランドだが、シェイクスピアの当時のロンドンでは、町の夜番が死刑囚に対して、刑の執行前夜にその獄を訪ね翌日の刑の執行を告げた風習があり、それがここに当てはめられ、夜の鳥フクロウを夜番に見立てたものである。これはまさに「フクロウの鳴き声は死の予告」という伝承の好用例と言えよう。

フクロウは羽毛の綿毛によって飛行中に羽音を立てない[25]ので、ネズミ、リス、カエル等の獲物の捕獲に適しており、その食性からも「死」と結び付けられ易く、「冥界の女王ヘカテの使い」ともされる[26]。（因みに、ギリシア人はフクロウを「知恵の女神アテナの聖鳥」として崇めたが、ローマ人はこの鳥を不吉な生き物として嫌い、酷（ひど）く扱ったという対照的な事実がある[27]。）

☆ ヨタカ（nightjar＜ヨーロッパ＞; whipporwill＜アメリカ・カナダ＞）が、家の近くに来て鳴くのは死の前兆

と信じられる。

この鳥もフクロウと同じく夜行性の鳥であり、その鳴き声の不気味さ故に「死」と結び付けられる傾向がある。マーク・トウェインの『トム・ソーヤーの冒険』で、ハックが次のように言っている。

> "... they say ... a whipporwill come in and lit on the bannisters and sung, the very same evening; and there ain't anybody dead there yet[28]."
>
> 「...正にその同じ晩に、ヨタカが飛んで来て手摺りに止まって鳴いたそうだよ。なのにさあ、あの家ではまだ誰も死なないよねえ。」

なお、上例中の‘whipporwill（whippoowillとも）’の呼称は、その鳴き声「ウィッパァーウィル」から来ており、北米に棲息するヨタカの一種である。（ヨーロッパのヨタカは、一般に‘nightjar’と呼ばれる。）

☆ カブトムシ（beetle; death-watch）が家具等に穴を掘り、カチカチと音を立てるのは確たる死の予告[29]

と言われる。

この昆虫は‘death-watch’と呼ばれ、日本語でも「死番虫（しばんむし）」と呼ばれる。文字通りカブトムシには「死」のイメージがあり、「人の魂は、死後暫くの間カブトムシに宿る」とも信じられる。なお、「家の中に黒いカブトムシが見つかると不吉で、よからぬ事の発生の前兆」とも言われる。

☆ コオロギ（cricket）の鳴き声は死の前兆

とされる。

『マクベス』の中で、ダンカン王を殺害した直後に、マクベスが夫人のもとに戻って来たとき、次の対話がなされている。

> *Macb.* I have done the deed: —Didst thou not hear a noise?

Lady M. I heard the owl scream, and the crickets cry[30].
マクベス　「やっつけたぞ。—音がしなかったか？」
マクベス夫人　「フクロウとコオロギの声しか。」

コオロギには「死」のイメージがあり、またその鳴き声は「女性のクスクス笑いに似ている」とも言われる。夏の半ばから秋深い頃までその鳴き声がよく聞かれるが、概して英米人の耳には、コオロギその他の昆虫の鳴き声は雑音・騒音に過ぎないようである。

☆コオロギが、突然家から姿を消すのも死の前兆

と言われる。

2.「植物」に関するもの

☆ゲッケイジュ（bay, laurel）が急に衰えたり枯れたりすると、悪疫の流行や王者の死を予示する

と伝えられる。

ゲッケイジュは常緑樹であり、枯れにくい性質を有すると言われる。その生命力の強さから＜不滅＞のイメージを持ち、よく棺の飾りにも使われる。この樹が枯れることは、王者の死を意味するとされ、その例として、ローマ時代のネロ皇帝（在位54-68）が自殺を遂げる前には、すべてのゲッケイジュが枯れたと言われることや、ウェールズのリチャード王（1367-1400）が死亡したときにも、この樹が全部枯れたと伝えられる[31]こと等が挙げられよう。シェイクスピアは、このリチャード王の伝承を扱っている。

Cap. 'Tis thought, the king is dead; we will not stay.
The bay-trees in our country are all wither'd,
....
These signs forerun the death or fall of kings.

....

As well assur'd, Richard their king is dead[32].

隊長 「王はお亡くなりになられたと想われる。もう待ちますまい。

この国ではゲッケイジュがすべて枯れてしまい、

....

これはみんな、王がお亡くなりなさるか、滅びなさるかの前知らせだ。

....

リチャード王はお亡くなりになった、と信じますが。」

ゲッケイジュは、古代ギリシア時代以来＜名声＞の意味を持ち、文芸、武勲、スポーツ等の「勝利者」の冠またはその飾りとして、よく用いられてきた樹である。

☆庭のゲッケイジュが枯れると、家族に死者が出る

とも伝えられる。

☆ヒイラギ（holly）の樹は、葉が青々としているうちは燃やしてはならない。それを燃やすと死をもたらす

と言われる。

ヒイラギは、クリスマスの飾り付けに使われるめでたい樹であり、その常緑性から＜永遠の生命＞を表わし、また＜好意・友情・歓待・予見＞等をも表象する。魔法に対する強力な武器であり、古来その根は催淫剤として効くと言われ、エリザベス朝ではその目的で砂糖菓子が作られたと言われる。この樹の生木は燃やすとろうのように燃え、それが「死」と結び付けられるようである。なお、この樹が家の近くにあれば落雷から護られる、とも言われる[33]。

☆イチイ（yew）の樹を無闇に切ったり、クリスマスの装飾にその枝を家に持ち込むと不吉で、時として死をもたらす

とされる。

イチイは常緑の聖なる樹であり、古くから教会の墓地によく見られ、＜不滅・永遠の生命＞のシンボルであり[34]、オウィディウスの『変身物語』では、「冥界に通ずる道にイチイの樹が茂る[35]」との描写がある。この樹はその材質が強靭で堅いために、古くから武器の材、特に弓材として用いられた[36]との伝承がある。マーク・トウェインの『トム・ソーヤーの冒険』の中で、トムが、伝説の英雄ロビン・フッドがイチイの弓を用いたことをハックに話す箇所が見られる。

> "... he [Robin Hood] could take his yew bow and plug a ten cent piece every time, a mile and a half[37]."
> 「...この人［ロビン・フッド］にイチイの弓を持たせたら、一マイル半も遠くから十セント銀貨を狙って百発百中だったのさ。」

シェイクスピアは「イチイと『死』との結び付き」をよく扱っており、『リチャード二世』の 'bows of double-fatal yew'（［凶器かつその毒性のために］二重に忌まわしいイチイの弓）という表現とか、『マクベス』の魔女たちの作る「地獄の雑炊の材料の一つ」としての扱いとか、また『ハムレット』では、ハムレットの父王殺害には「毒薬ヘボナ」が使われたとされるが、この「ヘボナ」は、一説ではイチイから作られたものではないか、とも推測されるようである[38]。

☆ヤナギ（willow）の樹は、不用意に近付くと人を死出の旅に誘い込む
との伝承がある。

『ハムレット』の中で、父を殺害され、恋人ハムレットとの仲もうまくいかず、悲嘆に暮れたオフィーリアが事故死（？）するが、シェイクスピアはこれをヤナギの樹に纏わる話として描いている。

> *Queen.* ...Your sister's drown'd, Laertes.
> *Laer.* Drown'd! O, where?
> *Queen.* There is a willow grows ascaunt the brook,

That shews his hoar leaves in the glassy stream;
Therewith fantastick garlands did she make
....
There on the pendant boughs her coronet weeds
Clambering to hang, an envious sliver broke;
When down her weedy trophies, and herself,
Fell in the weeping brook. ...
.... : but long it could not be,
Till that her garments, heavy with their drink,
Pull'd the poor wretch from her melodious lay
To muddy death[39].

妃「...レィアーティーズ、そなたの妹御が溺れたのじゃ。」
レイアーテイーズ「溺れて！おお、そりゃどこででございますか？」
妃「小川の縁に柳の樹が、
白い葉裏を流れに映して、斜めにひっそり立っている。
その細枝であの娘は奇麗な花環を作り、
....
あの娘は、その花環の冠を枝垂(しだ)れた枝に掛けようと
よじ登った折も折、意地悪く枝はぽきりと折れ、
花環もろとも
すすりなく流れの中に落ちたのじゃ。
.......ああ、それも束の間、
水を吸いたる重たい着物が、
美しい歌声をもぎ取るように、あの哀れな生贄(いけにえ)を、
川底の泥の中に引きずり込んでしまったのじゃ。」

ドラクロア（1798–1863; フランスの画家）の想像画『オフィーリアの死[40]』では、水面(みなも)に漂いながら賛美歌を口ずさむオフィーリアの姿が、哀しくかつ優

美に描かれており、鑑賞者の心を打たずにはおかないであろう。

☆ヤナギの樹の小枝で十字架を作り、聖なる泉（清らかな流れ）に浸すとき、それが水に浮かべば死が近付いている徴

と信じられる。

☆リンボク（blackthorn）の花の付いた枝を家に持ち込むと、家族の者に死をもたらす

と伝えられる。

この樹はサクラ属の低木で、冷たい北東風の吹く頃に、葉の無い黒い枝に真っ白い花を付ける。英国では、この樹は魔女の杖になると想われ、裁きを受けて魔女とされた者が焼かれるときには、そのリンボクの杖も一緒に焼かれたと言われる[41]。

☆春一番に見つけたデイジー（daisy）を踏み損なうと、翌年には、自分もしくは自分の愛する人が死亡することになり、その墓にはデイジーが咲き乱れる

と信じられる。

この花の名の由来は、'day's + eye'（昼の眼）とされ、＜太陽崇拝・無垢・愛情＞その他＜虚偽＞等のシンボルを持つが、「死」のイメージも強い花とされる[42]。この花は、若い人々の間で「恋占い」によく使われるが、＜愛情＞と＜虚偽＞の対照的な表象を持っていることを考え併せると、「恋占い」の意味に妙味があるように思える。

☆マンドレーク・マンダラゲ（mandrake）を引き抜くとき、その呻き声を聞く者は狂死する

と言われる。

この植物はナス科に属し、地中海周辺原産で、短い茎に白あるいは青色の花を咲かせ、黄色がかった多肉質の実を付けるが、その根は太く肉付きがよく二股になっている等が特徴である。特にその根は毒性が強い故に、古来下剤・麻酔剤・催眠剤として使われ、また二股の形状が人の股に似ているところから「愛」のイメージがあるとされ、媚薬としても重宝されたと言われる[43]。シェイクスピアの『ヘンリー六世、第二部』に、次の用例がある。

Sur. "A plague upon them! Wherefore should I curse them?
Would curses kill, as doth the mandrake's groan, ...[44]"
サフォーク　「畜生め！何故あってあいつらを呪(のろ)うと言うのです？
マンドレークの呻き声のように、呪(のろ)いで人が殺せるのなら、...」

☆ 一度育ったパセリ（parsley）を他の場所に移すと、近親者に死者が出る
と伝えられる。

引っ越しのときには、特にこのことを気にする者があると言われる[45]。パセリは古くから食用として馴染み深く、病気治癒、健康増進、それに解毒剤としてもその効があるとされる。パセリはよく料理の皿に添えられるが、それはその料理を食する者への料理人の信義の証(しるし)、と見做せよう。

☆ 紅白の花のブーケを病室に持ち込むと、死人が出る
とされる。

日本では、紅白は＜めでたさ＞の象徴であるが、これは全くの逆である。この伝承のルーツは、遠くローマ時代に遡り、「恋人たちの墓には、紅白のバラを供える風習があった」ことによるものとされる。紅白の「バラ」が紅白の「花」と転じられたものであろう。［序で既述］

☆ 花の狂い咲きが起きると、時として死の予示である
とされる。

季節外れの花が見事に咲くと、珍しさのため重宝がられる面もあるが、反面その異常さが異常事態の発生を予知している、と警戒したものであろう。

☆ 農産物が異常豊作のときには、その後で農場主が死神に付き纏われ、やがて死の運命を辿ることがある
とされる。

これは農民の間で時として言われるようであるが、この異状豊作と死との間に幾分かでも合理的な相関関係を見出すとすれば、農産物が異常豊作で大量に生産されるとその原価が下がり、そのため農場経営そのものが難しくなり、使用人への給金の支払いに窮するのみならず、自らの生活苦にも追い込まれ、極端な場合には死を選ばざるを得ない、というような事情が考えられるかもしれない。『マクベス』の中で、マクベスの城の門番が、ドンドンと城門を叩く早朝の訪問者に対して、滑稽な言いぶりで応答する場面がある。

> Knock, knock, knock: Who's there, i'the name of Belzebub? Here's a farmer, that hang'd himself on the expectation of plenty: ...[46)]
> ドン、ドン、ドンか！何者じゃ、貴様は？バールゼブブ［悪魔の頭目］の名をもって尋ねるぞ。うん、貴様は百姓だな、生憎（あいにく）の豊作見込みで首を括（くく）った男だな。...

３．「光・火・炎」に関するもの

☆ 青白い光が見えるのは人の死の前兆

と言われる。

またその光の大きさには意味の違いがあり、「比較的小さい光は乳幼児や子供の死、また場合によっては流産を予告し、大きい光は大人の死を予告する」と信じられる。また「大小様々の光が複数で現われるときは、大人と子供の死者が出る前兆」とされる[47)]。

☆ 人魂（corpse-candle; corpse-light）が、墓場から出てある家に向かい、近いうちに葬列が通ることになるはずの道筋を飛んで行くのが見えるとき、その家には死者が出る

と伝えられる。

この人魂は、小さな炎あるいは火の玉のように見えると言われ、これはやがて死亡する者の同族・親族の者の魂であり、自分の縁者の魂を迎えに行くのだと信じられている[48)]。英米では、人魂のことを 'jack-o'-lantern'（ジャコウランタン；鬼火）とも呼ぶ。これもやはり墓地や沼地に出没する青白い光

(ignis fatuus; 不知火）であり、その不気味さ故に、一般に「人を引き付けながら迷わす」と信じられている。なお、'jack-o'-lantern' は米国では、ハロウィーン（Halloween—万聖節［All Saints' Day＝十一月一日］の前夜）に用いる、かぼちゃの中をくり抜いてろうそくを立てられるようにしたもの（かぼちゃちょうちん）をも意味する。

因みに、英米人の間では、人魂は臨終の部屋でも見えるものとされる。また、その魂に平安無き場合には、むしろそれは死者の墓の上に見える[49]とも信じられている。

☆聖エルモの火（St. Elmo's Fire—海上で大嵐の際に舳先に見えると言われる光や火）が見えるときは、遭難と死の警告

と伝えられる。

元来これは船に乗る人々に関係する伝承であったが、飛行機に乗る際や登山の際にもそれが拡大適用され、飛行機ならその先端部に、山ならその山頂に見える火とされる。

4.「音・音声」に関するもの

☆どこからともなく賛美歌（hymn）が聞こえてくるのは、死者が出る前兆であり、それが聞こえるのは、死者となる人に関わりのある人に限られる

とされる。

この場合の賛美歌は、人が神に召されるときにその人を送る歌、と考えられている。

☆鐘（church bell）の無い場所であるにも拘わらず、何とも形容し難い憂いを含んだ鐘の音が聞こえてくるのは、死者が出ることを予示している

と言われる。

古来鐘はそれ独自の生命と意識を持つもの、つまり生き物同様の「心を持つもの」だと信じられてきた。例えば、聖人がやって来たり犯罪が起きると、鐘は一人でに鳴り出すと言われる。このような話の類いには、「船が難破すると鐘が一人でに鳴る」とか、「水面下に沈んだ町や村から、特定の日に鐘の音が聞こえてくる」といった伝承もある。こうした事柄の背景には、必ず人の「死」が纏わっているため、鐘の音は人の「死」を暗示する凶兆と考えられるのであろう。

ディケンズの『バーナビー・ラッジ』（*Barnaby Rudge*）には、教会の書記兼鐘つきのソロモン・デイジーが二十二年前の「鐘に纏わる恐怖」について語る箇所がある。そのとき彼は、死亡した老人の昇天の鐘をつくため、真夜中に教会にいた。

> "... At length I started up and took the bell-rope in my hands. At that minute there rang—not that bell, for I had hardly touched the rope—but another! I heard the ringing of another bell, and a deep bell too, plainly. It was only for an instant, and even then the wind carried the sound away, but I heard it. I listened for a long time, but it rang no more. I had heard of corpse candles, and at last I persuaded myself that this must be a corpse bell tolling of itself at midnight for the dead. ... that morning, Mr. Reuben Haredale was found murdered in his bedchamber; ...[50]"
>
> 「やっとわしは立ち上がり、手で鐘の綱を掴（つか）んだ。その瞬間鐘が鳴った。—その鐘じゃない。わしはまだ綱に手を触れたばかりじゃった—別の鐘が鳴ったのじゃ。別の鐘が鳴るのを聞いたのじゃ。しかも、こもったような鐘の音を、はっきりとな。一瞬間のことじゃし、風に乗って聞こえてきたのじゃが、わしには聞こえた。長いこと耳を澄ましていたがもうそれ以上は鳴らなかった。わしは人魂の話を聞いたことがあった。で、やっと、これは死人の出る前兆の鐘が、死人のために、真夜中に一人でに鳴り出したに違いない、と納得した訳じゃ。…で、その夜が明けたとき、ルーベン・ヘアデイル様が寝室で殺されていなさるのが発見されたのじゃ。…」

結果的には、ルーベン・ヘアデイルは、屋根の上の非常鐘の切れた紐を握って死んでいたので、ソロモンに聞こえたのは実は本物の鐘の音だったのではあるが、この話は、「鐘の音と死の前兆」とが結び付いている用例と言えよう。

☆ **誰もいるはずのない所から、人のすすり泣く声（sobbing）が聞こえるのは、死者の出る前兆**

と言われる。

☆ **（特に夜間のような）静寂の中で、家の中に規則正しい間隔で水滴の落ちる音が聞こえるのも死兆**

とされる。

この音が聞こえる人に触れていれば、触れているその人にもその音が聞こえると言われる。

☆ **全く人のいない所から、「ドサッ！」「ガサッ！」というような、如何（いか）にも重量のある物を下ろすような、異様な音が聞こえるのも死者の出る予示**

と信じられる。

☆ **人が手を触れていないテーブルが、ひとりでに「コツ、コツ！… コツ、コツ！」と音を立てたり、椅子が「コトコトッ！… コトコトッ！」とぐらつきながら音を立てるときは、死を予示している**

と伝えられる。

☆ **一・二分の規則正しい間隔で、ドア・テーブル・木製のベッド・窓等を、三度「コツ、コツ、コツ！」もしくは「コン、コン、コン！」と叩く音が聞こえてくると、近いうちに死者が出る前兆**

と言われる。

この音は普通の快い感じの音ではなく、心做（な）しか陰気な気味悪い感じの音であると言われる。特に、

☆ **病人のベッドの枕許（もと）で、三回大きなノック音が聞こえると、その病人は間もなく死亡する運命である**

と言われる。

これについてZolarは次のように補足している。

Should three loud knocks be heard at the head of a sick person's bed or the bed of his relations, death is soon to follow[51].

万一病人のベッド、もしくはその身内の者のベッドの枕許で、大きなノック音が三回聞こえれば、間もなく死が訪れることになる。

☆戸口に多数の人が集まり、何かを呟くような声が聞こえるのは、その家に死者が出る予告

とよく言われる。

この場合、戸口にいる人々とは、やがてこの家での弔いにやって来るはずの人々である。この俗信については、この頃でも信じている人がぽつぽついると言われ、非常に気味悪がられる伝承の一つである。

☆真夜中に、馬車が近付いて来る音が聞こえるのは死の予告

と言われる。

この馬車は、頭のない姿をした悪魔によって御(ぎょ)されていたり、またこの馬車が霊柩車そのものであったりする、と言われる。次の例は、カーカップ氏の『もう一人分の余地』（*Room for One More*）という民話の一部である。真夜中に馬車の音が聞こえ、やがてそれが自分の宿泊している部屋の窓下に止まる。不思議に思ったその女子大生は、そっと外を見る。

... she was horrified to see that it was not a carriage, but a big black hearse drawn by six black horses. It was driven by a coachman whose face was white as death. And from the sleeves of his black coat there appeared not normal human hands, but the hands of a skeleton[52].

それは馬車などではなく、六頭の黒い馬に牽かれた大きな黒い霊柩車だと判り、彼女はぞっとした。それは、死神のような真っ白い顔をした御者によって操られていた。それに、その黒い上着の両袖からは、普通の人間の手ではなく骸骨の手が覗いていた。

次の日に友人とデパートに出掛けたとき、彼女は、すんでのところでエレベーターの落下事故に巻き込まれ、危うく命を落とすところであった。

5．「天候・気象」等に関するもの

光と音の両方に関係するものとして、

☆ 季節外れの雷鳴・稲妻が起きれば、その教区に住む身分の高い人物が死亡する前兆

という伝承がある。

この雷鳴・稲妻が冬に起こる場合、特にそう信じられるようである。英米の年配者の中には、'A storm out of season is summer's glory or a great man's death.'（季節外れの大嵐には、夏の壮観もしくは偉人の死あり。）という古い諺を知る者がぼつぼついるように思われる。オリバー・クロムウェル（Oliver Cromwell, 1599–1658; 英国の軍人・政治家）が死亡したときにも、時ならぬ大嵐であったと伝えられ、英国人の間では時として話題に上る話だと言われる。シェイクスピアの『マクベス』の中では、前夜にダンカン王が殺害されたことを知らぬレノックスが、マクベスに、前夜があたかも天地の転倒を想わせるような、不意の大嵐であったことを語る箇所がある。

The night has been unruly: Where we lay,
Our chimneys were blown down: and, as they say,
Lamentings heard i'the air; strange screams of death;
And prophesying, with accents terrible,
Of dire combustion, and confus'd events,
New hatch'd to the woeful time: The obscure bird
Clamour'd the live-long night: some say, the earth
Was feverous, and did shake[53].
昨夜は荒れましたなあ。私どもの宿舎では、

煙突が吹き倒されました。何でも人の噂では、
悲しみの声が空に聞こえ、不思議な死の叫びが木霊(こだま)して、
恐ろしい声で、
乱世の先駆けを務める
悲惨な擾乱(じょうらん)や、不穏な出来事の予言をしたと言いますし、あの不吉な鳥
フクロウが、夜通し鳴いておりました。人の話によりますと、大地が、
瘧(おこり)にかかって震えたということです。

☆グリーン・クリスマスは、死者が多く出る徴
とも伝えられる。

'A green [good-weather] Christmas means a fat graveyard.'（グリーン［雪の降らぬ好天の］クリスマスは、墓場が太る［多数の死者が出る］ことを意味する。）という俚諺(りげん)がある。

6.「衣・食・住」「日用品・道具・器具・家具」に関するもの

☆炉端の灰の上に靴跡が付けられると、その年に家族の誰かが死亡する。それは聖マルコ祭の前夜によく起きる

これは英米人には一般的によく知られる俗信である。これに絡むものに、

☆聖マルコ祭の前夜に、炉辺に振り撒かれた灰に足跡を付けた者は、一年以内に死亡する

と言われるものがある。

なお、暖炉の灰と足跡に関わる前兆には、次のように「家族の死の前兆」という凶兆と、逆に吉兆との両方を含むものもある。

If, before going to bed on New Year's Eve, one spread the ashes of a raked-out fire over the floor, footprints found the next day were said to portend the future. If they pointed to the door, a member of the household would be die during the year. If they pointed away from the door, there would be an addition to the family[54].

もし、新年の前夜［大晦日(おおみそか)の晩］に、寝床に就く前に掻き回した暖炉の灰を床の上に広げておけば、翌朝［元旦］に見つかった足跡は先の事を予示する、と言われた。もしその足跡がドアの方を指していれば、家族の一人が年内に死亡するであろう。またもしそれがドアから逸(そ)れた方を指していれば、家族が増えることになるであろう。

また、ヨーク州には、

☆ **聖マルコ祭の前夜に、三年間続けて、十一時から翌朝一時まで教会の入口に座れば、三年目の夜に、その次の年に死亡する運命のすべての人の幻影が、列を作って教会堂に入っていくのが見える**

という伝承がある。

☆ **現在病気中の人がその列の中にいれば、その当人に「お前はもう回復しないぞ」との囁きが聞こえる**

とも言われる。

☆ **塩を零すと縁起が悪いとされ、それが最も悪い場合には人の死亡につながる**

とされる。

一般に、塩を零すことは不幸な出来事を招くと信じられている。キリストが磔刑にされる前に、弟子たちと最後の食事をしたときの想像画がよく描かれているが、レオナルド・ダ・ヴィンチ（1452-1519; イタリアの画家）の絵『最後の晩餐』では、キリストを密告したとされるユダが、卓上塩入れを倒している様子が描かれてある[55]、と言われる。この絵は、名匠ヴィンチの手になる作だけに、その細部にもこうした妙なる含み—塩を零すことの縁起の悪さ—が窺われ、正に画竜点睛(がりょうてんせい)かくの如しと思わせる。（なお、著者がイタリアのミラノの教会で、この壁画の実物を見た際、「ユダが卓上塩入れを倒している状況」を肉眼では確認できなかったことを附記する。）

☆ 箱入り大時計（grandfather[’s] clock）が、棺の形をした影を投げかけるときには、家人に死者が出る徴

とかつてはよく言われた。

この俗信について、C. D. Lysは次のようなコメントを記している。

> This false conclusion is undoubtedly drawn from a morbid fear of death coupled with the association of the coffin shadow. However, when a death actually takes place, as is apt to happen in any home, it substantiates the fears in the minds of many in whose houses there are grandfathers’ clocks. Thereafter such a tragedy is looked upon as if it actually cast its shadow beforehand[56].
>
> この間違った結論的考えは、明らかに、棺の影と結び付けられる死に対する病的な恐怖から、引き出されたものである。しかしながら、いずれの家庭にも起こりがちなことであるが、実際に死者が出ると、そのことは、家に箱入り大時計を持つ多くの人々の心の中の恐怖を具体的に実証することになる。それから後は、そのような悲劇［死］は、あたかもそれが、前もって実際にその影を投げかけるかのように見做されるのである。

☆ 時計（clock, watch）が変調を来（きた）し、時を刻むリズムを変えるときは家族に死者の出る前兆

とかつては言われた。

しかしながら、このリズムの変調は、時計の機能そのものに問題があることが多いとされ、現在ではこの俗信の信用度は皆無と見てよさそうである。

☆ 時計が十三回鳴って時を告げれば死が訪れる

とされた。しかし、これも上項の時計の変調と同類である。

☆ 時計は、その持ち主もしくは贈り主が死亡すると止まる

と言われる。

これが止まらないときには、人の手で止めるべきものとも言われるようである。これについては、古来「死者は時を超越するもの」という考え方があり、そのため時を刻むこの世の有限のもの―時計―は必要が無くなるからという理由のようである。

次の小歌は、米国のほぼ全土に広がっているものと見てよさそうである。

> "Ninety years without slumbering, / Tick! Tock! Tick! Tock! /
> But it stopped ... short, / Never to run again, / When the old man died[57]."
> 「九十年間微睡(まどろ)みもせず、チク！タク！チク！タク！
> だが、時計は止まったのさ ... 突然に、二度と動かなかったのさ、爺さんが身罷(みまか)りしとき。」

この小歌には、人と時計の「生命一体感」が詠われている。これに関連して、民間伝承を科学的視点から見ることを忘れないC. D. Lysが、'There are countless cases which lend an air of truth to the fact that a clock or watch stopped at the exact time of death of an individual[58].'（時計が、人の死と正に時を同じくして止まる事が、まるで真実かとも思わせるが如き数多(あまた)の事例がある。）と記しているのは、何とも心憎い思いがする。

☆ 赤ん坊が一歳にならぬうちに鏡を覗かせると、一年以内に死亡する

と言われる。

一般に赤ん坊には、生後一年間、あるいは乳歯が生えるまでは、鏡を覗かせると不吉であるとされる。その理由は、かつては、赤ん坊は鏡に映った魂を自分に戻すだけの力がなく、そのため衰弱して死亡する恐れがある、と考えられたからである。[第1部第3章4. で既述]

☆ ろうそく（candle）の垂れたろうが積み重なり「ろう涙」ができると、それができた方向にいる人か、その人の家族の誰かに死が訪れる

とされる。

☆ ろうそくの炎が青白い色を発するときには、肉体から魂が離れることを表わし、近いうちに死者が出る前兆

と言われる。

☆ 万一、風が教会の祭壇のろうそくを吹き消すならば、牧師が間もなく死亡する前兆

と言われる。

☆ クリスマス・イヴ等の特別な日以外に、人気のない部屋に、ろうそくを長時間灯し続けると死が訪れる

と伝えられる。

これには二つの理由が考えられ、一つは、「死霊を悦ばすことになるから」という伝承上の理由であり、もう一つは、「浪費と火災による死亡事故の発生の恐れ」という現実的な理由であろう。

因みに、ろうそくに関して、'burn [light] the candle at both ends'（ろうそくを両端から灯す［不可能な事］―精力・金銭等を浪費するの意）とか、'hold a candle to the devil'（悪魔にろうそくを供える―悪事に加担するの意）等の慣用句がある。

☆ 一本のろう引き灯芯で、三本のろうそくに点火するのは不吉（場合によっては死をもたらす）

と伝えられる。

特にキリスト教徒の間では、この行為は三位一体説―父なる神「天帝」・子なる神「キリスト」・「聖霊」の三者は、すべて神の現われであり、元来一体のものという説―に違背する故、と考えられるためである。

これに関連して、

☆ 一本のマッチで、三本のタバコに火を点けると不吉（場合によっては死をもたらす）

ともよく言われる。

ライターが現われてからは、「一度着火した状態のままで、三本（三人）のタバコに火を点けると不吉」と転用されるようになった。

ところでこの伝承は、ライター・マッチ・ろうそくに限られたものではなく、ランプ・松明（たいまつ）等にも適用されていた事実があり、相当に古い時代からの歴史を持つようである。これもやはり、先述の三位一体説への絶対的信奉から生じた俗信であろう。これに対して近代的な説もあり、カーカップ氏は以下のように述べている。

> A more modern explanation of the tradition dates from either the Boer War (1899-1902) or from the First World War (1914-1918). Soldiers fighting in the trenches of Gallipoli or the Somme were constantly covered by enemy snipers. So at night, if a soldier were to light just one cigarette, he could do so with impunity, because the enemy sniper would not have time to shoot. It was even possible to light two cigarettes with one match without too much risk of being shot. But if the soldier used the same match to light the cigarette of a third soldier, then the enemy sniper had enough time to get his range and fire. So soldiers learned never to light three or more cigarettes from one match, and this has now become a social custom[59].
>
> この伝統をもっと近代的に説明するとすれば、それはボーア戦争（1899-1902）もしくは第一次世界大戦（1914-1918）の時代に遡ることになる。ガリポリやソンム河で戦っていた兵士たちは、絶えず敵の狙撃兵に狙われていた。そこで夜間に、仮にある兵士がタバコ一本だけに火を点けるとしても、彼は狙撃されずにそれができた。というのも、敵の狙撃兵は撃つ時間が無かったからである。また一本のマッチで二本のタバコに火を点けても、狙撃される危険は大して無かった。しかしながら、もしその兵士が同じマッチの火を三人目の兵士のタバコの点火に用いれば、敵の狙撃兵は照準を得て、発砲できるだけの時間を持った。そこで兵士たちは、一本のマッチで三本もしくはそれ以上のタバコに決して火を点けないようになった。そしてこれが今では社会習慣となったのである。

なお、この俗信に関して、マッチにせよ、ろうそくその他にせよ、「三本はいけないが、それより多いか少ないかならば可[60]」とされるのも、実に奇妙なことと言えよう。俗信は俗信を生むものである。

☆ 偶然の油切れにて、ランプ（lamp）が消えると死の徴

と言われる。

☆ 神像が涙を流すと、偉人の死、もしくは一大異変勃発の前兆

と伝えられる。

ジュリアス・シーザーが暗殺される前には、「至る所で象牙の神像が涙を流した[61]」とオウィディウスが伝えている。（因みに、最近どこかの国では、「マリア像が涙を流す」と言われるようである。）

☆ 棺覆い―大抵はビロードの布―の表裏を間違えて棺に被せると、家族にもう一人死者が出る

と伝えられる。

☆ 壁に掛けてある絵が落ちるのは死兆

とも言われる。

7.「人・人の行為」等に関するもの

☆ 躓くこと（stumble）は不吉であり、最も悪い場合には死を予示する

とされる。

新しい企て、あるいは旅などの前の躓きは凶兆とされる。これに関して、征服王ウイリアムの伝説がある。「彼は、1066年に初めてイングランドに上陸した途端に躓いたが、機転を利かせて一握りの土を掴み、『これぞイングランド征服の徴！』と吉に転じ、周囲の者を安堵させたという話[62]」は有名である。

☆ 墓場の近くで躓くと、間もなくそこにいる者たち（死者たち）の仲間入りをする徴

と言われるものがある。

一方、躓く行為は結婚を示唆する、とも言われる。しかしながら、

☆ 躓いた日の夜、万が一にも結婚（式）の夢を見れば、それは死の前兆[63]

とされる。

なお、この場合の結婚（式）とは、必ずしも自分のものとは限らず、何人のそれでも当てはまるようである。

☆ 家族の者を跨ぐと、死を引き起こすことがある

とも言われ、この行為を厳しく戒めている。

なお、この行為は「子供の場合には、その健全な成長を妨げるもの」とされる。［第１部第３章４．で既述］

☆ 朝食前のくしゃみは、親しい知人が一週間以内に死亡する知らせ

と言われる。

☆ 川で洗濯をしている女性を見かけるのは死の前兆

とされる。

これは特にケルト族の人々の間で信じられるものである。この場合、洗濯をしている婦人が、美しい乙女、あるいは鬼婆のいずれであっても、その洗濯物は、その光景を見た人の死に装束だと言われる。

☆ 死亡した者の洗濯物は、生きている者のそれとは別に洗濯すべきであり、それを怠れば家族の者に死者が出る

とされる。

これは、生者と亡者のそれぞれの世界は区別されるべきだ、との考えからである。この俗信について単純な考え方をすれば、「死が拡まる恐れがあるから」ということになろう。

☆ 天国に旅立つ前の死者の食事（膳）は、生者のそれとは別に作られるべきであり、そうしなければ更にまた死者が出る

と伝えられる。上述の類いである。

☆ 寂しい場所で、白装束の女に遭遇するのは死の前兆

とされる。

これは民話の一つのパターンでもあるが、自然神話においても「白い姿の女」は「雪」に相当するとされる。これについては、日本を愛した英国生まれの文学者、ラフカディオ・ハーンの英訳書『雪女』（*Yuki-onna*）の話が想起されよう。

He [Minokichi] was awakened by a showering of snow in his face. The door of the hut had been forced open; and, by the snow-light (yuki-akari), he saw a woman in the room, —a woman all in white. She was bending above Mosaku, and blowing her breath upon him; —and her breath was like a bright white smoke[64].

彼［ミノキチ青年］は、顔に降り掛かる雪の冷たさで眼を醒ました。小屋の戸が押し開けられていた。すると雪明かりの中で、小屋の中に一人の女がいるのが見えた―全身白ずくめの女であった。女はモサク爺の体の上に屈み込み爺に息を吹きかけていた―で、その息ときたら、真っ白い煙のようであった。

これは、夕暮れに山仕事からの帰り路で吹雪に遭った二人の樵(きこり)が、川の渡し守の小屋に避難し、疲れのためにそこで眠り込んだ時に、「白い姿の女（雪女）」に遭遇する話である。題材は日本のものではあるが、「白い姿の女と『死』との結び付き」を示す点では、好用例と言えよう。

☆ キルト―羊毛か羽毛の入った刺し子の掛け布団―を縫っている間に、針が折れると、それを縫い終らぬうちに死がやって来る

との伝承がある。

この俗信は、キルトに関わるだけに、古くからそれで知られるスコットランドに縁(ゆかり)のあるもの、と見てよさそうである。

☆ 金曜日に縫い物を始めたら、その日のうちに完成しないと死が訪れる

と言われる。

これに関して次のような記述が見られる。

A dress begun on Friday must be finished the same day; otherwise death will come to the person it is being made for before she wears it[65].

金曜日に縫い始めたドレスは、その日に仕上げねばならない。さもなくば、それを着るはずの人が、それに袖を通さぬうちに死亡することになろう。

☆ 危篤状態の病人がベッドカバーをいじくりだすと、その死が差し迫っている徴

と信じられる。

☆ くしゃみをしない病人は、近いうちに死亡する

と言われる。

現代感覚から言えば、極めてナンセンスなものであろうが、かつては、「くしゃみは病気に刺激を与え、悪霊を追い出し、一気に回復に向かう転機となるもの」と信じられたのである。

☆ 鼻血が左右両側から一、二滴出るのは、家族の死あるいは重病の前兆

とされる。

E. & M. A. Radfordは次のように記している。

Nose-bleeding has its own lore and omens. A sudden attack is usually said to be a sign of misfortune, ... A single drop from the left nostril is a good sign according to some, but more generally one or two drops from either side foretell a death in the family, or a serious illness[66].

鼻血にはそれ特有の伝承と前兆がある。突然の鼻血は普通不幸の徴と言われる。…左鼻孔からたった一滴出るときは、一部の人々の言うところによればよい徴とされる。しかし、もっと一般の人々に通用しているのは、両側から一、二滴出るのは家族の死とか重病を予告する、ということである。

結び

民間伝承として生き続けてきた多様多岐に亘る「死の前兆」の迷信・俗信

も、他のものとともに科学の光に照らされながら、その一部は今後も命脈を保ち続けるものと思われる。しかしながら、殊にこの「死の前兆」に関しては、我々人間が心に留めておくべき肝要なことがあろうと思われる。それは、人間が創り出し護ってきたこの文化遺産に対する姿勢である。仮令「死の前兆」とされる事柄や出来事に直面しようとも、それに「振り回されぬだけの思考と行動様式を見出していくという姿勢」である。「凶」を創り出したのも人間の「英知」だとすれば、それを「吉」に転じられるのも、これまた人間の「英知」に他ならぬのである。

ジュリアス・シーザーが、ローマ軍を率いて遥かエジプトのアドルメンタムに上陸した直後、躓いて顔を地面に打ち付けたとき、これを目の当たりにした将兵は、彼の負傷と凶兆を心配したが、彼は正に英雄たるに相応しき平静心をもって、

> "Thus I take possession of thee, O Africa![67]"
> 「おお、アフリカよ、我かく汝を占領す！」

と大音声を挙げたと伝えられる。先述の征服王ウイリアムの場合同様、これぞ正しく賞讃に値する「英知の具現たる言動」ではないだろうか。

Notes

＜厖大化回避のため、本文中の☆印 百項の提示文への付注は原則的に割愛する。＞

1）T. Sharper Knowlson, *The Origin of Popular Superstitions and Customs*（London: T. Welner Laurie, 1930）166.

2）Knowlson, 162.

3）Mark Twain, *The Adventures of Tom Sawyer,* The Library of America（New York: Literary Classics of the U.S., 1982）X, 74.

4）"cat," *Dictionary of Symbols and Imagery*, ed. Ad de Vries（Amsterdam: North-Holland Publishing Company, 1974）86.

5）"BLACK CAT," *Zolar's Encyclopaedia of Omens, Signs & Superstitions*, ed. Zolar (London: Simon & Shuster, 1989) 45.

6）Phillip W. Steele, *Ozark Tales and Superstitions* (Gretna: Pelican Publishing Company, 1990) 81.

7）William Shakespeare, *King Richard Ⅲ*, Malone's Shakespeare: The Plays and Poems of William Shakespeare, ed. Edmond Malone (London, 1790; New York: AMS Press, repr. 1968) iii-4, Vol. 6, 538-39.

8）Shakespeare, *Macbeth*, Malone's Shakespeare, ii-4, Vol. 4, 350.

9）"MOUSE," *Dictionary of Mythology, Folklore and Symbols*, ed. Gertrude Jobes (New York: Scarecrow Press, 1962) Part Ⅱ, 1131.

10）W. Carew Hazlitt, *Faiths and Folklore of the British Isles* (New York: Benjamin Blom, repr. 1965) Vol. Ⅱ, 622.

11）"DEATH," Zolar, 109.

12）Claudia de Lys, *A Treasury of Superstitions* (New York: Philosophical Library, 1957) 59.

13）de Lys, 30.

14）de Lys, 30.

15）Charles Hardwick, *Traditions, Superstitions and Falk-Lore* (New York: Arno Press, repr. 1980) 247-48.

16）Shakespeare, *Othello*, Malone's Shakespeare, iv-1, Vol. 9, 581.

17）"raven," de Vries, 382.

18）de Lys, 19-20.

19）"The gull comes against the rain.," *The Oxford Dictionary of English Proverbs*, rev. F. P. Wilson (1935; Oxford: Clarendon Press, 1992) 341.

20）"cuckoo," de Vries, 122.

21）Shakespeare, *Love's Labour's Lost*, Malone's Shakespeare, v-2, Vol. 2, 436.

22）"DEATH," Zolar, 108.

23）藤高邦宏『英米文芸におけるシンボルと伝承』―フクロウのシンボルとシェイクスピアの扱いについて―（岡山英文学会，*PERCICA*, No. 21, 1994).

24）Shakespeare, *Macbeth*, Malone's Shakespeare, ii-2, Vol. 4, 326.

25）Robert Burton, *Bird Behavior* （Alfred A. Knopf, 1985）：『世界の鳥』（東京：旺文社, 1985）102.

26）"owl," de Vries, 353.

27）Hazlitt, Vol. Ⅱ, 468. / "Owl," *Encyclopaedia of Superstitions*, ed. E. & M. A. Radford（New York: Philosophical Library, 1949; New York: Greenwood Press, 1969）185.

28）Twain, X, 74.

29）"BEETLE," Jobes, Part 1, 194.

30）Shakespeare, *Macbeth*, Malone's Shakespeare, ii-2, Vol. 4, 327.

31）"LAUREL," Jobes, Part 2, 976.

32）Shakespeare, *King Richard Ⅱ*, Malone's Shakespeare, ii-4, Vol. 5, 50.

33）"Holly," *E. & M. A. Radford Encyclopaedia of Superstitions*, ed. and rev. Christina Hole（1948; London: Hutchinson & Co., 1961）192.

34）"YEW TREE," Zolar, 386.

35）Publius Ovidius Naso, *Metamorphoses*（A. D. 7）Ⅳ-432: 中村善也訳『変身物語』（東京：岩波書店, 1981）Ⅳ-432（上）158.

36）Knowlson, 222-24.

37）Twain, XXⅥ, 158.

38）Shakespeare, *King Richard Ⅱ*, Malone's Shakespeare, iii-2, Vol. 5, 57. / Shakespeare, *Macbeth*, Malone's Shakespeare, iv-1, Vol. 4, 385.

39）Shakespeare, *Hamlet*, Malone's Shakespeare, iv-7, Vol. 9, 382-83.

40）*Le Louvre et l'Art a Paris*（Tokyo: Shogakukan, 1985）Vol. V, 107.

41）"BLACKTHORN," Jobes, Part 1, 224.

42）"DAISY," Jobes, Part 1, 407.

43）Hazlitt, Vol. Ⅱ, 385-86.

44）Shakespeare, *2 King Henry Ⅵ*, Malone's Shakespeare, iii-2, Vol. 6, 191.

45）"PERSLEY," Jobes, Part 2, 1239.

46）Shakespeare, *Macbeth*, Malone's Shakespeare, ii-3, Vol. 4, 336-37.

47）Hazlitt, Vol. Ⅰ, 88.

48) "corpse," de Vries, 113.

49) "corpse," de Vries, 113.

50) Charles Dickens, *Barnaby Rudge*, The Oxford Illustrated Dickens (Oxford: Oxford Univ. Press, repr. 1991) Chap. Ⅰ, 13-4.

51) "DEATH," Zolar, 108.

52) James Kirkup, *Folktales and Legends of England*, annot. S. Miura (Tokyo: Seibido, 1971) '*Room for One More*,' 7.

53) Shakespeare, *Macbeth*, Malone's Shakespeare, ii-3, Vol. 4, 340-41.

54) "ASH," Zolar, 17.

55) James Kircup, *British Traditions and Superstitions*, annot. K. Jin (Tokyo: Asahi Press, 1980) 2-4.

In this masterpiece [*The Last Supper*], Judas Iscariot, the evil betrayer of Christ, is depicted accidentally knocking over the salt cellar.

56) de Lys, 274.

57) de Lys, 274.

58) "candle," de Vries, 80.

59) Kirkup, *British Traditions and Superstitions*, 19.

60) Kirkup, *British Traditions and Superstitions*, 18-9.

61) Ovidius Naso, XV-792: 中村, XV-792 (下) 340.

62) Knowlson, 164-65.

63) "STUMBLE," Zolar, 341.

64) Lafcadio Hearn, *Kwaidan*, annot. Y. Sugi (Tokyo: Seibido, 1957) '*Yuki-onna*,' 32.

65) Steele, 84.

66) "Blood," Hole, 60.

67) Knowlson, 164.

[以上は『岡山理科大学紀要』第29号B（平成6年3月）による。共著者の岡本糸美、高橋理恵両氏には英米の文献資料等の調査を担当していただいた。]

第2章　死の切迫・死亡・死者浄め・葬儀準備・通夜・弔問

はじめに

人も動植物も、この世に「生」を受けたものはすべて、必ずや「死」を迎える。人々は太古の昔より、誰しもが避けて通ることのできない「死」という一大問題について考えてきた。例えば、「死はすべての終わりを意味するか」という問題もその一つであり、それは昔も今も同様に人々の関心事と言えよう。

この問題に対しては、古来、世界のいずれの文化においても、人々は「来世の存在」を信じてきた。この「来世」とは「未来」の一つである。他の生き物とは異なり、その言語システムに「未来表現形」を持っていることからも窺われるが、人間は「未来について思索せずにはいられない生き物」なのである。その点では、「来世の存在」という人々のこの信は、ごく自然な成り行きの中で誕生したものと言えそうに思える。

いざ死者が出ると、人々はそれぞれの「風習」に従って弔いをするが、その「風習」は「来世の存在」というこの信と結び付いている。例えば、やや風変わりな風習に「アイルランドの通夜」があるが、そこでは「死者を囲んで飲み食いをし、歌い踊るのお祭騒ぎをする。だが、誰も涙を見せたりはしない」のである。この「風習」にはいろいろな解釈があるが、その一つに、「死者は苦しく悲しい現世を去り、来世で永遠の生を得るのだから、涙を流して悲しむどころか、むしろ大いに祝福すべきだ」との解釈がある。

当章では、「死の訪れ」から「葬儀準備」「通夜」「弔問」に至るまでの、英米人の古今の「風習」のあらましとともに、そこに見出される極めて多様な迷信・俗信をやや詳細に考察する。またその際、幾つかの事項については若干の議論をも試みたいものである。

1．死の訪れの時刻

今日では、人の死が潮の干満と関係があると信じる者は、先ずいないであろう。しかし、かつてはこれが信じられ、特に海洋国英国の海岸地方や船乗りたちの間では、固く信じられていたようである。

☆ 人が息を引き取るのは引き潮時[1)]

とされた。

E. & M. A. Radfordは、「潮の変り目には温度変化が起き易く、それが瀕死の人に影響を及ぼすのかもしれない」と述べ、またこの用例として、ディケンズの『デイヴィッド・コパーフィールド』（1849-50）のペゴティ氏の言葉を引用している[2)]。

> 'People can't die, along the coast,' said Mr. Peggotty, 'except when the tide's pretty nigh out. ... He's a going out with the tide. It's ebb at half-arter three, slack water half-an-hour. If he lives till it turns, he'll hold his own till past the flood, and go out with the next tide[3)].'
>
> 「海辺じゃ」ペゴティさんが言った。「潮がかなり引かねえと、人は死ぬはずがねえんです。…この男も、引き潮とともに亡くなりますて。三時半が干潮、三十分は潮だるみじゃで、もしも潮が変わるまで生命が持つとすりゃ、満潮過ぎまでは大丈夫でしょうて。そいで、次の引き潮で息を引き取りましょうて。」

この「引き潮時死亡説」については、それが古代ギリシア人にも確信されていた点からも、その起源は海を見て暮らした太古の時代の人々の知恵にある、と推測される。従ってこの説は、ブリテン島でも古くから確信されてきたものと思われる。なお、上掲のディケンズ以前では、シェイクスピアの『ヘンリー五世』（1598-9）にもこの例が見られる。次の引用は、酒場の女主人クイックリー夫人の台詞の一部である。

… 'a [Falstaff] parted even just between twelve and one, e'en at turning o' the tide: …[4)]

…あの方［フォールスタッフさん］は、ちょうど十二時と一時の間、つまり潮の境目にお発ちになった［亡くなられた］のだよ。…

ところで、Radfordは、「シェイクスピアの時代には、この説が一般に広く信じられていたことは明らか[5)]」と記してある。しかしながら、Edmond Maloneは、「女性たちの間では通用していた」とのJohnsonの半肯定論に言及している[6)]。推測するに、後の十九世紀半ばのディケンズがこれを使ってある点からも、シェイクスピアの時代には「広く」かどうかは何とも言い難いが、少なくともそれが信じられていたことは間違いなかろうと思える。こうした場合には、仮令（たとえ）作家の用例が見られるとしても、同時代の世人がそう信じたかどうかを判定するのは極めて難しい。というのは、作品の中で扱われている時代、場所、人物等についての作家の意図を把握し、それをその世界の現実状況と照合するのが極めて困難に思われるからである。

☆ 人が死亡するのは、月が欠けていく（欠けた）とき[7)]

ともされた。

自然法則からも、月の満ち欠けは潮の干満とつながるので、こう信じられたのも当然であったろう。この確信は、特に海のない内陸部に住む人々にとって、都合のよいものであったと思われる。

☆ 船上での病人等は、陸地が見えるまでは息を引き取らないもの[8)]

と信じられた。

2．瀕死者への助力

場合によっては、瀕死の者に手を貸し、その死を楽にする方策が講じられた。これは瀕死者への真の愛情故の方法であり、また神の許しを乞うた上での善処策でもあった。

☆ 家中の鍵をすべて開け、かんぬきも外し、また、結んであるものもすべて解く[9)]

こうすることで、死に瀕した者はこの世とのつながりから解放され、その魂は戸口や窓から楽に出て行けると信じられた。Sir Walter Scottの *Guy Mannering*（1815）に次の用例がある。

“And wha ever heard of a door being barred when a man was in the dead-thraw? —how d'ye think the spirit was to get awa through bolts and bars like thae?[10)]”

「そいで、人が死にかかっているときに、ドアにかんぬきが掛けられるなんて話を、いったい誰が聞いたことがありましょうや？—人の魂が、どうやってこういう留め金やかんぬきを通り抜けて逃れ得たと思いやすか？」

☆ 瀕死の状態にある者の枕を取り除く

これを行うときに、「急激に実行することによって、当事者にショックを与える方法がよく採られた、と言われる[11)]。

☆ 何度も息を引き取りそうになり苦しむ者を、土間の土の上に横たえる[12)]

こうすることによって、死の運命にある者が、「母なる大地」の「太女神」に導かれるように、と願ったのである。

☆ 死期の近い病人は床板の上、特に床板と並行に寝かせてやるのがよい[13)]

とされた。

これは、大昔に土間に藁（わら）等を敷いて生活していた時代から、床板のある家での生活をするようになってからの伝承であろう。

☆ 瀕死の者の使っている寝具で、羽毛の入ったものがあればそれを取り除く

古来、ハト・シャモ・その他野鳥類の羽毛の入った枕、マット等は人を死から保護する、と信じられた[14)]。

今日では、これらの事柄を信じる者は先ずいないであろう。これらの俗信は、現代における「安楽死（euthanasia）の問題」と直結するものと思われるが、かつてのこうした俗信の背景にもやはり、「瀕死者のためを思い、その苦痛の減少に助力する[15]」という当人への愛情がその基盤にあったことは確かであろう。

3．「溺れる者はそのままに！」

俗信の中には、考えようによっては実に「非情」とも思えるものが現にある。

☆ 溺れている者を見ても、またその者に助けを求められても、そのままにしておくのがよろしかろう[16]

とされる。

これに関連する作品として、T. S. Knowlsonも取り上げているが、Sir Walter Scottの*Pirate*（『海賊』1821）に次の一節がある。

> "Are you mad ? "said he [the pedlar] ; "you that have lived sae lang in Zetland, to risk the saving of a drowning man? Wot ye not, if you bring him to life again, he will be sure to do you some capital injury? ...[17]"
>
> 「気は確かかね」と彼［行商人］が言った。「ツェトランドでこれまで長く生きてきたのは、溺れてる者を救う危険を冒すためですかね。仮令奴の命を救ったところで、奴のほうがきっとお前さんを死ぬめに遭わせることになるのを、お前さん、知らないのかね。...」

この行商人のように、敢えて「非情」を断行する人々の心には、いったい何があるのであろうか。この疑問を解決するには、この俗信に関する人々の「確信」の内容—皮相的及び真相的—を吟味する必要がありそうである。

その確信とは、「人が溺死するのは、水の精に捕らえられたり、川の神が生贄（いけにえ）を要求したりするためであり[18]」言わばそれは「神のご意志」によるもの故に、

「これに背いて救出を行うのはよろしくなかろう」というものである。つまり、これは人々のこの俗信に関する「皮相的確信」であり、言わば「奇麗事」でもある。

ところで、人々が溺れる者を目の当たりにするとき、救出に乗り出そうとしても、もしかするとその瞬間には、救出をする上で危険を冒すという恐怖心とか、また身体の緊張状態等が募り、どうにも救出ができない状態になってしまい、その結果やむを得ず「非情」を断行してしまう、ということも実際上あるかもしれない。しかしながら、人々をこの「非情」に踏み切らせるのには、このこと以上にもっと強力な何かがあるように思える。それは、外ならぬ「罰を受けるといけないから」という恐怖、しかもそれは、T. S. Knowlsonの述べるように、「今度は自分が溺死しなければならない羽目に陥るから[19]」という、生きている者にとっての「極限の恐怖」とも言えそうなものであるように思える。実はこれが、人々のこの俗信に関する「真相的確信」ではないか、と思えるのである。上掲の用例中においても、確かにその「極限の恐怖」が「警告」となって現われているようである。この点で、Knowlsonのこの「本音説」は、大いに同意できるものに思える。

なお、「溺れる者を見つけても、それは神の思し召し故に、そのままにしておくのがよろしかろう」というこの教訓は、『聖書』には記されていないものである。

4．死者が出たらすぐなされるべきこと

家族等が亡くなった場合、すぐに次のようなことがなされるべきとされる。

☆ 死者の目は必ず閉じさせる。このことは埋葬時まで注意を払う[20]

今日も同じことが言われるが、この謂(いわ)れは、「死者は皆生者を羨む[21]」からだ、とされる。

☆ 死者の霊魂が天に飛び立つのを妨げないように、家の戸や窓を開け放つ[22]

☆ 窓のブラインドを閉める[23]

この頃でも、これを実際に行う場合が大いにあると言われる。

☆ 死者の部屋の鏡は勿論、場合によっては家の中の鏡も、覆いをするかまたは裏返しておくべきだ[24)]

とされる。

何故こうすべきかについては、考え方が二つに分かれているようである。一つはCharles Kightlyの挙げる、「死者の魂が鏡に取り込まれてしまい、後で家族の者が鏡を使用する際に、その肩ごしに魂が現われる[25)]」という考え方である。もう一つはJ. G. Frazerの挙げる、「鏡に映る人の姿はその人の魂だが、その魂が、埋葬までは普通辺りにうろついているとされる死者の霊によって、連れて行かれる恐れがある[26)]」という考え方である。この二つの考え方を、Paul Barberの次の記述と照合してみたい。

> … Usually it is explained as a means of preventing the dead from returning or preventing another death from occuring[27)].
> …普通それは、死者が戻って来ないようにするためとか、次の死者が出ないようにするための方策だと説明される。

前者Kightlyの考えは、Barberの言う「死者の戻りの防止」に相当し、後者Frazerのそれは、Barberの言う「次の死者の出の防止」に相当しており、結局Barberの考え方は、昔からある二つの考え方を纏めたものであることが解る。いずれの考え方にしても、それは、「鏡には人の魂や霊が映る[28)]」とか、また「鏡は‘the other side = the afterlife’（来世）への通路の役目を果たすもの[29)]」という古い時代の確信に根差したものである。しかし、今日においても英米の人々は、正に習慣としてこれを実行することがあるようである。

☆ 家の掃き掃除やちり払い等をしてはならない[30)]

これはこの行為によって、死者の魂とぶつかったり、それを追い立てることになる恐れがあるから、とされる。

☆ 家畜と植物にも家族が死亡したことを知らせ、家畜小屋の出入り口や巣箱

に喪章（黒リボン等）を付けたり、植物にもそれを付けるか巻くかしてやらなければならない。さもないと、家畜が死亡したりいなくなったり、また植物が枯れたりする[31)]

と信じられる。

動物のうち、今日でも特にミツバチにはそれを知らせ、巣箱に喪章を付する場合がある。この用例として、Alvin Schwartzは、ニューイングランドのJohn G. Whittierの*Telling the Bees*（1858）を紹介しており[32)]、その詩の終末にはこう記されてある。

> "Stay at home, pretty bees, fly not hence! Mistress Mary is dead and gone![33)]"
> 「家にいておくれ、可愛いミツバチたちよ、ここから飛んで行かないでおくれ！メアリー奥さんが、亡くなったのだよ！」

☆死者が出たら、ミツバチの巣を家の鉄の鍵で三度叩いて死を知らせ、黒リボンを付す[34)]**。また、出棺前あるいは埋葬時に、ミツバチの巣箱をぐるりと回してそれを知らせる**[35)]

☆暖炉やかまどの火を一旦は消す[36)]

☆時計を止める[37)]

一般にこの理由は、時間という「有限のもの」は死者には必要が無くなるからだ、と言われる。ところが、これとは全く異なる理由もあり、その一例としてClaudia de Lysの記する理由は興味深い。

> There are various superstitions which, if followed, will prevent dreaded events. One is that it is best to stop the clock at the moment of a person's death, to limit the power of death by introducing a new period of time. The clock must be started again after the funeral, when a new cycle of time is supposed to begin[38)].

もし守れば、恐ろしい出来事を防止できるような様々な迷信がある。一つは、誰かが死亡するとすぐに時計を止めるのが最良だ、というものである。それは、新たな「時」を導入することによって、死の力の勢いを押さえるためである。時計は葬儀後に、「新たな時の周期」が始まるとされるときに、再び動かしてやらねばならない。

Lysの記述は、「時間の次元を改めることによって、『死のパワー』を押さえるために」時計を止める、という考え方である。昔の人々にとっては、「死の訪れ」はすべてにおいて、この世のものとは異なる「別世界の訪れ」を意味した。人々は、その別世界の恐ろしいパワーを如何(いか)にすれば防げるかと知恵を絞った結果、「時間の次元の入れ替え」という考えに至ったのであろう。

☆ 生き物が死体や棺に飛び付くと大変に不吉なので、寄せ付けないようにする[39)]

これは特にイギリス北部地方でよく言われるようであるが、Orkney Islandsでも、「家にいるネコはことごとく閉じ込めるべき[40)]」とされるようである。また、どんな動物でもそうした場合には縁起直しに殺害されるべきである、との考え方があったようであり、Radfordは、「ネコが出棺前の棺に飛び付き、そのために殺害された実例[41)]」を挙げている。

この俗信については、どうもネコのことが特にうるさく言われるようである。これについて、W. Carew Hazlittは「肉食動物であるネコが、人々の眠っている間に死者に近付かぬようにするため[42)]」という理由を挙げているが、更にこの理由に付け加えるものとして、中世における「ネコは魔女の使い魔[43)]」という人々の確信から派生する理由も考えられるのではないかと思われる。つまり、「ネコが遺体に飛び付けば、悪魔や魔女が死者に取り憑き、それが次の死者を誘うことになる」と考える訳である。

ディケンズの*Bleak House*（1852）の中で、孤独な下宿人の法律家が死亡し、その部屋に集まった下宿屋の主人クルック氏や、その他数名の人々が部屋を出ようとするとき、

'Don't leave the cat there!' says the surgeon: 'that won't do!' Mr. Krook therefore drives her out before him; ...[44)]

「そこにネコを置いて行かないように！」と医師は言う。「そいつはためになりませんぞ！」クルック氏は、それ故に、彼より先にネコを追い出す。…

という場面がある。クルック氏には、彼の飼いネコが付いて来ていたのである。ここでの医師の言葉は、考えようでは、単に「俗信」に拘(こだわ)ったとばかりは言えない雰囲気—起こりそうな現実を心配した様子—が窺えそうである。

☆ 死者を独りにしておいたり、また暗い所に放置したり、施錠した部屋に独りで置いておくようなことをしてはならない[45)]

これは、元来、死者に対して悪霊が悪戯(いたずら)をするといけないから、と考えられたためである。[後の８. 参照]

☆ 遺体をベッドに横たえるとき、その足部がドアのほうに向くようにする

特にアイルランド系カトリックの人々の間では、これが実行されるようである[46)]。

☆ 死者に、ワインと食物を供える

ワインについては、家族や知己は、死者のグラスにカチッと乾杯の音をさせ、ともに飲むのがよいとされる[47)]。なお、「酒類は死者の旅立ちを手助けし、かつその罪を洗い流してくれるもの[48)]」と考えられている。

☆ 壷等に蜂蜜を入れて死者の傍に置いておく

これは、死者の魂がハエになって飛んで行きたいと願うとき、その滋養物として蜂蜜が必要だ、と考えられるためである[49)]。

☆ 遺体（または納棺後なら棺）の傍らに、ろうそく（一般に十三本）を灯す[50)]

これについては、電灯の発達した今日でもろうそくを用いることが多いようである。ろうそくの使用は、「悪霊除け」が本来の目的である。またろうそくは、「死の暗やみを照らし、来世の明かりを表わすもの[51)]」とも考えられる。

☆ 塩を小皿に盛って遺体の胸の上に置く[52)]

古来、塩もろうそくと同様に「悪霊除け」になると信じられている。この

「塩」を用いる習慣に関して、Charles Hardwickは、「腸に空気が入り遺体が膨れるのを防止するため」というDouceの古風な説をも紹介し、更に「塩は'eternity'＜永遠＞や'immortality'＜不滅＞を表象するので、悪魔に酷(ひど)く嫌われる」という考え方があることをも示している[53]。なお、この習慣については、「塩と土が、一皿に分けて盛られる場合もある[54]」と言われる。

☆ 教会に知らせ、弔いの鐘（passing bell）を鳴らしてもらう

この風習は、この頃では極めて少なくなっていると言われるが、教区によっては今なお実施されている所も現にあるようである。昔風の考え方によれば、この鐘は、「教区の人々に、死者への祈りを促す」役目と、もう一つ、「死者の魂を護る」役目があるとされる[55]。

この弔鐘は、死者によって鳴らす数に違いがあり―男性九つ、女性六つ、子供三つとされ―この区別がなされた後で、その故人が生きた年数だけの数を鳴らす[56]。この弔鐘に関して、古くから伝えられる諺'Nine tailors make a man[57].'がある。この諺は、表面的意味が、「仕立屋九人で男一人前。」であり、「仕立屋は職業柄体力が弱く、九人寄って初めて一人前の力になる。」という意味として、仕立屋に対する冷やかし、悪口として使われたりもする。しかしながら、この諺は、本来仕立屋には関係が無かったとされる。これは、死者が一人前の男なら鐘が九つ鳴らされたことから、'Nine tellers make a man.'であったものが、'tellers'（= strokes; 鐘が鳴ること）から'tailors'（仕立屋）への「訛(なまり)」、つまり「音の滑り」によってできたものとされる[58]。

因みに、かつて鐘は、教区の瀕死者を慰めるためにも鳴らされたり、また死の直後にも、また教会での礼拝式の前にも、更に、埋葬の前とその後にも鳴らされたものである。

5．葬儀の準備

今日では、医師の死亡証明書を役所に届け埋葬許可を取る。一般的には、葬儀屋（undertaker; ＜米＞mortician）に委託して大方のことを運んでもらう場合が多いようであるが、遺体をアルコールで浄めきちんとした衣服を着せること等は、死者の身内知己によってなされる場合が多い。この衣服については、かつてのように経帷子(きょうかたびら)（shroud）―白色の死に装束―を着せることは極めて少なく、一般に普通の衣服を着せる。しかし、結婚後間もなくして死亡した婦人の場合には、結婚衣装が着せられたりもする。また、中には特に結婚時の衣装着用の希望を言い置く者も男女ともにあるが、この謂れについてZolarは、「それが死者のすべての罪を洗い流してくれるから[59]」としている。また、聖職者や軍人等の場合には、今日でもその祭服や制服を着用させるのが普通のようである。

その間に葬儀屋は遺体に防腐剤を注射し、ドライアイス等で防腐処置をし、死者の納棺を手伝う。棺は今では例外なく寝棺で、鉛製の内棺と、更にその外が木製の棺になっているものがよく使われる。最近の棺は豪華で、大変高価なものが多いようである。

☆ 空の棺は、遺体のある部屋に置いておく

これを別の部屋等に置いておくと、一年以内に家族の者が死亡する。これは、今日でもマサチューセッツ州辺りでは言われる[60]。

棺には白ユリ―代表的な葬儀の花（結婚式の花でもある）―等の花や飾り物が詰められるが、その他ツゲ（box）やイチイ（yew）等の小枝もよく入れられる。なお、かつて1860年代頃までは、花は「異教的風習」かつ「新生」を象徴するものとして、葬儀には相応(ふさわ)しくないとされ、棺にも墓にも使われなかった。こうした時代には、ツゲ、イチイ、そして特にマンネンロウ（rosemary［結婚式にも使われる］）等が用いられた[61]。

☆ 棺にはタチジャコウソウ、つまりタイム（thyme）は入れないもの
とされた。

特に、Derbyshireではこう言われた。死者にはthyme＝タイム（時間）という有限なものは無縁である、と考えられたためである[62]。

☆ 遺体の納棺時には、経帷子のひも等はすべて切っておく。さもなければ、死者が休息しないで動きまわる[63]

これは、スコットランドの高地地方やアイルランドの風習であるが、今日でも拘泥（こうでい）する場合があると言われる。

古い時代、少なくとも十七世紀初め以前には、棺は格別に裕福な者だけに使われ、一般の者や貧しい者の場合は、ネルの経帷子あるいは白布に包んだだけで埋葬された[64)]。その後、貧しい人々のために特に共同の棺（paupers' coffin）が多くの教会で備えられるようになったようであるが、それは、埋葬時にその底板以外の枠部分が引き上げられ、またそれが使われるという式のものであった[65)]。Tad Tulejaの記述によると、棺桶製造の専門業者が現われたのは十八世紀後半とされている[66)]。

こうして遺体を整え、棺に納めて応接間や居間に普通二、三日安置し、身内や知己は死者との別れを惜しみ、またその間には弔問客も訪れ、死者に草花、花環、十字架等を贈る。

☆ 遺体を日曜日を越えるまで家に置いては、年内に、家族に死者が出る

これは、今なおアメリカ北東部地域で言われる[67)]。また、「それをすれば、一週間以内に村に死者が出る[68)]」とも言われる。

☆ 死体を普通以上に長く家に置くと、間もなく家族にまた死者が出る[69)]

アメリカでは一般に、役所の手続きを終えると遺体は家には置かず、'funeral home'（葬儀堂）と呼ばれる小さな教会のようなところに運ばれる場合が多い。連絡をすると、葬儀屋（mortician）が一切のことを引き受けてくれる仕組みになっており、遺体を取りに来て、防腐処置、飾り付け、入棺等のすべてのことを済ませ、弔問客がいつ来てもよいようにしておいてくれる。また、葬儀もここで行われることが多いが、カトリック教徒はもっぱら教会で葬儀をする。

葬儀堂の利用は現代風の合理主義に基づく方策であろうが、こうした風潮がアメリカで初めからあった訳ではない。これについては、「南北戦争（1861-5）後においても、死者との対面や通夜は、まだ一般に家庭の『居間』でなされていた[70)]」というTulejaの記述から推測して、この風潮は十九世紀末ないしは二十世紀初め頃に始まったもの、と考えられる。

アメリカでよく見られた習慣に、忌中の家のドアに付けられた黒色のクレープの喪章（funeral sign）―丸い花形に二本の長い尾を垂らしたもの―がある。しかしながら、この習慣も次第に廃れ、この頃では花を用いる傾向がある[71]、と言われる。その他、アメリカでは時に、棺に入った死者の「死に顔写真」を撮っておき、葬儀に参列できなかった者や、参列した者でも縁者等には、後日それを配布したりする習慣がある。

６．副葬品

死者の副葬品は、死者が来世への旅や、そこでの生活に必要と思われる身の回り品その他である。大昔には、棺に武器が入れられたりもしたが、今では、故人の愛用したパイプとか、婦人なら鏡等が入れられる。また、敬虔な信者の場合には、聖書、賛美歌集、日曜学校の証書等が棺に入れられる。また、明かりになるようにとろうそく、元気が出るようにとワインや食物、それにコイン等も入れられる。［次の７. 参照］また、子供の場合には玩具も忘れてはならない。また、時としてこれらに加えられるもので、幾分奇異に思われるものにハンマーがある。これは、死者が目的地に着いたとき、その扉等を叩いたり打ち破るために必要なもの、と考えられるようである[72]。

なお、結婚指輪については意見が両様あるが、現在でははめたまま埋葬するのが普通になっているようである。ウェストヨークシャーその他では、昔は、指輪をはめたまま埋葬するのは死出の旅に相応しくない[73]、と考えられたようである。

Zolarは、「棺指輪（coffin ring）をはめていれば、リュウマチの治療になる」とサマーセット州の俗信を挙げ、「この伝承が基になって、関節炎の治療に銅の指輪や腕輪が用いられている」と記している[74]。これに関連してRadfordは、「かつてこの種の指輪は、棺に取り付けられてある銀の蝶番（ちょうつがい）から作られた[75]」と述べ、「棺指輪」という名称の由来を窺わせている。なお、この習慣は今もサマーセット州やランカシャー州で見られるが、今日の人々がはめているのは、勿論、棺の金具から作ったものではなく、メッキものや、亜鉛製と銅製の二輪組み合わせの棺指輪が多い[76]、ようである。

7．死者の両眼にコインを載せる！

しばしば、副葬品にはコインが含まれる。それは、死者が天国に至るまでの旅で必要とされる金銭である。以下の四つの習慣は、今日でもよく見られるものである。

☆ 死者の口に1ペニー硬貨（等のコイン）を入れる

これは、死の川の渡し守、恐らくは使徒ペテロ（St. Peter）に払うための渡し賃であろう[77]、と言われる。実はこの習慣は、ギリシア時代の風習にそのルーツがあるとされ、「ギリシアでは、黄泉（よみ）の国の川の渡し守カロン[78]に与える渡し賃が必要とされたので、死者の口にコインをくわえさせた」というものである[79]。

☆ 死者の片手にコインを握らせておく[80]

Hazlittは、かつて1016年にブリテン島に侵攻してきたデーン人のカヌート王（994?-1035）[81]が、Winchesterにあるその墓が発掘されたとき、片手に銀貨を握っていたことを言及している[82]。この類い無き偉大なる王権者にとってさえも、所謂（いわゆる）「三途の川の渡し賃」は必要だったのであろうか。

☆ 死者の口に宝石を入れる

これもコインと同じ意味合いを持っているが、宝石の場合は更に、肉体の腐敗を防止し「不滅」をもたらす効用がある[83]と信じられた。

☆ 死者の眼に1ペニー硬貨（等のコイン）を載せる[84]

コインが天国への「旅の路銀」という意味合いを持つことは了解できるとして、では何故それを眼に載せるのか、ということが気懸かりであろう。これについては、「死者に、あの世への旅の道連れを物色させないようにするため[85]」という理由が挙げられるようである。これについては、「死者は皆生者を羨むものだ」［4．で既述］という生者にとっての恐怖を考えると、この理由は正に妥当なものに思われる。

スタインベックの1939年作『怒りの葡萄』（*The Grapes of Wrath*）には、この風習のアメリカ版が記されている。Oklahomaのトムの一家が、新しい生活を求めてCaliforniaを目指しておんぼろトラックで旅をする途中、老いた祖父が卒中で倒れ死亡する。次の引用は、トムの母親が、その遺体の身繕いをする場面である。

> Ma said: 'Gimme two half-dollars.' Pa dug in his pocket and gave her the silver. She found the basin, filled it full of water, and went into the tent. ... For a moment Ma looked down at the dead old man. And then in pity she tore a strip from her own apron and tied up his jaw. She straightened his limbs, folded his hands over his chest. She held his eyelids down and laid a silver piece on each one. She buttoned his shirt and washed his face[86].
>
> 母親が言った。「50セント銀貨を二枚くださいな。」父親はポケットを探り銀貨を渡した。母親は洗面器を見つけ、それに水を満たしてテントに入って行った。… 少しの間、母親は死んだ老人を見下ろしていた。それから、悲しそうに自分のエプロンの端を切り裂き老人の顎を縛った。次に祖父の足を真っ直ぐに伸ばし、両手を折り曲げて胸の上に置いた。両瞼を撫で下ろし、その上に銀貨を一枚ずつ載せた。老人のシャツのボタンを掛け、顔を洗ってやった。

因みに、この風習について、それは「アメリカに独特なもの」とか、「イギリスにあるかどうか疑問」とする一部の日本の調査者の考えに対して若干の示唆を許されれば、この習慣は古代ギリシア人以来の伝承で、かつてヨーロッパに広く行き渡ったものであり、今日のイギリスでもその習慣は時として見られるし、またかつてはそれが新大陸アメリカへも持って行かれ、そこで今日もなお、その一部が生き残っているのである。

8．一部に残る「通夜」（wake）の風習

ここで言う「通夜」とは、夜通し死者を見守る「寝ずの番」を意味する。「現在、英米には、英国の一部の地域を除いて通夜の習慣は無い」とされるが、それは「寝ずの番の習慣が無い」と解すべきである。今日でも、「寝ずの番」とまではいかなくとも、「死者の出た日の夜等に、英米の家庭で、また米国の場合特に葬儀堂で、家族や縁者また親しい者が、死者の霊のために祈り別れを惜しむ習慣」は大いにある。従って、考えようによっては、「（軽い意味の）通夜」と見做し得るような習慣は存在するのである。

ずっと古い時代、英国には一般に、夜通し死者を見守る「通夜」の風習があったとされる。通夜は、家庭のみならず教会でも催された。教会での通夜は、夜が明けたときに人々が、“Holy Wake! Holy Wake!” と大声で叫び合って終了になった、と言われる[87)]。特に家庭での通夜の場合には、「飲み食いをし、大いに賑やかにお祭騒ぎをするもの[88)]」であったとされ、また「別称 ‘revelling’（祭の酒盛り）とか ‘hopping’（飛びはね踊り）[89)]」とも呼ばれたようである。研究社刊『英語歳時記』には、それを裏づけるものとして、十四世紀末頃に書かれたチョーサーの『カンタベリー物語』（*The Canterbury Tales*）の『騎士の話』（*The Knightes Tale*）の一節が紹介されている[90)]。

> Ne how Arcite is brent to asshen colde; / Ne how that liche-wake was y-holde / Al thilke night, ne how the Grekes pleye / The wake-pleyes, ne kepe I nat to seye; / Who wrastleth best naked, with oille enoynt, / Ne who that bar him best, in no disjoint[91)].
>
> アーサイトが冷たい灰となり、その夜通し通夜があったことも、ギリシア人が通夜の競技会をやったことも、ここで述べるつもりはない。油を塗って誰が裸相撲に勝ったか、誰がしくじらずに勝ち抜いたか、も。

しかし、このような所謂「どんちゃん騒ぎの通夜」も次第に改められ、祈り

を大いに採り入れたり、聖書の言葉を唱和したりする雰囲気が強くなってきたようである。通夜の風習は、こうしてやや静かな性格を持つものに変わりつつ、十九世紀末まで続いた[92]。しかしながら、それ以後通夜は一般的に廃れてしまい、現在ではアイルランド、それにスコットランドのカトリックの信者の間でしか見られなくなっており、しかも農村でないと見られないというのが実情のようである。

アイルランドやスコットランドの通夜では、死者の周りにろうそくが灯され、その周りで関係者一同が賑やかに飲み食いをして騒ぐ。「酒は死者の旅立ちを手助けし、かつその罪を洗い流してくれるもの」［４. で既述］と信じられるので、大いに飲むべきものとされる。やがて遺体を納棺する用意ができると、遺体に「塩」が振り掛けられる。棺の中の遺体の傍には飲食物が供えられ、その他の副葬品等も入れられる。そして、カーカップ氏の記すように、

> As the wake proceeds, the mourners become very drunk and noisy and start dancing and singing round the corpse[93].
> 通夜が進むにつれて、弔問者たちは大変酔っ払い、騒がしくなり、遺体の周りで歌ったり踊ったりし始める。

また場合によると、防腐処置を済ませ化粧をもした死者を豪華な椅子に座らせ、ワインを注ぎ、共に飲みながら別れを惜しむようなこともする、と言われる。人々はこうして賑やかに振る舞っても、涙を流す様子は見せないのである。これに関連して、アイルランドの農村によっては、今日でも次のようなことが言われる。

☆ 人が死亡した後、三時間は涙を流してはならない

カーカップ氏も記しているように、人々は、「死者の魂が、肉体とこの世の境界から逃れる機会を掴(つか)めるように[94]」少なくとも暫くは涙を流してはならない、と戒められる。

ところで、通夜のこのような「お祭騒ぎ」には、元来その目的（意味）があったはずである。この点に関してTulejaは二つの目的を挙げている。一つは心理的なもので、「明白な現実を否定し、涙を流さないように道化の顔をする」ことであり、二つ目は社会的なもので、寝ずの番をして「本当に死んでいるかどうかを試してみようとするものかもしれない」としている[95]。一つ目については、涙は死者の天国行きを妨げるので「泣かないようにするために」賑やかに振る舞う、という点で納得できそうに思える。二つ目は、それが太古の時代からいずれの社会においても当然な習慣—遺体を数日安置して、生き返ることが絶対に無いかどうかを確かめること—だと思われるので大いに納得できる。従って、Tulejaの挙げるこの二点については、大いに頷(うなず)けるのである。

また、その他の目的として、Reader's Digest Associationの刊行物の記述では、「死者への思いやりと敬意を表する」目的、「遺族への慰め」の目的、かつ「悪霊を寄せつけないようにして、死者の旅の安全を願う」目的の三つを挙げている[96]。このうち「悪霊云々」については、de Lysも同様の見解を示しており[97]、三つとも同意できる目的である。また、Vriesも「悪霊云々」については同見解であるが、彼は更に、「死者と一緒に飲み騒ぎ、死者に仲間意識を抱かせることによって、生者に危害を加えないようにさせるため[98]」を挙げている。これも納得できそうに思える。

更に、Jobesは二つの目的を挙げている。一つは、「死者の魂に、あの世から戻って来させようとするため」であり、二つ目は、「死者の魂が、不滅の世界に目覚めることを祝福するため」である[99]。このうち、後者のほうについては、アイルランドの人々が通夜で涙を流さぬのは、このことが主要な根拠の一つである故に、これは大いに納得がいく。しかしながら、前者については納得がいきかねるのである。死者への愛着が極めて強烈な場合等に、天国に飛び立った（飛び立とうとしている）その魂を、何とかして呼び戻したいと思うあまり、「死のパワー」の怖さなど意に介さぬという状態で、個人ならず多数の人々が「お祭騒ぎ」をすることが考えられるであろうか。それは、「死のパワー」を恐れた昔の人々の行動としては、やや不自然ではないかと思われる。むしろ逆に、天にも届けとばかりに泣き叫び、魂を呼び戻そうとするほうが素直な行動かもしれない。結局、この目的は、二つ目の目的の内容に相反するものであり、適切さを欠くものと考えられる。ただし、これも考えようで、Tulejaの挙げる二つ目の役目—本当に事切れているかどうかの確認—と同じ意味合いだと考えるのなら、全く解らない訳ではない。

この通夜の「お祭騒ぎ」には、ここに挙げた幾つかの目的以外に、もう一つ次の目的があるのではないかと思われる。それは信仰心に根差すものである。「死とは神によって召されること」と信じる人々の心の奥底には、通夜の際に「神様、どうかお忘れなく、またお見捨てなく、この者に、天国へのお導きを賜わらんことを」という神への純朴な願いがあるのではないだろうか。そこで人々は、「死者のために、神の注目を確実に集めておく必要があり」そのためにも大いに賑やかに振る舞い、「お祭騒ぎ」の通夜をすることになったのではないだろうか、と推測するのである。

9．弔問と「弔いの膳」

かつては、弔問客に、遺体の上を横切って、コインとともに「弔いの膳—ワインまたはビール・パン等の食物」を出す風習があった。特に、ウェールズの各地では伝統的な習慣であった。この風習は、「十七世紀の‘sin-eating’(罪食い)の慣習[100]の名残(なごり)かもしれない」との見方がある[101]。これは死者の前で、その生前の罪を食ってしまい、死者が今後現世を彷徨(さまよ)い歩かないで済むようにとの心遣いである。しかしながら、この風習も次第に廃れ、後には近所の貧しき人々への酒食の施しに変わっていったようである。

次は弔問時の留意事項である。

☆ 死者の悪口を言ってはならない

これについては、「いい人でしたのに… 」という類いの言葉以外は慎むべきだ、とされる[102]。

☆ 弔問をした際には、死者の顔を見ないで帰っては非礼である[103)]

とされる。

☆ 死者が安置されてある部屋に出入りするときは、死者に背中を向けないようにする。背中を向けると、死者の気持ちを傷付けることになる[104)]

と言われる。

☆ 弔問者は、遺体に涙を落としてはならない。それは死者の休息を妨げることになる[105)]

と戒められるが、これは今日でも一般的に言われるようである。

☆ 弔問者は、遺体（額など）に手を置くことを忘れてはならない

この習慣は今日でも、イングランド北部やスコットランドではよく見られ、また、アメリカでも植民時代以来行われており、今も、特にマサチューセッツ州辺りではよく見られる。これは、「故人に対して愛情と敬意を表する行為と考えられ、また、こうすることによって死者の霊に付き纏われることが無くなるとか、死者の夢を見ないで済む」と信じられる[106)]。

この習慣の本来の由来は、「殺害者が近付いたり（手を触れたり）すると、死体は血を噴き出す[107)]」という古い伝承にあるとされる。この用例として、シェイクスピアの『リチャードⅢ世』（1592-3）には、ヘンリー王の棺が運ばれる途上に殺害犯グロスター伯爵が現われ、棺の傍にいた喪主アンが大憤慨する箇所がある。

O, gentlemen, see, see! dead Henry's wounds / Open their congeal'd mouths, and bleed afresh!— / ... / For 'tis thy presence that exhales this blood / From cold and empty veins, where no blood dwells; / Thy deed, inhuman, and unnatural, / Provokes this deluge most unnatural.—[108)]

おお！皆さんご覧なさい！亡きヘンリー王の傷口が、血で固まった口を開け、血を噴いておりますわ！— ... 傷口が新たに血を噴くのは、あなたがここにいるせいですわ。一滴の血もない、冷たい空の血管のはずなのに。あなたの、天をも人をも顧みない行いが、かくも不思議な血潮を噴かしめるのです。—

弔問者は遺体に手を触れることによって、自分が手を下してはいない（広い意味では、生前の故人に対して酷いことはしていない）ことを証明できる、という訳である。

結び

人の「死の訪れ」から「葬儀準備」「通夜」「弔問」に至るまでの英米人の風習の概要と、そこに見出される種々の迷信・俗信を考察してきたが、これに関して特に肝要と思われることがある。それは、英米の人々の「死についての考え方及び伝統・習慣」に対して、その見方を誤ってはならないということである。つまり、仮令傍目からは如何に迷信・俗信の類いと見えようとも、それが人々の暮らしの中で息づいている限りは、それを「迷信・俗信と決め付けて軽視することは、決して許されない」ということである。

当章の冒頭で挙げ本文でも扱った「アイルランドの通夜」のように、その地域に息づく「伝統・習慣」こそは、その地域の人々の「文化」であり「心」なのである。それを、自らの文化における伝統・習慣との比較により見出される単なる相違点等を根拠に、その人々の「文化」即ち「心」を、頑冥不霊の姿勢でもって過小評価してはならないのである。むしろそれは、大いに尊重し敬意を表すべきものであろう。また、ひいては、こうした姿勢を持つことこそは、人々が「地球社会での異文化間の真の相互理解」を目指す上で、正に出発点になるものと思われるのである。

Notes

＜(L)：ページの左半部　(R)：ページの右半部を示す＞

1）"Death at Low Tide," *Encyclopaedia of Superstitions*, ed. E. & M. A. Radford (New York: Philosophical Library, 1949; New York: Greenwood Press, 1969) 100(L).

2）"Death at Low Tide," Radford, 100(R).

3）Charles Dickens, *The Personal History of David Copperfield,* The Oxford Illustrated Dickens (1948; Oxford: Oxford Univ. Press, 1991) XXX, 445.

4）William Shakespeare, *King Henry V,* Malone's Shakespeare: The Plays and Poems of William Shakespeare, ed. Edmond Malone (London, 1790; New York: AMS Press, repr. 1968) ii-3, Vol. 5, 491.

5）"Death at Low Tide," Radford, 100(L).

6）Edmond Malone, 'notes,' *King Henry V*, by William Shakespeare, Malone's Shakespeare, ed. Edmond Malone (London, 1790; New York: AMS Press, repr. 1968) ii-3, Vol. 5, 492.

7）James Kircup, *British Traditions and Superstitions,* annot. K. Jin (Tokyo: Asahi Press, 1980) 31.

The waning of the moon is also a time for death, according to the superstitions.

8）"Death," *Dictionary of Symbols and Imagery*, ed. Ad de Vries (Amsterdam: North-Holland Publishing Company, 1974) Ⅳ-C-b, 131(R).

9）"DEATH," *Zolar's Encyclopaedia of Omens, Signs & Superstitions*, ed. Zolar (London: Simon & Shuster, 1989) 108.

10）Sir Walter Scott, *Guy Mannering*, Waverley Novels, Centenary Edition (Edinburgh: Adam & Charles Black, 1871) Vol.Ⅱ, 185.

11）Reader's Digest Association ed., *Folklore, Myths and Legends of Britain* (London: Reader's Digest Assn., 1977) 89(R).

12）Reader's Digest Assn. 89(R).

13）Reader's Digest Assn. 89(R).

14）Reader's Digest Assn. 89(R).

15）"Burial," *Funk & Wagnalls Standard Dictionary of Folklore, Mythology, and Legend*, ed. Maria Leach and Jerome Fried (1949; New York: Funk & Wagnalls Publishing Company, 1972) 172(R).

16）T. Sharper Knowlson, *The Origins of Popular Superstitions and Customs* (1910; London: T. Werner Laurie, 1930) 231.

17) Scott, *Pirate*, Waverley Novels, Vol. XIII, 86.

18) "Drowning," de Vries, 5-A, 149(L).

19) Knowlson, 231-32.

The idea seems to be this: that when a man is drowning it is the intention of the gods that he should be drowned; and that the rescuer, if successful in rescuing him, must be the substitute and be drowned himself later on. You cannot cheat Fate out of life; that appears to be the argument.

20) Peter Lorie, *Superstitions*, (New York: Simon & Shuster, 1992) 249(L).

21) "Funeral Customs and Beliefs," Leach and Fried, 428(L).

22) "DEATH," Zolar, 108.

23) Charles Kightly, *The Customs and Ceremonies of Britain* (London: Thames and Hudson, 1986) 118(R).

24) Kightly, 118(R).

25) Kightly, 118(R).

26) Sir James G. Frazer, *The Goden Bough* (1922; London: Papermac [Macmillan] 1991) 192.

It is feared that the soul, projected out of the person in the shape of his reflection in the mirror, may be carried off by the ghost of the departed, which is commonly supposed to linger about the house till the burial.

27) Paul Barber, *Vampires, Burial, and Death* (New Haven, CT: Yale Univ. Press, 1988) 180.

28) Jennifer McLerran and Patrick McKee, *Old Age in Myth and Symbol* (Westport, CT: Greenwood Press, 1991) 91.

29) McLerran and McKee, 92.

30) "FUNERAL," Zolar, 163.

31) Reader's Digest Assn., 89(R)-90(L).

32) Alvin Schwartz, notes: '*Telling the bees*,' *Cross Your Fingers, Spit in Your Hat*, ed. Alvin Schwartz (New York: Harper Collins, 1974) 138.

33) John Greenleaf Whittier, *Narrative and Legendry Poems*, The Writings of John

Greenleaf Whittier (1848; Cambridge: Riverside, 1888) '*Telling the Bees*,' Vol. 1, 188.

34) Reader's Digest Assn, 89(R).

35) Knowlson, 209-10.

36) Reader's Digest Assn., 89(R).

37) Reader's Digest Assn., 89(R).

38) Claudia de Lys, *A Treasury of Superstitions* (New York: Philosophical Library, 1957) 275.

39) "CORPSE," Zolar, 95.

40) "Ceremonial Customs: Funeral," *County Folk-lore, concering Orkney & Shetland Islands*, collected by G. F. Black, ed. Northcote W. Thomas (Folk-lore Society, 1901; Nendeln / Liechtenstein, Germany: Kraus, repr. 1967) Vol. 3, 211.

41) "Corpse," Radford, 87(R).

One clergyman in particular, the Rev. J. F. Bigge, has recorded his own experience. A cat jumped over the coffin as a funeral was about to leave the house for the church, he stated. As a result nobody would leave the house until they were assured that the cat had been shot by one of the men of the family.

42) W. Carew Hazlitt, *Faiths and Folklore of British Isles* [orig. John Brand, *The Popular Antiquities of Great Britain* (London, 1813)] (1905; New York: Benjamin Blom, 3rd rev. 1965) 'Funeral Customs in Scotland,' Vol. 1, 253(L)-(R).

43) "Cat," *The Herder Dictionary of Symbols*, ed. Herder Freiburg, trans. Boris Matthews [orig. *Herder Lexikon: Symbole* (1978)] (1986; Wilmette, IL: Chiron, 1994) 33.

44) Dickens, *Bleak House*, The Oxford Illustrated Dickens, XI, 143.

45) Reader's Digest Assn., 90(L)-(R).

46) Fanny D. Bergen ed., *Current Superstitions* (1896; New York: Kraus, repr. 1969) 131.

47) "FUNERAL," Zolar, 163.

48) de Lys, 175-76.

49) "FUNERAL," Zolar, 163.

50) Kightly, 118(R).

51) J. C. Cooper ed. *An Illustrated Encyclopaedia of Traditional Symbols* (1978; London: Thames and Hudson, 1993) 28.

52) Kightly, 118(R).

53) Charles Hardwick, *Traditions, Superstitions, and Folk-lore* (Manchester, 1872; New York: Arno Press, 1980) 181.

54) "Funeral Customs in Scotland," Hazlitt, Vol. 1, 253(L).

55) Knowlson, 211-12.

56) "Death Bells," *E. & M. A. Radford Encyclopaedia of Superstitions*, ed. and rev. Christina Hole (1948; London: Hutchinson & Co., 1961) 131.

57) "Nine tailors make a man.," *The Oxford Dictionary of English Proverbs*, rev. F. P. Wilson (1935; Oxford: Clarendon Press, 1992) 567(L).

58) "Death Bells," Hole, 131.

59) "COFFIN," Zolar, 90.

60) Bergen, 131.

61) Kightly, 120(R).

62) "Thyme," Hole, 340.

> In Derbyshire formerly, it was usual to bring thyme and southernwood into the house after a death, and to keep them there until the corpse was carried out for burial. But when the coffin was dressed with flowers, thyme was always omitted, 'for the dead have nothing to do with time.' This curious punning superstition is found in other counties also.

63) "Corpse," Radford, 86(R).

64) Tad Tuleja, *Curious Customs*, A Stonesong Press Book (New York: Harmony Books, 1987) 34.

65) Kightly, 119(L).

66) Tuleja, 34.

67) Bergen, 133.

68) "CORPSE," Zolar, 95.

69) "CORPSE," Zolar, 95.

70) Tuleja, 35.

71) "Burial," Leach and Fried, 174(L).

72) Reader's Digest Assn., 91(L).

73) Kightly, 119(L).

74) "COFFIN," Zolar, 90.

75) "Coffin Rings," Radford, 84(L).

76) "Coffin Rings," Radford, 84(L).

77) Kightly, 119(L).

78) "Charon," *A Dictionary of World Mythology*, rev. and expand. Arthur Cotterell (1979; Oxford: Oxford Univ. Press, 1986) [Europe] 149.

79) "Coin," de Vries, 5, 106(R).

80) Kightly, 119(L).

81) F. E. Halliday, *A Concise History of England from Stonehenge to the Microchip* (1964; London: Thames and Hudson, 1991) 36.

... the Danes renewed their attacks from Scandinavia, and in 1016 England submitted to a Danish king, Canute, becoming indeed part of a great Danish empire that included Norway as well as Denmark.

82) "Funeral Customs," Hazlitt, Vol. 1, 251(R).

83) "Gem," de Vries, II-D-2, 212(R).

84) "Coin," de Vries, 7-b, 106(R).

85) "Coin," de Vries, 7-b, 106(R).

86) John Steinbeck, *The Grapes of Wrath,* The Modern Novel Series (1939; London: Heinemann, 1969) 13, 120-21.

87) "Wake," *Dictionary of Mythology, Folklore and Symbols*, ed. Gertrude Jobes (New York: Scarecrow Press, 1962) Part 2, 1662.

88) Reader's Digest Assn. 90(R)-91(L).

89) "Wakes," Hazlitt, Vol. 2, 615(R).

90) 成田成寿編『英語歳時記』（1968；東京：研究社, 1986）「雑」414.

91) Geoffrey Chaucer, *The Canterbury Tales*, The Complete Works of Geoffrey Chaucer, ed. Rev. Walter W. Skeat (1894; Oxford: Clarendon Press, 2nd ed., 1963) 2957-62, 84.

92) Reader's Digest Assn., 90(R).

93) Kircup, 30.

94) Kircup, 30.

In Ireland, people hold back their tears by force of will until three hours after the person has died in order to give his soul a chance to escape from the body and from the confines of earth.

95) Tuleja, 35.

96) Reader's Digest Assn., 91(L).

97) de Lys, 176.

There are many ways and means to forestall all manner of evil, among them singing, toasting loudly, swapping jokes and laughing heartily. These jollities were traditional activities to give the corpse the proper send-off into the Great Beyond.

98) "Wake," de Vries, d, 491.

99) "Wake," Jobes, Part 2, 1662.

100) Reader's Digest Assn., 90(R).

101) Kightly, 118(R).

102) Lorie, 249.

... never speak ill of the dead but always utter phrases such as "poor man" or "honest man" or "rest his soul" otherwise the soul may come visiting.

103) Kightly, 118(R).

104) "Death," Radford, 98(R).

105) "Death," Radford, 98(R).

106) "Touching the Dead," Hole, 343-44.

107) "Bleed: Bleeding of a Dead Body," *Brewer's Dictionary of Phrase and Fable*,

Centenary Edition, rev. Ivor H. Evans [orig. ed. Ebenezer Cobham Brewer] (1870; London: Cassell, 1978) 121(L).

It was once believed that at the approach of a murderer, the blood of the murdered body gushed out. If there was the slightest change observable in the eyes, mouth, feet, or hands of a corpse the murderer was supposed to be present.

108) Shakespeare, *King Richard III*, Malone's Shakespeare, i-2, Vol. 6, 463-64.

[以上は『岡山理科大学紀要』第30号B（平成7年3月）による。]

第3章　出棺・葬列行進・教会ミサ

はじめに

如何(いか)なる人も死を免れることはできない。死者が出ると、人々は死者の来世の平安を願い、その独自の習慣的方法で死者を手厚く葬る儀式を行おうと努めてきた。遥遠の太古より、いずれの文化においても、人々のこの努力は最大限懸命なものであったはずである。

かつてアイルランドやスコットランド高地地方では、「教会墓地の入り口附近で、二つの葬列が遭遇したとき、それぞれの会葬者は自分たちの死者を先に埋葬しようとして、墓地への入場順を争い、時には殴り合いの騒ぎが起きた[1)]」と言われる。この理由は、自分たちの死者の埋葬が相手方の死者よりも後になると、死者に「墓守」という死神のような辛い役目を負わせねばならなかったからである。[7.で詳述] この一例からも窺われるように、人々は、死者の来世の幸福のために、正に「懸命な努力を惜しまない」のである。

当章では、「出棺」から「葬列行進」「教会ミサ」に至るまでの、英米人の古今の「習慣」のあらましと共に、そこに見出される多様な迷信・俗信を考察する。またその際に、幾つかの事項については、若干の議論をも試みたい。

1．出棺

棺が教会あるいは墓地に運ばれるとき、棺台や霊柩車が使われる。かつてはこうした運搬具も教区の共有物であったが、現在では多くの場合、葬儀屋によって手配される。

出棺については、次のようなことが言われる。

☆ 棺は死者の足部から先に、玄関もしくは正面の窓等を通って外に運び出されなければならない。運搬中も足部が先に行かねばならない

この習慣は、今日においても大いに守られていると見做してよい。この「足部から先に」の習慣の謂(いわ)れについては、次のような多様な見解がある。

The human being comes into life head first and must therefore leave the other way [feet first]. (P. Lorie)[2)]
人は頭から先に誕生する故に、逆さまに［足から先に］去って行（逝）かねばならない。

... a custom which was doubtless originally meant to discourage the spirit from returning to the house. (C. Kightly)[3)]
... 明らかに、元は死者の霊が家に舞い戻れないように意図された習慣。

... otherwise, looking back, it [the corpse] would beckon one of the family to follow it in death. (C. F. Potter)[4)]
... さもないと、それ［死骸］が振り向いて、家族の一人を死出の旅に付いて来るようにと手招きするであろう。

「足部が先に」という習慣は、世界の多くの葬儀文化の中で見られる習慣のようである。根底的には、Lorieの言う「死は誕生の逆さま」説が確かにあるであろう。KightlyとPotterの両説についてはいずれも甲乙付け難いが、若干の主観を許されれば、「頭部よりも足部が先に進む体位」という物理的観点からすれば、「死者が振り向きにくくなる」という後者のPotterの説の方が、やや説得性が高いように思える。

出棺時に特に関わりのある習慣に次のようなものがある。

☆ 棺が霊柩車に載せられた後、会葬者が（馬）車に乗り込まぬうちに葬儀の当家のドアを閉めてはならない。さもないと、間もなくその家に死者が出る

これは「馬車」が「自動車」に置き換わっただけであり、特にYorkshireで

は、今も大いに言われる伝承である。これについてE. & M. A. Radfordは、

> ... it [the door] has been “shut on the corpse” and another death will occur before many days are passed[5].
> ... それ［ドア］が「死者にくっついて閉じられた」ことになり、何日も経たぬうちに次の死者が出ることになる。

と説明している。C. Holeは、On the funeral day, ... it [the front door] must ... stand wide open until the mourners return[6].（葬儀の日には、... それ［玄関のドア］は会葬者が戻るまでいっぱいに開け放しておかねばならない。）と述べ、その理由として次のように続けている。

> If it is closed, a second death will occur in the house very soon. Another reason sometimes given for leaving it open is that otherwise the soul will be shut in and will haunt the house[7].
> もしそれが閉じられると、すぐにも次の死者が出ることになる。それを開け放しておくための時折挙げられる別の理由は、そうしなければ、死者の霊魂が家に閉じ込められ、それが出没することになるからである。

Holeは更に続けてこう述べている。

> In Lincolnshire it is said that the spirit may wish to return to his old home and must not find the door shut against him. It is possible that this idea springs not so much from kindly feeling towards the dead as from fear that the ghost will wail round the house seeking for entry[8].
> リンカンシアで聞かれることだが、霊は自分の懐かしい家に戻りたがるものらしいので、その気持ちに逆らってドアを閉じておいてはいけないとされる。どうやら、この考えは、死者に対する優しい気持ちからと言うより

も、霊が家の回りで入れて欲しいと泣き叫ぶのではないか、との恐怖から生じるようである。

これらをまとめたものが、Reader's Digestの次の記述である。

... either because another death might follow if this was not done, or because the soul might be imprisoned and therefore haunt the house[9].
... その理由は、もしこうしなければ次の死者が出るからか、あるいは、死者の霊魂が閉じ込められてしまい、そのため、それがその家に出没するかも知れないから、のいずれかであろう。

これに対して、J. H. Bloomは、シェイクスピアの活躍した十六世紀の風習を扱った著書の中で、上記のRadfordやHole等の理由とは全く異なる理由を述べている。

... since you deserve such judgment for so soon forgetting those who have gone[10].
... その理由は、あなた方が亡くなった者のことをこんなにも早々と忘れ去るのだと、そのような判断を下されるからである。

これらの理由を考察してみるとき、結局は、前述の三者の理由は「死者の霊魂への畏怖」という、人々の未知の世界への畏敬の念から出たものであり、一方Bloomの理由は、やはり同様に「死者の霊魂への畏怖」も窺われるが、その上に「(現世に生きる人々の) 人情」が加味されたもの、と考えられるように思える。

なお、この「ドアを開けておく」という習慣に関して、他に次のような内容の類型も見られ、If the doors of a house are closed during a funeral, and before all the mourners have returned, family quarrels will take place[11]. (葬

儀中に、また、すべての会葬者がまだ戻って来ないうちに家のドアを閉めると、その家では家族喧嘩が起きる。）などもある。

こうしてみると、「葬儀が始まってからそのすべてが終わるまで、ドアを閉めることは好ましくない」ということになるようである。

昔、ウマに牽かせた霊柩車を使っていた頃には、次のような伝承があったとされる。

☆ 霊柩車が出る前に、それを牽くウマが落ち着かなかったり、あるいは出発を拒むのは、その家にまた死者が出る前兆である

その他、特に出棺後の習慣に次のものがある。

☆ 出棺後、棺が載せられていたテーブルとか椅子は上下逆さまにしておくべきである

一般に出棺前には、棺が家の前に用意されたテーブルや椅子の上に仮安置されるが、出棺後は、そのテーブルや椅子は逆さまにして相当長い間置いておかれるようである。これについても、「さもないと、一週間以内にその家で死者が出る[12]」と言われる。

☆ 出棺後、玄関先の踏み石段、あるいは敷居等を洗う

これは、特にイギリスの田園地方では現在でも見受けられる。この目的は、'... thus completing the story that perhaps began with carrying over the threshould[13].'（... こうして、恐らくは敷居を跨いだことで始まった一巻の物語を終わらせる。）ためとされる。なお、この習慣的行為は、葬儀がすべて済んでしまった後でなされることもある。

これに関連したものに、次のような一風変わった習慣がある。

☆ 葬式では、死者の友人たちが血を流すような喧嘩をするものである

Iona Opie & Moira Tatemは*Folklore*の中で、十九世紀末のスコットランド高地地方でのこの習慣を紹介している。

> In the Highlands of Scotland it used to be customary for the friends of a deceased person to fight at the funeral till blood was drawn (the

drawing of blood was essential)[14].

スコットランド高地地方では、葬式で、死者の友人たちが血を流すまで喧嘩をするのが常に習慣であった（血を流すことが肝要であった）。

これは、「死」によって生じた「不浄」を「血を流すことによって浄化する」という考えに基づくかつての習慣である。

因みに、葬儀終了後に見られる習慣に、

☆ 用いられた棺台は葬儀終了後に壊しておく。さもないと、また死者が出る

がある。

2．棺付添人（pall-bearer）

死者の棺には付添人が付く。これには次のような習慣がある。

☆ 棺付添人は死者の友人・隣人で、人数は六・八・十・十二人とされる

この頃では、その人選等は葬儀屋任せになることが多く、また大して拘らなくなってきているようであるが、一応用意する員数は偶数とされる。

☆ 棺の付き添いを依頼された場合は、これを断ってはいけない。かつてはこれを断るのは、故人や遺族に対する大変な侮辱と考えられた

現在でもこの習慣は時として尊重され、その命脈を保っているようである。

☆ 棺付添人は、通例、黒の衣服を着用する

ただし、「死者が子供であったり、未婚の男女の場合には、服装の一部—特に手袋、その他スカーフ・帽子リボン等—に白色のものを着用する」のが一般的である。この衣服の「白」については、地域によっては、「未婚者の葬儀には、棺付添人は全員白装束を着ける」場合もあるとされる。

☆ 死者が子供の場合には、棺付添人には、大抵は同年配の子供たちが選ばれ、彼らは白の腕章・手袋・飾り帯を着用する

こうした場合の「白」は、死者の＜純真無垢＞を象徴するものとされる。これに関して、Lorieの次の記述がある。

It was the custom in the 19th-century, in both Europe and the New World, for a white-sashed bearer to walk in front of a child's coffin bearing a white standard[15].
白い飾り帯を着けた旗手が、白い葬旗を持って子供の棺の前を歩くのは、ヨーロッパでもアメリカでもともに十九世紀の習慣であった。

二十世紀に入ってもこの「白」の習慣は相当続いていたが、今では次第に消えていく傾向にあるようである。Kightlyによると、「白着用の風習は1930年代までも続いていた[16]」とされる。

☆ 若い男・女の葬儀には、六人の白装束の若い女性が棺付添人を務める。また、所によっては、「若い女性の葬儀には、六人の白の手袋・帽子リボンをつけた若い男性がそれを務める」こともある

John Brandの紹介している次のSarah Wilsonのバラッドには、そうした六人の白装束の乙女が登場する。

Six pretty maids, pray let me have,　六人の美しい乙女を、どうか私に与えよ、
To bear me to the silent grave;　私を沈黙の墓場へと運ぶべく。
All cloth'd in white, a comely show,　全身白ずくめの、実に麗しき姿、
To bear me to the shades below[17].　私を下界の黄泉（よみ）の国へと運ぶべく。

（ここでの墓場に運ばれ行く「私」とは、「若い女性」であるとされている。）
なお、前項やここでの「白」の習慣については、やはり、それが青年の＜純真無垢＞の美徳を象徴するものと見做される。

☆ 独身女性の葬儀の葬列の先頭では、一対の白手袋が、同年齢くらいの乙女によって運ばれる

この手袋は、葬儀後、如何なる個人によっても保管を認められず、必ず教会で保管されるものとされる。

☆ 評判の良かった独身の女性（男性を含むこともある）が死亡したとき、葬

列の先頭では、乙女の花冠（maiden's garland）が二人の白装束の乙女によって運ばれる

この花冠は生花・造花いずれもあるが、必ず白色の花で司教冠に似た形に作られ、儀式が行われている間は棺の上に置かれ、葬儀がすべて終わった後は教会に持ち帰られ、棺付添人たちの白手袋と一緒に所定の所に掛けておかれ、一定の期間を経た後奉納保存される。Holeは次のように記述している。

> They［maidens' garlands］can still be seen in a number of churches, but the custom itself seems to have died out, except at Abbotts Ann in Hampshire. ... they represent a challenge to anyone who throws doubt on the good character of the dead person[18].
>
> それら［乙女の花冠］は、今でも多くの教会で見られ得る。しかし、その習慣自体は廃れてしまったようであるが、ハンプシアのアボッツ・アンでは例外である。… それらは、死者の立派な人格に疑いを投げかけようとする如何なる人物に対しても、挑戦を表わす。

> The custom, with its stress on virginity and its crown representing the Virgin's Crown, is undoubtedly of pre-Reformation origin. It lingered on for a long time in Derbyshire ... but Abbotts Ann seems to be only place where it is still kept up[19].
>
> その純潔の強調と、その乙女の花冠を表わす冠についての習慣は、明らかに宗教改革前に起源がある。その習慣は、ダービーシアでは長く続いていた。… しかし、アボッツ・アンは、その習慣が今でも維持されている唯一の地方のようである。

3．葬列行進への参加者（会葬者）

葬列行進とは、所謂（いわゆる）「野辺送り」のことである。これには、歩行によるもの

と自動車等によるものとがあるが、これに加わる人々については次のような習慣がある。かつては、

☆ 葬列行進（また葬儀）に参加する者は、黒い服を着る

ことになっていた。

しかし、田園地方でならともかくも、今日ではこの習慣は相当に変わってきており、特に米国では、黒い服の着用は極めて少なくなっている。

☆ 葬列行進（また葬儀）に参加する者は、新しい服を着てはいけない。また、遺族は特に新しい靴を履いてはいけない

と戒められていた。

この理由は、次のように考えられるようである。

> ... all the dead envy the living. ... It is dangerous to excite the envy of the newly dead[20].
>
> ... すべての死者は生者を妬ましく思うものである。... 死亡したばかりの者の妬みを刺激するのは、危険なことである。

つまり、新しい衣服や履物等を身に着けている者は死者に羨ましがられ、それが高じる結果、その者が死出の旅に誘われる恐れがある、という理由である。

葬列は、教会の近くあるいは墓地入り口で、教区牧師が死者を出迎えて先導するまでは、一般に、教区吏員、葬旗旗手、棺付添人と棺、遺族・親族・縁者、友人、その後ろに一般の会葬者―男女の組み合わせで、しばしば腕を組んで―の順で編成される。また教区によっては、司祭が出棺時に死者の家まで出迎えに行くこともあり、更に葬列行進は、十字架（持ち）、司祭、棺 ... の順で、また会葬者も男性が先で女性が後に続く、という編成もある。（教区・宗派等によって葬列編成はいろいろのようである。）

☆ 一般の会葬者は、棺よりも後ろを進むべきであって、決して棺よりも前に出てはいけない。それをする者は、急死あるいは大災厄を被（こうむ）る

また、古い時代には、妊婦や赤ん坊については、次のようなことが言われた。

☆ 妊婦は胎児の安全のため、葬列その他一切の葬儀に参加してはならない

☆ 一歳未満の赤ん坊は、死の危険があるので、葬儀に連れて行ってはいけない

葬列に加わる者は、死者の埋葬時の必要物を用意しておく。(ただし、葬儀屋または関係者によって用意されることもある。)

☆ かつては、マンネンロウ（rosemary）の花や、イトスギ（cypress）、イチイ（yew）等の小枝を携えて行き、埋葬時に棺の上に投げるのが仕来たりであった

なお、これを家に持ち帰り、故人の思い出の品として保存するもよし、とされた。

マンネンロウは葬儀のみならず、婚儀にも用いられる花である。シェイクスピアの*Romeo and Juliet*で、ジュリエットの遺骸を前にして、その父親に語りかけるロレンス神父の言葉には、マンネンロウのこの両用性が窺われる。

> … she's best marry'd, that dies marry'd young.
> Dry up your tears, and stick your rosemary
> On this fair corse; and, as the custom is,
> In all her best array bear her to church: …[21)]
> … 結婚して若く死ぬ女、これぞ最良の結婚というもの。
> 涙を拭かれよ、そして、この美しい亡骸(なきがら)に
> マンネンロウの花を手(た)向けられよ。そして、世間の習慣通り、
> 晴れ着を着けたこのままで、教会へと運ばれよ。…

(因みに、「晴れ着を着けたこのままで」の解釈は、通説の「(新たに) 晴れ着を着せて」の解釈と異なるが、これは、ジュリエットがこの仮死状態の時には、「既に花嫁衣装という至高の晴れ着を着ていた」と推断されるからであ

る。この推断に至るには、寝室で彼女を呼び起こそうとしていた乳母の言葉もヒントになるであろうが、更にそれ以上にヒントになるのは、「結婚後間もなくして死亡した女性は、特に花嫁衣装を着けて埋葬される[22]」という習慣である。特にこの後者のヒントから、既にロミオと密かに結婚していたジュリエットは、この「策」通りの仮死状態のときには、「正に埋葬［葬儀］に相応しい花嫁衣装の晴れ着姿であった」と考えられるのである。）

なお、マンネンロウの花言葉は＜忘れないで＞の意とされる。*Hamlet*のオフィーリアの言葉には、“There's rosemary, that's for remembrance; … [23]”（ほら、マンネンロウの花よ。忘れないで、という意味なのよ。…）が見出される。

イトスギは、‘cypress coffin[24]’（イトスギ棺）という言葉によって示される通り、「かつては棺材としても利用された[25]」葬儀に縁の深い樹木である。

E. スペンサーに次の詩句がある。

> The aspine good for staves; the cypresse funerall; … [26]
> 杖に適したポプラの樹、それに、葬儀に適したイトスギの樹。…

イチイもまた葬儀の樹である。Beaumont & Fletcherの*Maid's Tragedy*には、次のような表現が見出される。

> Lay a garland on my hearse of the dismal yew; … [27]
> 私の棺［霊柩車］に、陰鬱なイチイの花冠を載せておくれ。…

また、シェイクスピアの*Twelfth Night*では、道化の歌の中にイトスギとイチイの両方が出てくる。

> *Come away, come away, death, / And in sad cypress let me be laid; /*
> *… / My shroud of white, stuck all with yew, / O, prepare it; …* [28]

来たれ、来たれ、死よ、悲しいイトスギの中に、我を横たえよ。
… 我が白き経帷子、至る所にイチイの枝を差し、ああ、それを用意しておくれ。…

これらの＜不滅＞（immortality）を象徴するイトスギやイチイ[29]等の常緑樹の小枝の他に、大抵は花（前述のマンネンロウも花ではあるが）特に花環が死者のために運ばれるものである。花環は棺の上に置かれたり、埋葬後は墓に飾られる。かつては、「花は新生を象徴するもの故に、葬儀にそれを飾るのは相応しくないと考えられた[30]」こともあり、また、「花は（1860年代頃までは）異教的なものとも考えられていた[31]」ようである。しかしながら今日では、花は葬儀に欠かせないものになっている。

死者に花を供えることについては、Tad Treja が、Edwin D. Wolffの象徴説を踏まえてこう説明している。‘ … the actual grave goods were replaced by symbolic representations[32].’（ … 墓に実際に供えられていた物が、象徴的な代表物により置き換えられた。）つまり、幾分か補足を許されれば、花は、昔、死者に必要だと想像された種々の供え物—例えば、飲食物、金銭、武具等—を、視覚的に美しい形で簡便に纏めて代表した物、ということになろう。（結局は、死者が花を供えられて喜ぶのかどうかが肝心なことになるのかも知れないが、）死者に花を供えるようになった経緯の説明としては、説得性がやや高いように思われる。

その他、会葬者に関して次のような伝承がある。

☆ 埋葬が済んで葬儀の当家に帰って来たとき、会葬者たちは、死者の近親者よりも先に家に入ってはいけない。それをする者は、急死あるいは大災厄を被る

と言われる。

４．葬列の通り道

かつての田園地方には、

☆ 葬列の通る決まった道があり、必ずそこを通らねばならない

とされた。

… many of the paths leading from outlying hamlets to the mother church were called "church-ways," "corpse-ways," or burial-paths[33].

… 辺鄙な村から母教会に通じる道の多くは、「教会の道」「死者の道」即ち葬儀の道と呼ばれた。

To use any other route was unlucky, and was never done unless bad weather made the Corpse Way impassable[34].

他の如何なる道を通ることも不吉なこととされ、悪天候のために「死者の道」が通行不能にならない限り、決してそのようなことはなされなかった。

☆ 死体が私有地を通って運ばれると、そこは公道となる

一般に、今日も伝承としては言われるようである。

… a widespread but legally groundless belief held that if a coffin was carried across private land, its passage would automatically create a permanent right of way[35].

… 一般的とはいえ、法的な根拠なく信じられていたことに、もし棺が私有地を通って運ばれると、その道は自動的に永久の公道となる、があった。

Radfordは二十世紀初め頃の著書で、'This … is still firmly believed[36].'（これは今でも広く信じられている。）と記述している。因みに、この件については、Reader's Digestの書に、「1948年にオックスフォード近隣で、溺死者の葬列に対し、地主が私有の有料橋を渡らせないと主張した事件があった[37]」ことが附記されている。

☆ 死者は、家に戻るなどして、同じ道をもう一度通って運ばれてはならない

一旦出棺しておきながら、出発点の家にもう一度戻るようなことは絶対にしてはならない、とされる。この戒めが波及して、

☆ 死体を載せた霊柩車は、決してUターンをしてはならない。これをすれば、その家にまた死者が出る恐れがある

と言われる。

今日でも、こうした伝承は迷信だと承知しながらも、縁起を担ぐ人々が結構多いので、葬儀屋は特に気を遣うようである。

5．葬列行進と途中休憩

葬列は一般にゆっくりとした歩調で進み、教会（あるいは墓地）に向かう。現在でも田園地方では、歩行による葬送がおいおいにしてある。イギリスでは、

☆ 葬列は道の右側を進まねばならない

とされる。かつて、イギリスの田舎での歩行による野辺送りの際には、人々はこの習慣に拘(こだわ)ったようである。

> When a corpse is carried to church from any part of the town, the bearers take care to carry it so that the corpse may be on their right hand, though the way be nearer and it be less trouble to go on the other side; ...[38]
>
> 町のどの地域からであろうと、遺体が教会に運ばれるときには、運び手は、遺体が道の右側を通るように注意して運ぶ。仮令(たとえ)もっと近い道があるとしても、また、左側を進むほうが面倒が少ないとしても、である。...

☆ **葬列行進中、遺体の前では、小さな鐘（鈴）が鳴らされる**
ことがある。

☆ **葬列行進中に聖職者が同行している場合には、『詩編』を唱えることがある（これについては、一般的に、行進中には詩編第百十二編、教会に着いたときには第二十三編、墓地に向かう途中には第百四十八編が唱えられる、とされる）**

☆ **葬列行進中、会葬者が死者のために賛美歌を歌うことがある**

次はこの「賛美歌」を窺わせる、ワーズワスの *The Excursion* からの一節である。

> … when from out the heart / Of that profound abyss a solemn voice, / Or several voices in one solemn sound, / Was heard ascending; mournful, deep, and slow / The cadence, as of psalms —a funeral dirge! [39)]
>
> … あの深淵の心からの、厳かなる声が、あるいは、厳かなる音の中の、幾つかの声が、高まりきて聞こえたときに。悲しく、深い、そして低い声で、その韻律は、賛美歌の如く―これぞ葬送の歌なり！

かつては、

☆ **霊柩車は、一旦出発したら途中で止まってはならないもの**
とされた。

そのため、門という門はことごとく開けておかれるように手配された。しかしながら特に今日の街中では、交通信号や交通混雑等のため、この習慣は守られないことがよくある。

☆ **霊柩車及び葬列は、交通混雑の中ででも優先されるべきもの**
とされる。

この習慣は、古来、人々が容認してきたものである。しかし、これも今日においては、種々の事情から必ずしもそうではなくなっているようである。

上述のように、一般に葬列行進は止まらずになされるものとされるが、例えば、教会（あるいは墓地）までの道のりが大きい場合やその他の事情のある場合、葬列、特に棺の運び手は途中での休憩を予定に入れておくこともある。

☆ 棺を運ぶ途中での休憩は、「十字標」(cross[40]) のある所等、昔から定められている場所に限られている

特に、かつての辺鄙な所での棺の運搬は大変な仕事であり、担ぎ手たちは出発前に十分な腹拵(ごしら)えをして出掛けた、と言われる。

☆ 休憩後の出発の際には、棺を担いで時計回り（右回り）に三度回ってから前進すべきである

とされた。

この「時計回り」(clockwise; sunwise) は、「太陽の見かけの運行と同方向」の意味である。原始の時代以来どの民族も太陽を神として崇拝してきており、太陽の東から西への動き、その軌跡こそ「正しく善なるもの」と人々は信じたのである。Opie & Tatem は、'Corpse goes sunwise.'（遺体は右回りをするもの。）を始め、この「右回りは縁起がよい」の考えに基づく他の種々の例―「船の旋回・花嫁の行進・食卓の用意・飲み物の回し送り・ロープの巻き等の右回り、右巻き」―を記述している[41]。

（因みに、ここで想起されるのが、世界のいずれの文化にも見られる「右利き」尊重の伝統である。[ここでは詳述は避けるが] 古来、人々が「左利きを不吉」(sinister) と見做し、その理由の一つとして「左側には悪霊が立つ[42]」という確信から「左は不吉」と説明してきたが、その根底にはもしかすると、「聖なる太陽の軌跡、つまり右回り」への絶対的尊重という理由が潜んでおり、そこから「右利き」尊重の文化が生じたのかも知れない、とも思われる。）

6．教会への到着・入庭

☆ 葬列は、東側から教会に近付くようにすべきだ

とされる。

これもやはり [前節5. と同様に]「太陽の運行に逆らってはならない」とい

う太古からの確信に由来し、そのためわざわざ迂回することもある、とさえ言われる。

☆ 棺（遺体）は教会の南門を通って運び込まれなければならない

これも太陽の運行に関する考え方によるものであろう。

7．墓地への入場

墓地に入るに当たっては、次のことが言われる。

☆ 棺は‘funeral stone’（葬儀石）を、右回りに三度回らねばならない

これは、棺を墓地に運び込む前の習慣である。なお、この「葬儀石」は、墓地の入り口手前等の空き地に据えられてある。

地域によると、葬儀石以外にも、「教会の構内の十字架とか、教会の構内を右回りに三度（あるいはそれ以上）回る」という習慣もあるようである。これらの「右回り」についても、やはり前述の「太陽の軌跡」が関係している。また、「三度」については、多様な説のうちで有力なものの一つに、キリスト教の「三位一体説（Trinity）―神とキリストと聖霊の三者は一体であるとの説」から来る「三」の説がある。

次は［本章の「はじめに」で触れた］かつての驚くべき出来事についてである。野辺送りの最後に近い段階で、死者を埋葬するため関係者一同が墓地に近付き、

☆ 教会墓地の入り口附近で、二つの葬列が遭遇したとき、それぞれの会葬者は自分たちの死者を先に埋葬しようとして、墓地への入場順を争い、時には殴り合いの騒ぎまで起きた

とされる。

これはかつて、特にアイルランドやスコットランド高地地方で、実際に起きたこととされるようである。

この争いの理由説明には、「墓守」（churchyard watcher）に関する伝承を説明しなければならない。これについてHoleはこう記述している。

> In many parts of Britain, and also in Brittany, it was believed that when a man was buried, he became the Watcher of the Churchyard until such time as he was relieved of his task by the interment of another corpse. A variant of this tradition was that he who was first buried in any year became the Watcher, and served in that capacity for twelve months after his funeral. Until that time had passed, or until he was released by the next burial, he could not go to his rest, and was compelled to guard the graves in the churchyard and to summon all those in the parish who were about to die[43].
>
> イギリスの多くの地域や、またブルターニュでも、人が埋葬されるとそこの墓守となり、それは、次の人が埋葬されてその職務から解放されるときまで続くもの、と信じられていた。この慣例の変わっているところは、いずれの年においても最初に埋葬された者が墓守となり、葬儀後一年間その立場で務めをする、ということであった。その期間が過ぎるか、次の埋葬によって解放されるまでは、その者は安らぐこともできず、教会墓地の墓の番をしたり、教区の今にも死亡しそうなすべての者たちを召喚しなければならなかった。

そこで、それぞれの会葬者たちは、自分たちの運んで来た死者をこの「墓守」にしたくないために、墓地の入り口でその入場順を互いに争ったのである。会葬者たちは、時によると「激しい殴り合い」等の暴力行為に至り、その間遺体は放置されたり、あるいは遺族たちが先を争って遺骸を運び込もうとした、とも言われる。こうしたことからは、かつてのイギリスや、また北フランス等のヨーロッパでは、人々が、死者には「墓守」などにならないで安らかに眠ってもらいたい、と強く願った気持ちが窺われる。

Hazlittは、十八世紀のスコットランドにおけるこの激しい感情に基づく風習に関して、ある牧師の記述を紹介しており、それは、恐らくはドルイド僧[44]の時代から受け継がれてきたものの一つであろう、と推測している[45]。このドルイド僧からの継承という点については、彼らドルイド僧が、古代ゴール族・ケルト族であり、その生活活動範囲がヨーロッパに相当広く及んでいたことや、また彼らに超自然的な神秘性への畏敬尊崇の特異な性質があったこと等を、この「墓守」という恐怖に満ちた確信と考え併せてみるとき、両者が結び付く可能性が大いにあるように思える。

8．葬列行進の付随事項

☆ 死体が通った畑は不毛の地となる

これは、死体の魔力がその通過した場所を汚す結果であるとされ、田園地方では特に根強い伝承として、今も幾分か残っている。

次の伝承も、同様の考え方によるものと見做せるであろう。

☆ 船に死体を載せているのは縁起が悪い

とされる。

Lorieは、‘… they [corpses aboard ships] will bring either bad weather or bad fortune. Many a disaster at sea has been confirmed by the previous death of a member of the crew[46).]’（それら［船上の死体］は、悪天候か不運のいずれかをもたらすものとなる。海での多くの災厄は、これまで、乗組員の以前の死によって確証されている。）と記している。

次の引用は、シェイクスピアの*Pericles*における、大嵐の海での船上の場面である。

2. *Sail.*　But sea-room, and the brine and cloudy billow kiss the moon, I care not.

1. *Sail.*　Sir, your queen must over-board; the sea works high, the wind is loud, and will not lie till the ship be clear'd of the dead.

Per.　That's your superstition.

1. *Sail.*　Pardon us, sir; with us at sea it hath been still observed; and

we are strong in eastern. Therefore briefly yield her; for she must over-board straight.

Per.　As you think meet. —Most wretched queen![47]

水夫 2.　「だが、船は何とかなろうて。それに、大潮波や、雲みてえなでかい大うねりが、お月さんの顔にかかろうと、構うこたあねえさ。」

水夫 1.　「王様、お后様の亡骸を海に葬っていただかねばなりますめえ。船に屍体が載ってる限り、この海の大荒れも、風の叫び声も、治まりゃしますめえ。」

ペリクリーズ　「そんなことは迷信じゃ。」

水夫 1.　「お言葉を返すようでごぜえますが、王様、私ども船乗りゃあ、今でもそいつを守っておりますだ。固く信じておりますだ。じゃから、すぐにこちらにお渡し下せえ。お后様を、すぐに海に降ろさにゃなりませぬから。」

ペリクリーズ　「よきに計らうがよい。—この上なく哀れな后よ！」

これは、「遺体は汚す」という伝承の正にその具体例である。因みに、海上での葬儀「水葬の儀」では、かつて一部には、小舟に遺体を載せて流すか沈める方法もあったようであるが、一般には、滑り台様の台に載せた棺あるいは遺体そのものを、やはり「足部から先に」海に滑り落として葬る。

次は天候に絡んだ伝承である。

☆ 葬列行進中に雨が降るのは、死者が祝福されている証拠である

と言われる。

生憎(あいにく)の雨も、それが天（＝神）の露であると見做せば、「雨が降り注ぐ亡骸は殊に神の恵みを受けている[48]」と解釈でき、関係者一同にとっては実に有り難い話であろう。

なお、この「雨」については、行進中のみならず、埋葬時にも—広く言えば「葬儀のどの段階であろうとも—それは死者の魂の幸福を予告するもの[49]」なのである。(因みに、一般に諺で、「太陽の降り注ぐ花嫁と、雨の降り注ぐ遺体は幸せである[50]」と言うようであるが、イギリスの一部の地域では雨降りの結婚式を好ましいものとし、「雨の降り注ぐ花嫁は幸せである[51]」とも言うようである。[第３部第２章５.参照])

9．葬列の目撃・葬列との遭遇

葬列の目撃については、次のような古くからの俗信がある。

☆ **窓越しに葬列を見守ってはいけない。それをすると、災厄を被(こうむ)ることになるであろう**

☆ **葬列の乗り物は数えるものではない。その行為は大惨事を招くことになる**

これらの俗信は、古来、今もって時として聞かれるものであるが、P. F. Waterman は、こうした伝承の根強さの理由を暗示している。

> The peril that lurks in the practice of watching a funeral cortège (and, by that same token, in counting its vehicles) lies in the fact that the ghost of the departed is likely to entice one's soul away[52].
>
> 葬列を実際に見守る行為(及び、同様に、その乗り物を数える行為)に隠されている危険な点は、死者の霊が人の魂を誘って連れて行きがちである、ということにある。

次は、葬列に遭遇した場合についてである。かつては、

☆ **葬列が進むとき、それに最初に出くわす人とか、あるいはその出くわした人と同性の人が、その教区の次の死者になる**

と言われた。

今や廃れたこの俗信は、地域によっても、その内容に違いが見られたようである。

Derbyshire people say that only the first person to meet a funeral after it has started on its way is marked for death; in Lincolnshire, it is not necessarily the individual himself or herself who will die, but someone of the same sex[53].

ダービーシアの人々は、葬列に出くわす最初の人こそが次の死者と目される、と言う。リンカンシアでは、死ぬことになるのは必ずしもその出くわした人自身ではなく、その人と同性の人なのである。

☆ 葬列に真正面から出会うのは、一般に不吉とされる

こうなった場合には、その凶兆逃れがなされる。次は、イングランドとスコットランドの境界地方の習慣である。

He who meets a funeral is certain soon to die unless he bares his head, turns and accompanies the procession some way. If the coffin is carried by bearers he must take a "lift." That done, he should bow to the company, turn and go on his way without fear[54].

葬列に出会う者は、きっと間もなく死ぬことになる。ただし、彼が、帽子を脱いで、向きを変え、その葬列に加わって少し進むならば別である。もしも棺が担いで運ばれていれば、彼はそれをちょっと「担が」ねばならない。そうした後で、会葬者たちに挨拶をし、向きを変え、安心して自分の道を行くべきである。

また、リンカンシア辺りでは次のようにも言われている。

... but the omen may be averted by stopping and allowing the procession to pass or, better still, by turning to follow it for a step or two[55].

... しかしながら、その凶兆は回避され得る。それは、その場に立ち止まり、葬列が通り過ぎるのを待つか、あるいはもっとよい対策は、自分が向きを変えて葬列について数歩進む方法である。

ここで、先述の「脱帽」行為について、その理由を考えてみたい。伝統的な理由としては、BrandやHazlittが紹介しているGroseの次の説がある。

> … this［taking off your hat］keeps all evil spirits attending the body in good humour, …[56)]
>
> … このこと［脱帽］は、遺体に随行しているすべての悪霊を上機嫌にしておくからである。…

つまり、この説によれば、脱帽は、亡骸にくっついている悪霊たちのご機嫌を損ねないための行為なのである。かつての多くの人々は、今で言う超自然的な力に絶対的とも言えるような畏敬の念を抱いていたので、こうした考え方が生じたのであろう。

しかしながら、この考え方には「死者への敬意と祝福」という考えが欠けているという心配はないだろうか。つまり、「死者がこの世で苦労して懸命に生きたことへの敬意と、今やっと静かな安らぎを得ようとしていることへの一種の祝福の念」からも、人々が「脱帽する」という考えが含まれるべきかもしれない、と思われる次第である。

☆アメリカ南部の黒人は、葬列に出くわすと顔を背ける

という、やや徹底した敬遠行為をするようである。

> Southern Negroes, in such a case, turn right about face and look steadily in the direction in which the procession is going. If they are in an automobile, they will stop the car and turn completely about in their seats until the funeral party has passed[57)].
>
> 南部の黒人は、そのような場合、さっと顔を背けて、葬列が進んでいる方角をじっと見る。もし彼らが車に乗っているならば、車を止めて座席に

座ったままで、葬列が通り過ぎるまで全くもって顔を背けておく。

葬列に出くわすことは一般に不吉とされるが、特に新婚者に関してはこう言われる。

☆ 新婚者にとっては、葬式に出くわすことはこの上なく不吉である

> Should the happy pair travel with a corpse with or without their knowledge, the death of one of them would be sure to result in a short time. ... a funeral crossing the path is a sign of death to the bride or bridegroom[58].
>
> 万一新婚夫婦が、知っていようがいまいが、遺体と一緒に旅をすれば［道を進めば］夫婦の一方はきっと間もなく死亡するであろう。... 葬列がその行く手を横切れば、花嫁か花婿かが死亡する前触れである。

当引用の筆者Bloomはこれについて、' ... the garb of woe and the presence of the dead are not fit companions for newly-wedded bliss[59].'（... 悲しみの身なりである喪服と死者の存在とは、新婚者の至福とは反(そ)りが合わない。）と述べ、「悲」と「喜」とは異質のものであって融和しない、と僅(わず)かながらその理由にも触れている。

一般に、葬列に出くわしたときその凶兆から逃れるには、Bloomが述べているように、' ... it can be avoided by turning one's back on the funeral cortège[60].'（... それは、葬列に背を向けることによって避けられ得る。）と考えられているようである。

☆ 葬列を追い越すと身に不幸を招くことになる

と言われる。

この理由は、' ... the overtakers will then be hurrying towards their own deaths: ... [61]'（... 葬列を追い越す者は、そのとき、自分自身の死に向かって急いでいることになる。...）からとされる。つまり、死者よりも先に行きたがるのは、自ら死に急ぐようなもの、という訳である。

☆ 葬列を分断して通ってはならない。自動車の葬列の場合も同様である

これについては、昔から、葬列に出くわしたときには「道を譲る」という習慣が一般的である。

その他、葬列との遭遇に関することで、風変わりな「いぼ治療」についての次のような俗信[62]を附記しておく。

☆ 近親者でも縁者でもない死者の葬列がやって来たら、石を拾って、父と子と聖霊の名において、棺の後からそれを投げ付ける。それから、「いぼを～さん［死者の名］に押し付ける」と言えばよい

☆ 葬列が目の前を通り過ぎるとき、いぼを擦り、「このいぼとこの亡骸が行ってしまって、二度と戻って来ませんように」と三回繰り返せばよい

これらは、大抵アイルランド辺りの所謂「呪い（まじない）」であるが、これらの類型は英米ともに広く見られるようである。結局は、いずれのものも、「いぼを死者に持って行ってもらおう」という手前勝手な考え方に基づく信である。

10. 教会ミサ

棺が祭壇の前に置かれ、死者のための「ミサ」（requiem mass）が行われる。このとき、葬式の鐘―概して鐘の「舌」を布で包んで鳴らす―が静かに鳴らされる。棺は一般に花で飾られ祭壇の前に据えられるが、通常、棺の足部が祭壇の方に向けて置かれる。遺族は最前列に着席する。会葬者は、オルガンで葬送の曲が演奏される間に着席する。

☆ 会葬者は、遺族よりも先に教会に入ってはならない。さもないと、会葬者に死者が出る

と言われる。

棺の蓋は開けておかれるが、それを閉じて上に写真を置いてある場合は、戦死者とか遭難、あるいは重病による死者の場合であり、また遺骸が無い場合や、その損傷あるいはやつれ等が酷（ひど）い場合である。

牧師が聖書の句「裸にて母の腹より生まれ、裸にて土に還る」(『ヨブ記』[63])から始まって、「我が父の家には住居(すまい)多し」(『聖ヨハネ伝』[64]) へと読み進む。これによって死者が「神によって召された」ことを告げ、特に悲しみに沈む遺族その他の関係者に希望を与える。会葬者全員で賛美歌 *'Nearer, my God, to Thee'*（主よ、御許に近付かむ）等を歌う。牧師が簡単に故人の履歴を読み上げる。次いで、故人の愛唱した歌あるいは賛美歌の独唱があり、祈祷がなされ、式は比較的短時間で終わりになる。

教会の式では、弔辞を読み上げることもしないし、遺族の挨拶等もなされない。なお、香典の類いを供えるとか、そのお返しをする習慣等も無い（ただし、アメリカ合衆国の現代的習慣である葬儀堂利用の場合に、時としてその受付等で極めて少額の金銭を差し出す者がある場合、それを受け付けたりもするが、そのお返し等はしないようである)。

その後、牧師が棺の傍に立ち、遺族から順にすべての会葬者が故人との最後の別れをし、棺の蓋が閉じられる。

☆ ミサの後で、会葬者は棺の前を通り、必ず死者の顔を覗き込むもの
とされる。

この死者への敬意の証(あかし)たる行為を行わなければ、極めて無作法とされる。

こうしてミサを終え、死者は墓地へと運ばれる。一部には今も残る伝統であるが、かつてはいずれの教区でも、このときまた葬送の鐘が鳴らされ、その音は、静かにもの悲しく、また優しく、人々の心に響いたものであった、と言われる。

Notes

<膨大化回避のため、本文中の☆印 五十二項の提示文への付注は原則として割愛する。
(L)：ページの左半部　(R)：ページの右半部を示す>

1) "Churchyard Watcher," *E. & M. A. Radford Encyclopaedia of Superstitions,* ed. and rev. Christina Hole (1948; London: Hutchinson & Co., 1961) 101.

2）Peter Lorie, *Suerstitions* (New York: Simon & Shuster, 1992) 248.

3）Charles Kightly, *The Customs and Ceremonies of Britain* (London: Thames and Hudson, 1986) 119(R).

4）"Funeral Customs and Belief," *Funk & Wagnalls Standard Dictionary of Folklore, Mythology, and Legend*, ed. Maria Leach and Jerome Fried (1949; New York: Funk & Wagnals Publishing Company, 1972) 428(L).

5）"Funeral," *Encyclopaedia of Superstitions*, ed. E. & M. A. Radford (New York: Philosophical Library, 1949; New York: Greenwood Press, 1969) 128(L).

6）"Front Door," *E. & M. A. Radford Encyclopaedia of Superstitions*, Hole, 169.

7）"Front Door," *E. & M. A. Radford Encyclopaedia of Superstitions*, Hole, 169.

8）"Front Door," *E. & M. A. Radford Encyclopaedia of Superstitions*, Hole, 169.

9）Reader's Digest Association ed., *Folklore, Myths and Legends of Britain* (London: Reader's Digest Assn., 2nd ed., 1977) 91(R).

10）J. Harvey Bloom, *Folk Lore, Old Customs and Superstitions in Shakespeare Land* (London: Mitchell Hughes and Clarke, 1929) 43.

11）"Funeral," *Encyclopaedia of Superstitions*, E. & M. A. Radford, 128(L).

12）"Coffin Supports Turned Over," *A Dictionary of Superstitions*, ed. Iona Opie & Moira Tatem (1989; Oxford: Oxford Univ. Press, 1990) 92(L).

13）Lorie, 248.

14）"Blood, Shedding: at Funeral," Opie & Tatem, 32(L).

15）Lorie, 242(R).

16）Kightly, 119(L).

17）John Brand, *Observations on the Popular Antiquities of Great Britain* (1848-9, London; New York: AMS Press, 1970) Vol. 2, 255.

18）Christina Hole, *English Custom & Usage* (1941-2; London: B. T. Batsford, 1990) 109-10.

19）Hole, *English Custom & Usage*, 110.

20）"Funeral Customs and beliefs," Leach and Fried, 428(L).

21）William Shakespeare, *Romeo and Juliet*, Malone's Shakespeare: The Plays and

Poems of William Shakespeare, ed. Edmond Malone (London, 1790; New York: AMS Press, repr. 1968) iv-5, Vol. 9, 149.

22) "Burial Preparations," *E. & M. A. Radford Encyclopaedia of Superstitions*, Hole, 74.

Brides who died soon after the wedding were frequently buried in their bridal dress.

23) Shakespeare, *Hamlet*, Malone's Shakespeare, iv-5, Vol. 9, 368.

24) "Cypress," *Dictionary of Mythology, Folklore and Symbols*, ed. Gertrude Jobes (New York: Scarecrow Press, 1962) Part 1, 402.

25) "Cypress," *Brewer's Dictionary of Phrase and Fable*, Centenary Edition, rev. Ivor H. Evans [orig. ed. Ebenezer Cobham Brewer] (1870; London: Cassell, 1978) 294.

26) Edmund Spenser, *The Faerie Queene*, The Works of Edmund Spenser, ed. Henry John Todd (London, 1805; New York: AMS Press, 1973) I. 1. Ⅷ. 9, 14.

27) Beaumont & Fletcher, *The Maid's Tragedy*, The Works of Beaumont & Fletcher, ed. Alexander Dyce (1843-6; Freeport, NY: Books For Library, 1970) Ⅱ. 1, 345.

28) Shakespeare, *Twelfth Night*, Malone's Shakespeare, ii-4, Vol. 4, 46.

29) "Cypress," Jobes, Part 1, 402; "Yew," Part 2, 1706.

30) Tad Tuleja, *Curious Customs* (New York: Harmony Books, 1987) 33.

31) Kightly, 120(R).

32) Tuleja, 33.

33) Bloom, 48.

34) Reader's Digest Assn., 91(R).

35) Kightly, 120(L).

36) "Funeral," *Encyclopaedia of Superstitions*, E. & M. A. Radford, 128(L).

37) Reader's Digest Assn., 91(R).

In 1948, permission was refused to the police to carry a drowned man over the toll-bridge at Iffley Lock near Oxford. The owners claimed that the passage of the corpse would automatically destroy the toll rights. It was sometimes said that the undertaker could overcome the difficulty by sticking pins into every gate or stile on the way, or by persuading the landowner to accept a small fee. Nevertheless, fights sometimes broke out between funeral parties and landowners' servants, the former struggling to reach the church by the shortest route and the latter striving to protect their masters' property.

38) W. Carew Hazlitt., *Faiths and Folklore of British Isles* (1905; New York: Benjamin Blom, 1965) Vol. 1, 249(R).

39) William Wordsworth, *The Excursion*, Wordsworth Poetical Works, ed. Thomas Hutchinson, rev. Ernest de Selincourt (1904; Oxford: Oxford Univ. Press, 1971) II. 372-76, 607.

40) "Cross," *The Oxford English Dictionary* (1970).

A monument in the form of a cross, or having a cross upon it, erected in places of resort, at crossways, etc., for devotional purposes, ...

41) "Sunwise, Boat Goes," "Sunwise, Bride Goes," "Sunwise, Laying Table," "Sunwise, Passing Drink," and "Sunwise, Rope Coiled," Opie & Tatem, 384-85.

42) James Kirkup, *British Traditions and Superstitions,* annot. K. Jin (Tokyo: Asahi Press, 1975) 2.

In olden times, it was believed that evil spirits stood on our left side, and good spirits on our right.

43) "Churchyard Watcher," *E. & M. A. Radford Encyclopaedia of Superstitions*, Hole, 101.

44) "Druid," *The New Encyclopaedia Britannica* (1988).

... member of the learned class among the ancient Celts. They seem to have frequented oak forests and acted as priests, teachers, and judges. The earliest known records of the Druids come from the 3rd century BC. ... The Druids' principal doctrine was that the soul was immortal and passed at death from one person into another. ... The Druids were suppressed in Gaul by the Romans under Tiberius (reigned AD 14-37) and probably in Britain a little later. In Ireland they lost their priestly functions after the coming of Christianity and survived as poets, historians, and judges.

45) Hazlitt, Vol. 1, 254-55.

The minister of Kilsinichen and Kilviceven, co. Argyll, writing in the 18th century, says: The inhabitants "are by no means superstitious, yet they still retain some opinions handed down by their ancestors, perhaps from the time of the Druids. It is believed by them that the spirit of the last person that was buried watches round the churchyard till another is buried, to whom he delivers his charge." ... "in one division of this county, where it was believed that the ghost of the person last buried kept the gate of the church yard till relieved by the next victim of death, a singular scene occurred, when two burials were to take place in one church yard on the same day. Both parties staggered forward as fast as possible to consign their respective friend in the first place to the dust. If they met at the gate, the dead were thrown down till the living decided by blows whose ghost should be condemned to porter it." (*Stat. Acc. of Scotland*, iv, 210 & xxi, 144).

46) Lorie, 248.

47) Shakespeare, *Pericles*, Malone's Shakespeare, iii-1, Vol. 3, 551.

48) "CORPSE," *Zolar's Encyclopaedia of Omens, Signs & Superstitions*, ed. Zolar (London: Simon & Schuster, 1989) 95.

49) Reader's Digest Assn., 91(R).

50) F. P. Wilson ed. & rev., *The Oxford Dictionary of English Proverbs* (1935; Oxford: Clarendon Press, 1992) 85(R).

Happy is the bride the sun shines on, and the corpse the rain rains on.

51) Kircup, 26.

... in certain parts of Britain, notably in Hampshire, Derbyshire and Lincolnshire, they [the people] prefer a rainy wedding day, and quote the superstitious saying: "Lucky the bride the rain rains on."

52) Philip F. Waterman, *The Story of Superstition* (1929; New York: AMS Press, 1970) 111-12.

53) "Burial Omens," *E. & M. A. Radford Encyclopaedia of Superstitions*, Hole, 72.

54) "Funeral," *Encyclopaedia of Superstitions*, E. & M. A. Radford, 128(L).

55) Kightly, 120(L).

56) John Brand, Vol. 2, 250. / Hazlitt, Vol. 1, 251(L).

57) "Funeral Customs and beliefs," Leach and Fried, 428(L).

58) Bloom, 43 & 46.

59) Bloom, 43.

60) Bloom, 46.

61) Kightly, 120(L).

62) "Warts 'Given' to Corpse," Opie & Tatem, 423(R).

63) *The Holy Bible*, An Exact Reprint in Roman Type, Page for Page of the Authorized Version (A.V., 1611; Oxford: Oxford Univ. Press, 1985) '*The Booke of Iob*,' I -21.

Naked came I out of my mothers wombe, and naked shall I returne thither: the LORD gaue, and the LORD hath taken away, blessed be the Name of the LORD.

64) *The Holy Bible*, '*The Gofpel according to S. Iohn*,' XIIII-2.

In my Fathers house are many mansions; if it were not so, I would haue told you: I goe to prepare a place for you.

[以上は『倉敷芸術科学大学紀要』創刊号（平成8年3月）による。]

第4章　埋葬・墓地と墓・四つ辻埋葬・弔いの宴・追悼式

はじめに

古来、人々は「死者を墓地のどの領域に埋葬するか」を大きな問題としてきた。一般に欧米では、「墓地の東の領域、次いで南、西」の順でその人気の度合いが下がっていく。この謂(いわ)れは「万人の復活は東から」の信によるものであるが、もともとは人々の太古以来の「太陽崇拝」にその源があり、太陽の軌跡の「右回り」に由来するものとされる。太陽から最も遠い北の領域は、かつては徹底的に敬遠された。この敬遠の傾向は今日においても、イギリスの一部の地方ではまだ幾分か残っているようである。この「墓地の北方角の領域」には、洗礼を受けないまま死亡した乳幼児、罪人、それに一部の自殺者等が夜間密かに埋葬されたとされる。[3.参照]

更に、かつては殺人等の犯罪者、自殺者（自殺は大罪とされた）、不実の女、またその他魔女、吸血鬼と見做された者は、一般の墓地ではなく「四つ辻」に埋葬された。しかも、その者の霊がこの世に舞い戻ることがないようにと、場合によっては遺体の頭部や心臓部に鉄や木の「杭」が打ち込まれて埋葬されたと言われる。[4.参照]

当章では、主として「埋葬」に関する事柄を中心に、英米人の古今の習慣のあらましと、併せてそこに見出される迷信・俗信を考察する。またその際に、事項によっては若干の議論をも試みたい。

1．埋葬（interment; burial）

教会での礼拝式の他に、墓地でも埋葬前に礼拝式が行われる。牧師が *The Book of Common Prayer*（『祈祷書』）の中から ‘... earth to earth, ashes to ashes, dust to dust …'（…土を土に、灰を灰に、塵を塵に返して…）の決まり文句を唱え、死者の冥福を祈りつつ埋葬がなされる。遺族初め会葬者は携えている（また用意されてある）花、マンネンロウ、それにイチイ、ツゲの小枝等を墓穴の棺の上に投げ入れる。その小枝を形見に持ち帰り、大切に保存するのもよしとされる。一部の地域では、

☆墓での礼拝式には、一般の死者の場合は近親者のみが出席する。(社会的地位の高い人の場合は墓地まで葬列行進をする。また、カトリック教徒の場合は、多くの知己が霊柩車に付き従う)

とされる。

これは、特にNew England等での風習とされる。

司祭が「土を土に、…」と唱えるとき、

☆喪主がまず最初に棺に土を投げ入れるもの

とされ、この慣習は現在も守られている。

大方の地域では、

☆会葬者は全員、一かけらずつでも土を投げ入れるべきだ

とされる。

☆葬儀用の花環は、墓の上またはその傍に置かれねばならない

花環の「環（輪）」の意味についてはいろいろなことが言われている。その一つは、「死者の魂がこの世に戻って来ないように、そこにつなぎ留める役目をするもの」であるとか、また、「昔からの副葬品の習慣が、花環という形になって死者の魂を慰めるために使われ始め、やがては一般化されたもの」とも言われるようである[1)]。

ところで葬儀における「花」に関しては、Charles Kightlyは「花は『新生』を表わし異教的風習と解されていたので、棺に入れるものにせよ墓に投げ入れるものにせよ、1860年代頃までは用いられなかった[2)]」としている。しかしながらShakespeare, *Romeo and Juliet*（1597）には、娘ジュリエットの急死を信じたキャピュレットの次の言葉がある。

Our bridal flowers serve for a bury'd corse, ...[3)]

婚礼の花は、亡骸（なきがら）の埋葬のために使うがよい。...

この作品の内容における時代と場所等を推測してみても、Kightlyの見解はかなり割引して考えねばならないように思われる。この点については、John Brandの「原始キリスト教徒たちは、花を相応（ふさわ）しくない習慣だと厳しく咎めた[4)]」の見解が注目される。つまり、花が「異教的風習」と見做された時代は随分早い時代であり、しかもその期間は比較的短かったのではないか—イギリスの場合には、キリスト教が入って来てからまだ間もない七世紀初め頃の考え方ではないか—と考えるほうが妥当に思われる。

☆ 東西方向に掘られた墓穴の、東の方角に棺の足部がくるように埋葬される

この理由は、最後の審判の日に太陽が昇るとき、死者が東の方角をちゃんと見ていられるようにするためと言われる[5)]。ところが、最後の審判の日には天地がひっくり返るとの一部の確信から、うつぶせの姿勢で埋葬することもあったと言われる。また、古い時代には、死体は胎児と同じ姿勢で、両膝を顎に引きつけて埋葬されたり、「座葬」と呼ばれる座った姿勢での埋葬もあったようである。

一般の人々が足部を東にして埋葬されるのとは反対に、

☆ 聖職者は万人復活のときに、いつでも会衆に向かって説教ができるようにと逆方向に埋葬される

これは今日でも見られるものと言われる。

☆ 会葬者の人数は、奇数になってはいけないとされた

かつては、この人員が非常に厳しくチェックされ、もしそれが奇数であれば、死出の旅の道連れを欲しがる死者が会葬者の一人をすぐに連れて行く、と恐れられた[6)]。かつては、

☆ 会葬を依頼されたら必ず出席する義務があった

逆に、招かれていないのに参列すると大変な無作法者と見做され、場合によっては酷（ひど）く非難されたりした。

☆ 教会墓地で、会葬者に太陽がきらきら照りつけると、次はその人がそこに埋葬されることになる

と言われる。

これについては、かつて会葬者は死者に羨ましがられないようにするため、黒の粗布等を身に着けて目立たぬようにする習慣があったのだが、「会葬者に太陽がきらきら照りつけると」その人は目立つ存在となってしまい、死者に羨ましがられ「死出の旅の道連れにされる」という理由が考えられるようである[7]。

☆ 埋葬時に雨が降るのは縁起がよい

とされる。

George Eliot, *Adam Bede*（1859）に次の箇所が見られる。

> 'It 'ud ha' been better luck if they'd ha' buried him i' the forenoon when the rain was fallin'[8].'
>
> 「もしも彼らが、午前中雨が降っていたときに彼を埋葬していたなら、縁起がよかっただろうに。」

なお、「天（＝神）の露」である雨が降り注ぐ遺体は、（太陽の降り注ぐ花嫁と同様に）喜ばしいものとされ、"Happy is（the bride the sun shines on, and）the corpse the rain rains on[9]." の諺も見られる。

☆ 葬式は常に三つ続くもの

これはNorthumberlandで、またDurhamでも言われるようである。

少し珍しい習慣に、スコットランド高地地方及びアイルランドのゲール族には、再婚が予測される場合の未亡人の行為に関するものがある。

☆ 未亡人は、夫の棺が蓋をされ埋葬される前に、夫の経帷子（きょうかたびら）の結び目をすべて解いておけば、再婚を妨げるものが無くなる[10]

と言われるようである。

死者を埋葬した後、その上に墓碑銘（epitaph）の刻まれた墓石（tombstone）

が置かれる。また教会内に金属（真ちゅう・銅等）、石、木等で作られた、死者の美徳を記した位牌（tablet）が取り付けられることもある。

2．土葬（interment; burial）と火葬（cremation）

英米のみならず西欧では、一般に埋葬と言えば土葬を意味してきたようである。特にカトリック系の宗派では、むしろ火葬を禁じている程である。火葬を禁じる理由は、「遺体は最後の審判の日までそのままでいるべきだという信仰に根差しており、火葬にしてしまうと来世の復活（resurrection）に蘇生できなくなる[11]」というものである。今日では衛生上の点から、役所では火葬を薦めることもあるようだが、英国は言うまでもなく米国でも火葬は少ないと見てよいようである[12]。なお、英米共に、埋葬については法的規制はなく、土葬、火葬いずれをも選ぶことができる。

ただ、西欧では古い時代、特にキリスト教以前、つまり七世紀以前の時代から、土葬が主流であったかどうかについては疑問視されてもいる。これについて井上義昌氏は、次のような「語源」に基づく見解を示している。「『葬儀』の意味を表わす‘funeral’は、サンスクリット‘*fhu-mas*’からきた‘*fumus*’（= smoke）が語源であり、この語はやがて‘burial’の意味となり、語形が‘*funeralis*’(a.) となった。この‘smoke’とは、言うまでもなく死体焼却の際の『煙』である。太古には火葬がかなり広く行われていたらしい[13]。」これは実に興味深い見解に思われる。

3．墓地（churchyard; graveyard; cemetery）と墓（grave）

墓地には、寺院内にある教会墓地（churchyard）や、その他の共同墓地（cemetery）等がある。墓には、死者が出る度ごとに造られる墓もあれば、古くからの先祖伝来の地下納骨所（family vault）もあり、また大掛かりで壮麗な墓（mausoleum）等もある。

「万人の復活は東の方角からなされる」との信から、墓地内では東の領域が最も人気が高い。次いで太陽の運行と同じ方向（右回り）に南、西、そして最後に北の領域の順となる。特に墓地の北端域は人々から最も敬遠され、かつては洗礼を受けないまま死亡した乳幼児や、教区民以外の者、罪人、また場合によっては自殺者等の埋葬場所に充（あ）てられたりした[14)]。［次の4.参照］しかもこうした場合の埋葬は、人目を憚（はばか）って密かになされたようである。次は、Thomas Hardy, *Tess of the D'urbervilles*（1891）に見られる「赤ん坊の埋葬」場面の描写である。

> So the baby was ... buried by lantern-light, at the cost of a shilling and a pint of beer to the sexton, in that shabby corner of God's allotment where he let the nettles grow, and where all unbaptized infants, notorious drunkards, suicides, and others of the conjecturally damned were laid[15)].
>
> そこで寺男には1シリングとビールを一杯弾んで、赤ん坊は ... ランタンの明かりを頼りに、神の割り当てたもうた薄汚い片隅に埋葬された。そこには、神がイラクサを茂らせ、洗礼を受けていない幼児や、名だたる酔いどれ、自殺者、その他地獄行きとしか思えぬような手合いが皆葬られていた。

この所謂（いわゆる）「神の割り当てたもうた薄汚い片隅」が墓地の北の端の領域なのである。一般に、墓地の北領域が敬遠される主たる理由は「万人復活の順で北が最後だから」とされるが、その他の理由として「北は悪魔の支配する方角だから[16)]」というものがある。もっとも、この理由は「主たる理由に連なる付随的理由」とも言えそうである—と言うのは、その根本には人々の太古以来の「太陽崇拝」からくる「東や南の方角を（最）善とし、北方角を最悪とする」という考え方があろうと思われるからである。（日本でも、北の方角が古来敬遠される傾向がある。例えば、「北枕」に寝るのは死者の寝姿になり短命になるとか、また墓石の正面が「北」を向いている墓を造ると「またキタまたキタ」と死人が続出する、とか言われたりする。）今日の英米の地方の墓地では、まだ北領域敬遠が少々見られるようだが、都会の墓地ではこれはほとんど無く、どこも実に込み合っているのが実情と言えそうである。

更に、墓地と墓については次のようなことが言われる。

☆ 近親者が死亡したとき、新しい墓地に埋葬することは考えものである

これは親族の間でよく議論される問題であったらしい。人々は、新しいものを使うと悪魔が害を及ぼす恐れがある[17]、と心配したのである。死者を新しい墓地に埋葬した場合、

☆ 死者の魂が悪魔に捕らえられるか、あるいは死者は、次の死者がその墓地に埋葬されるまで「墓守」—夜になると二輪馬車で近隣を駆けめぐり、病人等の死の床にある者を早く来るようにと呼び寄せる役目をする—を務めねばならない

とされた。この「墓守」は一般に、その年に埋葬された最初の死者が務め、次の死者が埋葬されるまでか、それがなければ少なくとも年内はその務めを果たさねばならないものとされた[18]。［第３章７. で既述］

☆ 墓穴を早くから掘って用意しておいてはならない

☆ 墓穴に棺を納めた後には、長い間穴を開けたままにしておいてはいけない

これら二項については、これをすれば更に新たな死者が出ることになる、と恐れられた。

☆ 日曜日に一日中墓穴を開けたままにしておくと、一か月以内に二人の死者が出る。その墓が男性のものならば女性が二人、女性のものならば男性が二人死亡する

と言われた。

これはイングランドの中部地区、特にその西部での伝承である。

☆ 墓が日曜日を越えて開けたままにされると、次の日曜日までに死者が出る

この項も前項も共に「日曜日」、つまりキリスト教の「安息日」に関わっている。

☆ 埋葬しない状態で墓が夜通し開けておかれると、すぐに家族の誰かが死亡する
☆ 墓が金曜日に蓋をされると、年内にその家族から次の死者が出る
☆ 元旦に墓の蓋をする（埋葬する）と、その年には毎月少なくとも一人の教区民が死亡する
☆ 墓石を建てることによって、古い墓を乱してはならない。これをすれば死の先触れをすることになる

と言われる。

一般に埋葬は地面から2メートルくらいの深さでなされ、古いものほど深いところにある場合が多い[19)]。しかしながら墓地の中で人気の高い領域になると、埋葬が込み合っており、また幾つもの層にもなっているので、新しい墓穴を掘っているときに、近くの墓や下層の古い墓を乱してしまう恐れがある。しかし、肉親の墓であれ、他人の墓であれ、墓を乱すことによって死者を冒涜してはならないのである。

教会墓地（churchyard）　主に教区民が埋葬され、よくイチイの樹が茂る。

また、上掲の諸項に関連して、次のような迷信・俗信もある。

☆開いている墓穴の上で、婚約、その他契約、約束を交わせば、それがめでたく履行されることになる

死者の棺が横たわる墓穴の上で握手をして誓えば、それを破った場合には、その誓いの証人たる死者によって復讐される[20]、と信じられた。（因みに、日本にもこれに相通じる俗信で、「葬儀のときに持ち上がった縁談は良縁」と言われるものがある。）

4．自殺者・犯罪者等の「四つ辻埋葬」（burial at crossroads）

「聖なる儀式から外されるすべての者は、かつては『四つ辻』に埋葬される風習があった。」この埋葬に該当するのは、罪人、自殺者、不実の女、その他吸血鬼や魔女とされた者であった。また場合によっては、こうした死者についてはその霊を永遠にそこに釘付けしておくため、死体の頭部や心臓部に鉄や木の「杭」が打ち込まれた。この「四つ辻」への埋葬の理由は、「この者たちの霊がこの世に舞い戻って来ては困るので、どの方角を選べばよいのか判りにくくするため」とされた[21]。これは今日から言えば実に単純な理由と言えようが、古人にとっては実に真面目な発想による理由であったはずである。

因みに、彼らに打ち込まれた「杭」に関しては、特に「鉄は魔物を寄せつけない[22]」と信じられたために、「鉄製の杭」がよく用いられたようである。また、とりわけ自殺者については、遺体にヒイラギの樹の枝等が「杭」代わりに刺されて埋葬されることもあった[23]。

Shakespeare, *Hamlet* に、「自殺の疑いを掛けられたオフィーリアの埋葬」場面がある。オフィーリアの兄レイアティーズは、貴族の家柄の者に対するその粗末な埋葬の仕方に憤慨し、牧師に抗議をしている。

Laer. What ceremony else?

Priest. Her obsequies have been as far enlarg'd

As we have warranty: Her death was doubtful;
And, but that great command o'ersways the order,
She should in ground unsanctify'd have lodg'd
Till the last trumpet; ...

...

Laer. Must there no more be done?
Priest. No more be done;
We should profane the service of the dead,
To sing a requiem, and such rest to her
As to peace-parted souls[24].

レイアティーズ　「儀式はこれだけですか？」

牧師　「教会の許す限り、せいぜい丁重に執り行い申した。死因に怪しい節がございますれば、もし慣例を曲げよとの大命なくば、不浄の地に埋められ、そのまま最後の審判のラッパの鳴り響くのを待たねばならなかったのでございます。...

...

レイアティーズ　「どうしてもこれ以上は？」

牧師　「許されませぬ。心安らかにこの世を去りし者と同様に、『ミサ』を歌い死後の平穏を祈りますれば、なまじっか葬儀の神聖を汚すことになりましょうぞ。」

オフィーリアは、もしかすると「不浄の地（四つ辻）」に埋葬される破目になっていたかもしれないのである。

「四つ辻」に対する考え方は、歴史の中で変化してきた。異教時代のイギリスでは、「四つ辻」は神聖な場とされ、チュートン族はそこに祠（ほこら）を建てて神を祀るのが常であったとされる[25]。七世紀になってキリスト教優勢の時代になってからは、「四つ辻」に対する考え方が大きく様変わりし、それが妖怪、魔物の類いと結び付けられるようになり、処刑場等もこうした十字路に設けられるようになったとされる。なお、この処刑場について、Ebenezer C. Brewerは「それは古代チュートン人の生贄を捧げる習慣の連想から生じた[26]」との見解を示している。

5．埋葬後の「弔いの宴」(funeral repast)

死者の埋葬が終わると、葬儀の一応の締め括りとして会葬者への労いに「弔いの宴」が催される。これは今日でも行われており、一般にご馳走と酒類が大いに振る舞われる。

☆ 弔いの宴では、必ずハム料理が出されねばならない

古くから‘buried with ham’(ハムとともに埋葬される) という言い回しがあり、「立派な葬儀であった」の意味を表わすとされる[27]。

6．故人の「追悼式」(memorial service)

葬儀後の最初の日曜日には、死者の「追悼式」が行われる。これについては、例えば、ウェールズ各地やイングランドとの境界地方で次のようなことが言われる。

☆ 会葬した者は全員、追悼式に出席しなければならない

とされる。

また同地域では、遺族の慎みについても次のように言われる。

☆ 葬儀後、追悼式の日までは遺族は外出を慎むべきだ

と戒められる。

これを怠ると不運に見舞われると言われる。

Notes

<膨大化回避のため、本文中の☆印 二十六項の提示文への付注は原則として割愛する。
(L)：ページの左半部　(R)：ページの右半部を示す>

1）"Burial," *Dictionary of Symbols and Imagery*, ed. Ad de Vries (Amsterdam: North-Holland Publishing Company, 1974) 15-e, 71(R).

2）Charles Kightly, *The Customs and Ceremonies of Britain* (London: Thames and Hudson, 1986) 120(R).

3）William Shakespeare, *Romeo and Juliet*, Malone's Shakespeare: The Plays and Poems of William Shakespeare, ed. Edmond Malone (London, 1790; New York: AMS Press, repr. 1968) iv-5, Vol. 9, 149.

4）John Brand, *Observations on the Popular Antiquities of Great Britain* (London, 1848-9; New York: AMS Press, 1970) Vol. 2, 308.

> Gough, ... , says: "The tombs were decked with flowers, particularly roses and lilies. The Greeks used the amaranth and polyanthus ... , parsley, myrtle. The Romans added fillets or bandeaux of wool. The primitive Christians reprobated these as impertinent practices: but in Prudentius's time they had adopted them, and they obtain, in a degree, in some parts of our own country, as the garland ... and the enclosure of roses round graves ... "

5）James Kircup, *Britsh Traditions and Superstitions,* annot. K. Jin (Tokyo: Asahi Press, 1975) 31.

6）Kightly, 121(L).

7）"Funeral customs and beliefs," *Funk and Wagnalls Standard Dictionary of Folklore, Mythology and Legend*, ed. Maria Leach and Jerome Fried (1949; New York: Harper & Row, 1984) 427.

8）George Eliot, *Adam Bede* (1859; London: Penguin, 1980) Book Second 18, 233.　なお、この引用は、"Corpse, rain rains on," *A Dictionary of Superstitions*, ed. Iona Opie & Moira Tatem (1989; Oxford: Oxford Univ. Press, 1990) 98. にも紹介されている。

9）"Bride the sun ... , Happy is the," *The Oxford Dictionary of English Proverbs*, rev. F.

P. Wilson (1935; Oxford: Clarendon Press, 1992) 85.

10) "Corpse," *Encyclopaedia of Superstitions*, ed. E. & M. A. Radford (New York: Greenwood Press, 1969) 88(L).

> ... if a widow has any intention of marrying again, she unties the knots on her dead husband's grave-clothes before the coffin is shut down on him. This removes all impediments to her future marriage.

11) "Funeral"『英米風物資料辞典』井上義昌編（東京：開拓社, 1971）373(R).

12)「英国は言うまでもなく米国でも火葬は少ない」については、次のような見解（反論）もある。

「死についての革命が徹底的な国々、例えばイギリスでは、火葬が支配的な埋葬方式となっています。」伊藤晃・成瀬駒男訳『死と歴史—西欧中世から現代へ』（東京：みすず書房, repr. 1990）73. [orig.: Philippe Aries, *Essais sur l'histoire de la mort en Occident du moyen age a nos jours* (Editions du Seuil, 1975)]

13) "Funeral," 井上, 377(R).

14) J. Harvey Bloom, *Folk Lore, Old Customs and Superstitions in Shakespeare Land* (London: Mitchell Hughes and Clarke, 1929) 47.

> It must not be forgotten that the north side of the churchyard was rarely if ever used in villages, except for the burials of suicides and the unbaptized. It lay in the shade, away from the sun. In almost every old churchyard the more ancient stones will be found on the south.

"Burial on north side of churchyard," Opie & Tatem, 48.

15) Thomas Hardy, *Tess of the D'urbervilles* (London, 1892; repro. from the original 1st ed., Tokyo: Nan'un-do, 1985) Vol. 1, XIV, 190-91.　なお、この引用は、"葬儀"『英語歳時記』成田成寿編（1969；東京：研究社, 1986）「雑」414-15. にも紹介されている。

16) "North," de Vries, 4, 343.

> the place of the Devil: ...

"North," *Dictionary of Mythology, Folklore and Symbols*, ed. Gertrude Jobes (New York: Scarecrow Press, 1962) Part 1, 1181(L).

... the abode of evil powers.

17) "Funeral," Radford, 128.

"Burial: first in churchyard," Opie & Tatem, 47.

1866 HENDERSON *Northern Counties* 89 [Aberdeen] There was great difficulty in bringing the new churchyard into use. No-one would be the first to bury his dead there, for it was believed that the first corpse laid there was a teind [tithe] to the Evil One.

("teind [tithe] to the Evil One" =「悪魔に支払う十分の一税」)

18) "Churchyard Watcher," *E. & M. A. Radford Encyclopaedia of Superstitions*, ed. and rev. Cristina Hole (1948; London: Hutchinson & Co., 1961) 101.

In many parts of Britain, and also in Brittany, it was believed that when a man was buried, he became the Watcher of the Churchyard until such time as he was relieved of his task by the interment of another corpse. A variant of this tradition was that he who was first buried in any year became the Watcher, and served in that capacity for twelve months after his funeral. Until that time had passed, or until he was released by the next burial, he could not go to his rest, and was compelled to guard the graves in the churchyard and to summon all those in the parish who were about to die.

19) "Burial Omens," Hole, 72.

20) Kightly, 121(L).

In northern and eastern England, too, bargains and promises—including engagements to marry—were regarded as utterly binding if sealed by clasping hands over the open grave for the breaker of such an oath would speedily fall victim to the vengeance of the dead.

21) "Crossroads," *The Woman's Encyclopedia of Myths and Secrets*, ed. Barbara G. Walker (New York: Harper Collins, 1983) 191.

Necromantic superstitions were encouraged by the custom of burying criminals and suicides in unhallowed ground at crossroads; clergymen said anyone so buried would walk as a ghost. Sometimes, such corpses were pinned down with a stake: "A stake was driven through them when deposited at the cross-roads in order to keep the ghost from wandering abroad." [Summers, V, 154-57]

22) "Iron," de Vries, 12-A, 271(R).

protection against evil spirits, the most powerful weapon against witches: ...

"Iron deters evil," Opie & Tatem, 209-10.

23) "Funeral" 井上, 373.

24) Shakespeare, *Hamlet*, Malone's Shakespeare, v-1, Vol. 9, 395-96.

25) "Crossroads," Walker, 190(R)-91(L).

"葬儀" 成田, 415.

26) "Burial at Cross-roads," *Brewer's Dictionary of Phrase and Fable*, Centenary Edition, rev. Ivor H. Evans [orig. ed. Ebenezer Cobham Brewer] (1870; London: Cassell, 1978) 281.

27) Kightly, 121(L).

[以上は『倉敷芸術科学大学紀要』第2号（平成9年3月）による。]

第３部　恋と結婚

第1章　恋占いと結婚占い

はじめに

いつの時代、いずれの国の人々にとっても、恋と結婚は人生の一大関心事であろう。欧米の人々の間では一般に、恋が実って結婚に至るというごく自然な成り行きが見られるところから、恋占いと結婚占いとは大いに結び付きを持っていると言えよう。当章では、これらの占いの一般的なものを取り上げて、英米文芸上の用例をも挙げつつ考察を試みたい。

1．恋占いと結婚占い

これらの占いに関しては、現在恋人がいる者にとっての占いと、現在恋人はいないが、将来恋人ができ結婚するのを期待する者にとっての占いとで、二つに大別できよう。

1）現在、恋人、あるいは心に留める異性がいる者にとっての占い

(1) 相手の心、誠実さ等を知る占い

相手の心を占うごく簡単な方法の一つに、花弁を数える方法がある。

☆タンポポ（dandelion）の花弁を一枚一枚むしり取りながら、女性の場合なら、"He loves me. He loves me not."（彼は私を愛してる。愛してない。）と繰り返し、最後の花弁がどちらの文句に相当するかで占う

この謂(いわ)れは、タンポポの花言葉が<予言>であることが関係しているとも言われる。ここで使われる文句はまた、デートの約束をした場合などに、彼が現われるか、現われないかの文句にも置き換えられる。I. Opie とM. Tatemは、W. B. Scott, *Poems*の次の用例を紹介している。

Will he come? I pluck the flower-leaves off, / And at each, cry, yes, no, yes —I blow the down from the dry hawkweed, / Once, twice, hah! It flies amiss![1)]

あの人は来るかしら。私は花弁を摘み取り、その度ごとに叫ぶ。来る、来ない、来る—私は乾いたヤナギタンポポの冠毛を吹き飛ばす。一度、二度、ああ、それだって変なふうに飛ぶわ！

☆タンポポの綿毛を口で吹く占いがある。うまく飛べば吉とされる

☆デイジー（daisy）も花弁をむしり取る方法で、同様の恋占いに用いられる

この花は一般に＜純潔＞の花言葉を有し、恋占いには向いていると言えよう。しかし、その一種ミクルマスデイジーは、遅咲きのせいからか花言葉が＜別れ＞である—これは恋占いが否と出た場合の結果と結び付くであろう。イギリスのデイジーは、日本のもののように色取りどりではなく、芝生の間にまるで星をちりばめたように点々と咲く白い可憐な花である。花弁をむしり取りつつ、“Does he love me?—much—a little—devotedly—not at all?”（あの方は私を愛しているかしら—大いに—少し—心から—全然？）と繰り返し、やはり最後の花弁に相当する文句で、相手の自分に対する愛情の度合いが占われる。‘daisy’は‘day's eye’（=the sun）から生じたとされ、G. Chaucerは、この花を「花の女王、花の中の花」(the emperice and flour of floures alle[2)]）と呼んでいる。

☆マリーゴールド（marigold）は、（日本ではセンジュギクと呼ばれ）菊の一種とされるが、これも同様に花弁をむしり取りながら数え、恋占いに用いられる

この花は花の黄色が「黄金」を思わせるところから、ただ‘gold’と呼ばれていたらしいが、その気高い美しさが聖母マリアと結び付けられ‘marigold’と呼ばれるようになったとも言われる[3)]。T. F. T. Dyerは、この花の一般的な名が‘mary-bud’であったとし、Shakespeare, *Cymbeline*の用例を示している[4)]。因みに、マリーゴールドの花言葉は＜悲しみ＞（grief）である—恋はおいおいにして「悲しく痛ましい」(grievous) 結末と結び付くせいであろうか。

花弁以外に、果実の種子、植物の葉、その他ボタン等が用いられる恋占いもある。

☆ スモモ (plum)、サクランボ (cherry) 等の種子を数える

☆ シダ (fern)、ツタ (ivy) 等の葉を数える

☆ 服のボタンを用いる。チョッキのボタンを数えるとき、上からと下からと両様ある

また、次のようなものもある。

☆ 縄跳びをしながら「愛してる。愛してない」と文句を交互に繰り返す

☆ 麦の葉を2枚重ねて、娘の腰に9回巻き付けながら恋人の名を繰り返す占いがある。2枚の葉がくっつけば、その娘の恋人は本物だと判じられる[5)]

ここでの「9回巻き付ける」の「9」の数は、以下で扱う占いでしばしば出てくる特別な数である。9は完全数と呼ばれる3の3倍の数で＜完璧＞を表わす[6)]という点から、それは完全さが最大限に強化されたものだと言えよう。この徹底的な完全さこそは、占いという一種の魔術にとって不可欠の要素なのではないかと考えられる。Zolarは「9は、治療術や占い術において大いに用いられる数である[7)]」と記している。なお男女のことを占う点から2の数と、それに完全数3も、併せてよく用いられるようである。

火の中に果実の種子を入れ、その弾け方や燃え方で相手の自分への愛情度を測ろうとする占いがある。これはかつてはハロウィーン（十月三十一日）の夜の占い遊びとしてよく行われた。

☆ リンゴの種子かクルミの種子を暖炉の火の中に放り込み、こう唱える。“If you love me, pop and fly, / If you hate me, lay and die.”（もしも私を愛しているのなら、ポンと弾けて飛んでおくれ。でなけりゃ、そのまま死ぬがいい。）

このとき相手を思い浮かべて語り掛けたり、名を呼んで占う。種子が音を立てて破裂して飛べば吉で、相手に愛されているとされ、燃えてしまえば凶とされる。これはイングランドでの占い方である。

二人の異性のうち、どちらが自分を愛しているかを知る占いがある。

☆リンゴの種子を二つ用意し、二人の異性に見立ててそれぞれ名を付けて、一つずつ両頰または額に押し付けてくっつける

はがれ落ちないほうの種子に当たる人物こそが、自分を真に愛している恋人だと判定される。

⑵ 恋が実り、結婚に至るかどうかを知る占い

☆リンゴの種を二つ互いに触れるように並べて、その後暖炉の火に入れる

これは女性側の占いとされる。娘は左手の種を自分とし、右手の種を相手の男性のものとする。二つとも弾けて同じ側に飛べば結婚することになるが、反対側に飛べば結ばれない。また、共に燃えてしまえばその男性は求婚することもない。これはイングランド北西部、特にランカシア州に伝わる占いである。

☆スコットランドでは、ハロウィーンの夜にハシバミの実を二つ用意し、男女が自分たちの愛が実るかどうかを占う

二つの実を暖炉に投げ入れ、実が弾けて飛べば凶、静かに並んで燃えれば吉とされる。ところで、スコットランドのこの占いの吉凶の判定の仕方は、前述のイングランドのそれとは全く逆になっていることが分かる。

☆ツタの葉を二枚用意し、先が尖った葉を男性、先の丸い葉を女性と見立てて並べて火の中に入れる

もし二枚が向き合って飛べば二人は結ばれるが、それぞれ反対方向に飛べば二人の恋は成就しないと占われる。これはウェールズで見られる占いである。

☆ゲッケイジュの葉に恋人のイニシャルを引っかいて書き、自分の靴の中に入れて携帯し、夜も靴の中に入れておく

朝、イニシャルが前よりはっきりしていれば結婚は可とされる。

☆聖書と鍵を用いて娘の結婚の可否を知る占いがある[8)]

聖書の『雅歌』または『ルツ』の箇所に、鉄製の鍵を鍵輪がページの外に出るように挟（はさ）み込み、右ガーターで聖書を縛る。二人の者が鍵輪に指（中指）

を入れて聖書をぶら下げ、"Many waters cannot quench loue, neither can the floods drowne it: …[9]"（大水も愛を消せず。洪水も愛を押し流し得ない。…）と『雅歌』（Ⅷ-7）を朗読する。このとき聖書が回転すれば（あるいは落ちれば）娘は結婚が可とされ、もし朗読中に何も起きなければ結婚は否とされる。またイングランド東部地域では、聖書が左に回転すれば恋人は移り気であり、右に回転すれば恋人は本物だと占われる。（因みに、この占いは泥棒犯を見つけるためにも用いられ、OpieとTatemは、R. Scot, *Discovery of Witchcraft*（XⅥ）からの用例を紹介している[10]。）

2）将来における恋と結婚についての占い

⑴ 結婚の時期、またその順番等を知る占い

☆ スモモの種子やサクランボの種子等を用いて、"This year, next year, some time, never."（今年、来年、いつか、だめ。）と繰り返し種子を手放して、最後の種子がどの文句に相当するかで判じる

☆ カッコウ鳥の鳴く数で占う

一般的には、春最初に聞くカッコウの鳴き声の回数が結婚までの年数だとされる。また一部には、カッコウの鳴き声を聞いたらすぐに、"Cuckoo, cherry tree, / Good bird, tell me / How many years I shall be / Before I get married?"（カッコウ、サクラの木、仲よしの鳥よ、教えておくれ、後何年でしょう、私が結婚するのは。）と問う。応えて鳴く声の回数がその年数とされる。

☆ 糸に吊したリンゴがクリスマスの結婚占いに用いられる

サセックスでは、クリスマスに、独身男女が各自リンゴを糸に通して暖炉の前でくるくる回し、リンゴが早く落ちた者から順に結婚する、と言われる。最後までリンゴが落ちない者は、生涯独身で通すことになるとされる。

☆ トネリコ（ash）を用いた結婚占いがある

例えば「トネリコの薪束」（ashen faggot）と呼ばれる占いがある。この占いでは、クリスマスイヴにトネリコの枝の大きな束が薪の代わりにされ、乙女

はそれぞれの束を選んでおく。縁起を担いで前年の束の切れ端でそれに火が点けられ、選んだ束のひもが一番に切れた乙女が最初に結婚するとされる[11]。

⑵ 相手の容姿、風采等を知る占い

イングランド北部には、聖マルコ祭（四月二十五日）の前夜になされる占いがある。

☆夜、古い教会に行き玄関で瞳を凝らして見ていると、将来の伴侶の姿が見える

と言われる。

☆夜、教会の庭で（周囲で）左肩越しに（後ろ向きで）アサ［麻］の種を蒔き、それに土を被せる仕草をしながら（熊手等を引きずりながら）、"Hempseed I sow, / Hempseed, grow. / He that is to marry me, / Come after me and mow."（アサの実を蒔きます。アサの実よ育っておくれ。私と結ばれる人よ、私に付いて来て、刈り取っておくれ。）と何度か呪文を唱えると、未来の結婚相手の姿が見える[12]

と言われる。

この占いでは普通、娘がアサの種をこっそり持ち出すか、あるいは盗み出して占うと言われる。また、このとき夫となる人物は「鎌を手にして」現われるとも言われる。この姿についてはやはり、娘の蒔いたアサの種が成長し、それを夫が鎌で刈り取ろうとする姿ということになろう。この占いは聖マルコ祭前夜の他に、夏至祭（六月二十四日）、ハロウィーン、クリスマスイヴ等にも行われる。更に、この占いは教会の庭やその周辺ばかりでなく、家庭の庭でも行われる。

英米の年中行事で、恋占いや結婚占いに最も結び付きを持つのはハロウィーンであろう。ハロウィーンには、リンゴ（apple）を用いた占いが多いようである。

☆ハロウィーンに、ろうそくを手にしてリンゴをかじりつつ鏡を見つめると、肩越しに将来の夫となる人が同じ鏡を覗く

Robert Burns, *Halloween*（1786）に次の用例が見られる。

Wee Jenny to her Graunie says, "Will ye go wi' me, Graunie? I'll *eat the apple* at the *glass*, I gat frae uncle Johnie[13]."
おちびのジェニーが、彼女の婆様に言う。「いっしょに行こうよ、おばあちゃん。わたし、鏡の前でジョニーおじさんのくれたリンゴを食べるんだもん。」

☆ハロウィーンに、若い独身女性がリンゴをもって鏡の前に立ち、九つに切ったリンゴをナイフに載せて、鏡を覗き込みながら左肩越しに差し出すと、それを取ろうとして未来の夫の姿が鏡に映る

☆ハロウィーンに一人で家を出て、三つの領地の境界が接している所を流れる小川まで行く。その水に自分の着ているシャツの左袖を浸し、誰とも話をせず家に戻る。濡れたシャツを寝室の暖炉の前に干しておき、火の見える所に横たわり、眠らないでじっと見ていると、真夜中頃にシャツを裏返すために未来の伴侶が現われる[14]

☆九つの小葉をつけたトネリコ（ash）の葉を見つけ、それを胸に入れて「まだ見ぬ恋人に巡り会えますように」と呪文を唱える。すると夢の中に恋人の姿が現われる

☆西洋ノコギリソウ（yarrow）を採ってきて、「恋人（伴侶）の姿が見られますように」と念じて枕の下に入れて寝る

これは、五月祭（五月一日）またはその前夜に行われる。また、西洋ノコギリソウについては、若死にをした人の墓場から採ったものがよいとも言われる[15]。

☆聖アグネス祭（一月二十一日）の夜、または前夜に、娘たちが夕食を取らずに（断食をして）眠ると、夢の中に未来の夫の姿が現われる

☆聖トマス祭（十二月二十一日）の前夜に、娘たちが大きな（赤い）タマネギの皮を剥き、枕の下に入れて寝ると未来の夫の夢が見られる

また、ダービーシア辺りでは、そのタマネギにピンを刺すが、中央に恋人の名を付けて一本、その回りに八本、合計九本のピンを突き刺す。なお、恋占いや結婚占いに「ピン」が使われるのは、どうやら、「それで恋人の心をチクチク刺す」という意図からのようである。

同様にピンを用いるが、

☆ ハトを殺し心臓を取り出し、それに多くのピンを刺して枕の下に入れ、後ろ向きに歩いてベッドまで行く。こうすれば夢の中で未来の夫の姿が見られる

☆ 剣と鞘を用いる結婚占いがある。夜中十二時頃に教会の庭に入り、むき出しの剣を手に持ち、「ここに剣があるが、鞘はどこだ？」と言いながら教会の周囲を九周回ると、最後の九周目に未来の結婚相手が手に鞘を持って出迎えてくれる

スコットランドの一部では、教会を三周回るとされ、毎回玄関の前を通るとき、鍵穴に剣の先を突っ込んで前述の呪文を唱えるべきだ、と言われるようである[16)]。

☆ 髪の毛を焼いて伴侶を占う

夜の十二時から一時の間に、二人の乙女が二人きりで部屋に座り、互いに口を利かないままでそれぞれが年齢の数だけ自分の髪の毛を抜き、それを恋人草と呼ばれる植物（ユリ科ツクバネソウ）とともに麻布に包む。時計が一時を打つと髪の毛を一本ずつ火にくべる。そのとき「この犠牲を最愛の人に捧げます。どうかお姿を見せて下さい」と念じる。それぞれの乙女の伴侶の姿が当人だけに見えると言う。

靴下留めを用いる占いも実に多様である。その一例に、

☆ 靴下留めに結び目を九つ作り、枕の下に入れて寝ると未来の伴侶の夢が見られる

☆ 乙女は自分の食べたニシンの背骨の下にある、長さ1.5インチくらいの粘着性の薄膜を水しっくいの壁に投げ付け、そのくっついた形で恋人の容姿を占う

縦にくっつくのが一番よいとされる。

イングランド北部では、

☆ 金曜日遅くに摘んだ九枚の雌ヒイラギの葉を、三角形のハンカチに入れ、九回結んで枕の下に入れて寝ると未来の配偶者の姿が夢で見られる

☆ 卵を固ゆでにして黄身を取り出し、その跡に塩を詰める

夕食を取らないで、寝る前にその卵を食べ、喉が渇いても何も飲まず、また誰とも口を利かずに寝る。こうして乙女は水を飲んでいる夢を見て、その容器の種類や状況から夫になる人物を占う。また、夢の中で未来の夫の姿そのものが見られるとも言われる。更に、もし恋人が水を持って近くにいる夢を見た場合、乙女は振られることになるとも言われる[17]。

(3) 相手の素姓―住まいの方角、結婚歴等―を知る占い

☆ リンゴの種子を親指と人差し指の間に挟み、「私の恋人はどこにいるの。どちらの方角から現われるの。その口に飛び込んでおくれ」と唱えておいて両指で種子を圧搾する

種子は圧力が掛かると、外皮を破って飛び出す。その飛んだ方角が占いの答えとされる。

テントウムシ（ladybird）は恋人のほうに飛んで行くと言われる。

☆ 若者たちはテントウムシを手の甲におき、それを放り上げて「さあ飛んで行け、私の恋人がどこにいるのか教えておくれ」と言って占う

☆ 結婚相手の素姓、特に結婚歴を知る占い

次は先掲のBurns, *Halloween*の注釈の記述である。

> Take three dishes; put clean water in one, foul water in another, and leave the third empty: blind-fold a person, and lead him to the hearth where the dishes are ranged; he (or she) dips the left hand: if by chance in the clean water, the future husband or wife will come to the bar of Matrimony, a Maid; if in the foul, a widow; if in the empty dish, it

foretells, with equal certainty, no marriage at all. It is repeated three times; and every time the arrangement of the dishes is altered[18].

三枚の皿を用意して、一枚には奇麗な水を、二枚目には汚れた水を入れ、残りは空にしておく。占われる人を目隠しして、皿を並べてある暖炉の所へ連れて行く。彼（あるいは彼女）は左手を皿に浸す。それがたまたま奇麗な水の皿ならば、婚姻届けの役所を一緒に訪れることになるのは初婚者であり、汚れた水の皿ならば再婚者、空の皿ならば、これらの場合と同様の確かさで、結婚できないことになる。これは三度繰り返されるが、その都度三枚の皿の位置は変えられるものとする。

これもやはり、ハロウィーンの夜の占い遊びの一つである。この占いはかつてはイングランド、スコットランド、アイルランド、ウェールズと、ほぼイギリス全土で見られ、また大西洋を越えてもたらされた結果、アメリカの特に北東部でも見られたようである。

(4) 相手のイニシャル、洗礼名、あるいは人物そのものを知る占い

☆ ウェールズの農家では、娘たちはクリスマスイヴか十二日節（一月六日）の前夜祭の日に紡いだ最初の糸を、戸口の外に張り渡しておく。その上を最初に歩いた男性の洗礼名が、夫となる人物の洗礼名だとされる

☆ 誰かの服についた糸切れをつまみ、人差し指に巻き付けながら一巻きごとにアルファベットを一文字ずつ言うと、最後の巻きで将来の結婚相手の男性のイニシャルが判る

☆ 紙片にアルファベットを一文字ずつ書き、水の入った容器に文字面を下にして入れておく。朝、めくれている紙片の文字が、夫となる人物のイニシャルだとされる

☆ 耳鳴りがするときのイニシャル占い

主として女性による占いで、耳鳴りがしたら、直ちに誰かに数字を言ってくれるように頼む。その数に対応するアルファベットの文字こそが、自分のこと

を愛しく思っている男性のイニシャルなのだと言われる。

☆ハロウィーンに、乙女が剝いたリンゴの皮を次の呪文とともに左肩越しに後ろに投げれば、その皮が未来の夫のイニシャルを作る。“St. Simon and Jude, on your intrude, / By this paring I hold to discover, / Without any delay to tell me this day, / The first letter of my own true lover.”**（聖サイモンとジュード様、お願いです。手に持つこの皮で教えて欲しい。今日すぐにも教えて欲しい、ほんに愛しいお方のイニシャルを。）と唱える**

この用例に、D. H. Laurence, *The White Peacock*（1911）の記述がある。

> She stood up, holding up a long curling strip of peel. “How many times must I swing it, Mrs Saxton?” “Three times—but it's not All Hallow's Eve[19].”
> 彼女は立ち上がった。手には長くねじれたリンゴの皮を持っていた。「何回振らなくてはいけないのかしら、サクストン夫人。」「三回ですよ—でも、今日は万聖節の前夜ではないわねえ。」

もしも投げた皮がちぎれて文字を作らなければ、その娘は独身で終わると言われる。

☆リンゴの茎—リンゴの頭部の凹部にある軸—をひねる度にアルファベットの文字を一つずつ言い続けると、茎が切れたときの文字が未来の夫のファーストネームのイニシャルとなる

セカンドネームのイニシャルは、とれた茎でリンゴを突く度にアルファベットの文字を言い続け、茎が皮を破ったときの文字でそれを知る、とされる。

スコットランドの田舎には、妖しげな恋占いがある。

☆ハロウィーンの夜、一人で炉の所へ行き、通風管の中に青色の毛糸玉を投げ入れ、その糸を糸巻きに巻き取っていく。すると誰かがその毛糸玉を押さえているかのように、糸が巻き取れなくなる。そのとき、毛糸玉に向かって「誰が押さえているの？」と問うと、通風管の中から未来の配偶者の洗

礼名か苗字が聞こえてくる[20)]

と言われる。

次のものは、これもリンゴを用いてのハロウィーンの恋占いであるが、特にスコットランドでは、今日でも子供たちの遊びとして残っている。

☆ **たらいのような容器に水を入れ、多くのリンゴを浮かべ、そこに顔や手足を突っ込んでそのうちの一つを口にくわえる。くわえたリンゴの持ち主が、その者の恋人ということになる**

ウェールズでは、水の中にコインも一緒に入れる。この遊びは、水の中にひょいと頭を潜らせるので‘duck apple’（アヒルのリンゴくわえ遊び）と呼ばれる。

☆ **容器の水の中のリンゴを、口にくわえたフォークで突き刺して占う**

これは‘forking for apples’（リンゴのフォーク刺し遊び）と呼ばれる。

上記二つの占い遊びは、ドルイド僧[21)]の行う宗教儀式に由来するものと言われており、水の中を通って「リンゴの国」つまり「不死の国」へ行くことを象徴している。ここでのリンゴは＜不死＞（immortality）の表象なのである[22)]。

☆ **リンゴを使っての占いに‘bob apples’（吊しリンゴのくわえ遊び）がある**

多くのリンゴを糸や細いひもに吊しておき、目隠しをしてそれを口でくわえる占い遊びである。

⑸ 相手の職業、身分、地位、貧富、併せて将来の運勢を占う

娘たちは未来の夫の職業、身分、貧富等を占う。

☆ **デイジーの花弁をむしり取りながら、“Tinker, Tailor, Soldier, Richman, Poor man, Beggar man, Thief.”（鋳(い)掛け屋、仕立て屋、兵士、水夫、金持ち、貧乏人、乞食、泥棒。）と繰り返し、最後の花弁に相当する文句で判定する**

これは、英米の最もポピュラーな結婚占いの一つと言えよう。

☆ **コップまたは容器に水を入れておいて、その中に卵の白身を数滴垂らし、白身が水に浮いて作る形から将来の夫の職業—例えば、船の形なら夫は水**

夫とか―また生まれてくる子供の数などを占う[23]

これに類似した占いがある。

☆ **ハロウィーンの夜などに、古いスプーンに鉛くずを入れて暖炉で熱すると鉛が溶けるので、それを玄関の鍵の刻み目を通して冷水の入った容器に垂らし込む。そして、冷えて容器の底に沈んだ鉛の形から未来の夫の職業を占う**

☆ **ハロウィーンの夜、一人で納屋に行き二つの戸口を開けておく。そして、み［箕］を手にして風の吹く方角を考えて、まるでモミが入っているかのように揺すってモミガラを風で飛ばす仕草を三回する。そのとき風の入ってくる戸口から人影が入って来て、もう一方の戸口から出て行く。その人影は未来の伴侶であり、風采・職業・身分等が判る**[24]

紅茶（コーヒー）カップでの恋占いがある。一般的には若い女性が行う占いであるが、

☆ **紅茶かコーヒーを、全部飲み干さないで僅（わず）かにカスが残る程度に残し、カップを左手の中で三回時計と逆方向に回し、ゆっくりと受け皿の上にひっくり返す。次にカップの中を見ると絵や印―例えば、牛馬、馬車、城などの形―が見えるので、それで未来の夫の職業、身分、地位、貧富、その他運勢等を占う**

これは所謂（いわゆる）「カップ占い」（reading the cups）の一つである。なお、カップをひっくり返した後で三回回すという方法もある[25]。この用例として、Oliver Goldsmith, *The Vicar of Wakefield*（1766）に次の一節がある。

> The girls themselves had their omens. … and true-love-knots lurked in the bottom of every teacup[26].
> 若い娘たち自身が縁起担ぎをした。… 本当の縁結びは、すべての紅茶カップの底に潜んでいた。

ここで言う ‘love-knot’ とは、「（愛の証（しるし）の）縁結び、恋結び」の意である。

⑹ 総合的内容を含む恋占いと結婚占い

キャベツを用いた占いがある。Burnsは先掲の*Halloween*（1786）の注釈でこの占いについて次のように説明している[27)]。

☆ 若い男女が数名で手をつなぎキャベツ畑へ出掛け、皆が目隠しをして、各自がキャベツを一つずつ引き抜く。その茎が大きいか小さいか、真っ直ぐか曲がっているかで、各自の結婚相手の体格や容貌を占う。その茎が、大きくて真っ直ぐなものが吉とされる。次に根に付いている土の多少で貧富を占うが、多いほうが吉である。次にナイフで茎の芯を切り、口に入れてその味を試す。甘い味がすれば吉で、相手は好人物と判じられる。最後にそのキャベツの茎―「ラント」（runt）と呼ばれる―を家に持ち帰り、戸口の上辺りに並べて置く。そして、偶然家に入ってくる人物のクリスチャンネームが、「ラント」を並べてある順で、その者の結婚相手のクリスチャンネームだとされる

2．恋占い、結婚占いに付随する迷信、俗信

古来、恋占いや結婚占いには、それに付随する多様な迷信・俗信がある。これらは所謂「占い」とは幾分か性質が異なるものであり、場合によっては、それは恋や結婚が成就するように意図した「呪（まじな）い」であり、また場合によっては、裏切られた恋人への憎しみ、つまり「呪（のろ）い」の類いでもある。

☆ バターができない時には、誰かが恋をしている

と言われる。

例えば、Thomas Hardy, *Tess of the d'Urvilles*（1891）で「バターがどうしてもできない」ことに関して、酪農屋クリックのおかみさんの次のような言葉が見られる。

“Perhaps somebody in the house is in love,” she said tentatively. “I've heard tell in my younger days that that will cause it. Why, Crick— that maid we had years ago, do ye mind, and how the butter didn't come then —[28]"

「多分この家の誰かが恋をしているんだわ」と彼女はためらいがちに言った。「若い頃、それが原因でそうなるって聞いたことがあるわ。ほら、クリック—何年か前にうちにいたあの娘、いいかい、あの頃どんなにバターができなかったことかねえ—」

☆ 家の中にチョウ（butterfly）が入ってくると婚礼が近い

と言われる。

チョウについては、それは<愛>の表象と見ることができる[29]。

☆ 四人が手を交差させて握手するのは結婚の前兆

と言われる。

また、「この場合、結婚するのは四人の内の一人である」とも言われる。

☆ 金曜日には結婚申し込みをしないほうがよい

とされる。

もしそんなことをすれば、それを知った周囲の人々から「罪深いこと」として騒ぎ立てられ、フライパンや鍋等を叩いて追い回されることになる、と言われる[30]。

☆ 花嫁に触れる乙女、また、花婿に触れる若者は早いうちに結婚できる

とよく言われる。

現在でもこの俗信は「縁起担ぎ」として、いろいろな形で実際に行われている。

☆ 女性の靴下留め（garter）がずり落ちると、夫や恋人が自分から離れて他の女性に走る徴（しるし）

と言われる。

ところがこの俗信については、逆に「靴下留めがずり落ちると、恋人が彼女のことを愛しく思っている証（しるし）」との信もある。

次の俗信は、恋人の心をつなぎ留めておくための一種の「呪（まじな）い」である。

☆乙女はその下でキスをされたヤドリギの実と葉を採って寝室に行き、実は飲み込み、葉には愛する人のイニシャルを彫り付け、コルセットの内側の心臓部に縫い込んでおく。これでその葉がそこにある限り、恋人を縛り付けておくことができる

と言われる。

☆乙女がハトの心臓を取り出しその命を奪えば、愛する男性に無理やり自分と結婚させることができる

と言われる。

「愛と憎しみは表裏一体のもの」とよく言われるが、次の俗信は恋する相手に裏切られた場合の、恋人への所謂「呪（のろ）い」である。

☆ウサギの心臓にピンをたくさん刺して、新しい墓穴の傍に埋めておけば、不実な恋人の健康を次第に損なわせて、最後にはその命をも奪うことができる[31)]

これは特にリンカンシアの俗信とされるが、これに類似したいろいろな呪（のろ）いが英米の各地で密かに伝えられていることであろう。なお、ここで用いられるピンについては、勿論、それはもはや先述のような恋人の心を刺激するどころのものではなく、恋人の心臓（生命）に止（とど）めを刺すための正に凶器なのである。

Notes

1）“Dandelion or Hawkweed Seeds: Divination,” *A Dictionary of Superstitions*, ed. Iona Opie & Moira Tatem (1989; Oxford: Oxford Univ. Press, 1990) 114.

2）“*The Legend of Good Women,*” Chaucer Complete Works, ed. Walter W. Skeat (1912; London: Oxford Univ. Press, 1969) Text B 183-85, 354.

3）“Marigold”『英米文学植物民俗誌』加藤憲市（1976；東京：富山房，1984）［俗信・俗習］344.

4）“Marigold,” *Folklore of Shakespeare*, ed. T. F. Thiselton Dyer (England, 1883;

Massachusetts: Corner House, 1983) 231.

William Shakespeare, *Cymbeline*, The Arden Edition of the Works of William Shakespeare, ed. J. M. Nosworthy (1969; London: Routledge, 1991) Ⅱ-Ⅲ. 23.

... winking Mary-buds begin to ope their golden eyes; ...

5) "Knots in Grass: Divination," Opie & Tatem, 222(R).

6) "Nine," *Dictionary of Symbols and Imagery*, ed. Ad de Vries (Amsterdam: North-Holland Publishing Company, 1974) 1, 342(L).

7) "NUMBER," *Zolar's Encyclopaedia of Omens, Signs & Superstitions*, ed. Zolar (London: Simon & Shuster, 1989) 273.

8) "Bible and Key: Divination," Opie & Tatem, 24(L).

9) *The Holy Bible*, An Exact Reprint in Roman Type, Page for Page of the Authorized Version (A. V., 1611; Oxford: Oxford Univ. Press, 1985) '*The Song of Solomon*,' Ⅷ-7.

10) "Bible and Key: Divination," Opie & Tatem, 24(L).

11) "Ash," de Vries, Folklore 6, 25(L).

12) "Hempseed," *E. & M. A. Radford Encyclopaedia of Superstitions*, ed. and rev. Christina Hole (1948; London: Hutchinson & Co., 1961) 189.

13) "Halloween," *Burns Poems and Songs*, ed. James Kinsley (1969; London: Oxford Univ. Press, 1970) 109-12, 126.

14) "HALLOWEEN," Zolar, 186.

15) "Yarrow," Hole, 368.

16) "Sword and Scabbard: Divination," Opie & Tatem, 388-89.

17) "Salt in Egg: Divination," Opie & Tatem, 343-44.

18) "Halloween," Kinsley, Footnote, 130.

19) D. H. Lawrence, *The White Peacock*, The Cambridge Edition of the Letters and Works of D. H. Lawrence, ed. Andrew Robertson (Cambridge: Cambridge Univ. Press, 1983) Ⅰ.Ⅷ, 92.

20) "Halloween," Kinsley, Footnote, 125.

21) "Druids," *The Encyclopedia Americana*, International Edition (1829; USA: Grolier,

1993).

[Abstract] ... a religious order among the ancient Celts of Gaul, Britain, and Ireland. ... Druidical functions included arbitration, pronouncements on matters of public policy, enchantment, divination, and sacrifice. The Roman historian Pliny, in his *Natural History*, described the druidical rite of cutting mistletoe from an oak and also mentioned the ritual sacrifice of a pair of white bulls. ...

22) "Apple," *An Illustrated Encyclopaedia of Traditional Symbols*, ed. J. C. Cooper (1979; London: Thames and Hudson, 1993) 14.

23) "Eggs," Hole, 150.

24) "Halloween," Kinsley, Footnote, 128.

25) "Tea/Coffee Cup, 'Reading'," Opie & Tatem, 391-92.

26) Oliver Goldsmith, *The Vicar of Wakefield*, Everyman's Library 295, Fiction (1908; London: J. M. Dent & Sons, 1961) X, 51.

27) "Halloween," Kinsley, Footnote, 123.

28) Thomas Hardy, *Tess of the d'Urbervilles*, The New Wessex Edition, ed. P. N. Furbank (1891; London: Macmillan, 1975) XXI, 160.

29) "Butterfly," *Dictionary of Mythology, Folklore and Symbols*, ed. Gertrude Jobes (New York: Scarecrow Press, 1962) Vol. 1, 263(L).

30) "Friday, Courting on," Opie & Tatem, 168.

31) "Heart Stuck with Pins: Lover's Spell," Opie & Tatem, 196.

[以上は『倉敷芸術科学大学紀要』第3号（平成10年3月）による。]

第2章　婚約・結婚予告・結婚と結婚式

はじめに

いずれの文化の人々の間でも、一つの物事についての表と裏の両面的解釈がなされることがある。例えば、結婚式の日の天候と花嫁の運勢について、英米では「陽光の降り注ぐ花嫁は幸せになる」と一般的に言われるが、この表の解釈に対して、好天に恵まれなかった花嫁についても、「雨の降り注ぐ花嫁は幸運である」という裏の解釈がある。人々の考え方にはこうした裏の解釈―場合によっては「救い」とも見做されるもの―が見られ、そこには人間の温かみのある英知さえをも覚えさせるものがある。

当章では、英米の人々の「婚約」から「結婚（式)」に至る間の習慣と、それに関する迷信・俗信等を取り上げ、文芸作品からの用例をも引用しながら考察を試みたい。

1．婚約（engagement)

英米人の間では、婚約に関するさまざまな信があるが、その中で特に今なお言い伝えられるものに「死者を証人にする」婚約がある。

☆開いている墓穴の上で、婚約（その他契約、約束）を交わせば、それがめでたく履行されることになる

と言われる。

死者の棺が横たわる墓穴の上で握手をして誓えば、それを破った場合には、その誓いの証人たる死者によって復讐される、と信じられた[1)]。(日本でもこれに相通じる俗信があり、「葬儀のときに持ち上がった縁談は良縁」と言われる。)

次は婚約者についての俗信である。

☆ 婚約している男女が他人の結婚式で並んで歩くのは不吉

とされる。

これについては特に、その男女が友人等の結婚式で新郎新婦の付添人を務めた場合などに、式後に教会から並んで帰って来たりすると、次に自分たちが結婚式をして、夫婦として教会から帰って来ることが無くなるであろう、と言われるからである[2)]。

☆ 婚約している男女がともに写真に写るのは縁起が悪く、破談になる恐れがある

とも言われる。

2．婚約指輪（engagement ring）

婚約の際に交わされる婚約指輪に関しては、次のような信がある。

☆ 婚約指輪を贈られた女性は、それを他人にはめさせてはいけない。それをすると面倒なことを引き起こしかねない

とされる。

ところが、婚約指輪をもらったという幸運にあやかりたいために、友人がその指輪を借りて呪(まじな)いをすることもある。

その呪(まじな)いとは、次のようなものである。

☆ 友人は借りた婚約指輪を自分の左手薬指の第一関節まではめ（それ以上深くはめないものとされる）、自分の心臓の方へ三度回しながら願いを唱える

指輪が返される時には双方ともに「ありがとう」とは言わず、返す者は持ち主に「あなたに幸運を」と言い、持ち主は返す者に「あなたの願いが叶いますように」と応える[3)]。

中世には、婚約の際に金（gold）等の破片が用いられた習慣があったようである。T. S. Knowlsonは、相互の婚約の証(しるし)として金片あるいは銀片を‘each keeping half’（双方が半分ずつ保管する）という方法を採っていた[4)]、と記述している。

またTad Tulejaは、婚約の際の金の指輪の交換が今日のダイヤモンドの指輪の交換の流行に変遷してきたことに関して、次のように記述している。

> The exchange of gold rings was a later medieval development, comfortably assimilated into the ancient bargain-sealing tradition. According to Marcia Seligson, the populality of diamonds came in even later than that. The Austrian archduke Maximilian presented the first notable betrothal rock to his French fiancee, Mary of Burgundy, in the fifteenth century. Diamonds became universally accepted as engagement stones only in the last century[5].
>
> 金の指輪の交換は、かつての契約保証の習慣にうまく倣って中世後期になって発達した。マーシャ・セリグソンによれば、ダイヤモンドの流行はこれより更に後であると言う。オーストリアのマクシミリアン大公が、十五世紀に、フランス人婚約者ブルゴーニュのメアリーに初めて婚約のダイヤモンド石の指輪を贈った話は有名であるが、ダイヤモンドがその後婚約指輪として広く一般に認められるようになったのは、十九世紀になってようやくのことであった。

ダイヤモンドが婚約指輪によく用いられるのは、その象徴的な魅力という価値があるからであって、決して希少価値があるからという訳ではないであろう。その象徴的な魅力の一つは、ダイヤモンドが現存する最も固い物質であり、傷が付かないところから＜不滅の愛＞を象徴する[6]点であり、またその二つ目は、程よく小面を刻むと光の反射による輝きが見られ、それが内面的な炎とも結び付き＜情熱の愛＞を象徴する[7]点だと言えよう。なお婚約指輪については、一般的にはダイヤモンドの指輪が多いようであるが、その他に未来の花嫁の誕生石を細工した指輪が贈られることもある。

３．結婚予告（marriage banns）

婚約の成立した男女が結婚式を挙げるためには、その前に所属の教会の牧師の口から、引き続き（少なくとも）三回、日曜日ごとにその結婚の予告をしてもらい、異議を申し立てる者がいないことを確かめねばならない。

☆ 結婚予告の中断は縁起が悪い

とされる。

結婚予告は三週「連続して」日曜日に行われねばならないが、特にその連続性についての信は特に強いようである。

☆ 教会で自分の結婚予告を聞いたりすれば、不幸を招くことになる

とされる。

これは男女ともに当てはまるとされるが、特に女性の場合の不幸は、次に示される通りである。

> Should a bride-to-be attend church and hear her own banns of marriage read out, she will run the risk of having her children born deaf and dumb[8].
> 花嫁になろうとする者が教会に行き、自分自身の結婚予告が読み上げられるのを万一聴いたりすれば、耳や口の不自由な子供を持つ危険を冒すことになろう。

ところで、何故こうした不幸を招くことになるのかについてであるが、それは、「この行為が慎み深さを欠くために、厳しい罰を受けることになる[9]」と言われるようである。

４．結婚式の日取り

☆ 六月に結婚する花嫁は幸福になる

とよく言われる。

これについては、'June bride'（六月の花嫁）という言葉がよく知られている。六月に結婚する花嫁は必ずや幸福になるとのことで、六月は一般的に結婚式に人気のある月である。しかしながら、なぜ六月の結婚が幸福と結び付くと考えられるようになったのであろうか。これについてはTad Tulejaの次の記述がある。

> The secret of the month's [June's] propitiousness is that Juno was the Roman goddess of marriage. It is because she presided over the sixth month of the Julian calendar that it was considered lucky for weddings[10].
> この月［六月］が幸運な月であるとする秘密は、ユノーがローマ神話の結婚の女神であったことである。六月に結婚する花嫁は幸運に恵まれると考えられたのは、他ならぬ彼女がユリウス暦の六番目の月を統括していたからである。

この見解は根底的な理由として、確かに説得性のあるものと言えよう。しかし、今日においても六月の結婚式に人気があるのは、更に現実的合理的な別の理由が考えられるであろう。それは、六月が先ず時候がよいという点で、更にそれに併せて、夏の休暇が始まる時期という点で、実際上、挙式、披露宴、またハネムーンにも適しているからであろう。

これとは逆に、挙式が避けられる月がある。

☆五月に結婚式はしないもの

とされる。

一般に欧米では古くからこのことが言われるが、その通説的根拠となっているのは次のようなことである。

> May is traditionary unlucky for weddings because in ancient Rome, this was a month for remembering the dead, and an ill-omened time for

lovers[11].

五月が伝統的に結婚には縁起が悪いとされる理由は、古代ローマでは、五月が死者を祀る月であり、恋人たちには不吉な時期であったからである。

死者との関わりからくる「不浄」故に、結婚式を行うことは到底許されないものとされた。'Marry in May, you'll rue it for aye[12].'（五月の結婚、一生後悔。）のProverb（諺）さえ見られる。しかしながら一方、「結婚には縁起が悪いとされる五月が、婚約には適切な月とされた[13]」とZolarが記述しているのは興味深い。これについては、「死者が婚約の証人になる故」がその理由であろう。[本章1.で既述]

結婚式の日取りについては、曜日による縁起の善し悪しがあるとされる。

☆ **挙式日は曜日によって善し悪しがある—月、火は善しで水は最善。木、金悪しく、土は最悪**

と一般に言われる。

次に示すのはその典型的な例で、Charles Kightlyの記述しているものであるが、英米人の間でよく知られる古詩である。

Monday for wealth, Tuesday for health, Wednesday the best day of all;
Thursday for crosses, Friday for losses, Saturday, no luck at all[14].
月曜日の結婚は豊かな生活、火曜日の結婚は健やかな日々、水曜日の結婚は無上の幸せ。だが、木曜日の結婚は難儀多く、金曜日の結婚は悲運に泣き、土曜日の結婚は不運そのもの。

この古詩については類型があり、例えばI. Opie & M. Tatemが記する一例では、MondayとTuesdayの内容、及びThursdayとFridayの内容がそっくり入れ替わっている[15]。またE. & M. A. RadfordやJames Kircup氏の示すものでは、ThursdayとFridayの内容の入れ替わりが見られる[16]。しかしながら、これらはいずれの場合にせよ、脚韻を踏んでいる語同士の入れ替わりであり、内容については前半の月曜日～水曜日は総じて「善し」であり、後半の木曜日～土曜日は総じて「悪し」であり、大方の内容に変わりは無いと言えよう。

☆ 他の曜日はともかくも、特に、金曜日の結婚式は避けるべきだ

と言われる。

金曜日には結婚式が絶対に行われないという訳ではないが、キリスト受難の日が金曜日であったとされる点から、一般にキリスト教徒の間では、今日でもやはり避けたがる人がいると言われる。かつて人々の間で、金曜日に新しい物事に取り組んだり、旅に出たりするのを避けようとする傾向が強かったことについても、同じ理由によるものである。

ところで、今日英米の人々の間で結婚式が一番多い曜日と言えば、恐らく、前述の古詩で「不運そのもの」とされる土曜日であろう。挙式の当事者及び関係者、また招待客の諸事情を考慮すると、土曜日が「縁起がよい日というよりも、最も都合がよい日」ということになるのであろう。

挙式の曜日による善し悪しについて、更にここでもう一点補足をしておかねばならない。それは日曜日についての考え方の二面性である。

☆ 日曜は結婚には悪しき日

と一般に考えられている。

しかしながら、このことについて明確に記載されているものが余り見当たらないが、Fanny D. Bergenは、'Sunday no luck at all[17].'（日曜は全く悪しき日。）と記述しており、これは土曜日の場合と全く同じ内容である。つまり、安息日である日曜日は、聖なる日であるので静かに過ごすべき日とされており、浮かれ騒ぎが伴われがちな、晴れがましい結婚式を執り行うのは神への大いなる冒涜、と考えられるようである。

しかしながら、一部には日曜日は聖なる日である故に、結婚式を挙げ、神聖なる生活を始めるにはこの上なく幸運な日である、との考え方もある。

☆ 日曜の結婚は幸運

とも言われる。

例えば、デヴォンシア辺りでは実際にこう考えられるようである。これに関連することであるが、一般に聖職者は、安息日を破るのはもっての外として反対するようであるが、かつて船乗りたちの間では、日曜日に船出するのが一番縁起がよいとされ、現にそうする傾向が強かったようである。

☆四旬節（Lent）に結婚するのは縁起が悪く、不幸に見舞われる
とされる。

これは今日でも拘る人が結構いると言われるが、かつては相当に強烈な戒めとして伝えられたようである。四旬節とは、灰の水曜日（Ash Wednesday）から復活祭前夜（Easter Eve）までの四十日間（40 weekdays）には、荒野のキリストを記念するために、断食や懺悔を行うという期間である。この「悔悟の四十日間」における結婚は、神へのこの上無き冒涜であり、決して許されないこととして厳しく戒められた[18]。これに関してR. Chambersはこう記述している。

> 'Mary in Lent, And you'll live to repent,' is a common saying in East Anglia; ... [19]
> 「四旬節に結婚すれば、生涯後悔することになる」は、イーストアングリアではよく聞かれる格言である。

また、E. C. Brewerは、古い時代の 'Close seasons for marriage'（結婚を禁ずる時節）についてこう説明している—「それは、降臨節（Advent）から聖ヒラリウスの祝日（一月十三日）までと、大斎前第三主日（Septuagesima）から復活後の第一主日（Low Sunday）までと、祈願祭前の日曜日（Rogation Sunday）から三位一体主日（Trinity Sunday）までの時節を指す。これは英国国教会では宗教改革後も守られたが、自由共和国の時代には廃れた。･･･またローマカトリック教会は、結婚を禁ずる時節の残りの時期、つまり降臨祭の日曜日から公現祭（Epiphany）後八日目までと、灰の水曜日（Ash Wednesday）から復活後第一主日までの間、結婚式のミサは認められない[20]。」

次に、結婚式の時刻に関しても次のようなことが伝えられる。

☆ 日没後に結婚式を挙げると、花嫁は幸福になれず、楽しみのない人生を送り、子供を失い、あるいは早く墓場に送られる

と言われる。

E. & M. A. Radfordは、スコットランド地方にも伝えられるこの信を次のように記述している。

> Wedding after sunset entails a bride to a joyless life, the loss of children, or an early death[21].
>
> 日没後に結婚式を挙げると、楽しみのない人生、子供を失うこと、あるいは早逝を花嫁に課すことになる。

また、取り決められた挙式日の変更、特にその延期については次のように言われる。

☆ 結婚式の延期は縁起が悪いので避けるべきだ

とされる。

また、挙式を延期するのならまだしも、取り止めにするとでもなれば、縁起が悪いどころの話ではなくなるであろう。

５．結婚式の日の天候

☆ 結婚式は晴れの日がよい

これは言葉を換えて、

☆ 陽光の降り注ぐ花嫁は幸せになる

とも言われる。

これについては、Proverbに次のものがある―（ただし、この諺にはもう一つのことも並述されている。）

Happy is the bride the sun shines on, <and the corpse the rain rains on.>[22]
陽光の降り注ぐ花嫁は幸せになる。＜そして雨の降り注ぐ遺体は幸せである。＞

文芸用例として、Shakespeare, *Twelfth Night*（1601）に次のものが見られる。

Olivia. … Plight me the full assurance of your faith,
....
… and heavens so shine,
That they may fairly note this act of mine![23]
オリヴィア「 … あなたの愛が誠のものである証を私に誓って下さい。 …… そして天よ、輝いて、この私の行為にどうかご好意をお示し下さい！」

天候に関しては、好天に恵まれず悪天候の中で挙式と祝宴を行わねばならぬこともある。こうした場合にも、それなりの道が拓かれているものである。人の世の出来事についての考え方には、表の解釈に対しては、しばしば裏の解釈というものがあるようである。つまり、雨降りの日の結婚式に対しても、それなりにそれを肯定して「善し」と見る考え方、見方があるということである。地方によっては、むしろ雨降りの結婚式の方が好ましいのだとする積極的な考え方、見方さえある程である。

☆ 結婚式は雨降りがむしろ好ましい

ともされる。

次はJames Kircup氏の記述である。

… in certain parts of Britain, notably in Hampshire, Derbyshire and Lincolnshire, they prefer a rainy wedding day, and quote the

superstitious saying: "Lucky the bride the rain rains on[24]."
… イギリスのある地域、特にハンプシア、ダービーシアそれにリンカンシアでは、結婚式は雨降りの日がむしろ好まれる。それで次のような迷信的な諺が引用される―「雨の降り注ぐ花嫁は幸運である。」

（同様の考え方が日本にもあり、「降り込みは縁起がよい」と言われるようである。「雨の日の嫁入り」という運の悪さを、逆に「縁起よし」に転じようとする人々の温かみのある知恵なのである。更にこれは、「雨の日の引っ越し」にも流用されたりするようである。）

☆ 花嫁はネコに十分餌を与えることによって、挙式日が晴れの日になるように願い、更にそれが幸福につながるようにと願う[25]

古くから一般に、挙式日の天候は花嫁の将来の幸福を占うもの、と信じられた。晴れになれば幸福になれる、という訳である。そのため花嫁は挙式前に、ネコに餌を与えて晴れにしてもらえるよう願ったのである。

ところで、なぜ「ネコに餌を与える」のか、例えばなぜ「イヌに…」とは言われないのかという疑問がある。これに対する推測の答えとして、「かつて悪天候は悪魔や魔女によってもたらされるものと考えられたので、その悪魔や魔女のご機嫌を損ねないようにするために、その「使い」とされるネコに十分食物を与えて、首領にうまく取り持ってもらおうとした」と考えられないであろうか。そうなるとやはりイヌではなくネコなのである。

6．結婚式への招待(状)

挙式日、手筈、その他要件の取り決めがなされると、頃合いを見て親類、知人、友人等に結婚式の招待状を出すことになる。この招待状には披露宴の案内状、及び出欠席の返信用郵便物も同封されることが多い。

招待状は花嫁になる者の親が出すもの、とされる。特別な事情のない限り、これが通常の方法である。なお、ここで補足しておきたいのは、一般に、結婚式と披露宴にかかる経費は、すべて花嫁の親が負担するものとされる、ということである。

７．結婚・結婚式一般…［挙式そのもの、及びその関連事項については第３章に記述］

ここでは、結婚及び結婚式一般に関する幾つかの迷信・俗信等を扱う。

☆ **苗字の頭文字が自分の苗字の頭文字と同じ男性と結婚するのは、女性にとって縁起が悪い**

とされる。

これに関する古来の言い回しが次のように紹介されている。

> ... Another thing that concerns the bride is the initial letter of her future husband's name: "Change the name and not the letter, Change for worse and not for better[26]."
>
> ... 花嫁にとって大切なもう一つのことは、彼女の未来の夫の苗字の頭文字である。「苗字が変わって頭文字が変わらないのは、よりよきどころかよからぬ変化である。」

結婚によって新たな変化を受けることに期待を寄せる一方、肝心な苗字の頭文字が変わらないのでは「先のことも変わり栄(ば)えしない」ということに結び付くのであろうか。

☆ **きょうだいのうちで年下の者が年上の者よりも早く結婚する場合には、兄や姉は結婚式のときに、靴を脱いで（足袋裸足で、あるいは裸足で）踊らねばその不運を解消できない**

と言われる。

文芸用例に、Shakespeare, *The Taming of the Shrew*（1593-4）の次の箇所が見られる。

Kath. ... , she [my younger sister] must have a husband,
I must dance barefoot on her wedding-day,
And for your love to her lead apes in hell[27].
カタリナ「…彼女［私の妹］は夫を迎えるに違いない、
私はあの子の結婚式の日に裸足で踊らねばならないわ、
そして地獄へサルを引いて行かねばならないのよ［オールドミスになるんだわ］、あの子ばかりお可愛がりになるのですもの。」

なぜ「裸足で踊ることがその不運を解消することになる」のか、という疑問については答えを見出すのが難しいようである。一つの推測が許されるとすれば、「裸足で踊ることによって人目を引き、場合によっては変わった人だと非難もされようが、ここにも立派な独身者がいるという訴えから、その存在感を大きくすることによって、よい相手の出現を期待する」と考えられないであろうか。なお、「地獄へサルを引いていく」の意味合いについては、T. F. Thiselton Dyerは、「オールドミスになる」という一般的な解釈はあるが、Shakespeareのこの表現に関しては多様な議論がある[28]、と記している。

☆ 早婚は葬式を早める
とも言われる。

古いProverbに次のものがある。

Early wed, early dead[29].
早い結婚、早い死亡。

☆ 結婚式の式次第を読み通す婦人は、決して結婚できない
と言われる。

かつては一般に広く言われていたようであるが、サマセットシア辺りでは、結婚式の式次第を家で読み通す婦人は結婚できなくなる、との信がかなり強かったようである。

☆ 花嫁に付き添う役を頻繁に（一般的に、三度または三度以上）務めると、その女性は生涯独身で過ごすことになりかねない

と言われる。

☆ 結婚式は続くもの

とよく言われる。

よいことは是非とも続いて欲しいという人々の願いが、有り難くも叶えられることがある。文芸上の用例として、Dickens, *Dombey and Son*（1848）に次の箇所がある。

> ... the cook says at breakfast-time that one wedding makes many, ... [30)]
> ... 朝食のときに料理人は、一つの結婚式が多くの結婚式を生むものだと言う。 ...

また、英米人の間では次のProverbもよく知られているようである。

> One wedding begets another[31)].
> 結婚式は続くもの。

Notes

1）Charles Kightly, *The Customs and Ceremonies of Britain*（London: Thames & Hudson, 1986）121(L).

2）"Engaged Couple Walk Together at Wedding," *A Dictionary of Superstitions*, ed. Iona Opie & Moira Tatem（1989; Oxford: Oxford Univ. Press, 1990）141.

3）"Engagement Ring," Opie & Tatem, 141; Engagement Ring: 〈1955〉 Woman's Illustrated.

4）T. Sharper Knowlson, *The Origins of Popular Superstitions and Customs*（1910; London: T. Werner Laurie, 1930）95.

5）Tad Tuleja, *Curious Customs*（New York: Harmony Books, 1987）47.

6）“Diamond,” *Dictionary of Mythology, Folklore and Symbols,* ed. Gertrude Jobes (New York: Scarecrow Press, 1962) Vol. 1, 440(R)-41(L).

Diamond: ... symbolic of ... constancy, ... the indestructible, ...

7）“Diamond,” Jobes, Vol. 1, 440(R)-41(L).

Diamond: ... symbolic of ... love, ...

8）“Banns,” *Encyclopaedia of Superstitions,* ed. E. & M. A. Radford (New York: Philosophical Library, 1949; New York: Greenwood Press, 1969) 27.

9）“Marriage Banns, Opie & Tatem, 239; Marriage Banns: <1873> Lancashire Legends.

... as a punishment for her want of decency.

10）Tuleja, 52.

11）Reader's Digest Association ed., *Folklore, Myths and Legends of Britain* (London: Reader's Digest Assn., 1977) 58(L).

12）“May,” *Dictionary of Symbols and Imagery,* ed. Ad de Vries (Amsterdam: North-Holland Publishing Company, 1974) Ⅵ-c, 316.

13）“MAY,” *Zolar's Encyclopaedia of Omens, Signs & Superstitions,* ed. Zolar (London: Simon & Schuster, 1989) 244.

May: ... While marriage in May was often taboo, it was said to be an excellent month for engagements.

14）Kightly, 229(R).

15）“Day of Wedding: divination rhyme,” Opie & Tatem, 433; 〈1867〉 Lancashire Folk-lore.

16）“Wedding Times,” *E. & M. A. Radford Encyclopaedia of Superstitions,* ed. and rev. Christina Hole (1948; London: Hutchinson & Co., 1961) 359. / James Kircup, *British Traditions and Superstitions,* annot. K. Jin (Tokyo: Asahi Press, 1975) 26.

17）“Love and Marriage,” *Current Superstitions,* ed. Fanny D. Bergen (1896; New York: Houghton, Mifflin & Company, Kraus Repr., 1969) [349] 61.

18）Kightly, 150.

19）“Marriage Superstitions and Customs,” *The Book of Days,* A Miscellany of Popular

Antiquities in Connection with the Calendar, ed. R. Chambers (London: W. & R. Chambers, 1863) Vol. 1, 723(L).

20) "Marriage; Close Seasons for Marriage," *Brewer's Dictionary of Phrase and Fable,* Centenary Edition, rev. Ivor H. Evans [orig. ed. Ebenezer Cobham Brewer] (1870; London: Cassell, 1978) 688.

21) "Marriage," E. & M. A. Radford, 169(L).

22) "Happy is the bride the sun shines on, and the corpse the rain rains on.," *The Oxford Dictionary of English Proverbs,* rev. F. P. Wilson (1935; Oxford: Clarendon Press, 1992) 85(R).

23) William Shakespeare, *Twelfth Night,* The Arden Edition of the Works of William Shakespeare, ed. J. M. Lothian & T. W. Craik (1975; London: Routledge, 1994) Ⅳ-Ⅲ, 26-35.

24) Kircup, 26. [16) above]

25) "Bride Feeds Cat," Opie & Tatem, 40.

26) "Bride," *Funk & Wagnalls Standard Dictionary of Folklore, Mythology, and Legend,* ed. Maria Leach and Jerome Fried (1949; New York: Harper & Row, 1984) 164.

27) Shakespeare, *The Taming of the Shrew,* ed. Brian Morris (1981; London: Routledge, 1994) Ⅱ-Ⅰ, 32-34.

28) T. F. Thiselton Dyer, *Folklore of Shakespeare* (1883; Williamstown, MA: Corner House, 1983) 354.

29) Wilson, 211(R).

30) Charles Dickens, *Dombey and Son,* The Oxford Illustrated Dickens (1950; Oxford: Oxford Univ. Press, 1991) XXXI, 437.

31) Wilson, 875(R).

[以上は『倉敷芸術科学大学紀要』第4号（平成11年3月）による。]

第3章　花嫁衣装・花嫁花婿の心得・結婚式・花嫁の涙・結婚指輪

はじめに

人生の大きな節目である結婚の日に備えて、未来の花嫁花婿とその関係者はそれぞれ挙式準備をする。特に花嫁側にとっては、当人と身内は花嫁衣装の準備に気を取られがちであろう。古くから花嫁衣装には四つの条件―「古いもの、新しいもの、借りたもの、青いもの」を身に着けること[1)]―があるので、それを満たすべく準備することになる。また、今でも一部守られていると言われる習慣―例えば「花嫁はウェディングドレスを自分で縫ってはいけない[2)]」とか「ウェディングドレスは一針縫い残しておき、挙式のため教会に向かう直前に完成すべし[3)]」など―がある。そしてついに挙式日がやって来たとき、花嫁花婿には挙式に当たっての古くからの諸々の心得がある。例えば、「式当日には、祭壇の前で花嫁の父親から花嫁を引き渡されるまでは、決して花嫁の姿を見てはならない[4)]」との花婿の心得がある。

こうした習慣、伝統の起源、根拠は一体どのようなもの（こと）なのであろうか。当章では「挙式準備に始まり、花嫁花婿の心得、教会と挙式、式参列者、花嫁の引き渡し、花嫁の涙、更に結婚指輪」等の項目を取り上げ、種々の迷信・俗信について、その文芸用例をも挙げながら考察を試みたい。

1．花嫁衣装

Tad Tulejaによると、かつて中世の頃には「嫁入り箱」（hope chest）と呼ばれるものがあって、女の子が生まれると父親が木製の箱を作り、その娘が大きくなるにつれて一品ずつ中身が詰められたという。特にその中身の嫁入り衣装のことを、一般に「嫁入り支度」（trousseau）と呼んだようである。また、その中身は娘自身の針仕事による衣類の他に、銀器、磁器のような所帯道具も入れられており、それは一種の結婚持参金であり花嫁の財産でもあった[5)]。現代でも、嫁入り支度についての「心」は同じかもしれない。

ここではその嫁入り支度の中でも、特に花嫁が結婚式で着用するドレスその他の衣装について、古来の習慣と迷信・俗信を考察する。

☆ 花嫁衣装には、四つの条件がある。花嫁は「古いもの、新しいもの、借りたもの、青いもの」を身に着けなければならない

ウェディングドレス、その他ヴェール、手袋、靴下、ガーター、靴、いずれのものでもよいが、それらがこの四つの条件を満たしていることが求められる。これについては、「古いもの」は過去を表わし、「新しいもの」は未来、「借りたもの」は現在、そして「青いもの」は貞節を表わすとされ、結婚という人生の新たな門出をする花嫁の心の姿勢が映し出されている、と言えるであろう。なお、「青色」は、古くから＜貞節＞を象徴するとされる[6)]。「青色」と＜貞節＞の結び付きについては、Geofrey Chaucer, *The Squire's Tale*（*The Canterbery Tales*, 1390）の次の箇所が参考にできるであろう。

> By hire beddes heed she made a mewe, / And covered it with veluettes blewe, / In signe of trouthe that is in wommen sene[7)].
> 彼女は寝床の枕許（もと）に鳥籠（かご）を作った。そしてそれを青いビロードで覆った。女性に見られる誠実の証（しるし）として。

1）ウェディングドレス

花嫁衣装のうちその主体となるのは、やはりウェディングドレスであろう。

☆ ウェディングドレスの色は、白が最も適切な色である

とされる。

本来、「白は＜無垢＞と＜純潔＞の象徴[8)]」とされ、結婚してこれから現実生活に入っていく女性の立場を象徴するものだと言われてきた。これについての用例が、Oliver Goldsmith, *The Goodnatur'd Man*（1768）の次の箇所に見出される。

… I wish you could take the white and silver to be married in. It's the worst luck in the world in anything but white[9].

結婚式には、白と銀の衣装を着てくれたらよいのにと思う。白以外のどんなものを着ても、全くもってこの上なく不吉です。

ウェディングドレスの色は、このように白色が適切とされ、それ以外の色は縁起が悪いとされるようであるが、ウォーリックシア州（イングランド中部）に伝えられる古い俚謡によると、白以外ではピンクとブルーならば差し支えないものとされるようである。

Marry in white, you have chosen right / Marry in green, ashamed to be seen / Marry in grey, you'll go far away / Marry in brown, never live in a town / Marry in blue, love ever true / Marry in red, wish yourself dead / Marry in yellow, ashamed of your fellow / Marry in black, wish yourself back / Marry in pink, of you he'll aye think / [or more ominously, Your fortunes will sink][10].

白いドレスで結婚したら、あなたの選択は正しかった。緑のドレスで結婚したら、人目を憚（はばか）るようになり、灰色のドレスで結婚したら、遠くへ旅立つでしょう。褐色のドレスで結婚したら、一生町には住めないことになる。青いドレスで結婚したら、変わらぬ愛情を持ち続けるが、赤いドレスで結婚したら、命を絶ちたいと願い、黄色のドレスで結婚したら、夫のことを恥ずかしく思うようになり、黒いドレスで結婚したら、別れて一人になりたがり、ピンクのドレスで結婚したら、絶えず夫に思いやられる。[あるいは、悪くすれば、身代を潰してしまうであろう]。

その他、ウェディングドレスについては、次のようなことも伝えられる。

☆ ドレスの素材は絹が最も好ましい。サテンは不運をもたらし、ベルベットは未来の貧困を予兆する

と言われる。

☆ ドレスには模様があってはならない

とされる。

特に、鳥とつる草の絵は避けるべきだ、と言われる。

☆ 花嫁は、自分の着るウェディングドレスを縫うものではない

とされる。

現代では自分のウェディングドレスを自分で縫う花嫁もいると言われるが、かつてはそれをすれば不運を招くことになるので、必ずや慎むべきだとされた。

☆ ウェディングドレスの一部は未完成にしておくべきである

花嫁の幸運を願うという理由で、挙式日に花嫁が着用する直前まで、更には、花嫁がそれを着用後家を出る最後の瞬間まで、ドレスの最後の一針を縫い残しておくのがよいとされる。

☆ ウェディングドレスに髪の毛を一、二本縫い込んでおくと幸運に恵まれる[11]

と言われる。

☆ ウェディングドレスを血で汚してはならない

ただし、お針子が針を折ってしまい、その災いを避けるために染みを付ける場合は例外とされる。万一ドレスを血で汚すようなことがあれば、彼女自身の命が永くないことを示す前兆だとされる。

☆ ろうそくの光でウェディングドレスを点検してはならない[12]

とも言われる。

2）ヴェール、ブーケ、その他

次にウェディングドレス以外のもの―ヴェール、手袋、ストッキング、ガーター、靴、そしてブーケ等―に関しては、下記のようなことが言われる。

☆ 結婚式の前に、決してドレスとともにヴェールを試着すべきではない[13]

☆ 教会に向かって家を出るときまでに、完全な花嫁姿で鏡を見るのは縁起が悪い

と言われる。

もし花嫁がどうしても衣装全部を試着してみたいという場合には、全身が映る鏡には姿を映さないほうがよいとされる。それでも致し方なく鏡に全身が映る場合、その一つの対処法は、例えば、ドレスを試着しても靴を片方履くだけにするとか、手袋を片方だけはめることに止（とど）めるとか、付属品を全部身に着けてしまわないことである[14]。

☆ 花嫁支度をした後は、ヴェールは挙式中の必要時まで、決して上げてはならない

とされる。

本来、ヴェール着用には二つの理由があるとされる。一つは、教会へ向かう途中で、花嫁を攫（さら）おうとするかも知れない悪霊たちの目から花嫁の美しさを覆い隠すためとされた。もう一つは、結婚という特殊な状況下にある花嫁が魔力を得て、周囲の人々に魔法をかけることが無いように、彼女を人々から隔離するためとされた[15]。現在では、悪霊からの保護とか、魔力故の人々からの隔離という理由からではなく、花嫁の美しさを増すものとして、ヴェールが着用されるようである。しかしながら、「うかつにヴェールは上げないもの」という考えの奥には、やはりかつての保護と隔離の意味が潜んでいるようにも思われる。

☆ ストッキングとか靴の中にコインを入れておくと、幸せな結婚となる[16]

☆ 青いガーターを着け、しかも古い靴を履いた花嫁は幸運に恵まれる

と言われる。

☆ ブーケにはオレンジの白い花を含めるのがよい

オレンジの花は、その香りのよさと花の多さから＜子宝に恵まれること＞を象徴する、と言われる[17]。

２．花嫁花婿の心得

１）花嫁の心得

☆ 結婚生活において幸福が訪れるようにするため、花嫁は教会に出掛ける前に、自分でネコに食べ物を与えなければならない

ネコを飼っている家が多いせいであろうか、古くからの俗信である。なぜ「ネコに餌をやる」のかについては、［前章５．で述べた通り］挙式日の悪天候やその他の不運をもたらすとされる悪魔や魔女のご機嫌を取ってもらうため、その使い魔であるネコを喜ばせておく必要がある故、という理由が推測される。

☆ 新婦は教会の祭壇で新郎と顔を合わせる前に、新郎に会ってはならない

☆ 教会へ向かう途中、後ろを振り返って見てはならない

特に次の三つの事柄は、悲惨な結婚になるとの心配から大いに戒められる[18)]。

☆ 教会へ向かう途中、葬列に出会わないようにすること

☆ 教会へ向かう途中、喪服を着た女性に出会わないようにすること

☆ 教会へ向かう途中、教会墓地等で、開いたままの墓穴を絶対に見ないこと

また、これらのこととは逆に、縁起がよいとされる事柄もある。

☆ 教会へ向かう途中、煙突掃除夫（chimney sweep）に出会うと大変縁起がよい

とされる。

この場合、煙突掃除夫は花嫁に祝福のキスをするのが許される。（なお、［次章で触れることになるが］結婚式を済ませた新婚夫妻が教会を去るときに、前もって打ち合わせておいて、顔にすすを塗った煙突掃除夫に出会い、縁起よく祝福されるようにしばしば仕組まれるという習慣もある。）ところで、花嫁（また花婿も含めて）が煙突掃除夫に出会うことが何故めでたいとされるのかについては、言われることが共通しているようである―次はPeter Lorieの記述である。

> The origin lay within the fact that the sweep was a guardian of the hearth and the fire which were once the very center of domestic magic[19].
>
> その起源は、煙突掃除夫は、かつては家庭魔法の正にその中心であった暖炉や炉の守護者であるという事実にあった。

つまり、新婚者がこれから現実の生活をしていくとき、家庭の幸福の象徴である暖炉の火が明々と燃えることを願う訳だが、それを護ってくれるのが煙突掃除夫であるということから、この職業の人との出会いは、今後の生活における幸福の保証を意味するのである。

☆ 教会へ向かう途中、葦毛のウマやハクバ（灰色のウマ）と出会うのは縁起がよい

白い乗り物は縁起がよい、ということであろう。今日、一部の社会で「婚礼用には白のタクシーを用いる」という気遣いは、この縁起担ぎの現代版と言えるであろう。

２）花婿の心得

花婿の側にも、気を付けなければならない以下のようなことがある。

☆ 花婿は挙式前に花嫁の衣装を見てはならない。また挙式前に、花嫁が衣装を身に着けた姿を見ることも縁起が悪い[20]

とされる。

☆ 花婿は挙式当日、式の前に花嫁に会ってはならない

これに関して、Sir Walter Scott, *A Legend of Montrose*（1819）に次の箇所が見られる。

> It had been settled that, according to the custom of the country, the bride and bridegroom should not again meet until they were before the altar[21].

土地の習慣に従って、花嫁と花婿は祭壇の前に立つまでは、再び会ってはならないということが決まりとなっていた。

ここでの「再び会っては」は、「(式前日までに会って以後）再び会っては」の意味である。つまり挙式日には、両者は祭壇で顔を合わせるまで会ってはならない、とされた。

ところで、花婿は挙式当日、式より前になぜ花嫁を見てはならないのであろうか。これにはいろいろな考え方があるようである。一つには、花嫁がどのような顔をして、どのような様子で現われるのかを想像しながら祭壇の前で待てば、盛装の花嫁が現われたとき、その美しい姿に対する驚きと喜びがこの上なく高まり、生涯における晴れの儀式を感動的なものにすることができるからである、とよく言われる。しかしながら、この俗信での花婿の視点を花嫁の視点に置き換えて、「式より前に花婿に見られることは、花嫁にとって何かまずいことになるのではないか」と考えてみるとき、違った見方ができるかもしれない。Tad Tulejaの記述によると、もっと確かな歴史的な解釈では、それは、婚約した女性が一人前の女性になるまでは、何者もその女性を見てはならないとした原始的な隔離儀礼の名残(なごり)だという考え方がある、と言う。また、これに関してArnold Vann Gennepの古典的な見解に触れ、結婚式は古い仕来たりから離脱する時期であり、過渡期であり、新しい仕来たりへ編入される時期である。こうした時期は混乱や危険に満ちているため、一時の間花嫁を隔離しておくのだという解釈がある、と述べている。更にTulejaは、多くの社会では、やがて花嫁になる者は不浄と見做され、他の人々を汚すことがないように式の前の一時期隔離されることになる、という解釈があることを示し、やはりこれも、編入の儀式が済むまでは何か間違い事が起きる心配がある、との不安を表わしているのが明らかだ、と述べている[22)]。確かにこの習慣の謂(いわ)れは推測の域を出ないが、今もって守られる傾向が強いようである。

その他の花婿の心得として、挙式中花婿が絶対に注意すべき次のことがある。

☆ 式中に、花婿は結婚指輪を取り落としてはならない
とされる。

結婚指輪を取り落とすことは、彼らの結婚生活の前途を真っ暗にしてしまう、と戒められる。

3．教会と挙式

先ず大方の場合、教会で結婚式が挙げられる。ところで、教会の長い歴史の中では、結婚や結婚式に対する考え方の点で、教会がそれを認めない、あるいは認めたがらないという一面があった。それは多くの信仰において普通よく見られるように、異性との交わりは宗教上からは卑俗なこと—信仰上の修行には禁欲が要件—とされたからである。それが現実として示されたのが「キリスト教制度における最も古い結婚の形は、…閉じられた教会の戸の外で簡単な祝福を受けるものだった[23]」という事実であろう。

以下に記すのは、教会と結婚式、及び挙式中の事柄に関する俗信である。

☆ 洗礼を受けた教会で結婚式を挙げれば、特に花嫁にとっては幸福をもたらす[24]
と言われる。

☆ 花嫁が教会に入る直前に教会の鐘が時を告げると、婿さん選びがうまくいったことを示すが、教会に入った後で鐘が鳴り出すと不幸な結果になる[25]
と一般に言われる。

☆ 結婚式の最中に、教会の鐘が時を告げるのは縁起が悪い[26]
と広く言われる。

☆ 結婚式挙行中に、赤ん坊の泣き声が聞こえるのは縁起がよい
とされる。

「赤ん坊の泣き声」は結婚後の幸福の予兆とも言えるのであろう。ノーフォーク州辺りでは、このことは「肝心なこと」とされるようである[27]。

4．式参列者（wedding attendants）

例えば、典型的な米国の結婚式では、新郎新婦の他に、花婿介添役（best man）―花婿付添人たち（[bride]groomsmen）のうちの中心的な人物―そして花嫁介添役（maid or matron of honour）及び花嫁付添人たち（bridesmaids）が参列者として加わる。彼らの参列の意味は、当日の式においてのみならず、新郎新婦の生涯における重大かつ困難なときに、精神的物質的両面で手助けをすることである、とされるのが一般的な考え方である。

この慣習についての説明はいろいろあるようであるが、Tad Tulejaも挙げているが、一つは、参列者は、原始社会で他部落から女性を略奪して妻とした略奪結婚の時代以来の、張り合う戦士（rival war parties）の現代版だという考え方である。ただ、戦士というだけに、花嫁の守護者たち（bride defenders）もかつては男性であったとされるようであるが、花嫁の世話をする便宜上からであろうか、それが時の経過の中で女性に変わってしまっているのである。二つ目は参列者を新郎新婦の証人役だとする説明である。これは当事者二人の性格や彼らの結婚の適切さを証言する、という役目を持つものである。三つ目は参列者を花嫁花婿の身代わり（substitutes for the bride and groom）と見做す説明である。婚礼の儀式には悪魔が邪魔をする心配があるため、彼らと同一または類似の服装をした参列者がいれば、悪魔が悪戯（いたずら）をするにも困惑するであろう、という訳である[28]。

婚礼の儀式で新郎新婦の実際上の手助け役をするこれらの参列者が、最初どういう理由から存在するようになったのか、上記三つの説明のうちから一つを選ぶのは難しく思われる。ただ、「新郎新婦と同様の服装をした」参列者という点から言えば、「悪魔の邪魔から逃れるための身代わり」という説明には、共感を覚えずにはいられない一面がある。

ところで、花婿介添役にとって、絶対に注意しなければならないことがある。

☆式中に、花婿介添役は結婚指輪を絶対に取り落としてはならない

とされる。

結婚指輪を取り落とすことは、新夫婦の結婚生活を台無しにしてしまう、と戒められる。

なお、参列者の仲間に加えてもよいと思われる者に花撒き娘（flower girls）がいる。彼女たちは花を持って登場し、それを撒き散らすことによって儀式の緊張を解す役目を果たしているように思われる。ところで、結婚式で用いられる花については、それはただ美しく華やかな賑わいを醸し出すためばかりではなく、象徴的な意味合いを持つものだとされる。花は処女性の＜脆さ＞と＜結実・誕生（子宝)＞を象徴する[29]、と言われる。

５．花嫁の引き渡し

教会での結婚式では、慣習として、花嫁の父親が娘を祭壇の前まで導き、そこで待っている花婿に娘を引き渡す。こうして娘は親の手から離れ、すべてが花婿に委ねられることになる。ところでこの花嫁の引き渡しについては、かつて一部の社会での結婚形態の歴史上で、親が娘を夫たる男性に売却するという売買結婚の風習があったが、その名残なのではないかという見方があるようである。このことはまた、親が娘を売却するというばかりではなく、「夫が妻を他の男性に転売する[30]」ということにも波及するようである。これは女性を商品や所有物として見做すことであり、現代では女性の人権無視という重大問題となる。

花嫁の引き渡しについてここで考えられる説明は、親は娘を売却するという考え方ではなく、親の立場から言えば、娘は神からの授かりものであるが故に、物質的金銭的報酬無しで、その人生の伴侶たる者に授けられ託されるのが真正な考え方と言えるであろう[31]。こう考えれば、結婚式での花嫁の引き渡しについては、現代における女性の人権尊重をも先ずは満たすことになるであろう。

６．花嫁の涙

花嫁が結婚式当日に泣くことについては、吉凶両様の考え方があるようである。

☆ 花嫁が結婚式当日に泣くのは大変不吉である

とされることがある。

根底的には、「めでたい結婚式の日に涙は禁物」という考え方に基づくものであろう。しかしながら、花嫁の涙は、その結婚に気が進まない等の理由からの場合もあるかもしれないし、また場合によれば、何らかの感動を覚えての嬉し涙、ということもあり得るであろう。

この逆もある。古来イギリスには、結婚式のときに花嫁が存分に泣かなければ将来の結婚生活が不幸になる、という考え方がある。次は‘weeping’と呼ばれるものである。

☆ 花嫁は結婚式当日に泣かなければならない、むしろ泣く必要がある

とされる。

この「泣く必要」については、特に魔女（witch）に関連する事柄が持ち出される。古来「魔女は、涙を左眼から三滴しか流さない」とされ、そこで花嫁は夫に対して「サタン（Satan）に誓いを立てておらず、魔女ではない」という証（あかし）を立てるために「泣いて見せる」つまり「泣く必要がある」訳である[32]。

花嫁の涙の両様の解釈については、全く矛盾する点があるが、肝心なことは、どういう理由で涙を流すのかということ、つまり「涙の内容」とも言うべきものであろう。

７．結婚指輪（wedding ring）

よく言われるように、始まりも終わりもない輪である指輪は＜永遠・結合・完全＞の三つの概念を表わすものであるが[33]、特に結婚指輪は、男女が共に生涯の愛を誓い合ったその表象であるため、いずれの文化の人々においても、大切に扱われるべきものとされる。

☆ **結婚指輪を落としたり失(なく)すことは、不幸を招く**

と一般的に言われる。

これは特に婦人の間で言われることであるが、この「不幸を招く」の内容には、夫と離婚する、あるいは夫が思わぬ事故に遭ったり病気になる、あるいは死亡する等が含まれるので、結婚指輪を落としたり失(なく)したりすることは、妻にとっては正に重大な事柄に結び付く恐れがあるという訳である。

ところで結婚指輪をはめる指は、左手の薬指とされるのが一般的であるが、なぜこの指に限定されるのかについては、古来さまざまな説がある。これに関してEbenezer C. Brewerは、*Brewer's Dictionary of Phrase and Fable*で次のような説を紹介している。

> Wedding Finger: The fourth finger of the left hand. Macrobius says the thumb is too busy to be set apart, the forefinger and little finger are only half protected, the middle finger is called *medicus*, and is too opprobrious for the purpose of honour, so the only finger left is the *pronubus*. Aulus Gellius tells us that Appianus asserts in his Egyptian books that a very delicate nerve runs from the fourth finger of the left hand to the heart, on which account this finger is used for the marriage ring.
>
> ... by the received opinion of the learned ... in ripping up and anatomising men's bodies, there is a vein of blood, called *vena amoris*, which passeth from that finger to the heart.
> Henry Swinburne, *Treaties of Spousals* (1680)[34].

結婚の指：左手の第四指（親指［thumb］から数えて第四番目に当たる指、つまり薬指［medical finger］）。マクロビウスの言うところでは、親指はよく使うので他の用途には使えない。人差し指と小指は半分しか保護されていない。中指は医療の指「メディカス」と呼ばれ、晴れがましい目的には礼を失する。そうなると、残された唯一の指が結婚の指「プロノブス」となる、ということである。アウルス・ゲリウスによると、アッピアノスは彼のエジプト書の中で、左手の第四指から心臓にかけて極めて繊細な神経が走っていて、その理由でこの指が結婚指輪をはめるのに使われると断言しているそうである。

> … 学者の認める見解では … 人間の身体を解剖すると、その指（第四指）から心臓に通じている、「ヴェナアモリス」と呼ばれる（静脈）血管がある。
>
> Henry Swinburne, *Treaties of Spousals*（1680）

Brewerは同記述の箇所で、結婚指輪を指にはめるときの方法について言及している―ローマカトリック教会では、親指と隣の二本の指は三位一体説（Trinity）を表わす。故に花婿は「父の名において」と言って花嫁の親指に触れ、「御子の名において」と言って人差し指に触れ、「聖霊の名において」と言って長い中指に触れる。「アーメン」と言う言葉とともに指輪を第四の指（薬指）に置き、そこに残す。Brewerは更に続けて次のことも記述している―ある国では結婚指輪を右手にはめるが、これは十六世紀の終わりまでイングランドで一般に行われた習慣であり、また、ローマカトリックの間では、もっと後まで行われた習慣であった。

Brewerは同箇所で更に続けて―ヘレフォード、ヨーク、ソールズベリーの祈祷書では、指輪はまず親指、次に人差し指、それから長い指（中指）、そして最後に指輪の指に置かれるように指示されている。*quia in illo digito est quaedam vena procedens usque and cor.*（なぜなら、その指［薬指］には心臓まで進んでいくある種の血管があるからである。）と記述している。

しかしながら、結婚指輪が左手薬指にはめられたのは、左手の薬指が愛情の表象とされる心臓に結び付いていたと考えられた「神経説」や「血管説」は、今日では「実は正しくない」ことが判明している。これに対して、E. & M. A. Radford による *British Appolo* に掲載された次の記事の紹介は興味深い。

We have stated ... that there is neither vein nor nerve so running. The explanation of the use of that finger [the third finger] is fairly obvious, and was put forward in the *British Appolo* in 1788—it is the safest finger of the two hands. Why? Because it has the peculiar advantage for a ring that it cannot be extended full out except in company with another finger, whereas every other finger can be stretched independently. A ring cannot easily fall off a crooked finger[35).

我々は既に述べた ... 血管も神経もそのように走ってなどいないことを。その指（第三指）を使う説明は相当に明瞭であり、1788年に『ブリティッシュアポロ』に掲載された。—それは両手のうちで最も安全な指である。なぜか？その理由は、それは別の指と一緒に以外では、いっぱいに伸ばされ得ないという、指輪のための特別な利点を持っているからである。それに反して、他のすべての指はそれだけで伸ばされ得る。指輪は曲がった指からは容易には抜け落ちるはずがないからである。

なお、ここでの第三指とは親指（thumb）を除く四つの指（fingers）の三番目、つまり薬指（medical finger）のことである。薬指は単独では伸ばしにくい点から、大切な結婚指輪をはめておくには最適の指だという訳である。終わりに今一つ、その薬指が左手とされるのはなぜなのであろうか。かつてはそれは右手にはめられたこともあるとされるが、恐らくは、一般に左手は右手程には使われないため、大切な指輪を傷めないで済むということが理由の一つではないかと思われる。

Notes

＜(L)：ページの左半部　(R)：ページの右半部を示す＞

1）Reader's Digest Association ed., *Folklore, Myths and Legends of Britain* (London: Reader's Digest Assn, 1997) 58(R)-59(L).

2）"Wedding dress," *Cassell Dictionary of Superstitions*, ed. David Pickering (London:

Cassell, 1995) 283(L).

3) "Wedding dress," Pickering, 283(R).

4) "Wedding dress," Pickering, 283(L).

5) Tad Tuleja, *Curious Customs* (New York: Harmony Books, 1987) 56-57.

6) "Colours, 'Blue'," *An Illustrated Encyclopaedia of Traditional Symbols*, ed. J. C. Cooper (1978; London: Thames and Hudson, rpt. 1993) 40(L) ; 'chastity.'

7) Geoffrey Chaucer, *The Canterbury Tales*, Chaucer Complete Works, ed. Walter W. Skeat (1912; London: Oxford Univ. Press, 1965) '*The Squieres Tale*,' 643-45, 636.

8) "Colours, 'White'," Cooper, 41(L) ; 'innocence,' 'purity.'

9) Oliver Goldsmith, *The Good Natur'd Man*, Collected Works of Oliver Goldsmith, ed. Arthur Friedman (Oxford: Clarendon Press, 1966) Ⅳ, Vol. 5, 60.

10) Charles Kightly, *The Customs and Ceremonies of Britain* (London: Thames and Hudson, 1986) 229(R).

11) "Wedding dress," Pickering, 283(R).

12) "Wedding dress," Pickering, 283(R).

13) Reader's Digest Assn, 59(L).

14) "Wedding dress," Pickering, 283(R).

15) Reader's Digest Assn, 58(R).

16) "Wedding dress," Pickering, 283(R).

17) "Orange," *An Encyclopedia of Flora and Fauna in English and American Literature*, ed. Peter Milward (Lewiston, NY: Edwin Mellen, 1992) Part 1, 52; 'simbolic of fruitfulness in children.'

18) Kightly, 229(R).

19) Peter Lorie, *Superstitions* (New York: Simon & Shuster, 1992) 220.

20) "Wedding dress," Pickering, 283(R).

21) Sir Walter Scott, *A Legend of Montrose*, Waverley Novels, Centenary Edition (Edinburgh: Adam & Charles Black, 1871) XXⅢ, 217.

22) Tuleja, 52-53.

23) "Marriage," *The Woman's Encyclopedia of Myths and Secrets*, ed. Barbara G.

Walker (San Francisco: Harper, 1983) 590.

24) "Marriage service in baptismal church," *A Dictionary of Superstitions*, ed. Iona Opie & Moira Tatem (1989; Oxford: Oxford Univ. Press, 1990) 240(L).

25) "Clock strikes during marriage ceremony," Opie & Tatem, <1910> Folklore 226, 86 (L).

26) "Bells," *E. & M. A. Radford Encyclopaedia of Superstitions*, ed. and rev. Christina Hole (1948; London: Hutchinson & Co., 1961) 43.

27) "Marriage service, baby cries during," Opie & Tatem, 239(R).

28) Tuleja, 53-54.

29) "Flower," *Dictionary of Mythology, Folklore and Symbols*, ed. Gertrude Jobes (New York: Scarecrow Press, 1962), Vol. 1, 585(L); 'frailty,' 'fruition,' 'birth.'

30) Tuleja, 55.

> ... T. S. Knowlson, writing of England in the 1880s, reported "at least a dozen cases" of wife-selling —one in which the woman was handed over for "eighteen pence and a glass of beer."

31) Tuleja, 55.

32) "Weeping," *Brewer's Dictionary of Phrase and Fable*, Centenary Edition, rev. Ivor H. Evans [orig. ed. Ebenezer Cobham Brewer] (1870; London: Cassell, 1978) 1146 (R).

33) "Ring," Pickering, 219(R).

34) "Wedding finger," Evans, 1145(R)-46(L).

35) "Wedding Ring," *Encyclopaedia of Superstitions*, ed. E. & M. A. Radford (New York: Philosophical Library, 1949; New York: Greenwood Press, 1969) 254(R)-55 (L).

[以上は『倉敷芸術科学大学紀要』第5号（平成12年3月）による。]

第４章　廃れたガーター投げ・祝福のコンフェッティと古靴投げ・花嫁へのキスの雨・帰り道での用心・すべて花嫁が中心

はじめに

英米での結婚式は多くの場合、教会で牧師あるいは司祭が司会進行役を務めて行われる。花婿が祭壇の前で待ち、花嫁は父親に導かれて祭壇へと進み、花嫁は父親から花婿に引き渡される。花嫁花婿両人は祭壇の前で牧師の指示に従って誓いを交わす。

牧師はまず花婿に向かって尋ねる。その内容はちょうどShakespeare, *As You Like It*で見られるように、“Will you Orlando have to wife this Rosalind?[1)]”（オーランドウ、汝このロザリンドを汝の妻となすことを願うか？）という *The Book of Common Prayer*（『祈祷書』）のお決まりのものである。更に続けて、妻を愛し妻に誠実であること等を願うかと尋ねる。花婿はすべて“I will.”（願います。）と答える[2)]。今度は花嫁にも同様に尋ねる。ただしその中で、“obey him?”（夫に従うか？）の箇所は、これまで女性の人権上問題視されてきており、‘obey’ はしばしば ‘cherish’（大切にする）等に置き換えられる。（因みに、かつて1927年、議会で同箇所削除案が出されたが、否決された経緯がある。）

宣誓後は、指輪の交換等へと進み、結婚式は比較的短時間で終わる。そして教会の鐘（bell）が晴れやかに鳴り響く中を、新婚夫妻は腕を組んで堂の外へと向かう。外には至高の幸福に輝くカップルを祝福しようとして、祝賀客や関係者一同が待ち構えている。

本章では、挙式後の新夫妻へのコンフェッティや古靴投げ等のさまざまな祝福の習慣とその起源、謂（いわ）れ、及びそれらの習慣に纏わる種々の迷信・俗信に重点を置き、併せてその文芸用例をも挙げながら考察を試みたい。

1．廃れたガーター投げ

かつての結婚式を賑わせたものにガーター投げ（fling of a garter）と呼ばれた習慣があった。この習慣は、挙式後、新夫妻がまだ教会にいる間に、花嫁が自らのガーターを外し、辺りにいる付添人その他の未婚男性たちに向かって投げ与えたものであった。

☆ 花嫁が身に着けていたガーターは幸運をもたらす

と言われる。

☆ 花嫁の投げたガーターを拾った若者は、それを帽子に付けて携えていて、自分の選んだ女性に幸運を祈って進呈した

とされる。

このガーター投げの習慣は、最初の段階ではかなり違ったものであった。かつて新婚旅行に出る習慣がまだなかった十九世紀以前の時代には、挙式後、披露宴も終わり祝賀客たちが花嫁花婿を囃（はや）し立てて寝室まで送り届け、そこでストッキング投げ（throw of stockings）の儀式がなされた際に、「花嫁が自ら弛めたガーターを、その場にいる若者に外させた」のがもとの習慣であった。（因みに、次いで男たちは花嫁の靴下を、女たちも花婿の靴下を剝（は）ぎ取り、ベッドを挟んで合図でそれらを投げ合い、自分の投げた靴下が花嫁か花婿の鼻に引っ掛かった者が次に結婚する幸運を得る、という占い儀式を行った。）

新婚旅行が一般的になってからは、当然ながらガーター外しの習慣もストッキング投げの儀式も無くなったが、ガーター入手を熱望する若者たちのために、花嫁は、挙式後教会にいるうちにガーターを外して投げるようになった。ところが若者たちは、まだ花嫁が祭壇の前にいるうちにそれをせがんだり、その奪い合いのためにしばしば大騒ぎが起き、またその雰囲気が艶っぽく不謹慎であるとのことで、教会が礼節を求めるところとなった。そのため、花嫁はガーターの代わりに花環を、傍にいる未婚女性に投げるようになった。

☆ 花嫁の投げた花環を拾った未婚女性は、花嫁の幸運にあやかる

と言われる。

　この花環を投げる習慣は、やがて、今日極めて一般的な習慣となっているブーケ（花束）を投げる習慣へと並行的に発展したと見ることができそうである。かつてのガーターにせよ、今日の花環や花束にせよ、いずれにしてもそれは、結婚式という晴れの日の中心人物である花嫁を象徴するものであり、またそれは正に注目の的たる新婦に、賑やかな「花」を添えるものだと言えるであろう。

2．祝福の鐘とアーチくぐり

　教会の鐘が鳴る中を花嫁花婿は姿を現わす。結婚式の鐘は新夫妻を祝福し、人々に新夫妻の誕生を知らしめるものであるが、かつてはもう一つの役目があったとされる。

☆ 鐘は、新婚夫妻に近寄り災いをもたらそうとする悪霊を、その聖なる高らかな音で怯えさせ、追い払うもの

と信じられた。

　外では祝賀客と関係者一同が、二人を祝福しようと待ち構えている。

☆ 新婚夫妻を祝福して、幸多かれとアーチを作ってくぐらせる

　人々の作ったアーチの下は、新しいカップルの門出の花道となる。時によると人々は、カップルの職業に相応（ふさわ）しい物―軍人なら軍刀、農民なら干し草用フォークなど―でアーチを作る。

☆ 結婚を祝福して、花嫁に触れた者は縁起がよい。特にそれが未婚女性の場合には、間もなく結婚することになる

と言われる。

☆ 二人の通路に、幸運を願って砂模様（lucky sand patterns）を描く[3)]

　これは珍しい習慣で、特にCheshire州Knutsfordで続けられている伝統的習慣と言われる。

3．「子宝祈願」のコンフェッティ・小麦・米等の投げ掛け

新婚夫妻を祝福して、その頭上にコンフェッティ（紙吹雪）や米等が投げ掛けられる。

☆ 幸運を祈って、コンフェッティが二人の頭上に振り撒かれる

コンフェッティには色取りどりの色紙が用いられ、賽の目やただ小さく切っただけのものもあれば、幸運を象徴する鐘や馬蹄（horseshoe）の形に切ってあるものも見られる。

新婚カップルの頭上にコンフェッティを振り撒く習慣に関して、Peter Lorieは、「もとの習慣は『小麦を花嫁の頭上にのみ投げるもの』であった。それは小麦がパンを作り出すように花嫁が子を産む、という多産の直接的象徴としてであった[4]」と記している。

☆ ＜豊饒と多産＞を象徴する小麦や米、場合によってはコーンが二人に投げられる

米、小麦、コーンは穀物類であり、その＜豊かな実り＞こそ正に＜多産＞の象徴である[5]。従って、この習慣には本来、「新婚夫婦が子宝と繁栄に恵まれるように」との人々の願いが込められている訳である。

ローマ時代の結婚式では、花嫁は小麦の束を手に持っていたとされる。儀式を終えると花嫁花婿は「一緒に小麦で作ったケーキを食べた」とされる。(「結婚式」に相当するラテン語は「一緒に小麦を食べること」を意味する‘*conferreatio*’であった。）イギリスがキリスト教徒の多い文化圏となり、やがて中世のある時期に、キリスト教徒たちは、結婚した男女に小麦を投げるユダヤ教徒の習慣を真似始めた。やがてこの小麦からビスケット類の菓子を焼き、小麦の代わりに花嫁に投げたり、その菓子を花嫁の頭上で砕いたりする習慣も生じた[6]。次は、今日では見られないが、そうした習慣の一つである。

☆ 花嫁が教会を出るとき（他、披露宴中、その前後等）に、布片が花嫁の髪の上に広げられ、オートミルで作られたケーキが頭上で砕かれた。この儀式では、ケーキが細かく砕ける程結婚生活の至福の歳月が保証される

と言われた。

この用例がTobias Smollett, *Humphry Clinker*（1771）に見出される

> ... a cake being broken over the head of Mrs. Tabitha Lismahago［bride］, the fragments were distributed among the bystanders, ... [7]
>
> ... タビサ・リスマヘイゴウ夫人［花嫁］の頭上でケーキが砕かれた後、その片がそこに居合わせた人々に配られた。...

ところで、小麦の菓子を渡された招待客たちはそれを投げたが、小麦の菓子をもらえない人々は投げる物を探し、その結果、米を投げ始めた。既述の通り、米も確かに＜多産＞の象徴である。E. C. Brewerは、「花嫁の後ろから米を投げる風習は、インドに起源を有する。というのは、米はインド人にとっては多産の象徴だからである[8]」と記している。インドが歴史的に米の主産地であること、また豊かな実りと子宝とは結び付くこと等を考え併せると、この習慣のインド起源説も頷けるように思われる。次に挙げるのは、米を投げる習慣の用例で、Arnold Bennet, *Riceyman Steps*（1923）からの一節である。

> ... Elsie［maidservant］... out of a paper bag flung a considerable quantity of rice on to the middle-aged persons of the married ... 'I had to do it, because it's for luck,' Elsie aimiably explained, not without dignity[9].
>
> ... エルシー［女中］は ... 中年の新婚夫妻に紙袋からかなりの量の米を出して投げ掛けた。...「そうしなければならなかったのですよ、縁起物ですからねえ」とエルシーはなかなか威厳のある様子でもって、愛想よく釈明した。

新婚カップルにコンフェッティや穀物類の小麦、米等を投げるのは、やはり「彼らが特に子宝に恵まれるように」との人々の願いからである。色取りどりの華やかなコンフェッティは、地味な穀物類の代用品と見てよいであろう。因

みに、ずっと古い時代には、子宝に恵まれる幸福を願う次のような習慣があったと言われる。

☆ 新婚夫妻は教会を出るときに、木の実（nut）の入った袋を贈られた[10)]

やはり木の実も<多産>を象徴するものなのである。

4.「幸運祈願」と「新たな責任を認知させる」古靴投げ

☆ 幸運を祈って、カップルの後ろから古靴を投げる

一般に、これから新たなこと―旅行、船出、事業、受験、新居への住まい、またここでのような新婚生活等―を始めようとする人の幸運を祈って、その人の後ろから古い靴の片方を投げる習慣がある。この習慣に関して、Dickens, *David Copperfield*（1849）に次の用例が見られる。

> When we were all in a bustle outside the door, I found that Mr. Peggotty was prepared with an old shoe, which was to be thrown after us for luck, and which he offered to Mrs. Gummidge for that purpose[11)].
>
> 私たち皆が戸口の外で慌ただしく動いていたとき、私はペゴティ氏が古靴を片方用意しているのに気付いた。それは幸運を祈って私たちの後ろから投げるためのものだった。そして彼はその目的でそれをガミッジ夫人に差し出した。

また、広い意味で用いられたようであるが、十六世紀半ば以降の諺にも、'To cast an old shoe after one for luck[12)].'（幸運を祈って人の後ろから古靴を片方投げること。）が見られる。

ところでこうした場合に、なぜそれが古い靴の片方であるのか、これについてはどうも説明がつきにくいようである。これについて若干のヒントを与えてくれるのが、I. Opie & M. Tatemによって紹介されているスコットランドの人々の信である。それは「運命を手なずけるには、使い古した革製品程によいものはない。しかも、左の片方でないと効き目がない[13]」という信である。この「使い古した革製品」については「履き古した靴」が先ずその恰好の物と言えよう。また「左（の片方)」については、説明のヒントも見当たらない。しかしながら―推測が許されるならばの話であるが―大抵の物事に関しては「人」は一般に「右」を好む、が、「気まぐれな」性格の持ち主である「運命」は、つむじ曲がりに「左」つまり「左の片方」を好むと考えられないであろうか。また、何故「後ろから投げる」のかについても明らかではないが、それは、花嫁花婿を「後押しする」という応援者としての姿勢が表に現われたもの、と解することができそうに思える。

この「古靴の左の片方」の謎に関しては、上記の他にも、シンボル学の観点から別の見方ができるようである。シンボル学上では、「靴は＜新たな事柄への責任＞を象徴する[14]」とされる。つまり、新夫妻に、幸福な家庭を創り、子育てをし、世間付き合いをもしていくという「新たな責任を認識してもらおう」という訳である。しかも「履き古された靴」のように「丈夫で、逞しく」である。また、「後ろから投げる」理由についても、新たな責任を「肩や背中に背負わせる」という含意からくるもの、と推測できそうに思える。

なお、この古靴を投げる習慣は、しばしばやや現代的なスマートさと、微笑ましいユーモアとを混ぜ合わせたものに姿を変えることがある。新婚カップルが挙式を終えて教会から披露宴の会場に向かうときとか、あるいはハネムーンに出掛けるとき、次の習慣が見られる。

☆ 新郎新婦の乗り物の後部バンパーに、古靴の片方を、賑やかな音を立てる空き缶類とともに吊り下げておく

この行為は、大抵は花嫁花婿の友人たちの企てによるもののようだが、時には例えば、バンパーに子連れのブタをつないでおくような「冷やかしや悪戯の類い」もあるようである。

5．近隣の子供たちのコインねだり

更にまた、地域によっては次のような近隣の子供たちの祝福も見られる。

☆二人の幸運を願う子供たちが、教会の扉を閉ざし、夫婦がコインをばら撒くまでは門を開けて通さない。あるいは教会の外ででも、コインをねだって二人の乗り物の進行を阻(はば)んだり、乗り物を追い掛けたりする

これはWalesや、Englandの北東部、及び南西部地域で見られる風習である。これは結婚式の後、近隣の子供たちが幸福な二人を祝福するとともに、自分たちの小遣いを公然と要求し手に入れるよい機会ともなるようである。これに関して、James Kirkup氏の子供時代の経験談がある。それは、イングランド北部のTynesideで少年時代を過ごした同氏が、結婚式がある日には、式が済むまで他の子供たちと一緒に教会の外で待ち、やがて新婚夫妻が車で立ち去ろうとするとき、花婿にコインを投げるようにねだった、という話である。

> … when the bride and groom drove away in their limousine, we would run after the car shouting, in our curious Geordie dialect : "Hoy a ha'pny oot! Hoy a ha'pny oot!" (This means "Throw out halfpenny!") If the groom did not throw out money we used to curse the marriage—what awful children we must have been![15]
>
> … 花嫁花婿がリムジンに乗って立ち去るとき、私たちはよく車を追い掛けては、奇妙なジョーディ方言で叫んだものだった。「ホーイ、ア、ヘイプニー、オウト！ホーイ、ア、ヘイプニー、オウト！」（これは「半ペニー硬貨を投げてよ！」の意味である。）もしも花婿がお金を投げてくれないならば、私たちは常にその結婚を呪(のろ)ったものでした—私たちは全くもって恐ろしい子供だったに違いない。

6．花嫁の跳躍―花綱・棒・腰掛け・抱擁石の跳び越え

挙式後、花嫁花婿が教会域を出る時、かつて特に花嫁に課された次の習慣があった。

☆花嫁は、祝福者たちの差し出す花で飾った綱や棒、木製腰掛け、あるいは特にイギリス北部では跳躍石とか抱擁石（petting stone）と呼ばれるものを、跳び越えねばならなかった

花嫁はこのとき、場合によっては夫あるいはその他の人の手を借りた。

この習慣は、「跳躍することによって花嫁が<新生活に入ること>を象徴したり[16)]」あるいは「夫の妻に対する<手助けという愛情>を象徴するもの[17)]」と見做された。

なお、昔のこの習慣が、1944年という比較的に新しい時代になっても実行された報告例が見られる。それは、「Dorsetshireでの結婚式の後、花嫁が教会の門のところで綱や腰掛けを跳び越えた」という報告である。この報告の筆者はこの行為について、彼女が大切にしているものとユーモアを残したことに、大いに深い意味があると述べている[18)]。

太古の時代には、花嫁は結婚式の後で、よく木の丸太や茂みを跳び越えたと言われる。その理由は、子宝に恵まれるためには、それに縁のある「樹木の霊」のご機嫌を取っておく必要があったからである[19)]。これは、上述の新生活に入ることとか、夫の手助けの愛情等の象徴的解釈とは異なり、子宝に結び付く樹木崇拝という神秘的解釈と言えるであろう。

なお、現代においても、挙式後に花嫁が（花婿も一緒になっての場合もあるが）新生活へのスタートに当たって、縁起担ぎに新しいタイプの「ブライドジャンプ」（Bride's Jump）を楽しむこともあるようである。

7．花嫁へのキスの雨―「共同生活体の歓迎儀式」

☆式後、花嫁が、煤で顔を真っ黒にした煙突掃除夫（chimney sweep）に幸

運のキスを受けるのはめでたいこと
とされる。

これは花嫁に纏わる昔からの仕来たりの一つであり、かつてはよく煙突掃除夫を教会の戸口に待機させ、式後の花嫁に幸運のキスをしてもらうように仕組んだりさえした、と言われる。[この謂れは、前章の2.－1)で既述]

☆ **挙式の後、披露宴に向かう途中、また披露宴の場でも、花嫁は周りの人々からたくさんの祝福のキスを受けるが、花嫁はこれを拒んではならない**
とされる。

この習慣はローマ時代からの伝統と言われるが、Tad Tulejaの記すように、それは、「花嫁への共同生活体の歓迎の儀式[20)]」と見做されるべきもののようである。

8．帰り道での用心

教会を出た新婚夫妻は、披露宴の会場に向かうにせよ、これからの新生活を営む住居に向かうにせよ、次のような諸点に留意すべきだとされる。

☆ **来たときと同じ道を通るのは縁起が悪い**
とされる。

新婚のカップルは、特に教会域を出るとき、教会に着いたときと同じ道筋を通ってはならないとされる。

☆ **新婚夫妻は、挙式の帰りに、特に墓地門（lychgate）を通って出てはならない**

☆ **結婚式の乗り物が教会の入り口で向きを変えるのは、非常に縁起が悪い**
とされる。

これについては今日でさえも、縁起担ぎから、教会の入り口で馬車や自動車の向きを変えるのを嫌う人々が現にいるようである。

☆ **結婚式の乗り物がギャロップで駆けるのは、縁起が悪い**
とされる。

今日においても馬車にせよ、自動車にせよ、ともかく「ゆっくり進む」のがよろしき仕来たりとされる。

☆ 新婚カップルが川を渡らねばならないときには、二人が肩越しに何か物を投げて「不幸があなたにくっついて行きますように」と唱え、投げた物を二度と見ないで立ち去らねばならない[21)]

この習慣は、自動車の時代になってからは廃れてしまった。

☆ 途中で、特に葬式の行列、また特にブタ（pig）に出会わないように注意すること。不運に見舞われることになる

逆に、出会うと縁起がよいとされるものに、煙突掃除夫、動物ではハクバ(灰色のウマ)、ゾウ、それに特にイギリスでは黒ネコなどが挙げられる。

9．祝砲による「悪霊払い」

☆ 結婚を祝って祝砲が撃たれる

かつてよく挙式当日に、花嫁、花婿それぞれの一行が教会に向かうときに、花嫁花婿の友人、知人たちが、茂みや麦藁（わら）の山などの背後で、古めかしいマスケット銃やショットガンを空に放ち、その大きな音で結婚を祝した。場合によっては、それぞれの祝砲が競い合うように撃たれたりもしたとされる。更に、結婚式を終えて教会から帰って行く新婚夫妻を祝福して、同様の祝砲が撃たれることもあった。この祝砲には銃だけでなく、銃床の穴に火薬を詰めておいて爆発させる方法もよく用いられ、これは大砲のような大きな音を立てたようである。

こうした祝砲によって、新婚カップルを祝福し、また新夫妻の誕生を世間に知らしめる訳であるが、この風習の裏には、本来次のような目的があったとされる。

☆ 祝砲の華々しい大音響は、婚礼を邪魔する悪鬼・悪霊を追い払う

祝砲には、婚礼を阻む悪者を撃退せんとする人々の意図が込められていたのである。

10. すべて花嫁が中心

結婚式当日には、何事に関してもすべて花嫁が中心に考えられ、物事が進められる。この日ばかりは、花婿は大抵幾分か軽視されることを大いに覚悟しておくべきである。それは花婿の親、親族にしても然りである。(実は、bridegroom［花婿］の語でさえ、語源上では、*bridegome*［Middle English］や*brȳd-guma*［Angro-Saxon］の各語尾*gome*と*guma*の意味がman［下僕］であるため、結局、bridegroomは「花嫁の下僕」の意となる始末である[22]。)

この「花嫁が中心」の考え方は、次のような祝いの挨拶言葉の用い方にも波及してくる。

☆ 花嫁には“Congratulations!”とは言わぬもの

とされる。

この理由は、実は、“Congratulations!”(おめでとう［ございます］！)という祝い言葉は、ある人が努力して何かを成し遂げたようなとき、それを祝福する言葉だからである。従って、もしも花嫁にこの言葉を使うとすれば、花嫁がその男性を追いかけ回した結果獲得したことを暗示することになり、これは祝福どころか、花嫁に対する侮辱ともなってしまう訳である。

一般に、花嫁に対しては、“What a lovely bride! I wish you great happiness!”(なんて素敵な花嫁さんでしょう！ご幸福をお祈りいたします！)などと祝うのがよいとされる。あるいは手短に祝いを述べるとすれば、例えば、“Best wishes!”(おめでとう［ございます］！)とか“Best wishes and good luck!”(おめでとう［ございます］、お幸せに！)と挨拶するのがよいようである。

一方、花婿に対しては、“Congratulations! You are fortunate.”(おめでとう［ございます］！あなたは幸運ですよ。)と言えばよいとされる。

因みに、花嫁花婿両者がいる場では、二人に向かって、“Congratulations and best wishes!”(本当におめでとう［ございます］！)と挨拶するのが一般的のようである[23]。

欧米の結婚式当日には、挙式そのものは勿論であるが、披露宴であれ、その他であれ、ほとんどのことにおいて「花嫁が中心」と考えられ、それに基づいて物事が運ばれる傾向が強い。英米においても、これが婚儀における一つの伝統なのである。しかしながら、我々は、欧米以外の世界の他の文化においても、結婚式当日には花嫁が中心的存在と考えられる歴史的、伝統的傾向を見出すのにあまり苦労はなさそうに思える。我々は、婚儀におけるこの「花嫁が中心」という微笑ましい伝統が、我が国をも含めた世界の多くの文化において共有されていることに気付くとき、新たな共感を覚えざるを得ないであろう。

Notes

＜(L)：ページの左半部　(R)：ページの右半部を示す＞

1) William Shakespeare, *As You Like It* , The Arden Edition of the Works of William Shakespeare, ed. Agnes Latham (1975; London: Routledge, 1994) Ⅳ-Ⅰ, 123-24.

2) "The Form of Solemnization of Matrimony," *The Book of Common Prayer* (Oxford: Oxford Univ. Press., 1969) 364-65.

Wilt thou have this Woman to thy wedded wife, to live together after God's ordinance in the holy estate of Matrimony? Wilt thou love her, comfort her, honour, and keep her in sickness and in health; and, forsaking all other, keep thee only unto her, so long as ye both shall live? / I will. / ...

3) Charles Kightly, *The Customs and Ceremonies of Britain* (London: Thames and Hudson, 1986) 230(L).

4) Peter Lorie, *Superstitions* (New York: Simon & Schuster, 1992) 214.

5) "Wheat," "Rice," "Corn," *Dictionary of Symbols and Imagery*, ed. Ad de Vries (Amsterdam: North-Holland Publishing Company, 1974).

6) Tad Tuleja, *Curious Customs* (New York: Harmony Books, 1987) 62-63.

7) Tobias George Smollett, *The Expedition of Humphry Clinker*, The Modern Library (New York: Random House, 19-?) 〈Introduction right, 1929〉 424.

8) "Rice," *Brewer's Dictionary of Phrase and Fable*, Centenary Edition, rev. Ivor H. Evans [orig. ed. Ebenezer Cobham Brewer] (1870; London: Cassell, 1978)

916(L).

9) Arnold Bennet, *Riceyman Steps* (London: Cassell, 1968) Part II -V, 109.

10) "Rice," *Cassell Dictionary of Superstitions*, ed. David Pickering (London: Cassell, 1995) 218(R).

11) Charles Dickens, *The Personal History of David Copperfield*, The Oxford Illustrated Dickens (1948; Oxford: Oxford Univ. Press, 1991) X, 145.

12) "Shoe after one for luck, To cast an old.," *The Oxford Dictionary of English Proverbs*, rev. F. P. Wilson (1935; Oxford: Clarendon Press, 1992) 725(L).

13) "Shoes, old: thrown etc. for luck," *A Dictionary of Superstitions*, ed. Iona Opie & Moira Tatem (1989; Oxford: Oxford Univ. Press, 1990) 〈1873〉 *Chambers' Journal* 810 [Scotland] 351(R)-52(L).

> There is nothing like well-worn leather to propitiate fate ... we ... only mention it here to remind intending throwers that the shoe should belong to the left foot—there is no virtue in its fellow.

14) "Boot," Pickering, 40(L).

15) James Kirkup, *British Traditions and Superstitions,* annot. K. Jin (Tokyo: Asahi Press, 1975) 27.

16) Reader's Digest Association. ed., *Folklore, Myths and Legends of Britain* (London: Reader's Digest Assn., 1997) 59(L).

17) "Petting stone, Bride steps or leaps over," Opie & Tatem, 〈1962〉 *Times*, 6 Mar., 7, 304(L)-(R).

18) "Bride," *Encyclopaedia of Superstitions*, ed. E. & M. A. Radford (New York: Philosophical Library, 1949; New York: Greenwood Press, 1969) 47(R).

19) "Bride," Radford, 47(R).

20) Tuleja, 62.

21) "Bride crosses running water," Opie & Tatem, 39(R)-40(L).

22) "Bride;-bridegroom," *A Concise Etymological Dictionary of Modern English*, ed. Ernest Weekley (1921; London: Secker & Warburg, 1952).

23) "Marriage"『英米風物資料辞典』井上義昌編(1971;東京:開拓社,縮刷版,1989)

849.

［以上は『倉敷芸術科学大学紀要』第６号（平成13年３月）による。］

第5章　披露宴・ウェディングケーキ・ハネムーン

はじめに

いずれの文化においても、古来、結婚式の後には結婚披露式（所謂結婚披露宴）を行うのが一般的である。この披露宴には、厳かさと華やかさの二つの側面があるようである。この披露宴で人々の注目の的となる中心的存在は、やはり先ず一番は花嫁であり、それに次いでは、花嫁に結び付きがあるとされるウェディングケーキであろう。その結び付きとは、ウェディングケーキは、花嫁が子宝に恵まれるようにとの願いが込められたものであるという点である。その点から、ウェディングケーキは参会者は勿論のこと、関係者のすべてに食べてもらうことが肝要とされる伝統がある。

古い時代、特にヴィクトリア朝時代（十九世紀）以前には、新婦の実家での披露宴が終わった後、新婚夫婦は付添人や参会者に賑やかに囃し立てられて寝室に送られ、そこでストッキング投げによる占い遊戯が興じられたとされる。更にずっと古い時代には、場合によっては、新婚夫婦が花で飾られた新床に就く前に、牧師による新床の祝福がなされたりしたとも言われる。こうした古い習慣は今日では見られることもなく、昨今では一般に、新婚夫婦は披露宴の終わらぬうちにハネムーンに出掛ける場合が多いようである。

本章では、披露宴とウェディングケーキ、またかつての時代の新婚夫妻の初夜、そして今では一般的になっているハネムーン等について、それらに関する諸習慣とそれに纏わる種々の迷信・俗信を取り上げ、その文芸用例をも挙げつつ考察を試みたい。

1．披露宴（wedding reception）

大方の場合、結婚式そのものは手際よく極めて短時間のうちに終了されるが、むしろ大変なのは、それに続く披露宴であろう。その規模と内容はさまざまであるが、いずれにせよなかなか苦労のある催し事である。通常、披露宴は新婦の実家で主催され、経費も新婦の親が負担する。披露宴にはしばしば多額の費用がかかることになるが、「この費用を新婦の親が負担するのは、往時、新婦の父親が新郎方の家に持参金（marriage portion）を届けた風習の名残である[1]」との考え方がある。

昨今の披露宴の全体的な雰囲気は、日本の一般的な場合とは随分異なり、席について堅苦しいスピーチをしたりはせず、家中を賑やかに飾り、自由で楽しい雰囲気のカクテルパーティ風に行われる場合が多いようである。（また、前述のように新郎新婦は大抵の場合、披露宴の終わらぬうちにハネムーンに出掛けてしまうのである。）

披露宴での俗信には次のようなものがある。

☆ **披露宴の席で、未婚女性が花嫁からチーズを一切れもらうと、一座の中ではその女性が次に結婚することになる**

と言われる。

これはスコットランド低地地方の俗信である。

☆ **披露宴の席で新婚カップルに贈り物をすることがよくある。贈り物の品物にはいろいろな物があるが、ナイフだけは不吉とされるので避けるべきだ**

とされる。

披露宴で、新婚カップルに贈り物をするという習慣の起源については定かでないが、古代には＜豊饒＞のシンボルとして果物を贈った風習があったとされ、それが起源とも見做されるようである[2]。

２．ウェディングケーキ（wedding cake; bride［'s］cake）

披露宴で最も人々の注目を集める存在は、言うまでもなく花嫁であるが、次いで注目を集めると思われるのが、豪華な飾り付けを施したウェディングケーキである。このウェディングケーキは別名ブライドケーキ（bride［'s］cake）とも呼ばれ、やはり「花嫁のケーキ」なのである。こうしてみると、［前章でも既述のように］やはり、結婚の日に人々の注目を引く中心的存在となるのは、花嫁及び花嫁に結び付きのあるケーキであるということに、改めて納得がいくであろう。（因みに、花婿のケーキ（groom's cake）と呼ばれるものもあるにはあるが、それは手のひらに入りそうな小さなケーキで、目立たず誰も気付かないようなケーキである。）

ウェディングケーキの起源は、古代ローマの貴族の結婚式にあるとされる。この式は、大神官が十人の証人を前に執り行われ、その際新郎新婦が塩、水、小麦粉でできた「菓子」をともに食した。そしてこの式を経た結婚で生まれた子供だけが、高位の聖職に就くことができた、とされる[3]。

古代ローマ時代以来、結婚式、特に披露宴には、欠かせないものとしての「ウェディングケーキは＜豊饒＞と＜幸運＞を象徴し[4]」それを食べた者全員に幸運をもたらすとされる。ウェディングケーキは、人の一生に満ち溢れる「善なるもの」を表わすように、できる限り豪華に作られねばならず、見栄(ば)えのするケーキが披露されることが、極めて肝要なこととされてきた。

このケーキは元々小麦で作った菓子を食べた習慣から発して、それを焼いて花嫁に投げて「子宝祈願」としたものであるが、その残った菓子を集め合わせて、それにアーモンドをすり潰したものや砂糖を塗り、段重ね形状のケーキを作り出したようである[5]。このケーキの出来具合が新婚夫妻の将来の運勢を表わすとさえ考えられたりもするが、それはやはり「ケーキの豊かさこそは＜多産＞を象徴する[6]」との考え方に端を発する故であろう。まさに「ウェディングケーキは、子宝に恵まれる結婚を切願して、かつて参会の客たちによって花嫁にケーキ（bride［'s］cake）が運ばれた伝統に由来する[7]」ようである。

ウェディングケーキに関する俗信には、次のようなものが挙げられる。

☆ 花嫁が自分の結婚式のケーキを作るのを手伝うのは、この上なく縁起が悪い

☆ 結婚式当日より前に、花嫁にウェディングケーキの味見をさせてはならない

また、披露宴の中で人々の注目を集める事柄の一つに、新婚夫妻が二人で力を合わせて行う、初仕事としてのケーキカットの儀式がある。

☆ 花嫁花婿は、協力してケーキの最初の一切れを切ることが必要である。そうしなければ、夫婦に子供が誕生しなくなる恐れがある

とされる。

なお、このケーキカットの共同作業については、「花嫁と花婿は将来すべての所有物を共有する証（あかし）として、ケーキの最初の一切れを協力して切ることが必要である[8]」との言い伝えがある。

☆ ケーキカットでは、花嫁は花婿の左手の助けを得てそれをなすべきだ[9]

とされる。

切られたケーキに関しては、下記のような信がある。もっとも、それは、今では廃れた習慣ではあるが、

☆ ケーキは花嫁の頭の上に布を広げておいて砕かれ、細かく砕けるほど縁起がよい

とされた。

客たちは更にそれを粉々に砕こうとした。そして「砕かれたケーキの断片は人々に幸運をもたらすもの[10]」とされた。

☆ 花嫁は、夫が彼女に対していつまでも誠実である保証として、ケーキの最初の一切れを大切に取って置く

との習慣がある。

☆ 段状に作られたケーキの一段を、生まれてくる子供の洗礼式用のケーキに使うために取って置くと、多くの子供に恵まれる保証となる

とも言われる。

☆ 披露宴の出席者はすべて、ケーキの小片を食しなければならない。これを拒否、辞退することは、幸せな二人にとって極めて悪い前兆となる

☆ 出席できなかった者に対しても、幸運を分かち合ってもらうために、小箱に入れたケーキが一切れずつ贈られる

のが一般的である。

また、ウェディングケーキは、独身者に未来の伴侶の夢を見させてくれるための呪(まじな)いにも用いられる。

☆ ケーキの一切れを、花嫁の結婚指輪に三回（九回とも）くぐらせ、それを枕の下に置いて寝ると、未婚者は生涯の伴侶の夢が見られる[11)]

と言われる。

☆ 未婚の女性は、ケーキの一切れを持ち帰り、それを枕の下に入れて寝ると、未来の夫の姿を夢に見ることができる[12)]

とも言われる。

３．廃れた寝室送りとストッキング投げ

今日では、花嫁花婿の寝室送りの儀式とストッキング投げの遊技は、先ず見られなくなっている。一説では、ヴィクトリア朝（十九世紀）のある時期まではこの習慣があったとされる[13)]。恐らくは結婚式の後、花嫁花婿が披露宴もそこそこにハネムーンに出掛けるようになってからは、この習慣が廃れたものと思われる。かつては、披露宴が終わると、花嫁は花嫁付添人によって、花婿もまた花婿付添人によって、あるいは場合によっては出席者全員によって花嫁花婿が賑やかに囃し立てられて寝室に運び込まれたと言われる。そこで周りの人々は二人に卑猥な言葉を浴びせ、二人を冷やかし大騒ぎをしたものである。その際、両者の付添人たちはベッドのそれぞれの側に別れて腰掛けて、新婚夫妻のストッキング（靴下）を肩越しに投げ飛ばし合い、次に誰が結婚するかを占うゲームを賑やかに行ったとされる。その占いゲームでは、

☆ ストッキング投げの占いで、花婿のストッキングが体に当たったり引っ掛

かったりした未婚女性は、あるいは花嫁のそれが体に当たったり引っ掛かったりした未婚男性は、間もなく結婚することになる徴(しるし)[14)]

とされた。

このストッキング投げの占いの習慣が、姿を変えて残っているのが花嫁のブーケ（花束）投げの習慣であろう[15)]、と言われている。これに関しては、

☆ **投げられたブーケを掴(つか)んだ未婚女性は、次に結婚の幸福を手にする**

と言われる。

花嫁が花束を投げる機会としては、式後の教会前で祝福を受ける際や、披露宴の最中とかさまざまであるが、最も一般的なのはハネムーンに出掛ける際に投げる場合であろう。そのとき、華やかさのために、かつ受け取る者への公平さのために、階段の上など、やや高い所から投げる場合が多いようである。

4．昔の新婚者の初夜

ハネムーンに出掛ける習慣がまだ無かったとされるヴィクトリア朝時代以前には、新婚者は、一般に披露宴の行われた新婦の実家で新婚の夜を過ごした。新婚の二人が迎える夜については、次のような俗信がある。

☆ **花嫁付添人は、花嫁のストッキングを初夜のベッドの上に十字形に置いておかねばならない。もしそうしなければ、新夫妻には子供が生まれない**

これは特にYorkshireのLeeds地方で言われるものである[16)]。Walesでは、

☆ **花嫁は衣装に使われたピンを全部取り出して左肩越しに投げるか、暖炉の中に投げ入れるかしなければ、彼女の結婚生活は不運なものとなる**[17)]

と言われる。

次は二人が親の家ではなく別の場所、例えば新居等で初夜を迎える場合の信である。

☆ **新婚初夜には、玄関の施錠は夫がすべきものとされる。妻が施錠すると朝までに夫婦喧嘩が起きる**[18)]

と言われる。

因みに、この信は今日でもハネムーンに出掛けた際に、宿室のドアの施錠について適用されたりもするようである。

古い時代には、新婚者の初夜については二つの側面があり、一つには「お祭騒ぎ」という側面があるが、同時に一方では「極めて厳粛な儀式」という側面があったようである。前者については、寝室送りやストッキング投げ等がそれに相当するであろう。

後者については、例えば、新床（bridal bed）を祝福の花で飾り、清めの儀式が行われたこと等が挙げられるであろう。これに関して、T. F. T. Dyerは*Folklore of Shakespeare*の中で、新床を花で飾る習慣について記述している。Dyerは、*Hamlet*の中で、Queenが哀れなOpheliaの亡骸(なきがら)に花を撒(ま)きながら語る、次の言葉を引用している[19]。

> I hop'd thou should'st have been my Hamlet's wife:
> I thought thy bride-bed to have deck'd, sweet maid, ...
> 私は、あなたがハムレットの妻になっておくれだったら、と思っていたのに。
> あなたの新床を、花で飾ってあげようと思っていましたのに、ねえ、あなた ...

また、新床を祝福した習慣については、Dyerは同書の中で、「カトリック教の時代には、新床が祝福されるまでは、新婚夫妻は床に就くことはあり得なかったし、これは結婚の儀式のうちでは最も大切なことの一つだと見做された」と述べており、*A Midsummer Night's Dream*のOberonの言葉を引用している[20]。

> Now, until the break of day,
> Through this house each fairy stray.
> To the best bride-bed will we,

Which by us shall blessed be;
And the issue there create
Ever shall be fortunate.
さあ、夜が明けるまで、
妖精はみな館中を歩き回るがよいぞ。
私たちは最高の新床になるように
祝福してあげるつもりだ。
そこで儲けられる後継ぎが
いつまでも幸運であるように。

また更に、同箇所でDyerは、Steevensが挙げるこの習慣の例証として、Geoffrey Chaucer, *Canterbury Tales*の‘*The Merchant's Tale*’の一行—‘And when the bed was with the preest yblessed’（そして、床が牧師によって祝福されたとき）—を紹介している[21]。これは、この話の中の主人公である老騎士が若い花嫁を娶（めと）った夜、その新床を牧師によって祝福してもらったという当時の大切な習慣についての描写である。

次にこの節の終わりに、新婚者の初夜に関する実に非科学的な古い俗信を挙げておきたい。

☆ 新婚初夜に、夫婦のどちらであれ先に寝入る者が先に死ぬ[22]

これはYorkshireでの俗信であるが、同地方では、

☆ 新婚初夜に、花嫁が先に寝入れば、必ずや花嫁が先に死ぬことになる[23]

と言われる。

この謂（いわ）れは定かではないが、夫婦の間で大切に過ごすべきときに、一方がもう一方に対して「先に寝入る」という不誠実な態度を見せれば、神はその者をお許しにならず、やがては先にその者の命を召し上げることになる、という解釈がなされ得るであろうか。この解釈が成り立つとすれば、これは、今後の結婚生活の中での夫婦間の不誠実の始まりを戒めるための信である、と言えるかもしれない。

5．ハネムーン（honeymoon）

現在では、ハネムーンという言葉は「新婚旅行」の意味で用いられる。前述の通り、かつては、このハネムーンに出掛ける習慣は無かったとされる。ハネムーンという言葉の語源及びその意味について、Kircup氏は次のように記述している。

> In the old days, the honeymoon was shared with all the guests. The bride and bridegroom did not go away, but stayed at the bride's father's house, where there was much merrymaking, and plenty of bawdy jokes about the first wedding-night. The wedding wine in those early times was made from fermented honey, and the festivities lasted until the next new moon, and that is the origin of the word "honeymoon[24]."
> 昔は、ハネムーンはすべての客とともに過ごされた。花嫁花婿は旅行には出ず、花嫁の実家に止(とど)まった。そこでは、大いに酒盛りがなされ、新婚初夜についての卑猥な悪ふざけの言動が大いに見られた。昔の当時の結婚式のワインは蜂蜜を発酵させて造られていた。そして、そのお祭騒ぎは次の新月まで続いた。従ってそれが「ハネムーン（蜜月）」という語の起源なのである。

これは現代では想像し難い程の、大昔の悠長な時代の習慣であったろうと思われるが、時代を経て、新婚夫妻が結婚を記念し生涯の思い出とするため、「新婚旅行」に出掛ける習慣が一般に広まってからは、「ハネムーン」が「新婚旅行」の意となってしまったようである。

（因みに、"honeymoon" という語の起こりの理由について、Peter Lorieは「それは非常に簡単な理由で、北欧では、結婚後、月（moon）が丸一周期を経るまで、新婚夫妻やすべての客、その他関係者たちが、媚薬、催淫剤とされる蜂蜜（honey）を飲むことになっていたからである[25]」と述べている。蜂蜜―

この場合には、蜂蜜そのものであって、その発酵酒ではないとされる―は今日では栄養剤であるが、かつては新婚夫婦にとっては勿論のこと、人々の間では媚薬及び催淫剤と見做されたようである。）

ところで、蜂蜜の件で、これを作り出すミツバチに関して次の俗信がある。

☆家人の結婚式は、ミツバチたちに告げてやらねば死んでしまう[26]

と言われる。

（因みに、ミツバチについては、家人の結婚についてのみならず、家人の葬式についても知らせてやらねばならない、とされる[27]。）

ハネムーンに関する俗信として、次のようなことも挙げられる。

☆新婚夫妻は出席している人々に、ハネムーンの行き先を知られないように留意する

（日本の結婚披露宴などでは、司会者が二人のハネムーンの目的地を晴れがましく公表して、参会者一同の拍手を得たりする場合も見られるが、）欧米では、敢えてそれをしない伝統がある。その理由の一つとして、かつての頃、親が認めない結婚の場合に、二人が駆け落ちをしたりしたとき、立腹した親の追跡の手を逃れるために行先を明かさなかった、ということも挙げられるようである。しかしながら今日では、その理由は、もっぱら友人や同僚の悪質なジョークや悪戯（いたずら）をかわすためであろうと言われる[28]。結局、二人の行先についてケチを付けられたり、冷やかしを受けたりするのを避けるためであろう。

この伝統的習慣が今なお残るのは、二人がどこに出掛けるにせよ、二人だけの旅は二人だけの秘めた楽しみ事として取って置かれるべきもの、という理由なのではないであろうか。

それでも、彼らが新婚旅行に出るために自動車に乗ろうとすると、その車体には友人たちがカラーペン等で、'Just married!'（新婚ほやほや！）の類いの悪戯書きをしてあったり、後部バンパーには幸運の古靴を吊したり、賑やかな音を立てるように、空き缶等をひもや鎖でつなぎ留めてあったりするものである。こうした事柄も、特に悪質なものでさえなければ、縁起担ぎのユーモアであり、また何よりも「祝福」として受け止められるべきものであろう。

Notes

<(L)：ページの左半部　(R)：ページの右半部を示す>

1) Charles Kightly, *The Customs and Ceremonies of Britain* (London: Thames and Hudson, 1986) 230(L)-(R).

The far greater expense of the subsequent wedding reception is conventionally borne by the bride's father, a memory of the dowry of MARRIAGE PORTION he once paid the groom's family.

2) "Wedding," *Cassell Dictionary of Superstitions*, ed. David Pickering (London: Cassell, 1995) 282(L).

The giving of the presents to a newly married couple at their reception has its roots in the ancient custom of presenting them with fruit as a symbol of fertility.

3) "Bride; Bride cake," *Brewer's Dictionary of Phrase and Fable,* Centenary Edition, rev. Ivor H. Evans [orig. ed. Ebenezer Cobham Brewer] (1870; London: Cassell, 1978) 151(R).

4) "Wedding," *Dictionary of Symbols and Imagery*, ed. Ad de Vries (Amsterdam: North-Holland Publishing Company, 1974) E-cake, 496.

"Wedding cake" : (it) symbolizes fertility and luck; ...

5) Tad Tuleja, *Curious Customs* (New York: Harmony Books, 1987) 62-63.

6) Reader's Digest Association ed., *Folklore, Myths and Legends of Britain* (London: Reader's Digest Assn, 1997) 59(L).

7) Peter Lorie, *Superstitions* (New York: Simon & Schuster, 1992) 215.

... the bride was brought "bride cakes" by guests as symbols of fertile union.

8) "Wedding cake," Pickering, 282.

It is essential that the bride and groom cut the first slice of cake as a sign that they will share all their possessions in the future. Should they fail to do so they run the risk of being unable to bear children.

9) "Wedding Cake," *Encyclopaedia of Superstitions*, ed. E. & M. A. Radford (New York: Philosophical Library, 1949; New York: Greenwood Press, 1969) 254.

It is, of course, a fact that all brides in all countries, cut their own cake—helped by the left hand of the bridegroom.

10) Reader's Digest Assn, 59(L).

... once the cake was literally broken over the bride's head; guests then scrambled for fragments, which would bring good luck.

11) "Wedding Cake," Radford, 254.

A slice of wedding cake, thrice drawn through the bride's wedding ring, and laid under the head of an unmarried man or woman, will make him or her dream of future wife or husband.

12) James Kircup, *British Traditions and Superstitions,* annot. K. Jin (Tokyo: Asahi Press, 1975) 27.

Unmarried girls put this [a piece of wedding cake] under their pillows when they go to bed, believing it will help them to dream about their future husband.

13) Reader's Digest Assn, 59(R).

Until Victorian times, it was common practice for the bride and groom to be publicly assisted to bed, the bride by her bridesmaids and the groom by the groomsmen. The occasion developed into a huge frolic with much hilarity and ribaldry. Bridesmaids and groomsmen sat on either side of the bed and threw the newlyweds' stockings over their shoulders; if a girl hit the groom with a stocking or a man the bride, this was a sign that he or she would soon be married.

14) Reader's Digest Assn, 59(R). [13) above]

15) Reader's Digest Assn, 59(R).

From this [the custom of the stocking-toss game] derives the modern custom of the bride throwing her bouquet—the bridesmaid who catches it is soon to be married.

16) "Wedding," Radford, 253(R).

17) "Wedding," Radford, 254.

18) "Honeymoon," Pickering, 135. / "Married Life," Radford, 169.

[Pickering] ... when retiring to bed on the wedding night it should be the groom who locks the front door—if the wife does it, the couple will argue before morning.

19) T. F. Thiselton Dyer, *Folklore of Shakespeare* (1883; Williamstown, MA: Corner House, 1983) 355.

20) Dyer, 356.

21) Dyer, 356.

22) "Marriage," Radford, 169(L).

Whichever goes to sleep first on the marriage night will be the first to die. [Yorkshire]

23) "Bride," Radford, 46(R).

If a bride goes to sleep first on the marriage night, she will be sure to die first. [Yorkshire]

24) Kircup, 29.

25) Lorie, 224.

... but then why call it a honeymoon? Very simply because during the period of one whole moon following a marriage, all the guests, married or otherwise were to drink honey, an aphrodisiac in the northern part of Europe.

26) "Bride," Radford, 46-47.

27) "Bees take part in funeral / wedding," *A Dictionary of Superstitions*, ed. Iona Opie & Moira Tatem (1989; Oxford: Oxford Univ. Press, 1990) 〈1869〉 20(L).

28) Kightly, 230(R).

... concealing the honeymoon destination, once designed to foil the irate parents of runaways but now to baulk pranksters, ...

［以上は『倉敷芸術科学大学紀要』第７号（平成14年３月）による。］

第６章　花嫁の敷居越え・新婚生活・子宝の幸福・夫婦間の主導権・結婚記念日

はじめに

新婚夫妻が新居―新たな生活を始める家―に入る際、花嫁は花婿に抱きかかえられて敷居を越えなければならないとされ[1)]、この習慣は古来今なおしばしば見られるものである。この花嫁の敷居越えの起源や理由は一体何であろうか。また新夫妻が子宝に恵まれる策や、新婚生活の中での夫婦間の主導権の獲得策はどのようなものであるのか、更に結婚記念日についても考えてみる等を含めて、本章では、これらの諸習慣とそれに纏わる多様な迷信・俗信について、文芸用例をも加味しながら考察を試みる。

１．新居入りと新婚生活の始まり

１）花嫁の敷居越え

一般に花嫁花婿は、挙式前に彼らの新婚生活のスタートとなる新たな住居を決めているものである。新居を親元に定めるか、あるいは独立してアパート、マンション等に定めるかさまざまであろうが、アメリカ合衆国では特別な事情でもない限り、親と別居するのがごく一般的である。

新婚夫妻がハネムーンに出ていれば、その留守の間に彼らの家族や友人たちが気を利かせて、新居に家具類その他を運び込み、彼らが帰って来たとき即新生活が始められるようにしておくことも多いようである。また場合によっては、新婚夫妻がハネムーンに出掛けない場合もあるであろうが、いずれにせよ、新婚夫妻がめでたく新居に入るときには、次のような伝統的習慣がある。

☆ 新婚夫妻が新居に入る際には、花嫁は玄関の敷居（しばしば入り口の階段をも含めて）を花婿に抱きかかえられて越えるべきだ

とされる。

この習慣に関して、Sir Walter Scott, *Guy Mannering*（1871）に次の記述が見られる。

> The threshold of a habitation was in some sort a sacred limit, and the subject of much superstition. A bride, even to this day, is always *lifted* over it, a rule derived apparently from the Romans[2].
> 住居の敷居は、ある程度まで聖なる境界で、多くの迷信を生むものであった。今日でさえ花嫁は、常にその上を「持ち上げて」越えさせられる。これは明らかにローマ人から伝わった風習である。

この風習についてPickeringは、「この行為は、ローマ時代には、処女に相応(ふさわ)しくためらいがちに身を捧げる花嫁が、特に明示はできないが何となく新婚家庭での幸福な夫婦の運を守る、と考えられていたことを示すものであった。しかしその後、花嫁を抱きかかえて敷居を越えるのは、もっと一般的な意味での『縁起のよい』行為となった[3]」と述べている。

同所でPickeringも記述しているが、この風習の起源と理由については諸説あるようである。そのうち多くの注釈者が述べるのは、原始時代から十二世紀末頃まで見られたという略奪結婚（marriage by capture[4]）の名残(なごり)説である。つまり、かつて男たちは妻を求めて出歩き、その意志に反する女性たちを攫(さら)い強奪して連れ帰ったとき、その叫び暴れる女性たちを花嫁として家に入れる際には、抱きかかえて敷居を越えるのが良策であった、という説である。

一方、家の出入り口である敷居については、古来、そこは非常にパワーのある場所であり、その外側や下には悪霊や魔物がいっぱい巣食っており、極めて危険な場所であるという考えがある[5]。花嫁がそこを通る際には、そうした悪霊や魔物の影響を受けて家の中に災厄を持ち込むことが無いように、花婿が花嫁を抱きかかえて敷居を越えねばならない、という考え方がある。これは花婿がか弱い花嫁を守るという、言わば一種の騎士道精神の現われであり、Tad

Tulejaは「略奪というシナリオの微妙な変形[6)]」と説明している。

Tulejaは、これらの二つの考え方は、共通して「花嫁が弱いもの」として見られるという点で同類と見ている。Tulejaの指摘する説は、花嫁は弱いものではなく、逆に「強くパワーに溢れ、危険なもの」として見る考え方に基づいている。このような花嫁が、家の中で極めてパワーがあるとされる出入り口の敷居を越える際には、危険防止のために花婿が花嫁を抱きかかえる必要があったと考える。TulejaはArnold Van Gennepの説いた「境目」に纏わる危険をかわすように考案された通過儀礼の生々しい名残説を支持している[7)]。

この考え方には成る程と思われる節がある。実はこれと同様のことが他にも見られるからである。それは結婚式当日、花婿は祭壇の前で花嫁に会うまでは、花嫁の姿を見てはならないとされる習慣に対する理由に見られる。その理由とは、花嫁は新しい仕来たりへの編入期にあり、混乱と危険に満ちているため、挙式直前には隔離されておく必要がある、というものである。[当第3部第3章2.で既述]

結局、この習慣の起源と理由については上記の諸説が見られるが、恐らくはこれらの諸説が重なり合っていると見るのが妥当ではないかと思われる。上述の略奪結婚の名残説は、根底的な起源として見做せるかもしれない。その理由は、古代民族の一つの結婚風習が後代の結婚の風習として残った、とみても決しておかしくはないからである。更に、花嫁は子孫繁栄に貢献するという点では、社会的に大いに価値ある存在であり、また個人的には、花嫁は我が家を護ってくれる極めて貴重な存在でもあることから、その大切な花嫁を家に運び込む際に、その足を土に汚しては花嫁の大切な徳性を汚すことになり罰当たりなことだ、と考えられたことも推測されよう。また一方、家の出入り口である敷居はパワーの溢れる場所であるという考え方もある。上述の「その足を土に汚してはならない」の考えや、「敷居は悪霊や魔物の災いを受ける恐れのある場所である」という考えや、更に古来、「敷居で躓(つまず)くのは危険の前兆である[8)]」という考え等が幾重にも重ね合わされた結果、「花嫁は花婿に抱きかかえられて新居の敷居を越えなければならない」に至った、と考えることも可能ではないかと思われる。

因みに、花嫁の敷居越えという習慣に関して、T. F. T. Dyerは*Folklore of Shakespeare*の中で、Shakespeareが*Coriolanus*（1607-8）のAufidiusの台詞の一部で、この俗信に関してうっかり誤りを犯したとする箇所を指摘している[9]。

> I lov'd the maid I married; never man
> Sigh'd truer breath; but that I see thee here,
> Thou noble thing, more dances my rapt heart
> Than when I first my wedded mistress saw
> Bestride my threshold[10].
> 俺は娶（めと）った妻を愛した。俺以上に、真実のため息をついたものは決してなかった。だが、ここで君に会えたことは、高貴なる君よ、妻が我が家の敷居を跨ぐのを初めて見たときよりも、もっと我が胸を躍らせるのだ。

確かにシェイクスピアはAufidiusに、「花嫁が我が家に嫁いで来たとき、敷居を跨ぐのを見た」と語らせている。俗世間の習慣に格別の知識と拘（こだわ）りを持っていたと考えられるシェイクスピアが、どうしてこのような記述をしたのであろうか。Dyerの言うように、「シェイクスピアはうっかり誤りを犯した」のかもしれない。それにしても、作品の内容上の点などで作者に何らかの意図があったため、とも考えにくいように思われる。このことについては、シェイクスピアの「この習慣、この俗信に関しての誤り」と推測する以外は考えられないかもしれない。

２）新居入りと新婚生活の幸福

新婚夫妻が新居に入る際には、留意すべき次のような伝承がある。

☆ 新婚夫妻が新居に入るときは、幸運を願って必ず玄関を通るべきだ
とされる。

☆ 花嫁が新居で幸せに暮らすためには、新居に入る前にほうきの上を飛び越えねばならない。そのことは厄病神の魔力をかわすことにもなる

Leslie Jonesの考えでは、ほうきを飛び越える行為は、西アフリカの結婚習慣の特徴であり、従ってその考えは恐らく、かつてアメリカ合衆国に連れて来られた奴隷が自分たちで持ち込んだものであろうが、ほうきに関する事柄はヨーロッパの多くの結婚習慣の一つの特徴でもある。つまり、ほうきは明らかに主婦たる者が果たすべき事柄を象徴するものである[11]、と説明している。

☆ 花嫁が新居に最初に運び込むべき物は、新しいほうき一丁、塩一箱、それにニンニク一球あるいは聖書である

なお、ニンニクは「魔除け」のためとされる。

☆ 新居に入るときには、肉を少々、それに小麦粉を少々持ち込むとよい。そうしておけば、決して欠乏知らずでいられる

☆ 新居に入るときには、メンドリを一羽持ち込み、縁起よさのためにクワックワッと鳴かせるがよい

これは、田園地方では時として今日でも言われるようである。

☆ 花婿介添役であるベストマンが、新婚夫妻の家に入るとき、後ろ歩きで入るならば大変縁起がよい

と言われる。

また更に、新婚生活を始めるに当たっても、古来、多様なことが伝えられている。

☆ 家事を始めるに当たって、古いコーヒーポットを使うと縁起がよい

☆ 新婚夫婦がともに食べる最初の食事を、花嫁が調理するのは縁起がよい。特にパンを焼くのがよいとされる。ただし、夫婦になっての最初の朝にベーコンを食するのは不吉である[12]

☆ 愛情を促進するためには、新婚夫婦はともにマルメロ（quince）を食べるとよい

☆ 幸福な結婚生活のためには、結婚後七日間は家の床を掃除しないほうがよい[13]

とされる。

２．子宝の幸福

１）男児か女児か

生まれてくる子が男児か女児かに関しては、占いや呪(まじな)いめいた俗信がある。

☆結婚披露宴のときに、幼い男児が花嫁の膝に座ると、最初の子供は男の子が生まれる

☆花婿の母親が、花婿のベルトにワイン瓶のコルク栓を縫い込んでおくと、最初の子は男の子となる[14)]

☆初夜のベッドの下に斧を置いておくと、最初の子供は男児になる

☆初夜のベッドに花嫁がヴェールを置いたままにしておくと、彼女の最初の子供は女児となる。また、もしベッドにスリップを置いたままにしておけば、生まれてくる子供は男児よりも女児が多くなる

☆生まれてくる子が男女いずれになるかは、結婚式が終わって立ち去るときに出会う最初の子供の性がそれを決める

☆同じ姓（last name）の相手と結婚すれば、子供はすべて同じ性（sex）となる

２）子供の数の予測と多産への願い

子供の数を予測する方法には、次のようなことが伝えられる。

☆結婚前日に、花嫁が後ろ向きで上れる階段の数によって子供の数が決まる

☆結婚式への途中で、花嫁の車の上を鳥の群れが飛べば、多くの子供に恵まれる。そのとき、もし鳥の数を数えることができれば、その数が授かる子供の数となる[15)]

☆結婚式の日に、花嫁が食べるオレンジの種子の数によって予測される

☆新婚夫妻が結婚の贈り物の包みを剝ぐとき、解けたリボンの数によって判る

☆ 新婚夫妻が、結婚の贈り物として受け取った時計の数によって判る

☆ 結婚の夜、花嫁が数える星の数によって判る

☆ 結婚の夜、花嫁が外に投げた一切れのウェディングケーキを、朝になってそれをついばんだ鳥の数によって推測できる[16)]

新婚夫妻が、限産、あるいは多産に恵まれるようにと願うこともある。

☆ 子供の数を希望通りにするには、花嫁は老女に、欲しいと思う子供の数だけ糸に結び目を作ってもらう。次に結婚衣装に付いている三本のピンの周りにその糸を巻き付けるとよい[17)]

特に、これは子供の数を制限したい場合である。

☆ 結婚の日に卵をたくさん食すれば、たくさんの子供に恵まれる

☆ 花婿が、結婚の日にフルーツケーキを食べると多くの子供が生まれる

☆ 乳を分泌している女性が新床（にいどこ）を整えれば、新婚夫妻の多産が保証される

☆ 花嫁花婿の母親たちがともに新床の準備をすれば、たくさんの孫に恵まれる

☆ 主婦（新婦）が暖炉の火を掻いたとき、火花が彼女のエプロンの上の方に落ちれば、彼女は子供を複数産むであろう。またこのとき、火花はエプロンの膝の上の方まで燃え上がらねばならない

とかつては言われた。

（因みに、古くから、新婦が火掻き（棒）、火挟（ばさ）み、戸口の鍵を渡されると、それは家事を仕切る役、つまり主婦の座が認められたことを示す、と言われるようである[18)]。）

3）子供への願い事

生まれてくる子供に対しては、期待する事柄や願い事等がある場合もある。

☆ 結婚式で歌えば、よい声の子供が生まれる

☆ 口の小さな子供が欲しければ、披露宴で小さな片のパンやバターを食するとよい

☆ 初夜のベッドの下にパンを三切れ置いておけば、子供たちは丈夫な歯を持

つことになる

☆ 花嫁が無言のままで新居に運び込まれたら、もの静かな子供たちが生まれる

☆ カールした髪の毛の子が欲しければ、ウェディングドレスを着用している間に、子ヒツジの毛でできた布に座るとよい

４）妊娠を早めるか遅めるか

次のような多様な伝承がある。

☆ 早く妊娠するためには、枕の下にヒースまたは赤ん坊の写真を敷いて眠るとよい。あるいは、初夜の寝床に木の枝を入れておくとよい[19)]

☆ 妊娠を遅らせるには、結婚式への途中で煙突の数を数えるとよい。その数は、母になるまでの年数を表わす

☆ 妊娠を遅らせるには、結婚式の最中に、花嫁は左手の一本の指を、避妊したい年数分だけの回数、ベルトの下に差し込むとよい

☆ 妊娠を遅らせるには、挙式中に司祭が読む聖書のページ数を数えればよい。それによって何年避妊できるかが判る

☆ 妊娠を遅らせるには、夫のズボンからバックルをもぎ取り、自分のナイトガウンに縫い付けるとよい

☆ 妊娠を遅らせるには、結婚の夜、花婿のシャツを花嫁の腹部に巻き付けるとよい

☆ 新床の下に経帷子（きょうかたびら）を縫う針を置くと、妊娠を遅らせることができる

３．夫婦間での主導権

結婚後の生活については、今も変わらぬ肝要な事柄がある。それは、結婚生活において夫婦のどちらが主導権を得るかという点である。この主導権獲得の方策には、多様なものが伝えられている。

☆ 結婚式の祭壇で夫婦がひざまずき、その後立ち上がるときに花嫁が花婿の

上着を踏めば、結婚後は花嫁が支配権を持つことになる。逆に、花婿が花嫁のドレスやその裾（すそ）を踏めば、結婚後は花婿が家庭を仕切ることになる[20]

☆ 結婚式の祭壇の前でひざまずいた後、先に立ち上がる者が、結婚後毎朝先に起き上がらねばならなくなる

毎朝先に起き上がる者が、一日の準備に取り掛かる下働き役となる。

☆ 花嫁が長いヴェールを着けている場合、彼女の介添役あるいは母親がそれを花婿の足の上にこっそり垂らせておくと、花嫁は結婚後の支配権を得る[21]

これに対して、花婿の介添役は花婿を守らんとして、これを払いのけようとする。時には式の間中、ヴェールを載せたり払ったりの行為が繰り返し続くこともある、と言われる。

☆ 誓いの言葉の段階で夫妻が立っているとき、相手の足を踏みつけた方が結婚生活の主導権を得る

☆ 花婿が花嫁に指輪をはめようとするとき、花嫁が指を曲げていたりするため花婿がそれに苦労すれば、花嫁は家庭を仕切ることになる。しかし一方、花婿が楽に指輪をはめることができれば、花婿が家庭を仕切ることになる[22]

☆ 結婚式の後で、夫婦のうちで、最初の買い物をする者が家庭の金銭の支配者となる

この理由で、時によると花嫁はこれを確実なものとするため、教会の玄関を出るや否や、付添人から象徴的にピンを買ったりすることがある、とされる。特にWalesでは、挙式後の帰り道で、花嫁が付添人からピンか何かを買う行為により、夫よりも先に買い物をすることで主導権を獲（と）り、一生夫を尻に敷くことができる、と言われるようである[23]。

☆ 花嫁花婿のうちで、着ている結婚衣装がより長く傷んだり型崩れしたりしない者が、その家庭の支配者となる

☆ 結婚式の夜、夫婦が衣服を脱ぐとき、自分の衣服を相手の衣服の最上部に

置ける者がその結婚生活の支配者となる

☆ 結婚の夜、床に就く直前に夫婦が互いのズボンを試着し、どちらのズボン姿が似合っているかで、この家庭を仕切る者が判明する

☆ 初夜に先に寝入るほうが、主導権を得る

☆ 結婚式の翌日の朝、先に目覚める者がその家の支配者となる

更にここでも、夫婦間の主導権について、家の敷居や戸口に関する伝承が見られる。

☆ 新婚生活を始めるとき、夫は花嫁よりも先に家の敷居を跨がねばならない。さもないと、一生彼女の言いなりになるであろう

この俗信は、特にYorkshireで言われる[24)]。

☆ 新婚夫妻が新居に入るとき、戸口に先に左足を載せた者が、結婚生活において采配を振ることになるであろう

とされる。

これはSomersetshireの俗信である[25)]。

4．結婚記念日

結婚後、苦楽を経て辿り着く節目が結婚記念日（祝婚式日）である。一般にこの記念日には、夫妻が親族や友人を招いて祝いの会をしたり、家族での祝いの食事をしたり、さまざまな過ごし方をする。

結婚記念日には年数に応じてそれぞれの名称がある。これについては、その記念日に相応しい贈り物が何であるかを示すように、その名称が与えられている。以下に二種類の主要な結婚記念日の年数と名称（大半は同一名称）を並列かつ対照的に示す。［＿＿＿＿は左欄と同一名称であることを示す］

	＜結婚記念日[26)]＞		＜Brewerの示す結婚記念日[27)]＞
1	the paper wedding　紙婚式	1	cotton wedding　木綿婚式
2	the straw wedding　藁婚式［わら＝こう］	2	＿＿＿＿＿＿＿＿＿＿

3	the candy wedding　糖菓婚式	3	______
4	the leather wedding　革婚式		
5	the wooden wedding　木婚式	5	______
7	the floral wedding　花婚式	7	woollen wedding　羊毛婚式
10	the tin wedding　錫婚式	10	______
12	the linen wedding　亜麻婚式	12	silk and fine linen wedding　絹・亜麻婚式
15	the crystal wedding　水晶婚式	15	______
20	the china wedding　陶婚式	20	______
25	the silver wedding　銀婚式	25	______
30	the pearl wedding　真珠婚式	30	______
35	the coral wedding　珊瑚婚式		
40	the emerald wedding　緑玉婚式	40	______
45	the ruby wedding　紅玉婚式		
50	the gold(en) wedding　金婚式	50	______
60	the diamond wedding　ダイアモンド婚式	75	______

このうち六十周年記念は、七十五周年記念に代わってthe diamond wedding（ダイアモンド婚式）と見做されることが多いが、それはヴィクトリア女王の即位六十周年記念が'Diamond Jubilee'（ダイアモンド［六十］周年祭）と呼ばれたことに因む、と*Brewer's Dictionary of Phrase and Fable*では補足がなされている[28]。

結婚記念日は毎年巡ってくるものであるが、その中でも二十五周年のthe silver wedding（銀婚式）と五十周年のthe gold(en) wedding（金婚式）が殊に大きな節目となる記念日とされ、一般に他の結婚記念日よりも盛大に祝われるようである。

結び

ある教会での結婚式で、司祭が花嫁花婿に、結婚の三つの意義について諭すのを聴いた。それは、愛を育むこと、新たなる生命を創造すること、人格を高め合うこと、の三つであった。結婚は、人にとって今も昔も変わらぬ人生の重大事である。結婚する以上は、幸せを願って夫妻が力を合わせて精一杯努力しなければならない。

本章では、花嫁の敷居越えに始まり結婚記念日に至るまでの諸習慣と、それに纏わる迷信・俗信を考察した。結婚という生活文化において、英米人の築いてきたそれぞれの習慣と俗信については、その考察過程でしばしば自国のそれらと対比せざるを得ないであろう。当然ながら、そこには類似の同質形態もあれば、また場合によっては全くの異質形態もある。しかしながら、特に後者の異質形態への理解と認識を深めることこそ、当研究・調査の目指すところと考える次第である。そこには英米人の心の奥に流れる「力強く、かつ美しい輝きのあるもの」が見えるように思われるのである。

Notes

<(L)：ページの左半部　(R)：ページの右半部を示す>

1）"BRIDE," *Zolar's Encyclopaedia of Omens, Signs & Superstitions*, ed. Zolar (London: Simon & Schuster, 1989) 53.

2）Sir Walter Scott, *Guy Mannering* (Edinburgh: Adam & Charles Black, 1871) Note F, 433.

3）"Wedding," *Cassell Dictionary of Superstitions*, ed. David Pickering (London: Cassell, 1995) 282(L)-(R).

4）"England & Wales," [*You are cordially invited to*] *Weddings, Dating & Love Customs of Cultures Worldwide, Including Royalty*, ed. Carolyn Mordecai (USA: Thompson-Shore, 1999).

Marriage by capture was regal in England before the Thirteen Century.

5）Reader's Digest Association ed., *Folklore, Myths and Legends of Britain* (London: Reader's Digest Assn, 1997) 59(R).

6）Tad Tuleja, *Curious Customs* (New York: Harmony Books, 1987) 69.

The chivalrous interpretation, which sees the husband helping his beloved over a tricky obstacle, is a subtle variation of this capture scenario.

7）Tuleja, 69-70.

8）William Shakespeare, *3 King Henry VI*, The Arden Edition of the Works of William Shakespeare, ed. Andrew S. Cairncross（1964; London: Routledge, 1992）IV-VII, 11-12.

For many men that stumbles at the threshold / Are well foretold that danger lurks within.

9）T. F. Thiselton Dyer, *Folklore of Shakespeare*（1883; Williamstown, MA: Corner House, 1983）358.

10）Shakespeare, *Coriolanus*, ed. Philip Brockbank（1976; London: Routledge, 1996）IV-V, 115-19.

11）Leslie Jones, *Happy Is the Bride the Sun Shines On, Wedding Beliefs, Customs, and Traditions*（Illinois: Contemporary Books, 1995）64.

12）Jones, 145.

13）Jones, 68.

14）Jones, 148.

15）Jones, 149.

16）Jones, 150.

17）Jones, 155.

18）成田成寿編『英語歳時記』（1986：東京：研究社, 1986）「雑」417.

19）Jones, 151.

For quick conception, sleep with heather or pictures of babies under your pillow, or put a tree branch in the bridal bed.

20）Jones, 104.

21）Jones, 104.

22）Jones, 105.

23）"Marriage: dominant partner," *A Dictionary of Superstitions*, ed. Iona Opie & Moira Tatem（1989; Oxford: Oxford Univ. Press, 1990）238.

24）"Marriage: dominant partner," Opie & Tatem, 238.

25）"Marriage: dominant partner," Opie & Tatem, 238.

26) "Wedding anniversaries"『英米故事伝説辞典』井上義昌編（1972；東京：冨山房，1991）.

27) "Wedding anniversaries," *Brewer's Dictionary of Phrase and Fable,* Centenary Edition, rev. Ivor H. Evans [orig. ed. Ebenezer Cobham Brewer]（1870; London: Cassell, 1978）1145（R）.

28) "Wedding anniversaries," Evans.

［以上は『倉敷芸術科学大学紀要』第8号（平成15年3月）による。］

第 4 部　年中行事

第1章　大晦日の賑わい・元日の初客・一年の計は元旦にあり・十二夜とシェイクスピア劇・顕現の十二日節

はじめに

第4部では、英米の年中行事に関して記す。年中行事のほとんどは、祝祭つまり祭である。

人々は太古の昔よりいろいろな祭を行ってきた。その中には廃れていった祭もあれば、益々盛んになる祭もある。祭は、太陽、山、海などそのものへの人々の畏敬の念や、自然の恵み、農産物、海産物などを入手できることへの神への感謝の念から始まったものであるが、人々は日や期間を特定して祭の日、つまり祝祭日を創り出したのである。

なぜ人々は祭を行うのか、という素朴な疑問に対しては、人々の毎日の暮らしはともすると単調になりがちであり、その単調さにリズムを付け、人々の心と体に活気を与え生活を引き締める必要があるためである、という答えに行き着くであろう。人が祭に参加することは、人々と喜びを分かち合うことになり、それは人間の社会生活において意義深いことである。祭への参加は、その共同体社会の人々の伝統、ひいては民族の伝統を引き継ぐことを意味する。この点において、当第4部で英米の祭についてそれぞれの習慣、伝統等を扱う際に、その史的かつ文化的な背景に目を向けることに留意したいものである。

本章では、年末から年始にかけての人々の諸行事と諸習慣等を先ず取り上げ、それに纏わる多様な迷信・俗信を挙げ、若干の文芸用例をも加味しながら考察を試みたい。

1．大晦日（New Year's Eve）の賑わい

一年の最終日十二月三十一日の特に夜半には、英国でも米国でも一般に賑やかな時が過ごされる。多くの場合、飲み騒いだり舞踏会などが催され、若者を中心に陽気な楽しい騒ぎで真夜中を迎える。例えばロンドンでは、トラファルガースクェアーとかセントポール寺院に人々が群がる。大人たちは多くの者が飲酒の浮かれ気分であり、時計が午前0時を打つと一瞬の沈黙があった後、すぐさま拍手喝采が沸き起こり、誰もが腕を組み手をつなぎ *'Auld Lang Syne'*（蛍の光）の大合唱が始まる。この歌は約二百年前にスコットランドの詩人Robert Burnsによって作詞されたものであるが、元々この地の伝統的なメロディに言葉が付けられたものだと言われる。このとき人々の間では、周囲の誰彼（だれかれ）無しにキスをすることが許されることになっている。

この大晦日の一種の狂気じみた浮かれ騒ぎについて、Tad Tulejaは宗教史家Mircea Eliadeの「多くの原始民族の新年の祝賀行事は、『昔々の』原始時代の混沌状態から新たに歴史を始めようとする試みである」との考えに基づき、'All in all, the inspired madness of the contemporary New Year's Eve reflects precisely the hope of the primitive: the hope that tomorrow will be different.[1)]'（全体として見て、現代の大晦日の鼓舞された狂気の行動は、正しく原始の人々の希望、つまり明日は明日で違ったものになるだろう、という希望を表わしている。）と説明している。この考えは根本的には肯定できるものであろう。しかしながら、現代人の現実の浮かれ騒ぎは「新たな切り替わりへの期待感からくる」ということに重ねて、「ストレス解消のための騒ぎの傾向も否めない」と感じるかもしれない。

大晦日の伝統は古代スカンディナヴィアの冬の祭典に関連があるとされ、冬を過ごす人々は「太陽にまた戻ってきて欲しい」との強い願いから、太陽の象徴である「火・灯り」を用いた祭を行ったとされる。その名残（なごり）の一つは、KincardineshireのStonehavenで大晦日の夜、漁師たちの間で、針金細工の球を作り、その中にパラフィンを浸み込ませたロープの切れ端やぼろ布を詰め込

み、それに火を点けて、頭上で火の球を振り回しながら町じゅうを練り歩く習慣に見られる[2)]。

2．元日（New Year's Day）の初客（First-foot）

英米人の中には、正月には大して祭気分を示さない人々も実際上いる。例えば、英国でも南部の地域では、元日でも特にめでたいという雰囲気は乏しく、年始回りをする習慣もなく、正月らしい飾り付けをすることもない。ロンドンでも、人々の顔にも特に改まった様子もなく、会社も商店も平常通りの営業をしており、街も平静そのものである。

これとは対照的に、イングランド中部、北部、そしてスコットランドでは、正に伝統的な正月行事が行われる。親戚や知人を訪問して挨拶をしたり、あるいは彼らを食事に招いて新年を祝う習慣がある。これらの地域では、元旦つまり元日の朝、実は大晦日の夜半を過ぎた頃から、親戚知人の家に年始回りを行う。この習慣は初訪問（first-footing）と言われ、その訪問客のことを「初客」（first-foot）と称する。この習慣は、スコットランド人が考え出したものと推測されている[3)]。この初客に関しては次のような俗信がある。

☆ 初客は男性でなければならない

初客には女性は好まれない。

☆ 初客の男性の髪は黒髪でなければならない

一般に、黒髪の男性は「幸運をもたらす人」（lucky bird）と呼ばれる。金髪や赤毛は不幸をもたらすとして喜ばれない。ただし、初客の髪の色の好みについては、必ずしも一定してはいない。例えば、スコットランドの東部地方やEast YorkshireやLincolnshireのそれぞれの一部の地域では、金髪の男性のほうが好まれる。また、West YorkshireのBradford辺り、及びスコットランドのAberdeenshireの一部では、赤毛の初客が歓迎される。しかしこれら以外の地方では、赤毛は極度に嫌われる。赤毛が嫌われる理由は、イエスを裏切ったユダが赤毛であったと伝えられることや、古くから赤毛がタブー視されていたことが理由のようである[4]。

☆ 初客は独身男性がよい

とされる。

ただし、既婚男性がよいという考え方もある。

☆ 扁平足の初客は悪運をもたらす

これはスコットランドを中心に言われる。これは別の言い方で、「足の甲が非常に高くて土踏まずが盛り上がり『その下を水が流れる』ような足型の男性が最高である」とも言われる[5]。そういう初客ならば奴隷の家系者でない証拠だとされる。（初客に関する記述内容ではないが）これに関連のある文芸用例としてCharlotte Brontë, *Shirley*（Yorkshireが舞台の小説；1849）に次の記述が見られる。

> '... all born of our house have that arched instep under which water can flow—proof that there has not been a slave of the blood for three hundred years[6].'
>
> 「... この家に生まれた人間は皆、水が土踏まずの下を流れて行けるくらい、足の甲が高く曲がっているんだ—この三百年間奴隷の血が混じっていない証拠なんだぞ。」

☆ 初客には、やぶにらみの者、足を引きずる者、母斑のある者、眉根がつながっている者等は敬遠される

また、

☆ 黒い服を着て来る者、ナイフや先の尖った道具を持って来る者も嫌われる

更に、

☆ ケチだとの評判のある初客は特に好まれない

また、

☆ 理想的にはそこにいる全員にとって、その初客が見知らぬ人であれば有り難い

とも言われる。

☆ **初客は玄関から迎え入れ、帰りは裏口から送り出すもの**

とされる。

入口と出口が別とされるのは、年が過ぎ去って行くことを象徴的に表わすため、と考えられている。

初客は訪問の際にお年玉（handsel）を忘れてはならない。

☆ **手ぶらでやって来る初客は、その家に一年間の貧窮をもたらす**

と言われる。

☆ **初客は石炭をひとかけら、パンを少々、塩またはコインを一枚必ず持参すべきである**

今日では、これらの物に加えて、果物とか紅茶を一缶あるいはウイスキーを一瓶持って行くのが普通の習慣のようである。因みに、石炭はその家に「暖」を、パンは「食物」を、塩やコインは「幸運や金運」をもたらす、と考えられるためである。

初客は部屋に通されるとすぐに、口を利かないままで持参した石炭を暖炉にくべ、火を掻き立てたりした後に食卓の上にパンを置き、家の主人のためにウイスキーをグラスに注ぐ。こうしておいてから、初めて初客は家人一同に年頭の挨拶“A Happy New Year!”を述べる。それまでは初客も家人も、互いに黙ったままでいるのが仕来たりとなっている。

ところで、もしも初客が無かった場合はどうするのか、についてであるが、

☆ **初客が来なかった場合は、その家の主人が、元日の早朝に、石炭をひとかけら自分の家に持ち込まねばならない**

とされる。

また初客については、次のようなことも言われる。

☆ **男性の初客を家に招じ入れたのが未婚女性であれば、彼女の未来の結婚相手はその初客と同じ洗礼名を持つ男性である**

新年の初めには、友人や隣人に「新年の贈り物」（tokens; スコットランドではhogmanays）をする習慣がある。その場合、一般的には幸運をもたらす

贈り物として、チョウジノキと、マンネンロウかヒイラギの小枝を添えたリンゴがよく用いられる。これについても地域による違いが見られ、例えば、Yorkshireでは、切り取ったばかりの常緑樹の小枝とか、スコットランド各地では、小麦の束とか薫製のニシンが贈り物にされたりする。

新年の贈り物は新年の豊饒を象徴するものであり、その豊饒を念じる余り大いに盛んに行われ、十八世紀まではクリスマス時のそれを凌ぐ程であったと言われる[7]。

ウェールズや、ウェールズとイングランドとの境界地方には、「井戸の初水汲み」（Creaming the Well）と呼ばれる習慣が今日でも若干残っている。これは元日の最初に汲んだ若水（New Year's Water）のことであるが、中でも聖なる井戸や泉からの初水は珍重される。ウェールズの南部では、初水が訪問先の家の中、家人、ドアなどに振り掛けられる習慣がある[8]。

☆聖なる泉の初水を手に入れた者は、年内に結婚できる。あるいは幸運に恵まれ、美人になる

と信じられる。

かつては特に若い女性たちの間でその入手が競われたりした。更に女性奉公人などの中には、初水を女主人に売ったりする者もあった、と言われる。スコットランドでは、初水は「井戸の華」（Flower of the Well）と呼ばれ、それで酪農具を洗ったり、乳の出がよくなるようにとそれを乳牛に飲ませたりしていた、と言われる。

3．一年の計は元旦（元日）にあり

人々は古い年とのつながりを断ち切り、新しい年を幸運なものにしたいと願う。こうした願いは「元日の決意」（New Year's Resolutions）の形で見られ、今も広く行われている。その典型的な例の一つに、「日記を書き続ける決意」などが挙げられるようである。なお、「元旦」とは「元日の朝」の意とされる。

英米でも、他の文化圏におけると同じように、元旦（元日）に起こる事柄はその一年間の出来事の雛形である、という考え方がある。

☆食べ物は絶やさないで（戸棚等に）保管しておくこと

☆暖炉の火は決して絶やしてはならない

☆早起きをするのがよい

☆仕事において実り多い一年を保証するために、職に就いている者は、自分の仕事を反映するようなことを何らかの形でするのがよい

ただし、元日に何か重要な仕事をしなければならないのは極めて不運である、と考えられている。

☆元日に新しい衣服を身に着ければ、年内に新しい衣服が手に入る

☆元日に洗濯をしてはならない

これを敢えてすれば、家族の誰かが年内に「洗い流される（死ぬ）」恐れがある、とされる[9]。

☆教会の鐘を高らかに鳴らして、新年を迎え入れるとよい

とされる。

大晦日の真夜中に大きな声で叫んだり、歌ったり、大騒ぎをすることは、このことにつながりがあるようである。かつては、この行為には単なる浮かれ騒ぎ以上の意味があるとされた。各種の賑やかな物音は、悪魔や悪霊を追い払い、新年のよいスタートを切ることができると考えられた[10]。次は、「新年になった瞬間の賑やかな物音」についてのJames Kirkup氏の記述であるが、Opie & Tatem, *Dictionary of Superstitions*にも引用されているものである。

> ... everyone sits up until after midnight "to see the New Year in." I was generally too sleepy to stay awake, ... I would go to bed, to be wakened at midnight by bells and maroons and hooting sirens and laughter and shouting and singing in the streets[11].
>
> 「新年を迎え入れよう」と誰もが真夜中過ぎまで起きている。私は大抵眠くなって起きていられなかった。 ... 私はよく床に就いたものだが、真夜中に鐘や癇癪玉、鳴り響くサイレン、それに通りの笑い声、叫び声、歌声

で目を覚まされたものだった。

☆ 幸運を保つために、旧年が完全に終わってしまうまでは過ぎ行く年を悪く言わないように心すべきだ

とされる[12]。

☆ 幸運を祝って乾杯する際には、口を開けた瓶は必ず飲み干すべきだ

と言われる。

☆ 元日には、仮令（たとえ）隣人でも物を貸してはならない。特に、暖炉の火種は決して貸してはいけない

☆ 元日には、台所の捨て水やごみでさえも捨てるものではない

かつての主婦たちは、次の日（一月二日）になってからこれらを捨てたものである。

元日は一年の運勢を占う好機であり、新聞紙面は星占い師の欄で賑わう。今日でも一部の古風な人々は、聖書を手に取り、目を閉じて手当たり次第に開き、目に留まった最初の聖句で一年を占ったりする[13]。また、かつては、風向きに注目して、一年を占う者もあったとされる[14]。

☆ 北から風が吹いたら、その年の天候はよくない。南風なら晴天と順調な時世が待っている。東から風が吹けば、飢饉かあるいは他の災害がやってくる。西風なら、ミルクと魚が十分に供給される。だが、極めて有名な人物の死に遭遇することになるであろう

また、

☆ 元日に風が吹かなかった場合は、すべての者にとって喜ばしい繁栄の年が期待できる

とされた。

こうしてみると、「一年の計は元旦（元日）にあり」との考えは、英米でも、今なおかなり続いているように思われる。

4．十二夜（Twelfth Night）とシェイクスピア劇

クリスマス後の十二日目（一月六日）は十二日節と呼ばれ祝われるが、その前夜が十二夜（一月五日）である。かつては十二夜の当夜には屋内でお祭騒ぎの祝宴を催したり、賭け物での罰金遊びに興じたり、仮想劇（disguising）やShakespeare作の同名の喜劇*Twelfth Night*が楽しく演じられたりした。この*Twelfth Night*は、1601年に宮廷での饗宴の余興のために書かれたものだとされる[15]が、これが大いに受けて、庶民のこの夜の余興として楽しい出し物となっていた。下記の引用は、同劇が上演されたとき、民衆に特に面白がられた場面の一つである。物語の主筋ではないが、悪戯（いたずら）者たちに仕組まれて、偽手紙を読んだ堅物の執事Malvolioが、その手紙の文面通りの出で立ちで、全くその気もないOlivia姫に自分の思いを語る滑稽な場面である。

Mal.	...this does make some obstruction in the blood, this cross-gartering; ...
Olivia.	Why, how dost thou, man? What is the matter with thee?
Mal.	... It did come to his hands, and commands shall be executed. ...
Olivia.	Wilt thou go to bed, Malvolio?
Mal.	To bed? Ay, sweetheart, and I'll come to thee.
Olivia.	God comfort thee! Why dost thou smile so, and kiss thy hand so oft?[16]
マルヴォーリオ	「... これは血の循環を悪くいたします、この十文字の靴下留めは。 ...」
オリヴィア	「何だって、お前は？一体どうしたというの？」
マルヴォーリオ	「... 確かに拝見いたしました。ご命令は実行いたしております。 ...」
オリヴィア	「寝た方がいいんじゃない、マルヴォーリオ？」

マルヴォーリオ「寝る？ああ、ごもっとも。あなた様の許（もと）へ参りますとも。」
オリヴィア　「かわいそうに！なぜそうニヤニヤ笑って自分の手に何度もキスをするの？」

この箇所のみならず、恐らくは当劇中のこの「場」（Scene）全体が、観客たちの笑いと飛び交う囃（はや）し言葉の中で、その場の人々に大変な愉快さを提供したものと推測され得る。

庶民のこの賑やかな催しの司会進行役を務めたのが、「ソラ豆の王様」（King of the Bean）と「エンドウ豆の女王様」（Queen of the Pea）と呼ばれる人物である。この夜客人たちに振る舞われるトゥウェルフスケーキ（Twelfth Cake）は、予めソラ豆やエンドウ豆（あるいはコイン等）を入れて焼かれてあり、それが客人たちに切り分けられたとき、その中にそれらの豆（とかコイン等）を見つけた男女がその役を務めた[17)]。その際、もしも女性が自分のケーキの中にソラ豆を見つければ、彼女に王様を選ぶ権利が与えられ、また、エンドウ豆を見つけた男性には女王様を選ぶ権利が与えられたようである。

十二夜の賑やかな行事はやがて十八世紀になると衰え始めるが、反面、ケーキは一層立派な物となっていく。しかし、このケーキもヴィクトリア朝後期末まで続いた後、クリスマスケーキに取って代わられたようである。このケーキの慣習は今日ではほとんど見られないが、今も残っている一例が、ロンドンのドルリーレイン王立劇場（Theatre Royal, Drury Lane）に出演中の役者全員に配られるバッドリーケーキである。これはかつて1794年のこと、出演中に倒れた役者ロバート・バッドリー（Robert Baddeley）によって遺贈されたケーキであるが、それ以来毎年、この行事が一月六日に行われている[18)]。

今日では、一部の人々の間での習慣を除き、前述のようなかつての十二夜の所謂（いわゆる）民俗的な賑やかな祭の催し事は、その大部分が消えかかっていると見てよいであろう。

5．顕現の十二日節（Twelfth Day）＝顕現日（Epiphany）

一月六日はクリスマス季節の最後の日（特にスコットランドでは、アップヘイリデー［Uphalieday］と称される日）であり、旧暦（ユリウス暦）のクリスマスに相当する。この日は一年の再生を祝う祭儀の日であり、かつこの日は農神サトゥルナリア（Saturnalia）祭にも相当する。また一般にこの日は、クリスマスの飾り付けを片付ける日としても記憶されている。

☆クリスマスの飾り付けは、十二日節を越えて残しておいてはならない

とされる。

それを残しておくことは不吉なこととされた[19)]。また、

☆この日よりも早く飾り付けを片付けるのも不吉である

とされた。

これは家族の繁栄を投げ捨て、家族の一員の命さえ棄てることを意味する、と考えられた。ただし、この考え方には数世紀かけての変遷があった模様であり、かつては聖燭祭（Candlemas; 二月二日）までは飾り付けを残しておいてもよい、とされていたようである[20)]。

☆飾り付けのうち、常緑樹の小枝は捨てないで焼却すべきだ

とされる。

これを焼却すれば家族の誰かの死を招く、と言われた。ただし、これに関しては全く逆のことも言われ、「焼いてはならない」との信もある。両者に共通している点は、「まだ枯れていない常緑樹の小枝は焼いてはならない」という点である。

☆ヒイラギ（holly）、ツタ（ivy）、ヤドリギ（mistletoe）、イチイ（yew）の小枝は、次の年のクリスマスまで取って置くべきである

そうすれば一年間の家族の運を守ってくれる、との人々の信仰が今日も広く見られる。

民俗的な催しとは別に、教会では、一月六日は古くから「顕現日（または主顕祭）」（Epiphany）として今日も重視されている。Epiphanyの語源はギリ

シャ語の‘*epipháneia*’で、‘manifestation, appearance of a divinity’（神性の顕れ）の意であり[21]、それはベツレヘムに生まれたキリストが、東方から来訪した三人の王（Three Kings）と、彼らによって代表される異邦人の前に初めて神性を顕したのを記念する日とされる。この日は、キリスト降誕を祝うようになる以前から祝われており、長い間に亘りクリスマスよりも重要な祝日と見做されていた。現在でも各地の教会で特別な礼拝式が行われ、「東方からの三博士」（Magi）によるキリスト訪問を象徴して、黄金（gold）・乳香（incense）・没薬（もつやく）（myrrh）の贈り物を捧持する祭列が組まれたりする。ここでの黄金は＜王権＞を象徴し、乳香は＜神性＞を象徴し、没薬は死体に塗る樹脂であるが＜死に至る迫害＞を予示する[22]。

この日ロンドンのセントジェームズ宮殿（St. James's Palace）の王室礼拝堂（Chapel Royal）では、少なくとも十一世紀以来続けられてきた儀式である、「国王による顕現日の贈り物献上式」が行われる。この儀式では、黄金は二十五枚のソブリン金貨によって代用され、乳香と没薬は王室薬剤師によって調合されたものを用いる。これらの贈り物—今日の儀式では、三つの財布（黄金・乳香・没薬の象徴）に入れられた金銭とも言われる[23]—がエリザベス女王の代理人である二人の式部官によって、恭しく捧持されて主席司祭に渡され、司祭はそれを献じて祭壇に供える。（実は、儀式後、その金銭は適切な額に調整されて、貧しい人々のための慈善事業に寄贈されている[24]。）

十二日節は古くは異教の祝祭であったとされ、原始の人々の厳しい冬の間における「太陽、灯り、火」等への崇拝に基づくものと考えられている。その証拠として挙げられる幾つかの事柄がある。例えばその一つに、ユールログ（Yule log）—クリスマス前夜にも炉に焚かれる大きな薪—を燃やすことが挙げられよう。またシェトランド諸島に残る勇壮な火祭アップヘイリア祭（Festival of Fire, Up-Helly-Aa）で、ヴァイキング船が燃やされることもそうである。また古くは、サクソンの農民たちの間では、豊作を願って畑でかがり火を焚き、酒盛りをする習慣があったこともそうである。なお、サクソンの農民たちのこの習慣は‘wassailing’と呼ばれ、農民たちが“Waes hal!”［Be whole! or May you flourish!] と願ったことに由来するとされる[25)]。

この 'wassailing' に関して、今日においても見られる習慣を挙げておきたい。Somersetshireの農民たちは、リンゴの豊作を願って、最も大きなリンゴの樹にリンゴ酒を振り掛け、その枝には発砲して悪霊を追い払い、繰り返してこう唱える。

> "Apple tree, apple tree, I wassaail thee! / To blow and to bear, / Hat vulls, cap vulls, dree-bushel-bag-vulls! / And my pockets vull too! / Hip! Hip! Hooraw! [26)]"
> 「リンゴの樹よ、リンゴの樹よ、お前さんに乾杯だ！難なく実を付けるようにな、いろんな帽子も、でかーい袋もいっぱいになる程にな！その上ポケットもいっぱいになるようにな！ヒップ！ヒップ！フレー！」

なお、'wassail' の語については、'To drink to the success of the apple-crop[27)]'（リンゴの豊作を願って乾杯すること）の説明が見られる。

中世においては十二夜も十二日節も浮かれ騒ぎの祝祭であったが、今日では、これらはクリスマスの飾り付けを取り外すことへの結び付きが強く、気分的には「ああ、クリスマスもこれですべて終わったか …」と感じる人々も少なくないかもしれない。

Notes

＜(L)：ページの左半部　(R)：ページの右半部を示す＞

1）Tad Tuleja, *Curious Customs* (New York: Harmony Books, 1987) 154.

2）Margaret Joy, *Highdays and Holidays*, annot. H. Funado (Tokyo: Kinseido, 1983) 1.

3）"New Year," *Cassell Dictionary of Superstitions*, ed. David Pickering (London: Cassell, 1995) 188(L).

4）Charles Kightly, *The Customs and Ceremonies of Britain* (London: Thames and Hudson, 1986) 175(L).

5）Kightly, 175(L).

... a high instep 'that water will run under' being particularly desirable in Scotland.

6）Charlotte Brontë, *Shirley* (T. Nelson & Sons, ?) Ⅸ, 141.

7）Kightly, 174(R).

8）"First foot," *E. & M. A. Radford Encyclopaedia of Superstitions*, ed. and rev. Christina Hole (1948; London: Hutchinson & Co., 1961) 162.

9）"NEW YEAR'S DAY," *Zolar's Encyclopaedia of Omens, signs & Superstitions*, ed. Zolar (London: Simon & Schuster, 1989) 271.

10）"New Year," Pickering, 188(R).

11）James Kirkup, *The Only Child*, An Autobiography of Infancy by James Kirkup (London: Collins, 1957) 177. [reference] "New Year din," *A Dictionary of Superstitions*, ed. Iona Opie & Moira Tatem (1989; Oxford: Oxford Univ. Press, 1990) 286(L).

12）"New Year," Pickering, 188(R).

13）"NEW YEAR'S DAY," Zolar, 271.

14）"New Year," Pickering, 188(R)-89(L).

15）"Twelfth Night," *Brewer's Dictionary of Phrase and Fable*, Centenary Edition, rev. Ivor H. Evans [orig. ed. Ebenezer Cobham Brewer] (1870; London: Cassell, 1978) 1109(R).

16）William Shakespeare, *Twelfth Night*, The Arden Edition of the Works of William Shakespeare, ed. J. M. Lothian & T. W. Craik (Methuen, 1975; London: Routledge, repr. 1994) Ⅲ-Ⅳ, 19-33.

17）"Twelfth Night," *Dictionary of Symbols and Imagery*, ed. Ad de Vries (Amsterdam: North-Holland Publishing Company, 1974) 478(L).

18）Kightly, 222(R).

19）"Twelfth Day," *Encyclopaedia of Superstitions*, ed. E. & M. A. Radford (New York: Philosophical Library, 1949; New York: Greenwood Press, 1969) 245(R).

Bad fortune will attend any house where the Christmas decorations are not taken down on Twelfth Night.

20) "Twelfth Night," Pickering, 265(L).

21) "Epiphany[2]," *Dictionary of English Etymology*, ed. C. T. Onions (Oxford Univ. Press, 1966).

22) "Magi," de Vries, 309(L).

Gold: gift to a king / incense: gift to a god, prayers / myrrh: persecution unto death

23) Joy, 3.

24) Kightly, 109(L).

25) Joy, 4.

26) "Wassail," *The English Dialect Dictionary*, ed Joseph Wright (1905; Oxford: Oxford Univ. Press, 1970).

27) "Wassail," Wright.

[以上は『倉敷芸術科学大学紀要』第9号（平成16年3月）による。]

第2章　聖ヴァレンタイン祭とそのルーツ・聖デイヴィッド祭とリーキ・アイルランド人の聖パトリック祭・節欲の四旬節・懺悔節（ざんげせつ）火曜日とパンケーキ

はじめに

人々の毎日の暮らしは、ともすると単調になりがちである。その単調さにリズムを付け、人々の心と体に活気を与えて生活を引き締め、人々が自然に対して改めて畏敬の念を抱き、その恵みと幸福な生活をもたらせてくれる神への更なる感謝の念を表わそうと、人々は諸祭、諸行事を催す。人々が祭や行事に参加することは、その共同体社会の伝統、ひいては民族の伝統を引き継ぐことになり、その点で極めて意義深いことである。

本章では、年中行事のうち二月から三月にかけての諸祭、諸行事を取り上げる。聖ヴァレンタイン祭の由来や、日本での女性から男性へのチョコレートのプレゼントの習慣におけるその由来の真実について、また英米人にとっての大きな祭とされる復活祭に至る前の四旬節の意味と、その直前の懺悔節火曜日にパンケーキを焼く習慣のルーツ等に至るまで、それらの多様な習慣と伝統、及びそれに纏わる迷信・俗信について、若干の文芸用例をも加味しながら考察を試みる。

1．聖ヴァレンタイン祭（St. Valentine's Day; 二月十四日）とそのルーツ

教会暦の二月十四日は恋人たちの祭である。この日は恋人たちの間で、カードや赤いバラやその他の贈り物を交換する日として広く知られる。

この祝祭日の名称ヴァレンタインの起源については、ほとんど不明であると

される。名前の由来とされる初期キリスト教におけるヴァレンタインという名の二人の聖人（殉教者）については、実在とはされているが、その生涯にも不明なことが多く、両者の祭日がともに二月十四日である[1]ということ以外には、聖ヴァレンタイン祭とは何らの関係も無いとされるのが通説である。また不道徳なことで関心を持たれ、二月十五日に行われたとされる古代ローマのルーパーカス祭（Lupercalia）と結び付ける考え方にも、それを立証する証拠は無いとされる。

この祭の起源としては、上記の諸説よりもむしろ中世の伝説にそれを求めることができそうである。実はこの日には、小鳥たちが春を迎えて巣作りをする前に「番（つが）う相手を選ぶ」という言い伝えがある。これに関してGeoffrey Chaucerは次のような詩行を残している。

For this was on Seynt Valentynes day,
Whan every foul cometh there to chese his make,
of every kynde that men thynke may[2].
今日は聖ヴァレンタインの祝祭日で、鳥たちは皆やって来て、
これぞと思うそれぞれの伴侶を選んだ。

また同様のことがJohn Donneによっても記されている。Donneは1613年2月14日の王室の結婚式に際し、祝婚歌を作詞している。次はその冒頭の部分である。

Haile Bishop Valentine, whose day this is, / All the Aire is thy Diocis, / And all the chirping Choristers / And other birds are thy Parishioners, / …[3]
ようこそ、聖ヴァレンタイン様、今日はあなたの日、空気のある所は、すべてあなたの教区。そして、すべての美しくさえずる合唱隊も、また他の小鳥たちも、あなたの教区民なのです。…

この日は「鳥が番（つが）う日」という考え方から、人々の間では、一日だけのヴァレンタイン（即ち恋人）を選ぶという習慣が生じた。この日の「恋人選び」には、大きく分けて二つの方法がある。一つは「くじ引き」であり、もう一つは「偶然の出会い」である。

くじ引きによって恋人を選ぶ慣習は、恐らくは宮廷から始まったものであろうが、今日も一部続けられていると見てよいであろう。その方法は、細長い紙片に女性の名前を書き、それを男性が順に引くのが普通であったが、趣向を凝らしたその他の方法も採り入れられたようである。しかし、中にはうまく仕組んだくじもあったことであろう。

もう一つの「偶然による恋人選び」は、この日、自分の家族以外の最初に出会う異性を恋人として受け入れる、という方法である。そのため、自分の好む人物に会うまで目隠しをしたり、目を閉じている訳である。目を閉じることは許されるルールであった。しかし、これも好ましい相手に出会えるように、うまく仕組むことが可能だと言えそうである。

一日だけの恋人選びの慣習は、転じて未来の結婚相手を占うのにもよい日であると考えられた。これに関する伝承には、次のようなものがある。

☆ **少女が、黄色いクロッカスを衣服のボタン穴に差していたら、生涯の恋人（結婚相手）に出会うチャンスが大きくなる**[4)]

☆ **少女が、この日朝早く家を出て、最初に出会った人が男性であったなら、彼女は三カ月以内に結婚するであろう。また、彼女は、出会ったその男性と結婚する可能性が高い**

とも言われる。

☆ **未婚者が、この日最初に出会う未婚の異性は、その人にとってのヴァレンタインであり、将来の自分の運命に大きな影響を及ぼす人となる**

また、このような考え方による配偶者の選択にもっと自由があってもよいと考える者には、

☆ **それをかわす簡単な方法がある。それは、正午きっかりにこの魔力が解けるまで、断じて家から一歩も出ないことである**

☆この日、少女が最初に目にする鳥によって、未来の結婚相手のより詳しい情報を得ることができる

と言われる。

これについては次のリストがある。クロウタドリ＝聖職者、ブルーバード＝幸福な人、あるいは貧乏人、イスカ＝喧嘩好きな人、ハト＝善良な人、ゴシキヒワ＝金持ち、ロビン＝船乗り、スズメ＝農夫、そして、キツツキ＝誰とも結婚しない、等である[5)]。

☆恋人選びのくじで、三度続けて同じ結果が出れば、二人は必ず結ばれる

これは広く一般的に言われたことであり、恋の遊びが本物になることもあったであろう。

☆ヴァレンタイン祭の前夜に、若者たちは各自がそれぞれの紙片に名前を書き、男性と女性の紙片を別々に袋に入れる。女性は男性の袋から、男性は女性の袋から連続三回引く。三回とも同じものを引けば、その人が将来の配偶者になる

これは、特にスコットランド南部、及びイングランド北部地域に伝えられるものである。

こうして恋人が決まると、愛のメッセージが届けられることになるが、これがヴァレンタインカードの基の姿であり、その起こりであったと考えられよう。この愛の証(しるし)は、長い間手書きのものが多かったが、やがて十八世紀末頃になると、イギリス辺りでも印刷されたカードが少しずつ出回るようになったとされる[6)]。また、この愛のカードは、古くからの慣例として、署名されないで届けられるものなので、受け取る者は贈り手が誰なのか推測し、甘美な思索に耽って時を過ごすこともあったであろう。因みに、Ad de Vriesによると、「愛」に関しては、Valentineの語には‘Token of true love’（真の愛の証(しるし)）の意味合いがあるとされ、その用例として、Shakespeare, *The Two Gentlemen of Verona*から、“There's not a hair on's head but 'tis a Valentine[7)].”（髪の毛一本一本までが、すべてヴァレンタインそっくりです。）の一文が引用されている。

こうして恋人に愛のカードを贈ることは、同時に贈り物をすることにもつながった。次の引用は、（くじ引きで）恋人が決まった場合の、贈り物の習慣を例証するSamuel Pepysの日記（1667）の記述である。

> … to Mrs Pierce's, where I took up my wife and there find that Mrs Pierce's little girl is my Valentine, she having drawn me—which I was not sorry for, it easing me of something more that I must have given to others[8)].
>
> … ピアス夫人宅へ妻を連れて行ったが、そこでピアス夫人の幼い娘さんが私のヴァレンタインになった。くじで私を引き当てたのだ。別に残念とも思わなかった。おかげで気が楽になったからだ。そうでなければ、きっと他の人たちに、もっと何かあげることになったに違いない。

往時の贈り物の品には、お決まりの品である手袋の他、靴下留め、更に農村の若者たちの藁（わら）を編んだ「恋結び」（love-knot）もあれば、一方裕福な人々の間では、高価な宝石類も贈られたようである。

これらのヴァレンタイン祭のカードと贈り物の人気の推移については、十八世紀中葉には高価な贈り物はされない風潮になり、初期の頃から続いていた恋歌の人気が高まり、念入りな装飾や趣向を凝らした手紙や、絵の入ったカードを恋人に贈るのが流行した。恋歌は自作もあれば、教本から採られたりもしたようである。やがて印刷された市販のカードも出回り、1870年代80年代には頂点に達した。ヴィクトリア朝の終わり頃になると、人々の趣味が洗練されたためであろうか、ヴァレンタインカードを贈る習慣は大変下火となった。そして第二次世界大戦後、再び盛んになり、現在ではかなり顕著な習慣になっていると言えよう。最近ではヴァレンタイン祭の新聞広告欄で、風変わりな愛称の恋人に、愛のメッセージを捧げる新たな風習も広まっているようである。因みに、贈り物に関しては、今日一般的に人気のある品としては、紫色の紙に包んだハート形のチョコレートとか、石竹色のふわふわした毛に覆われたぬいぐるみの熊などが挙げられるようである[9]。

（ところで、日本の人々の間で見られる習慣として、ヴァレンタインの日に「女性から男性にチョコレートを贈る習慣」がある。しかしながら、実のところ、この習慣に対する本場文化からのまともな説明や根拠は全くなく、この習慣は、あくまでも商魂逞しい日本の商業関係者等によって考案されたものであることを附記しておきたい。）

聖ヴァレンタインの日のための伝統的なライムが、Margaret Joyによって次のように引用されている。

> Good morrow to you, Valentine, / Please to give me a Valentine. /
> I'll be yourn if ye'll be mine: / Good morrow to you, Valentine[10].
> おはようございます、ヴァレンタイン様、どうか私に恋人を与えてください。あなた様が私のものとなるなら、私もあなた様のものとなりましょう。おはようございます、ヴァレンタイン様。

2．聖デイヴィッド祭（St. David's Day; 三月一日）とリーキ

聖デイヴィッド（St. David; ウェールズ語では、ダヴィズ［*Dafydd*］またはデウイ［*Dewi*］、520頃-588）はメネヴィアの司教であるとともに、その地に創建された修道院の院長を務めた聖人で、中世初期以来ウェールズの守護聖人として崇敬されている。同聖人の祝日には、必ずリーキ（leek）を身に着けてこの日を祝う習慣がある。このリーキとは、強烈な匂いのする一種の西洋ネギ（あるいはニラ）である。Shakespeare, *Henry V* には、古くから、この日にはリーキを身に着ける習慣があったことを窺わせる箇所が見られる。

> But why wear you your leek today? Saint Davy's day is past[11].
> だが、なぜ君は今日リーキを着けているのかね。聖デイヴィッド祭は済んだのに。

リーキの由来については、幾つかの言い伝えがある。一つは、かつてウェールズ軍がサクソン軍と戦ったときに、味方の識別のためにそれを身に着けたとされ、またその戦勝記念として、その祝日にそれを身に着けるのだ、という説がある。ところが、戦争に関連する点では同じであるが、Shakespeareは*Henry V*の中で、リーキを身に着けるこの慣習について、フルーエリンに語らせており、更にこの慣習を1346年のCrecyの戦いと関係付ける扱いをしているようである。

> … the Welshmen did good service in a garden where leeks did grow, wearing leeks in their Monmouth caps, … [12)]
>
> … ウェールズ人は、マンマス帽にリーキを付けて、正にリーキの生い茂る庭で大手柄を立てましたのじゃ。 …

この箇所は、エドワード黒太子（Black Prince）の率いるウェールズの長弓兵たちが、リーキの生い茂る庭で大活躍をしたとの意味であるが、ここではリーキが強調的に扱われている。

二つ目には、リーキの葉鞘部の一部が緑色をしており、その色合いが昔のウェールズの軍旗に似ている、とする説がある。またこれに関連して、葉鞘部の白色と緑色はウェールズの近衛兵の帽子の羽根飾りとなり、今日でも他と区別されている。ウィンザー城では、聖デイヴィッド祭に最も近い日曜日に、ウェールズの全近衛兵に、王室よりリーキが一本ずつ与えられるのが伝統行事になっている。

三つ目は、リーキが血液を浄化する働きを持っており、ウェールズ人の好物であった、とする単純な見方もある。

四つ目として、リーキが聖人を象徴する、との考え方もある。その根拠として、聖人が菜食主義者で「水だけの苦行者」（Aquaticus）の異名を取る程、厳格な禁欲生活を営んだ、との故事を挙げたりする。

リーキとの関連性にどのような謂（いわ）れがあろうとも、ウェールズの人々は自分たちの守護聖人の祝日には、この植物を身に着ける慣習を相変わらず守り続けている。因みにウェールズの軍隊では、昔からの慣例として、新兵たちが太鼓の音に合わせて、生のリーキを一本丸ごと食べる儀式が今日も行われている。

3．アイルランド人の聖パトリック祭（St. Patrick's Day; 三月十七日）

聖パトリックはアイルランドの聖人であるが、アイルランドの生まれではなく、恐らく西スコットランドかウェールズでA. D. 390年頃に生まれたのであろう、とされる。幼い頃アイルランドの海賊に捕らえられ、六年間奴隷の生活を送っている。やがて家に帰り着き、聖職者の家系であったのでラテン語の聖書の勉強をし、大陸から送られてきたアイルランド最初のBishopであるPalladiusの跡を継いで、A. D. 435年頃アイルランドに渡ったようである。彼の布教はアイルランド全土に亘り、多くの人々がキリスト教に帰依して、数多（あまた）の修道僧（monk）や修道女（nun）を育てた、と言われる。

聖パトリックは、その表象である三枚葉のシャムロックを用いて、三位一体の教理を説いたと伝えられる。また一つの伝説としてではあるが、アイルランドの国をすべての蛇の支配から解き放ったとも言われる[13)]。ところで、シャムロックとはアイルランド語‘*seamrog*’―小さなクローバーの意―の訛りだと言われるが、聖パトリックのシャムロックが実際にどのような植物を指していたのかについては、種々の説があって一定しない。一つの有力な説として、それはミヤマカタバミを指すとする説があるが、今日アイルランド各地でこの日に人々が身に着けるのは、‘lesser yellow trefoil’と称するクローバーである。

☆ lesser yellow trefoilの四つ葉、五つ葉のものは、偶然見つけたものであれば幸運のお守りになる

と信じられる。

聖パトリックはA. D. 461年3月17日に没した。この日を聖パトリックの祝日として、本国は勿論世界中にいるアイルランド人が大いに祝う。イングランドでは伝統行事として、王室縁の者がアイルランドの近衛兵たちにシャムロックの束を贈る。シャムロックは、今ではアイルランドのエムブレムとなっている。更に聖パトリックは、アイルランドのみならずスコットランドの高地地方や島々でも大変崇敬されており、同聖人の祝日は、春の最初の日として広く人々に喜び迎え入れられる。例えばヘブリデス諸島では、この日には朝方、南風が吹き、それに乗って聖人が島に到着し、夕方になると風が北風に変わり聖人をアイルランドに送り届ける、と言い伝えられている[14]。

アメリカのニューヨークには、ローマカトリックのSt. Patrick's Cathedralがあり、そのゴシック様式の壮麗さは人々の注目を集めるが、この祝日にこの教会関係者やアイルランド移民たちが、五番街の大通りを誇らしげに行進する行事は、当地の一つの見物になっている。

4．節欲の四旬節（Lent）

キリスト教文化圏の人々にとって最大の祭の一つとされる「復活祭」(Easter; 春分三月二十一日頃以降の満月後の最初の日曜日）に向けては、いろいろな祭と行事が行われる。その諸祭、諸行事が含まれる全四十日間の総称が四旬節(Lent）である。

四旬節の諸祭、諸行事としては次のようなものが挙げられる。先ずは四旬節に入る前日の「懺悔節火曜日」(Shrove Tuesday）とその別称の「パンケーキデイ」(Pancake Day)、そして四旬節に入ってからは、初日の「灰の水曜日」(Ash Wednesday)、第四日曜日の「母親訪問日」(Mothering Sunday)、第五日曜日の「エンドウ豆の主日」(Carlings Sunday; Passion Sunday)、更にEaster直前の日曜日の「シュロの主日」(Palm Sunday）等である。

そもそも四旬節とは、復活祭前の四十日間を指し、キリストが伝道を始める前に荒野で過ごした、四十日間の断食と黙想の修業を記念する期間である。キリスト教信徒にとって、自省を深め、懺悔をし、更に悔悛を表わす時期であることは今日も昔と変わりはない。かつて宗教改革以前には、断食が厳しく強いられ、特別な場合は別として肉、卵、乳製品を食することは許されなかったし、性的関係を持つことも禁じられていた、とされる。

☆ 四旬節に結婚するのは縁起が悪い。結婚すれば、不幸に見舞われることになる

一部の人々の間では、今日でもそうした固定観念に囚(とら)われる向きがある。次のような古い俚謡が、David Pickering, *Cassell Dictionary of Superstitions*で紹介されている。

If you marry in Lent, / You will live to repent[15].

もしも四旬節に結婚すれば、一生、後悔して暮らすことになるだろう。

また、懺悔をする者の留意点として、次のようなことも言われる。

☆ 懺悔者(ざんげしゃ)は、この期間中、新しい衣服を着るのを控えるべきである

1）懺悔節火曜日（Shrove Tuesday; 四旬節に入る前日）とパンケーキ

懺悔節火曜日（Shrove Tuesday）は復活祭の四十一日前で、大体二月三日から三月九日までの間に訪れる。'Shrove' とは 'shriven' つまり 'forgiven'（許される）の意味があり、かつては人々は、司祭に自らの罪を告白し許しを乞うた。この告白と許しの後で、翌日からの節欲生活に入るために、家の中にあるすべての肉、卵、ラードなどを使い切る目的で、パンケーキを焼くのが常であった。

この日の食べ物に関して、Shakespeare, *All's Well That Ends Well*には次のような言葉が見出される。この箇所は、道化の台詞の一部であるが、個々のもの同士で「ぴたりと合うもの」の意で挙げられている。

... as a pancake for Shrove Tuesday, ...[16]

... 懺悔節火曜日にはパンケーキのように ...

パンケーキを焼く理由は二つある、とされる。一つは、この日に教会で懺悔を乞うために長い間待つ人々の食べ物として焼かれ、教会に出掛けるときにそれを持って行った、というもの。もう一つは、四旬節の節欲生活に入る前に、家の中の肉類その他の脂肪食品類を使い切るためにパンケーキを焼いた、というものである[17]。

この日、英国ではかつて至る所で、クマいじめ（bear-baiting）や闘鶏などが行われ、人々はよく戸外で一日を過ごしたとされる。しかし今日ではほとんどの人々は、この日にはパンケーキを焼くこと以外には、もはや殊更の活動はしていないと言ってもよいであろう。また、かつてはこの日が休日であったことさえ、今では忘れられているようである。今日その数は減りつつあるが、一部の教会では鐘（Pancake Bell）を鳴らせて、「主婦にパンケーキを焼く時間であることを告げる」教区もある。その中にはNorthumberland州のBerwick-upon-Tweedや、North YorkshireのRichmondとScarboroughなどが含まれている。

かつてこの日が休日であった名残（なごり）の一つとして、BedfordshireのToddingtonでは、鐘の音を合図に小学生たちが教室から飛び出して行き、近くのConger Hillの丘に駆け上がり、次のような楽しい遊びをするのが見られる。

☆コンガー・ヒルの丘の地面に耳を当てると、地下でパンケーキの魔女（Pancake Witch）がパンケーキをジュージュー焼いている音が聞こえる[18]

と言われる。

BuckinghamshireのOlneyのような地域では、数百年前と同じように教区の教会でPancake Bellが未（いま）だに鳴らされ、人々に罪を告白しに来ることを思い出させている。伝えられるところでは、1445年、Olneyのある主婦が忙しくパンケーキを焼いていたが、そのとき鐘の音を聴き、まだ懺悔をして許しを乞うていなかった彼女は、エプロンをしたまま手にパンケーキの入った煙の出ているフライパンを持って、村の通りを走って教会へと急いだ。これがもとでオルニーでは、今日のようなパンケーキレースが行われるようになったと言われる。レースのルールは、エプロン姿で頭に被り物をし、スラックスやショートパンツ姿は駄目とされる。更に、町の広場から教会までの間に、ケーキを少なくとも三回はフライパンから持ち上げねばならないとされる[19]。

アメリカのKansas州のLiberalでも、同様の競技が行われるようになり、当日にはOlneyとの間で電話連絡を取って、優勝者のタイムを競っている。アメリカでは、この競技の関連から、この日を‘Doughnut Tuesday’と呼んでいる。なお、この日、英米の各地では、今日でもフットボール試合（DerbyshireのAshbourne）や、縄跳び大会（YorkshireのScarborough）などが行われ、古きよき昔の名残が一部見られるところもある。

一般に、パンケーキは縁起がよいものと考えられている。恐らくそれは、このケーキには薬草のような幸運を呼ぶ成分が含まれている、と考えられるためであろう。

☆ **懺悔節火曜日にパンケーキを食べれば、次の十二カ月間の幸運が保証され、お金や食べ物に不自由することがない。ただし、パンケーキは夕方の八時前までに食べなければならず、そうしなければ不運なことが起きる**

と言われる。

☆ **オンドリにパンケーキを差し出して、オンドリがそれを食べずにメンドリに残しておくことを期待する。もし期待通りになれば、幸運が保証される。だがオンドリがそれを自分で食べてしまったら、それは不幸の先触れである**

と言われる[20]。

☆ **差し出したパンケーキを食べようとしてオンドリのところにやってくるメンドリの数は、少女が結婚するまでに待たねばならない年数を表わす**

一部にはこうした伝承も見られる。

ここで、パンケーキを投げる慣習の由来について記しておきたい。通説的には、二つの由来があるとされる。一つは、かつてこの日の闘鶏の催しで、鳥を空中に放り上げて互いに闘わせたが、そのスポーツに由来するもの。もう一つは、この聖なる日に役済みの娼婦を宿から投げるように放り出した、との古代の風習に由来するものである[21]。しかしながら、この慣習は、翌日から四旬節の節欲生活をしなければならない人々が、この美味しい食べ物を「投げる」ことによって、平素の安楽な生活への「思い切りを付ける」、すなわち「気持ちにけじめを付けようとする」ことに結び付きがあるのではないか、とも思われる。

Notes

1) "Valentine," *Oxford English Dictionary* (Oxford: Oxford Univ. Press, 1998).

   L. *Valentīnus*, the name of two early Italian saints, both commemorated on the 14th of February.

2) Geoffrey Chaucer, *The Parliament of Fouls*, The Riverside Chaucer, 3rd Ed., gen. ed. Larry D. Benson (Boston: Houghton Mifflin Company, 1987) 309-11.

3) John Donne, *John Donne Poems* (Menston, Yorkshire: Scolar Press, 1969) '*An Epithalamion, or Marriage Song on the Lady Elizabeth, and Count Palatine Being Married on St. Valentine's Day*,' 118 [orig. *Poems, by John Donne with Elegies on the Author's Death* (London: Miles Flesher, 1633)].

4) "St.Valentine's Day," *Cassell Dictionary of Superstitions*, ed. David Pickering (London: Cassell, 1995) 229(L).

5) "St.Valentine's Day," Pickering, 229(L).

6) Tad Tuleja, *Curious Customs* (New York: Harmony Books, 1987) 156.

7) "Valentine," *Dictionary of Symbols and Imagery*, ed. Ad de Vries (Amsterdam: North-Holland Publishing Company, 1974) 484(L).

8) Samuel Pepys, *The Diary of Samuel Pepys*, ed. Robert Latham and William Matthews (Los Angeles: Univ. of California Press, 1974) Vol. Ⅷ, 'February 16th, 1667.'

9) Charles Kightly, *The Customs and Ceremonies of Britain* (London: Thames and Hudson, 1986) 226-27.

10) Margaret Joy, *Highdays and Holidays,* annot. H. Funado (Tokyo: Kinseido, 1983) 7.

11) William Shakespeare, *King Henry V*, The Arden Shakespeare, ed. T. W. Craik (London: Routledge, 1995) 5-1, 1-2.

12) Shakespeare, *King Henry V*, 4-7, 97-99.

13) "March 17," *The Perpetual Almanack of Folklore*, ed Charles Kightly (London: Thames and Hudson, 1987).

14) "March 17," *The Perpetual Almanack of Folklore*, Kightly.

15) "Lent," Pickering, 156.

16) Shakespeare, *All's Well That Ends Well*, The Arden Edition of the Works of William Shakespeare, ed. G. K. Hunter (1967; London: Routledge, 1991) Ⅱ-Ⅱ, 22-23.

17) "Pancake," *Encyclopaedia of Superstitions*, ed. E. & M. A. Radford (New York: Philosophical Library, 1949; New York: Greenwood Press, 1969) 185(R).

18) Kightly, *The Customs and Ceremonies of Britain*, 183(R).

19) Joy, 15.

20) "Pancake," Pickering, 199(R). / "Pancake," Radford, 185(R).

21) "Pancake," Pickering, 199(R).

[以上は『倉敷芸術科学大学紀要』第10号(平成17年３月)による。]

第3章　灰の水曜日・母親訪問日・エンドウ豆の主日・シュロの主日・王室行事の洗足木曜日・聖金曜日・大祝日の復活祭

はじめに

人々の日々の暮らしは、ともすると単調になりがちなものである。その単調さにリズムを付け、人々の心と体に活力を与え、かつまた彼らを取り巻く自然の恵みと、彼らを見守ってくれる神に感謝を捧げようとして、人々は諸祭、諸行事を催す。

本章では、三月から四月にかけての、四旬節［前章の続き］の灰の水曜日や、エンドウ豆の主日その他の諸祭、聖週間の聖金曜日等の祭儀、及びキリスト教徒の大祝日である復活祭までを取り上げる。それらの習慣と伝統、及びそれに纏わる多様な迷信・俗信を挙げ、若干の文芸用例をも加味しながらその考察を試みる。

下記は、復活祭 Easter に向けての諸祭と諸行事の概要纏めである。

復活祭（春分三月二十一日頃以降の満月後の最初の日曜日）に向けての諸祭と諸行事

四旬節（Lent）……復活祭前の四十日間の節制、禁欲の期間

懺悔節火曜日（Shrove Tuesday）；パンケーキデイ（Pancake Day）……Lentに入る前日

灰の水曜日（Ash Wednesday）……Lentの初日

母親訪問日（Mothering Sunday）……Lentの第四日曜日

エンドウ豆の主日（Carlings Sunday；Passion Sunday）……Lentの第五日曜日

シュロの主日（Palm Sunday）……Easter直前の日曜日

聖週間（Holy Week）

聖木曜日（Maunday Thursday）……Easter直前の木曜日

聖金曜日（Good Friday）……Easter直前の金曜日

復活祭（Easter）

1．［続］節欲の四旬節（Lent）

［前章で既述の通り］四旬節とは、復活祭前の節欲の四十日間を指し、キリストが荒野で過ごした、四十日間の断食と黙想の修行を記念する期間である。

1）懺悔節火曜日（Shrove Tuesday）… Lentに入る前日

［前章で既述の通り］四旬節前日に人々は懺悔をし、肉・卵等で焼いたパンケーキを食する。この日は、「パンケーキデイ」とも言われる。

2）灰の水曜日（Ash Wednesday）… Lentの初日

中世の初期には、懺悔の祖着を着けた悔悟者の頭上から灰を降り注いで、罪を清める行事が行われた。これは多少修正されて、ローマカトリック教会や一部の英国国教会で今もなお行われており、前年のシュロの主日（Palm Sunday）で使われたシュロを焼いて祝別した灰を用いて、信者の額の上に十字が切られる。英国国教会では悔い改めない者への戒めに「神罰の告知」（Commination）、つまり「罪人に対する神の怒りと裁きの告知」が厳粛に読まれる。この告知文は俗に「呪(のろ)いのことば」（the Cursing）と称され、このため灰の水曜日は「呪(のろ)いの祭日」（Cursing Day）の異称で呼ばれるようになった。‘Commination’ は英国国教会の『祈祷書』の中にあり、罪人に対する神の怒りを述べたもので、‘Cursed is he ... ’ で始まる文章が数多く見られる。

しかしながら、俗間の人々の行う行事は宗教上の意義とはほとんど関係が無いとされ、例えば、かつてはよく行われた行事であるが、イスカリオテのユダ（Judas Iscariot）を模(かたど)った人形を燃やしたり、突き刺したり、あるいは皆で虐(しいた)げるなどする行事や、ヨークシア州の若者たちは ‘cursing’ を ‘kissing’ と取り違えて翌々日を「キスの金曜日」（Kissing Friday）と銘打ち、誰彼(だれかれ)と無く女性にキスを迫る行事を楽しんでいた。

一方、サセックス州やハンプシア州では、子供たちが灰ではなく、

☆花のついたトネリコの小枝を持ち歩き、小枝を持っていない子供をいじめる風習があった

これは、今日でも時折見られるようである。

この日の伝統的な食べ物としては、サマセット州ではAshがHash（細切れ肉）と混同され、主婦たちが細切れ肉の料理を作る慣習がある。また、肉を食べてはならない四旬節の初日に相応しく、牛乳と小麦粉とシロップを簡単に混ぜ合わせた即製プディング（イングランド中部諸州）や、練り粉を揚げたフリッター（イングランド北部地方）や、ベーコンの脂で炒めた豆料理（ウォリックシア州）などがある。

☆灰の水曜日に灰色のエンドウ豆を食べれば、一年中財布にお金を持っていられる

その他、この日の天候に関しても次のような言い伝えがある。

☆灰の水曜日に風が吹く所はどこであれ、四旬節の間中風が吹く

3）母親訪問日（Mothering Sunday）… Lentの第四日曜日

四旬節の第四日曜日は「四旬節中日」（Mid-Lent）とか「息抜きの主日」（Refreshment Sunday）とも称される。後者については，この日に読まれる聖福音が、五千人の男たちにパンと魚を与えて満腹させたイエスの奇蹟に関するものであることを記念して、この日は四旬節の節制と断食の務めが多少緩和されたことに基づいている。しかしながら、四旬節のこの日の呼称として最もよく知られるのは「母親訪問日」（Mothering Sunday）であろう。この由来については、これまで不明確であるとされ、中世にはこの日に大聖堂や母教会（mother churches）に詣でたからとか、この日が聖母マリアのお告げの祝日、つまり神の母（Mother of God）の第一の祝日に近い日に当たるから等の説がある。この日が母親に関する祝日として祝われるようになったのは、十七世紀中葉になってからとされる[1)]。その当時には「子供たちは親元に帰り、ご馳走

を食べた」とされる。この慣習は、恐らくその発祥地と言われるイングランドの西部地方の中心地ウスター（Worcester）に始まり、ランカシア州、デヴォン州に至る広い地域で見られた。故郷を離れて暮らす子供たちは勿論、奉公人たちも皆親元に帰った。家族が全員揃うと、教会の礼拝式に出掛けた後、家庭で伝統の料理「子ヒツジと子ウシの料理」を皆で食べたとされる。

里帰りにおける目的の一つとして、母親への「小遣い銭」や「飾り物や食べ物のプレゼント」がなされたが、当時最も好まれた食べ物のプレゼントは「シムネルケーキ」（simnel cake）であった。'simnel' は、特別な行事の際に、上質の小麦粉で焼いたパンを意味するラテン語 '*simnellus*' に由来する[2)]。

このケーキは衰えることなく、今日においても続いているが、母親訪問日の慣習のほうはヴィクトリア朝中期に最盛期に達した後、衰退の一途を辿り続け、二十世紀の半ばまでには、ほとんど消滅の状態であった。ところが、第二次世界大戦以後、至る所でこの行事が行われ始め、その状況は今日にも続いている[3)]。

これは、アメリカの「母の日」（Mother's Day）がイギリス国内に浸透したことに起因するのであろう。これは五月の第二日曜日に行われるものであるが、大戦中にアメリカ軍兵士の習慣が、海を越えてイギリスにもたらされたものである。これが旧来の母親訪問日と混ざり合い、後者が甦（よみがえ）った格好である。多くの点でアメリカの影響を受けながらも、イギリスの母親訪問日が、今もなお昔通り四旬節の中日の日取りを堅持している点は、「国民の誇り」を感じさせるものがある。

4）エンドウ豆の主日（Carlings Sunday; Passion Sunday）… Lent の第五日曜日

この日はキリストの受難（sufferings; ラテン語の *passio*）を記念して「御受難の主日」（Passion Sunday）が本来の名称である。別呼称については、この日が「悲しみの日」であることから、イングランド北部やスコットランドでは、「悲しみ」から 'Care Sunday' とか 'Caring Sunday' とか、あるいは

'Carling Sunday' と呼ばれており、更に意味の転移が生じて「エンドウ豆」(Carlings) との結び付きから「エンドウ豆の主日」(Carlings Sunday) になったのではないか、との有力な説がある。実際上、これらの地方では豆料理を食べるのが習慣であり、今でもその伝統が守られている[4)]。

エンドウ豆は保存食品として貴重な物であり、四旬節の精進の食べ物としてもうってつけの食品であったと考えられる。エンドウ豆の調理法については—古くは「炒(い)り豆」もあったが—金曜日に一晩水に浸しておき、土曜日にベーコンと一緒に煮込み、日曜日に塩と酢で味付けするのが一般的のようである。

5) シュロの主日 (Palm Sunday) …Easter直前の日曜日

復活祭 (Easter) 直前の日曜日のこの日には、教会で、キリストが受難を前にエルサレムに入られたことを記念する行事が行われる。慣例に従ってシュロの主日の賛美歌、'*All Glory laud and honour*' と '*Ride on, ride on in majesty*' が歌われ、シュロの葉で作られた十字架が祝別されて会衆に配られ、礼拝式の間、行列を組んでこれを捧持して歩く。

シュロの枝葉は、この日にイエスを迎えたエルサレムの群衆が道に敷いて祝ったと言われるが、英国ではその故事の象徴としての本物のシュロの葉が用いられたことは稀(まれ)であるとされる。英国ではこの植物は育たないことがその理由とされるが、これに代わって用いられたのは、主として「英国のシュロ」と称され早春に花穂を着けるヤナギ (ネコヤナギ) であった。かつてこの日には朝早くから野外に出掛け、ヤナギの花穂で帽子を飾り、幸運のお守りとされる「ヤナギの十字架」を持って帰って来たものであった。しかし今日では、この慣習はほとんど廃れてしまっている。

シュロップシア州のPontesbury Hillの丘の上では、

☆ シュロ探しの他に謎の「黄金の矢探し」がなされる

☆ 霊が宿るとされるイチイの樹から、この日最初に切り取った小枝は、幸運をもたらすためのお守りになる[5)]

☆ シュロの主日に花その他の種を蒔けば、二倍の花や実りがある
と言われる[6]。

6）王室行事の洗足木曜日（Maundy Thursday; Royal Maundy）…Easter直前の木曜日

四旬節（Lent）の最後の一週間は復活祭直前の週であり、「聖週間」（Holy Week）と呼ばれ、この間に二つの儀式が行われる。一つは洗足木曜日の儀式であり、もう一つは聖金曜日（Good Friday）の諸行事である。［次の7）参照］

洗足木曜日は、それが王室による行事という点で、一般の祭とは異なる性格を持つ。英国王は遅くとも十三世紀以降、貧民の足を洗い、また彼らに食物、衣服、金銭を贈る行事を伝統的に行ってきたと言われる[7]。

この行事のルーツは、「イエスが最後の晩餐のときに、席から立ち上がり、弟子たちの足を洗い、弟子たちに向かって、相互の愛と謙遜の証(あかし)として互いに足を洗い合うべし」と命じられたことにあるとされる。その晩ユダが出て行った後、イエスは弟子たちに更に告げられたとされる。「われ新しき誡命(いましめ)を汝らに与う。汝ら相愛すべし。わが汝らを愛せし如く、汝らも相愛すべし[8]。」イエスのこの誡命―commandment; ラテン語では‘*mandatum*’で、‘Maundy’はこれに由来する―を守り、イングランド国王はこれに従ってきた。歴代の国王はその年齢と同じ人数に、更に翌年の洗足木曜日までの一年間を表わす一名を加えた人数の貧民を対象者として選び、その足を洗い、それと同じ枚数のペニー貨を銘々(めいめい)に、また魚とパンの四旬節の食事と一杯のワイン、衣服用生地、及び靴と長靴下を与えた。特に最も貧しい者には国王が洗足式に着用した外衣か衣服が下賜された。しかしこの最後の施しに関しては、エリザベス一世（Elizabeth I）はこの慣例に従わず、代わりにそれに見合う物を貧者一人ひとりに贈ったと言われる。その理由は、女王の衣服への強い愛着のためか、あるいは実用性を重視したためであったのか、不明とされている。

（女王は貧者たちの足を洗われ、洗った足に口付けさえもされたとされるが、実は女王の前に三人の係が洗足することになっていたとされる[9]。)

現在の洗足式では、かつての古い行事は行われないが、その名残(なごり)として主だった参列者が強い芳香の花束―本来は貧者の足の悪臭を消すため―を携行し、施物官が洗足式中リンネルのタオルを携える慣習が守られている。今日では、洗足式は四年目ごとにウェストミンスター寺院で、その間の三年間は各地の主要な教会で（場所を変えて）行われる。今日の式では、人数はエリザベス女王の年齢よりも男女それぞれ一名ずつ多く、全員六十五歳以上で、教会や地域社会のために長年奉仕活動を続けている人々の中から選ばれる[10]。

祈祷と『ヨハネによる福音書』の中の適切な一説の朗読が終わると、初めに女王から３ポンドの貨幣が入った革の財布が各人に手渡される。これは往時の衣服の贈り物に代わるものであって、財布の色は女性は緑、男性は白である。続いて、『マタイによる福音書』から『イエスの山上の説教』(*Sermon on the Mount*) の一節が読まれる。その後、女王は男性の列と女性の列の前を歩きながら、一人ひとりに二番目の贈り物である赤と白の二種類の財布を下賜される。赤の財布には、通常の貨幣の１ポンドと１ポンド50ペンスが入っており、前者の金額は「国王の衣服に代わる額」であり、後者のそれは「飲食物費」とされる。もう一方の白い財布には、「洗足日救済金」(Maundy Money) と呼ばれる施し金が入っている。これは特別に鋳造された銀貨で１ペニー、２、３、４ペンスの四種類からなるが、これを組み合わせて女王の年齢に相当する金額が用意される。つまり四種一セット=10ペンスを女王の年齢の十歳分とし、必要なセット数を揃え、十歳未満分は１ペニー貨が当てられる方法である。これは法定通貨であるが、どうやらこれを通貨として使用する者はほとんどいないようである。

なおこの特別鋳造の銀貨は、施物官に付き従い、かつての貧者の洗足の名残から、足の臭いを消すための香りの強い小さな花束を携える役目の四人の子供たちにも贈られる。こうした子供たちは、孤児院や貧困家庭から選ばれるが、彼らにも銀貨の贈り物の他、経済的援助が与えられると言われる[11]。

7）聖金曜日（Good Friday）…Easter直前の金曜日

聖金曜日は「神の金曜日」（God's Friday）とされ、イエスの磔刑での死を記念する日であり、教会暦上で最も厳粛な祭日とされる。一般に教会では、哀悼の意のイチイが飾られる場合を除き、すべての飾り付けが取り外され、鐘にしても終日鳴らないか、仮令（たとえ）鳴るとしても弔鐘の響きのような厳粛な雰囲気を持っている。

かつて宗教改革前には十字架像や聖別されたパン（host）、あるいは、キリスト像が聖物置棚に象徴的に埋葬され、復活祭にキリストが復活するまでの間、敬虔な通夜の儀が行われたとされる[12]。

今日では大抵の教会で、正午から三時までの三時間は礼拝式が行われる。この「三時間」とは、十字架上でイエスの命が絶えるまでの時間の意と伝えられている。礼拝式は祈祷と黙想が主で、その合間に聖書朗読と説教が行われ、'*There is a green hill far away*' などの賛美歌が歌われる。

☆ 聖金曜日に時計が三時を打つとき唱えた祈りは、何でも叶えられる[13]

という言い伝えがある。

この日、人々は「証人の祭列」と呼ばれる行進を行うが、それは実物大の十字架を捧持して町や村を練り歩いた後、十字架を広場や小高い丘の上に立ててイエスの死を偲ぶものであるが、ここ数十年間益々盛んに行われているようである。

一方この日は厳粛な日であることから、断食と禁欲の日であり、ヴィクトリア朝時代には、家のブラインドを下ろし、タラの煮物からなる懺悔の食事を取る習慣があったし、子供たちのコマ回しやビー玉等の遊技はすべて禁じられていた。その伝統は今日も残っており、陽気な行事は差し控えられている。ただ、やや賑やかになされる行事とすれば、一部の地域（Liverpoolの波止場地域など）で、キリストを裏切ったとされるユダを象徴的に罰するために、その人形を、子供たちがこの日の朝、衆人環視の中で火あぶりの刑にする風習が見られる。デヴォン州では陶器類を割砕く行事が行われるが、それは陶器の鋭い破片でユダを切り裂くことができる、とかつて信じられたことからの風習である。更に、サセックス州の各地では「縄跳び祭」(Long Rope Day) と呼ばれる、大勢で長い縄を飛び越える行事が行われる。これもユダが縄で首を吊ったことに関わりがある、と言われるようであるが、これには別説もあり、かつての時代、聖金曜日には「春の作物を奮い立たせる」ために、農民たちが先史時代の埋葬塚の上で「跳ね回って」祈願した慣習行事に由来する、とも言われるようである[14)]。

こうして、聖金曜日には作物の豊饒を願う行事がなされていたとされるが、地域によってではあるが、これに関連する次のようなことが信じられていた。

☆ 聖金曜日は菜園の作物、特にジャガイモの植え付けや、パセリの種蒔きに最適の日である

これはイングランド南部、及び中部地方で伝えられるものである。

ところが、イングランド北部地方やウェールズでは、これが全く違ったものとして伝えられており、畑作業どころか土を掻き乱すことさえいけないこととされ、それは恐ろしい災難に見舞われる、と信じられた。

☆ 聖金曜日に鍬、鋤 (犂)、砕土機などを使うのはもっての外である。それをすれば、災厄に見舞われる[15)]

と言われた。

1976年、デヴォンシア州では、聖金曜日に二頭のウマと犂を使って畑を耕していた農夫が、池にはまってしまい姿を見せなくなった、との報告がある[16)]。これに関連する文芸用例に、George Eliot, *Adam Bede* に次のものが見られる。

> … had not Michael Holdsworth had a pair of oxen 'sweltered' while he was ploughing on Good Friday?[17)]
>
> … マイケル・ホールズワスは、聖金曜日に畑を耕して、二頭の雄牛を「殺され」なかっただろうか。

畑仕事にせよその他の仕事にせよ、聖金曜日に仕事をするのは縁起が悪いとされ、また、この日にした仕事はすべてやり直さねばならないとも言われた。

☆ 鉱山や沖合漁業などの危険な仕事をする者は、聖金曜日を特に恐れて働こうとしない

☆ 鍛冶屋は、聖金曜日には釘一本作ろうとしない[18)]

特に釘は、イエスが十字架に釘付けされたことから忌み嫌われた。一般にこの日には、人々は釘を打つことをも嫌う、と言われる。

伝承によると、イエスがカルヴァリの刑場に引き立てられて行くとき、心ない一人の女が鉢の水をイエスに浴びせ掛けて、イエスが呪(のろ)いの言葉を発されたという話があり[19)]、また、洗濯をしていた女がその洗濯物をイエスの顔に投げ付け、イエスは「今後、この日に洗濯をする者に呪(のろ)いあれ！」と言われたとも伝えられる[20)]。これらの話に絡まるものとして、次のようなことが言われる。

☆ 聖金曜日に洗濯をすると、家族の一人が洗い流されて、その年の終わりまでに死亡する[21)]

☆ 聖金曜日に衣類を干すと、血の染みが付いて、それを取り込むことになる[22)]

また、「流す」ことに関連するところから、次のようなことも言われる。

☆ 湯桶の石鹸の泡を、聖金曜日まで流さず残しておくと、その家には死人が出る

☆ 聖金曜日には、三時過ぎになるまでは、台所の流しに何も流してはならない

それは、エルサレムの排水溝には、三時までイエスの血が流れていたからだ、とされる[23)]。

聖金曜日はまた、貧窮者のために慈善事業を行うに相応しい祭日とされてきた。慈善事業は「パンとバンの施し」(bread and bun Doles) や「墓地での施し」(Graveside Doles) などである。ここでのbunとはブドウ入りで、その表面に十字印の付けられてある小さな菓子パンであるが、一般には「ホットクロスバン」(hot-cross-bun[s]) と言われるものである。

イエスがやはり刑場に引き立てられて行くとき、群衆の中の一人がイエスにパンを差し出し、イエスはその人に祝福を与えた、と伝えられる[24)]。その故事から次のようなことが言われる。

☆聖金曜日に焼いたパン―「十字架パン」とも言われる―は、黴(かび)が生えず、保存しておけば家族を災難、特に火災から護ってくれる

と信じられた[25]。また時には、堅くビスケットのようになった十字架型の菓子が、この災難除(よ)けの信から、翌年の聖金曜日まで天井から吊り下げられていたりする、とも言われる。

☆聖金曜日に焼いたパンは、船乗りにとって遭難除けになる

☆聖金曜日に焼いたパンは、保存しておいて万病に効く薬として役立てられた。特に胃腸薬としてよく用いられた。また一般に、子供たちの罹り易い諸病の治療薬として大いに使われた

その用い方は、古く堅くなった十字架パンの一部を粉にして飲ませる、というものである[26]。

聖金曜日に焼かれたパンのこのような特別な効能は、ホットクロスバンにも備わっていると信じられた。実は今日でも、聖金曜日に十字形の模様のついたこの菓子パンを食べる家庭が多いとされる。しかし実際に聖金曜日に自家用のパンを焼く家庭は滅多に無く、また、朝食時にというよりもお茶の時間に供されることが多い。またホットクロスバンを「縁起のよい食べ物」と見る信は、今も根強く残っている。このバンには魔力に似た力があるものと一般に信じられているが、本来、これはイングランドの食べ物であり、スコットランドやウェールズではごく最近まで知られていなかった[27]、と言われる。

また聖金曜日は、イエスの不滅性からくるものと思われるが、食品類、特に卵に関して、

☆聖金曜日に産まれた卵は、決して古くならない。クリスマス頃まででも新鮮なままである[28]

☆聖金曜日に産まれた卵なら、火災の際に火の中心に投げ付ければ、どのような火災でも消し止めることができる

と火災除けの信まである。

またその他に、恵みの聖金曜日と考えられる信もある。

☆ 聖金曜日に赤ん坊の乳離れをさせるのは縁起がよい

とされる。

☆ 聖金曜日に赤ん坊に薄着をさせると、風邪を引かない子になる

☆ 聖金曜日にでき上がった縫い物は、決して綻(ほころ)びない

とも言われる。

一方、聖金曜日に関して、負の信もある。

☆ 聖金曜日に生まれる赤ん坊は不運だとされる[29]

これは、所謂(いわゆる)「生まれ変わり」―偉大な人物になる要素を持って生まれた人―という考え方が全く当てはまらないケースである。

2．キリスト教徒の大祝日、復活祭（Easter）

復活祭は、キリストの復活を記念する大祝日であり、キリスト教会の祝日のうちで最も重要なものとされる。復活祭は『祈祷書』（*Book of Common Prayer*）によれば、「春分三月二十一日頃以降の満月後の最初の日曜日、ただし満月が日曜日と重なる場合は、次の日曜日」と定められている。「祝祭日の女王」（Queen of Festivals）とも称される復活祭は、毎年日付が変わることになるが、「務めの聖日」また「聖餐式祝日」であることには変わりがなく、この祝日には、ローマカトリック教会や英国国教会の信徒はすべて教会に行き、聖餐式に出席することが義務付けられている。

この日の朝には鐘が高らかに鳴らされ、各地の聖堂は美しく飾られる。一般に祭壇には復活祭の白ユリ（Easter lilies）を主体にして緑、黄、白の「春」の色合いの花を配する教会が多い。春の再来を祝うことについては、キリスト教が普及する以前から行われていたとされ、復活祭の英語名‘Easter’は、「春と曙の女神Eostra」を祝う異教徒の祭からきた用語で、太陽の昇る東方（‘East’；ゲルマン語‘*Ost*’）と同族語をなしているとの説―八世紀の歴史家Bedeの説―がある[30]。キリスト教的意味付けがなされたにも拘(かか)わらず、本来の異教的な特色が保持されている風習が見られ、例えば復活祭の早朝に丘に登り、イエスの復活を祝して踊りながら日の出を迎えるとか、復活したキリストを「高く掲げて」祝うことにつながりがあるとされる「人の担ぎ上げ」がある。これは同性の仲間数人が、一人の異性を頭上高く三度担ぎ上げたり持ち上げたりするものである。椅子に座らせての場合もあれば、胴上げのように直に上げることもあった。その犠牲者はその後キス責めに遭い、「謝礼」を払ってやっと釈放されるという陽気な騒ぎである。これは十三世紀頃に始められたらしく、十九世紀初期には、まだイングランド北西部やウェールズのごく一部に残っていたようであるが、十九世紀末には、ほとんど見られなくなったようである[31]。

伝統的な行事としては、各地の路上球技大会、モリスダンス（Morris dance）、慈善事業、ビヤ樽フットボール試合、「野ウサギの肉入りパイばら撒き式」などが挙げられる。野ウサギは、復活祭を世俗化することで先駆的役割を果たしている「復活祭のウサギちゃん」（Easter bunnies）の前身とも見られる。しかしながら、復活祭を象徴する食べ物としては、「復活祭の卵」である。内部に新たな生命を秘めている卵は、古くから＜春の再来＞の象徴とされた[32]。かつてより今日まで、卵を贈る慣習と、卵を用いた遊戯が各地で見られる。卵は赤、黄、緑といろいろに着色され、当日の朝の食膳に供されたり、遊戯用に取って置かれる。

遊戯についてはいろいろであり、「卵探し」（egg hunt ―庭に隠されたゆで卵を探し合う）、「卵転がし」（egg rolling ―一般には転がる距離を競う）、「卵のぶつけ合い」（egg shackling ―特にイングランド南西部地域で見られ、印をつけた卵をふるいに入れて激しく揺すり、割れずに残るのを競う遊び）などである。

復活祭に纏わる迷信・俗信は多様である。

☆ 復活祭の日の朝、日の出のときに、太陽がキリストの復活を祝ってダンスをする[33]

☆ 復活祭の日の朝の太陽を、黒いレンズを通して見ると、太陽の表面に旗を持った子ヒツジの像が見える[34]

☆ 復活祭の日に風が吹くと、一年中風が吹く

☆ 復活祭の日に雨が降ると、その年は雨が多い

そのため、草は青々と茂るが、よい干し草はできないと言われる[35]。

☆ 復活祭には新しい服を着れば縁起がよい。最低一品は新しい服を着ないと、鳥に頭や服に糞を落とされる。また、（所によっては）カラスに目玉をくり抜かれる[36]

と言われる。

なお、復活祭に新しい服を着る習慣があったことについては、次のようなShakespeare, *Romeo and Juliet*の中の一部の箇所や、Samuel Peppy, *Diary*の中の記述が参考になるであろう。

> Didst thou not fall out with a tailor for wearing his new doublet before Easter; ... ?[37]
>
> あなたは仕立屋に立ち寄って、復活祭の前に新調のダブレットを着ようとはしなかったかな ... 。

> (Lord's day). ... talking with my wife about her laying out of £ 20, which I had long since promised her to lay out in clothes against Easter for herself, ... [38]
>
> （主の日）。 ... 妻とその20リブラ［20ポンド］の使途について話し合った。それについては、ずっと以前から私は、復活祭の日のために、妻に衣服を新調することに充てようと約束してあった。 ...

その他、復活祭に纏わる信には次のものも見られる。

☆ 復活祭の日に生まれた子供は、特に運がよい

☆ 復活祭の礼拝式から保存しておいた聖水（holy water）は、種々の病気に卓効がある

と言われる。

Notes

1) Charles Kightly, *The Customs and Ceremonies of Britain* (London: Thames and Hudson, 1986) 172.

2) Kightly, 172.

3) Kightly, 172.

4) Kightly, 67.

5) Kightly, 183.

6) "Palm Sunday, sowing on," *A Dictionary of Superstitions*, ed. Iona Opie & Moira Tatem (1989; Oxford: Oxford Univ. Press, 1990).

7) Kightly, 196.

8) *The Holy Bible*, An Exact Reprint in Roman Type, Page for Page of the Authorized Version (A.V., 1611; Oxford: Oxford Univ. Press, 1985) '*The Gofpel according to S. Iohn*,' XIII-34.

A new commandement I giue vnto you, That yee loue one another, as I haue loued you, that yee also loue one another.

9) Kightly, 197.

10) Kightly, 197.

11) Kightly, 197.

12) Kightly, 124.

13) "Good Friday, prayer said on," Opie & Tatem.

14) Kightly, 125.

15) "Good Friday, ploughing on," Opie & Tatem.

16) "Good Friday, ploughing on," Opie & Tatem.

17) George Eliot, *Adam Bede* (1959; London: Penguin Books, repr. 1985) Chap. 18, 193.

18) "Good Friday," *Cassell Dictionary of Superstitions*, ed. David Pickering (London: Cassell, 1995).

19) Kightly, 125.

20) "Good Friday," Pickering.

21) "Good Friday, washing on," Opie & Tatem.

22) "Good Friday, washing on," Opie & Tatem.

23) "Good Friday, washing on," Opie & Tatem.

24) Kightly, 125.

25) "Good Friday," Pickering. / Kightly, 125.

26) "Good Friday," Pickering.

27) Kightly, 126.

28) "Good Friday, egg laid on," Opie & Tatem.

29) "Good Friday, born on," Opie & Tatem.

30) Kightly, 105-06. / "Easter," *Dictionary of Symbols and Imagery*, ed. Ad de Vries (Amsterdam: North-Holland Publishing Company, 1974) 3-b.

31) Kightly, 106.

32) "Easter," de Vries, 3-b.

The egg symbolizes the beginning (Spring) of fertility and life.

33) "Easter, sun dancing, or Lamb seen in sun," Opie & Tatem.

34) "Easter, sun dancing, or Lamb seen in sun," Opie & Tatem.

35) "Easter," Pickering.

36) "Easter," Pickering.

37) William Shakespeare, *Romeo and Juliet*, The Arden Edition of the Works of William Shakespeare, ed. Brian Gibbons (Methuen, 1980; London: Routledge, 1980, repr. 1994) Ⅲ-Ⅰ, 27-28.

38) Samuel Pepys, *The Diary of Samuel Pepys*, Wheatley Edition (Boston: Francis A. Niccolas, 1893) 'February 9th, 1662.'

［以上は『倉敷芸術科学大学紀要』第11号（平成18年3月）による。］

第４章　万愚節・聖ジョージ祭とシェイクスピア生誕祭・五月祭

はじめに

太古の昔より、いずれの文化においても人々は諸祭を催し、諸行事を行ってきた。これから後もそれは同じことであろう。常によりよき今日と、より幸福な未来を願って生きる人々にとっては、先ずは自然の恵み等に対して神に感謝し、また一方、単調になりがちな日々の生活の中で、自らの心と体に活を入れることが必要かつ肝要なことであろう。

本章では、春の訪れとともに始まる万愚節（April Fools' Day)、聖ジョージ祭（St. George's Day）その他、更に夏の到来を喜び祝う五月祭（May Day）までを扱い、それぞれの習慣と伝統を取り上げ、それに纏わる多様な迷信・俗信の考察を試みたい。

１．万愚節（April Fools' Day; All Fools' Day; 四月一日）

この陽気な慣習行事の起源は、依然として謎のままである。その諸説の中に、人を担いで笑うことに関連するせいか、ケルト人の笑いの神の祭に由来する行事であるとか、また古代ローマのものの価値や順序などを逆転して騒いだ無礼講の祭であり、その農神祭（Saturnalia）がその原型であるとか多様に言われるが、いずれも確たる説明とは言い難いようである。

諸説の中に、William Walshによる暦法に関連するところからの説明がある。それは、E. Cobham Brewerや今日のCharles Kightlyその他によってよりよき説明と評される下記のものである。

この風習が定着するのは、十六世紀後半のフランスにおいてであった。当時フランスでは、国王シャルル四世（Charles Ⅳ）の定めによるグレゴリオ暦の採用によって、元日（New Year's Day）が三月二十五日から一月一日に移された。一方、旧暦のユリウス暦においては三月二十五日は聖週間（holy week; 復活祭前の一週間）であったため、新年の祝祭は四月一日に延期して行う仕来たりが何世紀にも亘って続いた。（また新年の祝いは三月二十五日から四月一日までの八日間で、最後の日がピークで賑やかに祝われた、とも言われる。）それが新暦の導入によって元日が一月一日に変更されても、多くのフランス人たちは四月一日に隣人を訪問し、その日がまだ元日であると相手に思い込ませる、という悪戯（いたずら）を仕掛けた。その後それが世界に広がっていき、その日には隣人や友人のユーモアのセンスを試す特別な日に祭り上げられたようである[1]。また、この風習がイギリスに伝わったのは、十七世紀後半か十八世紀初めであろうと言われている。OEDに記されたAll Fools' Dayの最古の用例は1712年のものである[2]。担がれてからかわれる者は、スコットランドではgowk（cuckoo; カッコウ）と呼ばれた[3]。

最も一般的な担ぎとしては、下男や見習者に無駄な用足しをさせるというものがある。例えば、若者に手紙を届けさせる。受け取った者はまたその手紙を別の者に宛てて届けさせ、次々と同様に歩かせ、若者が「担がれた」と気付くまで使いをさせるものである。また、若者に「ハトの乳を買って来て」と使いに出して、店で笑われるという例などもポピュラーなものである[4]。こうしたことが広く一般大衆、特に子供たちにとっては、この日の午前中だけは、嘘をついたり、悪戯をしても許されるということで大いに楽しまれる。この頃ではマスコミが人々に大掛かりな悪戯を仕組むなどのユーモアも見られる。

この日に関する俗信には次のようなものがある。

☆ 万愚節の午前中は人を担ぐのが許されるが、午後にそれをすれば悪運が訪れる

この日の午後に人を担ごうとすることに関して、Charles Kightlyは次のような言い回しを紹介している。

Twelve o'clock is past and gone,　　　もう十二時を過ぎたのに、

You're the fool for making me one[5].　まだ私を担ごうとするなんて、あんたはほんとに馬鹿な人。

☆自分に仕掛けられた悪戯に対して、寛大さや遊び心などの万愚節に相応しい精神で応じることができない人は、不運に見舞われる

☆奇麗な娘さんに担がれたときは、その埋め合わせにその娘と結婚できたり、または少なくとも友達になれる

とも言われる。

☆万愚節の日に結婚するような男性は、生涯連れ合いに頭が上がらず尻に敷かれる

☆万愚節の日に生まれた子供は、大抵は幸運に恵まれるが、賭け事はことごとく付きが無く酷い結果となる

と言われる[6]。

２．聖ジョージ祭（St. George's Day; 四月二十三日）とシェイクスピア生誕祭（四月二十三日）

イングランドの守護聖人である聖ジョージ（St. George）は、伝説上ではキリスト教伝導の戦士であり、古代ローマ軍の隊長であったが、三世紀後半ないし四世紀初めにパレスチナのルッダ（Lydda）で殉教したとされる。彼の竜退治の話が広く知られるようになるのは、中世後期になってからである。

聖ジョージの一般に知られる伝説では、彼は貴族の生まれであるが、生後すぐに母を亡くした上に、魔女に攫われ育てられたとされる。長じて大陸に渡り、サラセン人の反乱を平定し、またリビア（Libya）のシレネ（Silene）の町へ行き、そこで毎日一人ずつ処女を食う悪竜を退治し、その危機に陥っていた国王の姫セブラ（Sabra）を救ったとされる英雄である。この話は象徴的な意味合いを持つ—竜は＜悪魔＞、姫は＜教会＞、騎士は＜騎士道＞の象徴—とされ、彼がキリスト教の布教に生涯を捧げたことが語り継がれている。なお、聖ジョージに関する諸伝説は、その生涯がやや異なる風にも語られるようである。例えば、下記はMargaret Joyによる記述である。

> George is said to have been a Christian who became a soldier in the Roman army. The Emperor Diocletian hated Christians, and they went in fear of their lives. Secretly they nicknamed him "Bythios Drakon", which means "Dragon of the Deep", because of his cruelty. When George spoke out against the Emperor's wicked treatment of Christians, Diocletian had him put to death on 23rd April, A. D. 303[7].
>
> ジョージはキリスト教徒で、ローマ軍の兵士になったと言われる。皇帝ディオクレティアンはキリスト教徒を嫌ったので、彼らは生命の不安に陥った。彼らは密かに皇帝に"Bythios Drakon"とあだ名を付けたが、それは皇帝の残忍さ故の「深みの竜」の意味である。ジョージが皇帝のキリスト教徒への酷い扱いを公然と非難すると、皇帝ディオクレティアンは彼を紀元303年4月23日に処刑した。

このことから考えると、竜はキリスト教弾圧者を象徴し、ジョージはそれに対して果敢に立ち向かい、キリスト教発展のために命を捧げた聖者と解せるであろう。

聖ジョージは、アングロサクソン時代には既に崇敬されてはいたが、十三世紀までは、東アングリアの殉教王エドマンド（St. Edmund）や、国民的聖者の証聖王エドワード（St. Edward the Confessor）に勝ることはなかった。聖ジョージの崇敬の念が高まり始めたのは十字軍遠征以後であり、1348年にエドワード三世の創設したガーター騎士団（Order of the Garter）の守護聖人として崇められてからのことである。

フランスとの百年戦争では、イングランド軍の兵士たちは、白地に赤の聖ジョージの十字章の軍旗を掲げて戦った。1415年のアジャンクールの戦い（Battle of Againcourt）で、その加護により大勝利を収めたので、それを記念して、以後は聖ジョージの祝日を最高位の国民的祝日にすることが定められた。中世後期には、四月二十三日の祝日には、イングランド各地の都市で祝賀行事が催された。特に、London、Norwich、Chester、Leicester、Yorkなどの都市での行事は注目に値した。市長と市会議員たちの行列や、竜退治の野外劇、聖人の勇ましい騎馬像の飾り付け、定期市（Fair）や競馬等も開催された。

ところが、宗教改革（Reformation）以後は、こうした祝賀行事に対する考え方が変わり、合理的な考え方の下では、聖人の実在をも疑う風潮が出てきたりさえしたようである。

1914年をピークに、大英帝国（Empire）に対する愛国心が高まり、聖ジョージ祭は、また人々から持て囃（はや）された。この日には小学校は半休日とされ、教会でも特別な礼拝式がなされ、人々は胸に赤いバラ―バラは英国の国花―を挿して祝意を表わした。

しかしながら今日では、この日に聖ジョージ祭の特別な行事がなされることはほとんど無くなっており、僅（わず）かに残っていると言えば、英国の誇る劇作家シェイクスピアがこの日に誕生したとされることから、ストラトフォード・アポン・エイボン（Stratford-upon-Avon）でシェイクスピア生誕記念祭が催されることである。ただこの四月二十三日のことで、附記しておくべきことは、今日では、この日イングランドのすべての教会に、白地に赤の聖ジョージ十字章旗が高々と揚げられることである[8)]。

3．五月祭（May Day; 五月一日）とメーデー（Labor Day; 五月一日）

1）五月祭（May Day）

五月一日に行われる祭であるが、古くはローマのフローラーリア祭と呼ばれたもので、Polydole Virgilの言うところでは、当時の若者たちは、この日には野辺に出て *'Calends'* ―古代ローマ暦の「朔日（ついたち）」の意―を歌ったり踊ったりして過ごし、果実と花の女神フローラ（Flora）を祝った[9]。そしてそれは、その後ケルト族の火の祭であるベルテーン祭（Beltane）として祝われた、と考えられている。ケルト民族のうち、特にドルイド教団は太陽崇拝を信条としていたので、太陽に最も近い表現手段として「かがり火」を焚き、集まった信者たちに、神聖なものと見做された朝露を振り掛ける儀式を行った、とされる。

現在、イギリスでは五月一日を休日としていないが、スコットランドのみは五月の第一月曜日を法定休日とし、学校・官公庁・会社・銀行・商店等も休業で、人々は日曜日との連休を楽しく過ごしている。

昔はこの日には多くの人々が朝早くから酒を飲み、角笛を吹き鳴らしながら、近くの森まで行進することで知られていた。森に出掛けていく理由は、夏が来ると森が緑に包まれるが、緑は＜夏＞の象徴であり、またそれは＜豊かさと実りの豊饒＞の象徴でもあるからであろう。一部の地域でこの日の朝、森に出掛ける若者たちが歌ったとされる歌の歌詞の一部に、

… going to the ‘green wood to bring home the summer and the May-o’
…「緑の森」に行き、「夏と五月を連れて来よう」

の文句が見られたようである[10]。この街路での大宴会は、今もヨーロッパの幾つかの村や町で行われている。またこの五月祭は、かつてはロンドンの煙突掃除夫の陽気な祭であったことも[11]、鳴り物や歓声、喚声などの賑やかな音を立てて行進するというこの祭の伝統につながりがあろうと思われる。

またこの日には、古代の豊穣祭に起源をもつメイポール（五月柱）を立てた。メイポールは真っ直ぐに伸びる性質のあるカンバ（birch）かトネリコ（ash）などの樹がよく使われ、伐採された後多数のウシを使って運び出したようである。それを花と青葉で飾り、ひもを巻き付け、先端にはネッカチーフや旗などを付けて地面に垂直に立てる。そしてその周りでモリスダンス（morris dancing）―スペイン渡来のMoor（ムーア人）踊り―や競技会や「五月の遊

戯」（May games）と言われる素朴なゲームが行われた。このメイポールの周りで人々が踊り興じた際の十七世紀当時の歌を、Margaret Joyが次のように紹介している。

'Come, Lasses and lads, get leave of your dads,
And away to the maypole hie,
For every fair has a sweetheart there,
And the fiddler's standing by ...' [12)]

「さあ、娘たちよ、若者たちよ、お父さんにお暇をもらい、
そしてメイポールへと急ぎなさいよ。
と言うのも、どのフェアでもそこには恋人がいるし、
バイオリン弾きも待ち構えてるんだからね ... 。」

この「五月の遊戯」の主人役は、一般に五月女王（May Queen）か五月王妃（May Lady）が務めたが、また五月王（May King）、つまりイングランドやスコットランド低地地方ではよく「ロビン・フッド」（Robin Hood）の名前で呼ばれていた男がその役を務めることもあった。なお、この人物は伝説で有名な義賊ではなく、異教の森の妖精「ロビン」（Robin）、別名で「ロビン・グッドフェロウ」（Robin Goodfellow; またの名Puck）のことであると考えられている[13)]。しかしこの件については、各地でその混同が実によく見られ、むしろ「ロビン・フッド」のほうに定着の観さえ窺われる程である。

この日には、自然の再生を祝って緑の葉飾りや花環が運び込まれるが、これも＜豊穣＞の象徴である。かつては舞台で冬と夏の争いを象徴する闘いが演じられ、常に夏の勝利で終わり、夏が栄光の座を獲得した。（今はこの座は、その健全な美によって選ばれた若い女性、五月女王が占めている。）これらの念入りに計画されたお祭騒ぎの目的は、来るべき季節の収穫が幸運に恵まれることや、家畜と飼い主の両方の幸福が護られることを保証するためであった。

この日は一年中で最も魔術的な日として見做され、そのためこの日に関する

迷信・俗信が数多く見られる。またその多くは予言と占いであり、特に、未来の結婚相手についての情報を得ることに関連したものが多いようである。

☆ 未婚の男女は、五月祭の日の正午に井戸を覗き込むと、そこに未来の結婚相手の顔を見ることができる。もし何も見えなければ、その人は一生独身で過ごす

☆ もしも井戸の中に、棺に入った自分自身の姿を見れば、その人は一カ月以内に死亡する運命であり、結婚どころではなくなる

☆ 女性が未来の恋人の姿、幻を呼び出したい場合は、古い地下室とか納屋に毛糸の玉を投げ込み、以下のように唱えながら毛糸を巻き取ればよい

I wind, I wind, my true love to find,	巻いて巻いて、ほんとの恋人のことを
The colour of his hair, the clothes he'll wear,	知るために、その人の髪の色、その人
The day he is married to me[14].	の着ている服、彼と私が結ばれる日を。

すると、糸の玉を全部巻き取らないうちに、恋人が姿を現わして彼女を手伝うであろう、と言われる。

☆ この日の朝、目が醒めたらすぐに、恋人の写真を鏡に映せば年内に結婚できる

（これは広くヨーロッパで言われているようである[15]。）

☆ 五月祭の前夜、サンザシの花の付いた枝を十字路へ持って行き、どこかに掛けておく。翌朝にその枝が向いている方角から未来の夫が現われる。枝が風に吹き飛ばされていたら、一生結婚できない

これは、イギリスのハンティンドンシャーの伝承とされる[16]。

また、かつてケルト人にとっては、五月祭は、大切なウシやヒツジなどの家畜を夏期放牧するための祭日とされ、以後十月三十一日のハロウィーン（Halloween）までの期間に、家畜の息災を神々に祈願する祭儀が行われた。その主要な行事は、各地の山頂で大かがり火を盛んに焚き続けることであったが、このかがり火の祭儀は、スコットランドの高地地方では1830年頃まで残っており、特にウェールズでは、二十世紀に入ってからも続けられていた地方があったようである[17]。

このかがり火の燃え止しは火種として持ち帰られ、その灰は「幸運のお守り」として大切に保存された。しかしながら、Charles Kightlyも指摘するように、ここ数百年間は、かがり火は神への祈願というよりは、むしろ、その前日の四月三十日の晩に徘徊すると信じられた魔女を焼き払うために、燃やされてきたようである[18]。

人々にとって家畜は大切なものであるが、その家畜やそれから作られる酪農品に関して、次のような俗信が見られる。

☆火をつけた藁で家畜の毛を焼くことにより、来るべき一年間家畜を災いから護ることができる[19]

☆この日には、メウシに血を流させると、一年間災いから彼らを護ることができる

☆この日、ナナカマド（rowan）が牛舎の戸口に置かれなければ、ウシが魔法にかけられる

スコットランドの信である[20]。

☆この日、ウシたちの中に見つけられる野ウサギは魔女の使いなので、全部退治しなければ牛乳が台無しになる

これは、特にスコットランドで言われる。

☆もし五月祭に雨が降ると、その年に搾る牛乳の量が半減することを、農夫は覚悟しなければならない

☆この日、薬草の茎や葉を、メウシの尾から抜いた数本の毛とともに煮ると、次の年の間中、魔女に悪戯をされてバターの味がおかしくなることが無い

☆この日、サンザシの花枝を家に持ち込む女性のお手伝いさんは、おいしいクリームをいただく資格がある

これはコーンウォル地方で言われる[21]。

更に次のようなことも言われる。

☆五月祭の日には、特に火、また塩、水などを売ったり与えたりしてはいけ

ない。それをすれば家に災難を持ち込むことになる

殊にアイルランドでは、今なおこの古い伝承が実行されているようである。(実は、イギリス全土で、クリスマスと元日にも全く同じことが伝承されている[22]。)

２）五月祭の歴史と変遷

五月祭は夏の到来を祝う盛大な祭で、長い歴史を有し、特異な変遷を辿ってきた。本来この祭はケルト人によって始められ、全く異教徒の祭儀であった。キリスト教布教時代に入り、教会が異教徒との対立を避け、徐々にキリスト教の制度や儀式を導入する柔軟な姿勢に方針転換したことにより、中世を通じて広く各地で盛んに行われていた。

宗教改革期には、プロテスタントによってその行事は偶像崇拝以外の何物でもないと厳しく攻撃され、為政者により禁止令が出され、それに対して反対騒動が起きたりもしたが、厳格な規制の下で実施された。五月柱は言うまでもなく、早朝に草花摘みに出掛けることから派生するふしだらな風習までをも攻撃し、結局1644年には議会で「迷信と不品行を助長する異教徒の悪習」として、全面的に禁止され、引き続く共和政権の期間もこれが維持された。

なお、エリザベス朝時代には、プロテスタントのうち特にピューリタン（清教徒）たちが、森から持ち帰る五月柱とその周りでの賑やかな振舞いを厳しく非難した。またピューリタンについては、新大陸アメリカでも、五月祭を極めて批判的に見たり、また破壊行動に出た事実も見られる。

しかし、1660年に大陸に亡命していたチャールズ二世（Charles II）を迎えて王政復古体制が樹立されると、国王への忠誠を示す行事としてこの五月祭が各地に復活し、再び盛んに祝われた。その後十八世紀から十九世紀初頭にかけて、五月祭は再度衰退傾向が続く。しかしヴィクトリア朝時代になると、失われていた「楽しい英国」（Merry England）を熱望する風潮が高まり、五月祭は時流に乗った形相を帯びて、再び活気を取り戻すようになった。

十九世紀半ばには、五月祭の行事が各地に復活し、盛大に祝われるようになった。内容もかつてのものとは違い、聖職者や小学校教師などによって上品なものに改められていた。子供たちが花環を持ち歩き、祝儀を求めるその仕方も品のよいものへと意図されていた。今日「伝統的な五月祭」と呼ばれるものは、このヴィクトリア朝時代の熱狂的な時流に乗って復活したものか、あるいは誕生したものであるとされる[23]。

現在、五月祭の開催地は数千箇所に上ると言われる。普通五月一日の後の土曜日か、他の適当な週末に行われる。五月祭のうちで恐らく最も豪華と言われるものに、チェシャー州のナッツフォード（Knutsford）の「ロイヤル五月祭」（Royal May Day）がある。これは1864年にBamacle師によって始められたが、この祭は1887年に王族を迎えて以来、その名に「ロイヤル」の語が付加されている。そこでは他と同様に五月女王の行列が行われるが、その行列は「青葉の中のジャック」に先導され延々と続く。四チームのモリスダンサーたちの他、六チームの楽隊が加わり、ボーイスカウト・バンドも含まれる。行列は、五月女王と侍女たちの乗る馬車の登場で最高潮に達する。その馬車は、ロビン・フッドとMerry Menに付き添われ、幼い衛兵たち（Beefeaters）に護衛される、華やかでかつ賑やかなものとして知られる。

この祭では、当地独特な「結婚するカップルを祝福して、街路に砂を撒(ま)く」風習が見られる。これは十一世紀のクヌート王（King Canute［Cnut］）が、あるとき川を渡り終えたときに、目の前をたまたま通りかかった新婚者を祝福して、靴に入っていた砂を撒いたことに由来すると言われる（その川はクヌート川［Knut's Ford］であり、更にそれが町名のKnutsfordにもなったとされる）が、特に花嫁のために鮮やかな色の砂を撒く風習がある。

また現在ではこれが波及して、五月祭の早朝には、この砂模様が公共の建物や、五月女王とその侍女たちの家の前に描かれ、次のような祝辞の文句が添えられる。

Long may they live—happy may they be
Blessed with contentment and from misfortune free[24].

願わくば末長く―幸せな日々に恵まれ、

常に安らかにつつが無きことを。

これは極めて珍しいものであり、この地方にのみ見られる風習である。

こうして五月祭はヴィクトリア朝時代に大きな変遷を遂げたが、なお、それ以前の古い風習を現在も守り続けている地方もある。例えば、ファリー祭のダンス行列（Furry Dance）、アボッツベリーの花環祭（Abbotsbury Garland Day）、マインヘッドの棒馬祭（Minehead Hobby Horse）などが挙げられるであろう[25]。

3）五月の朝露（May dew）と五月の花（May flower）

五月一日の早朝には、少女や若い女性たちが、日の出前に野や森に出掛けて行き、草の露を集め、それで顔を洗う風習がある。

☆この日の朝、集めた露で顔を洗うと、そばかすが無くなるだけでなく、更に顔を洗いながら一心に念じれば、向こう一年以内に夫となる男性に巡り会える

と言われる。

ただし、この朝露での洗顔は、毎年続けなければいけないとされる。

朝露の中でも特によいとされるのは、サンザシ（hawthorn）やキヅタ（ivy）の葉の露、またオーク（oak）の樹の下に生えている草や苔から集めた露がよい、とも言われるようである。また一部の地方では、新しく立てられたばかりの墓石から採った露が、視力減退や通風などの万病の霊薬として珍重される、と言われる。

この五月の朝露の美容効果に関して、Pepys, *Diary*（1667年5月28日の日記）に次の記述が見られる。

... After dinner, my wife away down with Jane and W. Hewer to Woolwich in order to a little ayre, and to lie there tonight and so to gather May dew tomorrow morning, which Mrs. Turner hath taught her as the only thing in the world to wash her face with, and I am contented with it. ...[26]

... 夕食後、妻はジェインとW. ヒュアーと連れだって、ウルウィックへと気晴らしに出掛けた。そこで一泊して、翌朝に五月の朝露を集めるのだが、ターナー夫人が妻に教えたところでは、それこそ世界でただ一つの洗顔剤だということである。私は結構なことだと思っている。...

なお、五月の朝露については、一般的には五月祭（五月一日）の朝に採ったものがよいという考え方があるが、その日のみとは限らず、各地にいろいろな習慣があり、五月三日（十字架の日とされる）が最もよいとする地域（アンガス［Angus］など）もあり、また五月であればいつの朝露でも体によろしい、とする考え方もあるようである。一般にこの朝露は、ただれ目などの眼病に効くと言われ、また背骨の弱い子供であれば、その露の上に寝かせるとよいとか、布を広げて朝露を受け、それで子供を包むとよい、とも言われる。更に露とつながる雨についても、同様のことが言われる[27]。

こうした信仰は、現在でもスコットランドの各地で見られ、例えば首都エディンバラでは、市の東南部にあるアーサーズシート（Arthur's Seat）の名で知られる小高い丘が、かつてのかがり火の場所と信じられ、五月一日の早朝には大勢の娘たちが登って来て、日の出を迎え、特にサンザシの樹から落ちる朝露で顔を洗う。

また、五月一日は「願い事の泉」（wishing well）を訪れる日でもある。エディンバラでは、例えば、アーサーズシートの麓（ふもと）には聖マーガレットの泉があるが、この日早朝に、泉の周りにひざまずき、その水を飲みながら願い事を呟けば願いが叶えられる、と言われる[28]。

一方、イングランドやスコットランドの低地地方では、五月祭の主たる行事と言えば、「五月の花を摘んで持ち帰ること」であり、そのため早朝まだ暗いうちから野や森に出掛けて行き、花の咲いている小枝を持ち帰る。暦法改正（1752年）により、実際の日取りが十一〜十二日繰り上げられたため、この時期に咲く花が極めて少ない実情があるようである。イングランドの大部分の地方ではサンザシが好まれ、コーンウォル州の一部ではサイカモアカエデ（sycamore）が好まれる。スコットランドと、ウェールズと、イングランド北部と西部の一部の地方では、五月の花（May flower）とはナナカマド（rowan）とカンバ（birch）であるとされ、いずれも魔除(よ)けになると信じられている。

花を持ち帰ると、その花や枝で戸口や家の中を飾ったり、また、好意を寄せている家の戸口の上り段にそっと置いておき、後から祝儀をもらいに訪れる風習もあった、と言われる[29)]。

花を摘みに出掛けた人々は、木の枝と一緒に、とりわけ五月の花とも言われるリュウキンカ（marsh marigold）やその他のさまざまな花を摘んで帰り、それを丁寧に編んで花環を作る。この花環作りは、今も小学生たちの間で大変人気のある楽しみ事である。特にイングランドの中部地方の南部では、現在でも、子供たちが一団になってその花環を担ぎ、町や村の中を歩いて回り、祝儀を求める姿が見かけられる。

4）メーデー（労働者祭；Labor Day）

また一方、五月祭はLabor Day―所謂(いわゆる)「労働者祭」―としての祭典の日にもなっている。Tad Tulejaの記述によると、1889年、フランスに本拠地を置く第二インターナショナル（the Second International）が五月祭に「労働者祭(メーデー)」（Labor Day）という新しい名を付けて以来、五月一日は、ヨーロッパ（そして一部アメリカ）の社会主義者と労働者の休日となった。ヨーロッパのメーデーは、資本主義に反対するパレードや集会が行われ、広く労働者階級の団結を祝う式典である。

アメリカに同じような祝典が無いのは皮肉である[30)]。今日のアメリカのLabor Dayは、ヨーロッパのそれとは全く異なり、その日も五月一日ではなく九月の第一月曜日が充てられている。（実は、著者はたまたま2006年9月4日[月]、この「労働者祭」の日に米国のオハイオ州に滞在していたが、この日は、まるで日本の「お盆」を思わせるような日で、人々は仕事から離れ、遠くに暮らす者も親元に帰り、家族が久しぶりに集まり、ご馳走を食べ、互いの無事を喜び合う家族団欒の休日光景が見られた次第である。)

Notes

＜(L)：ページの左半部　(R)：ページの右半部を示す＞

1) "April Fools' Day," *Cassell Dictionary of Superstitions*, ed. David Pickering (London: Cassell, 1995).

2) "April Fools' Day,"『英米故事伝説辞典』井上義正編（東京：冨山房, 1972）37.

3) "April Fool," *Brewer's Dictionary of Phrase and Fable*, Centenary Edition, rev. Ivor H. Evans [orig. ed. Ebenezer Cobham Brewer] (1870; London: Cassell, 1978) 43.

4) "April fool," *Encyclopaedia of Superstitions*, ed. E. & M. A. Radford (New York: Philosophical Library, 1949; New York: Greenwood Press, 1969).

5) "April 1," *The Perpetual Almanack of Folklore*, ed. Charles Kightly (London: Thames and Hudson, 1987).

6) "April Fools' Day," Pickering.

7) Margaret Joy, *Highdays and Holidays,* annot. H. Funado (Tokyo: Kinseido, 1983) 37.

8) Charles Kightly, *The Customs and Ceremonies of Britain* (London: Thames and Hudson, 1986) 203.

9) "May-day," Evans.

10) "Mayday," *A Dictionary of Superstitions*, ed. Iona Opie & Moira Tatem (1989; Oxford: Oxford Univ. Press, 1990).

11) "May-day," Evans.

12) Joy, 42.

13) Kightly, 160(L).

14) "May Day," Pickering.

15) 荒俣宏『ジンクス事典（恋愛・結婚篇）』(長崎出版, 2005) 54.

16) 荒俣, 42.

17) "May Day," Pickering.

18) “May Day,” Pickering.

19) “May Day,” Pickering.

20) “April fool,” Radford.

21) “April fool,” Radford.

22) “May Day,” Pickering.

23) Kightly, 161(R).

24) Kightly, 162(L).

25) Kightly, 162(L).

26) Samuel Pepys, *The Diary of Samuel Pepys*, ed. R. C. Latham & W. Matthews (1971, Bell & Hyman; London: Harper Collins, 1995) Vol. Ⅷ, ‘May 28th, 1667.’

27) “May dew / Rain cures,” Opie & Tatem.

28) 東浦義雄・船戸英夫・成田成寿『英語世界の俗信・迷信』(東京：大修館書店, 1974) 8-9.

29) Kightly, 159(R).

30) Tad Tuleja, *Curious Customs* (New York: Harmony Books, 1987) 167.

[以上は『倉敷芸術科学大学紀要』第12号（平成19年３月）による。]

第5章　聖霊降臨祭・女王陛下誕生日・夏至祭と前夜・アメリカ独立記念日

はじめに

いずれの時代、如何(いか)なる文化においても、人々は諸祭を催し諸行事を行ってきた。人々は豊かな実りと平和な日々を願い、今日と未来の幸福を希求しつつ生きてきたのである。単調になりがちな日々の生活の中で、自らの心と体に活力を与えるものとして諸祭、諸行事は人々にとって欠かせないものであろう。

本章では、聖霊降臨祭に始まり、イギリス人にとって敬意と誇りでもって祝う女王陛下誕生日、夏至祭と前夜、またアメリカ人にとっては、自由と発展への意志を確認するアメリカ独立記念日の祝いに至るまでの諸習慣と、これらに纏わる多種多様な迷信・俗信の考察を試みる。

1．聖霊降臨祭（Whitsun）

この祝日は、ペンテコステの祝日（Pentecost）とも呼ばれ、復活祭（Easter）後五十日目に当たる移動祭日である。かつてより伝えられるところでは、聖霊降臨祭は、この日の朝、使徒たちが家に集まっていると、聖霊が炎の舌のようになって降臨されたことを記念する祝日とされる。

この‘Whitsun’の語の由来については、二つの説があるとされる。前述のキリスト降臨の「奇跡」によって、使徒たちは自らのなすべき務めを知った（wit）とされるところから「知者の主日」（Wit Sunday）となり、これが‘Witsun’となったとの説がある。また別の考え方では、この‘Whitsun’は、復活祭後五十日目に当たるこの頃には多くの洗礼が行われ、その受洗者は白衣（white）を着用する習慣があったところから、それが「白衣の主日」（White Sunday）となり、これが‘Whitsun’となったとされる説がある[1)]。この二説については、一般に、後者の説が正当とされるようである。

この聖霊降臨の祝日に関して伝えられる俗信には、次のようなものがある。

☆この祝日には、何か新しい衣服を身に着けるのがよい

とされた。

これは、イングランドを起源に古くから言われていたようであるが、「そうしないと幸運に恵まれない」とか、よく言われるのは、「そうしなければ鳥が飛んできて糞を落としていく」という信がある。 これに関して、R. Chamber, *The Book of Days*に次の記述が見られる。

> If you would have good-luck, you must wear something new on 'Whitsun-Sunday' … . More generally, Easter Day is the one honoured, but a glance round a church or Sunday-school in Suffolk, on Whitsunday, shews very plainly that it is the one chosen for beginning to wear new 'things.'[2)]
>
> 幸運に恵まれたかったら、聖霊降臨の祝日には何か新しいものを着なければならない … 。より一般的には、イースターに新しいものを着ることが多いが、サフォーク州では、聖霊降臨祭の日の教会あるいは日曜学校を見れば、その日が新しい「もの」を着始める日として特定されていることがすぐ分かる。

また次のような俗信も見られる。

☆聖霊降臨祭に生まれるのは大変運が悪く、果ては殺人者になるか、殺害されるかの運命を背負っている

と言われる。

この根拠は明らかではないが、これと同じ内容をPickeringも、*Cassell Dictionary of Superstitions*で次のように記述している。

> Another superstition maintains that those unlucky enough to be born at Whitsun are destined either to kill or to be killed[3)].

別の俗信が伝えるところでは、聖霊降臨祭に生まれる程の運の悪い人々は、殺人をするか殺害されるかの、いずれかの運命を背負っている。

因みに、アイルランドでは、この日に運悪く誕生した子供たちに対しては、その運命を変えるための模擬埋葬の儀式がある、と伝えられている。

In Ireland, the custom is particularly linked with children born at WHITSUN, who are allegedly fated to kill or be killed. ... 'dipping' someone repeatedly into an open grave is said to be effective ... [4)]
アイルランドでは、その習慣は特に「聖霊降臨祭の日」に生まれた子供たちに結び付けられる。彼らは伝えられるところでは、殺人をするかあるいは殺害されるかの運命を背負っている。 ... 口の開いた墓穴に繰り返し「入れる」と効果があるそうである ... 。

またこの日に備えて、各地の教区では教会員がモルトを仕入れ、このモルトから強いエールやビールが造られ、教会内やその他特定の場所で売りに出されることがある。

☆ この酒樽の一番近くに座り、一番多くの金を使う者が、教区民のうちで最も信心深い人である[5)]

と言われたりするようである。

2．女王陛下誕生日（The Queen's Official Birthday）

この日は、イギリス国民にとって女王に祝福を捧げる大切な日である。エリザベスⅡ世女王は1926年４月21日の誕生であるが、六月の第二土曜日を公的誕生日と定めて祝われている。

当日の朝11時に、ロンドンのハイドパークにて祝砲が撃たれる。1904年以来の伝統とされるが、六つの砲台車が六頭の馬に牽かれて定位置に就く。近衛騎馬砲兵隊の将兵が赤襟の青軍服に黒の毛皮の高帽、そして騎馬用長靴に白手袋というきらびやかな出で立ちで任に当たる。彼らは砲台車の後ろに片膝を突いた姿勢で構え、正に十一時に十秒間隔で四十一発の一斉祝砲を撃つ。またこの日には、伝統的な軍旗敬礼分列式（Trooping the Colour）も華やかに行われる。この儀式時には、常に女王陛下が、軍旗（連隊旗）が捧持行進されるその連隊の制服を着用されて出席される。

いずれの国の軍隊においても同じかもしれないが、連隊旗はかつての野戦場では味方を識別する大切なものであったことから、今日でもこの日、女王陛下の前で公に連隊旗を掲げて行進する伝統があり、連隊将兵は女王陛下に敬礼を捧げる習慣がある。

近衛騎兵旅団（現在三個連隊）の軍旗分列行進が、ホワイトホール（Whitehall）の広大な地で、軍楽隊による音楽の中で行われるが、女王は乗馬して旅団を閲兵される。将兵は、音楽に合わせて訓練された正確さで行進する。歩兵たちの列が整然とあちこちに行進し、軍旗が衆目に触れるべく行進されるのに続いて、歩兵隊列が女王の前を通過し、続いて騎兵隊列が常歩（なみあし）と速歩（はやあし・だくあし）で女王陛下の前を過ぎる。これは二百年以上前にジョージⅡ世王（King George Ⅱ）によって始められた儀式とされるが、如何にもイギリス国家と国民の誇りを象徴するかの如く思われる、極めて厳かであり、かつ実に華麗な儀式である。今日ではこの伝統儀式を、世界の各地において、テレビニュース等で垣間見ることができる。

（なお、この祝祭日は新しい時代の中で始まったものである故に、この日の行事や人々の生活に関しての迷信・俗信は見られないようである。）

３．夏至祭と前夜（Midsummer Day; 六月二十四日 & Eve）

夏至は一年中で昼間が最も長く、太陽が天空に最も高く昇る日である。夏至祭（Midsummer Day）は暦の上では六月二十一日（二十二日）であるが、洗礼者ヨハネ（St. John Baptist）の誕生日の六月二十四日に振り当てられている。ヨハネはキリストよりも六カ月早く誕生したとされる(『ルカによる福音書』Ⅰ-36）ところから、ヨハネの祭日はキリスト降誕祭（Christmas）の六カ月前と定められている。

もともと夏至祭は、ヴァイキングによって守られてきた祭であったが、キリスト教会はこの異教徒の祭のキリスト教化を図った。そこで本来の夏至の日を数日繰り下げて洗礼者ヨハネ祭に習合させ、キリスト教会の祭として取り込んでしまった。ところが祭本来の異教的要素は、変わることなくそのまま続けられていたのである。

夏至祭は、もう一つの夏祭である五月祭と類似の行事を持っていた。その中には夏祭柱（Summer Pole）を立て、その周りで踊る習慣があるが、これは五月柱（Maypole）に関する習慣と同じである。この他に、両者間で類似の行事としては、各地の山頂でかがり火を焚く習慣がある。

また夏至祭については、当日よりもその前夜に行われる行事のほうが重要性を持ち、またそれに纏わる俗信等も多く見られる。かつてかがり火は、イングランドの大半とスコットランド低地地方と東部地方、北方のオークニー諸島とシェトランド諸島で盛んであった。イングランドの南部や中部地方では、かがり火の行事は、十八世紀には姿を消したものが多かった。しかしその他の地域では、ヴィクトリア朝時代に入ってもその習慣が続けられた。特にスコットランドでは、教会の禁止令にも拘(かか)わらず、各地のかがり火は燃え続けていた[6)]。これに関して、次のようなことが言われた。

☆かがり火は、太陽が地平線に沈む瞬間に点火されなければならない

これは、各地に見られるいずれのかがり火も「太陽を象徴するもの」である、という根源的な考え方が明確に現われたものであろう。

☆かがり火の火を松明(たいまつ)に移し、高くかざして農場の周りを右回りに回り、農作物の豊穣を祈願する

右回りについては、やはり太陽の運行に由来するものであろう。

かがり火と同じ意味合いで焚かれる火、つまり「浄火」もあった。二本のオークの木をこすり合わせて起こされた元火が、配られたり移されたりして

「浄火」として焚かれた。

☆焔を跳び越えれば、幸運に恵まれる

とされ、若者たちの間でよく行われた。

☆家畜に火と火の間を通らせたり、あるいは灰の中を歩かせたりすれば伝染病や飢餓を防止する

と信じられた[7]。

☆火の点いた車輪で、収穫の良否を占った

Radfordに次の記述がある。

> In the Vale of Glamorgan, a cartwheel was thickly swathed with straw. At a given signal the wheel was lighted and sent rolling down a steep hill. If the "fire wheel" went out before it reached the bottom of the hill, then the harvest was bound to be a poor one. If it kept lighted all the way down, then the harvest would be good; and should it be still alight after it had reached the level, the harvest would be abundant[8].
>
> ヴェール・オヴ・グラモーガンでは、荷馬車の車輪に藁（わら）を厚く巻き付け、合図で火を点けて険しい丘の上から転がし、丘の麓（ふもと）に着く前に「火車」の火が消えていれば収穫は貧弱となり、途中燃え続ければ収穫は良好となり、麓に着いた後にも万一まだ燃えていたならば、豊穣となるであろう。

キンカーディーンシア州のケアンシー（Cairnshee）では、かがり火の習慣が1945年まで続けられていたが、その村には次のような仕来たりがあったとされる。

☆かがり火の燃料の拠出を拒めば、必ず不運な目に遭う

スコットランドと同様に、夏至祭にかがり火を焚く習慣は、イングランド北部地方でも1850年代頃まで残っており、カンブリア州、ノーサンバーランド州、ダラム州、ダービーシア州などでのかがり火の習慣は盛んに行われた。なお、カンブリア州では燃やす薪はナナカマド（rowan）であり、これはなかなか堅い材質の樹で、火が点きにくく七回かまどに入れてもまだ燃え尽きにくいとされる—ナナカマドの名称の由来—が、一旦燃え出すと長く燃える樹だと言われる。この樹が燃やされたのは、何よりもこの樹が一般に「魔除け」になると信じられていたからである。なお、ノーサンバランド州のワートン（Whalton）では、現在でもなお「ワートンのかがり火祭」（Whalton Baal Fire）が続けられている。

イングランド西端のコーンウォル州では、夏至祭と聖ペテロの祝日（St. Peter's Day）には、その前夜にマウンツベイ（Mounts Bay）湾を取り囲む山々の頂で、大かがり火が焚かれていた。

またペンザンス（Penzance）や近隣の地域では、かがり火に関連するものとして、火の点いたタール樽を担いで街中を走るとか、「火の玉祭」（Swinging the Fireball）と呼ばれる習慣があり、これは鎖の先端に火の玉を結び付けて頭上にかざして振り回す祭である。

1939年以来のことであるが、コーンウォル州のカーンブレイ（Carn Brey）からキットヒル（Kit Hill）に至る広い範囲の山頂で、かがり火が焚かれ続けている。これはこの伝統の保存協会によるもので、かつての習慣を復興したものと言われる。このとき、かがり火の下でドルイド教の祭儀が行われ、魔除けの薬草、オークで作られた鎌、それにほうきの柄に付けたとんがり帽子などを次々と火の中に入れ、魔女や悪霊の魔力を奪おうとする行事も再現される[9)]。

悪霊の魔力封じについては、夏至祭の前夜に関して、次のようなことが言われている。

☆オトギリソウ（St. John's Wort）を家の前に吊るしておけば、悪霊が入って来ない

この草花は、夏至の頃に黄色い花を付けるが、洗礼者ヨハネの草とか、マヨケソウとも呼ばれており、魔力封じに効くものとされる。この草花は、魔物に取り憑かれた家を清めるのにも用いられたと言われる。オトギリソウが家の厄払い（幽霊封じ）に用いられて、「その呪い（まじな）では、オトギリソウが主人の枕の下に置かれた」との事例が、John Aubrey, *Miscellanies*（1695）に見られることをCharles KightlyやOpie & Tatemが記している[10]。

オトギリソウを野から摘んで来たり、またそれを家の庭に植えておくと、次のようなよいことがあると言われた。

☆乙女が、聖ヨハネ祭の前夜にオトギリソウを摘めば、一年以内に嫁ぐことになる[11]

☆オトギリソウは、子宝をもたらせてくれる

との信もあったようである。

> … by a childless wife, naked, in her garden, which will give her a child before next Midsummer[12].
>
> … 子宝に恵まれない妻が、庭で裸になってそれ［オトギリソウ］を摘めば、翌年の夏至祭までには子供を授かるであろう。

☆クマツヅラ（vervain）、ヨモギ（mugwort）、オオバコ（plantain）、ニワトコ（dwarf elder）、ノコギリソウ（yarrow）、キヅタ（ivy）、アラゲシュンギク（corn marigold）、ムラサキベンケイソウ（orpins）などを摘み取って来て花環を作り、戸口の上に吊るしておいたり、大かがり火にくべれば魔除けになる。またその花環を家畜の首に掛けておけば、家畜が病気から護られる[13]

と言われた。

夏至祭前夜には、精霊が人々の身近に現われると信じられたところから、しばしば運勢占いがなされたようである。

☆摘み取って来た二本のムラサキベンケイソウが、夜通し絡みあっていれば、二人は結婚できる

☆摘み取って来たオトギリソウが萎れれば、それを摘んだ人が悲恋に泣くか、ことによれば命を落とすかもしれない

などと言われた。

☆夏至祭前夜に卵を割って、卵黄が崩れてないかどうかで翌年の運勢を占っ

た

☆ 夏至祭前夜に、木の小枝を吊るして豊饒を祈願した

また、かつての人々の間での信に、次のようなものもあった。

☆ 夏至祭前夜に雨が降れば、ハシバミ（クルミ）の実が台無しになるであろう

☆ 夏至祭前夜の真夜中に、女性が教会の周りを立ち止まらずに右回りに十二周（七周とも）し、その間アサの実を蒔きながら次のように歌い続ければ、左肩越しに未来の夫の幻影が見られる

と伝えられた。

“Hempseed I sow	「麻の実を蒔いて
Hempseed I hoe	大事に育てましょう
Let him that is my true love	私を愛してくださる方が
Come after me and mow[14].”	後から付いて来て刈り取ってくださるように。」

このとき、将来の夫の幻影が現われるどころか、現実の生きた恋人が現われて彼女を喜ばせることもあったかもしれない。その場合には、無論のことであるが、前もって彼女が、誰かにそのことを洩らしておいた結果であろう。

☆ 夏至祭前夜の真夜中にしか実を結ばないとされるシダの種子（fernseed）を、夏至祭の朝に入手する者は、自分の姿を消す魔力を授かる

と言われた[15]。

シダの種子が実を結ぶのが、ちょうどこの夏至祭の頃であることは頷（うなず）けるが、それと魔力とのつながりとなると、超自然的な伝承の世界の事柄となり、科学的には説明が困難と思われる。

更にもっと超自然的な伝承がある。

☆ 夏至祭前夜に、教会堂の入り口で寝ずの番をしていると、教区民全員の魂が教会堂に入って行くのが見えるが、その魂が教会堂に入ったままで戻っ

て来ない教区民は一年以内に死亡する。更にまた、その見張り番をする者が居眠りをしたりすれば、この者もまた、次の夏至祭まで生きていることは無い[16)]

と言われた。

☆**夏至祭前夜に、未婚の女性が断食をし、真夜中に奇麗な布を敷き、パン、チーズ、ビールを載せ、そこに腰を下ろしてまるで食べるかのような仕草をすれば、通りのドアが開いて、彼女が将来結婚するはずの人が部屋に入って来て、彼女に乾杯し、お辞儀をするであろう**[17)]

夏至祭の日に関するものに、次のような信もある。

☆**夏至祭の日にバラの花を摘んで、それを置いておくがよい。クリスマスが来てもそれが摘んだときと同じ程に新鮮であれば、それを身に着けて教会に行くとよい。あなたが結婚するはずの人がやって来て、それを手に取るであろう**[18)]

かつて夏至祭は、Shakespeareの*A Midsummer Night's Dream*[19)]で描かれたような超自然的な世界の中にあり、そこでは精霊やまた悪霊が力を振るうのだと信じられていた。科学的なものの考え方がなされる時代の到来とともに、夏至祭に関する多くの信が迷信・俗信とされ、それらはヴィクトリア朝時代における伝統復興の波に乗ることもなかった。その点では、夏至祭は、同じ夏祭とされる五月祭の場合とは異なった方向を辿ったのである。

今日における六月二十四日の夏至祭の行事としては、定期市、教会堂へのイグサ献納祭、またドルイド教団によるストーンヘンジでの祭儀等が見られる。今日では夏至祭は、実際のところ、比較的目立たない祭日となっている。

４．アメリカ独立記念日（Independence Day, U.S.A.; 七月四日）

この記念日は、新しい時代の中で始まったものであるため、これに纏わる人々の間での迷信・俗信の類いは先ず見られないが、アメリカの人々にとっては大切な年中行事の一つである。

イギリスからのアメリカへの最初の植民は1620年であったが、以来その子孫たちは大いなる苦労の中でその新天地に生きるうち、この地を彼らの国と考えるようになっていった。一方イギリス本国政府では、あくまでも彼らのことを植民者として、またその地を植民地として考え、本国に対しては特に経済的な面で貢献すべきと考え、彼らに不利益な政策—東インド会社救済のため、植民地での茶の独占販売権を与え、茶税法を制定—を押し付けようとした。

「ボストン茶会事件」(Boston Tea Party) と言われる事件が発生したのは、1773年のことであった。これは、インディアンに扮した植民者たちが、英国船に積まれていた約三百箱の茶をボストン港の海に投げ入れた事件で、茶税法に対して植民者たちが反抗したものであった。彼らは 'No taxation without representation' (代表無ければ税も無し) のスローガンの下に、本国の議会に彼らの代表者を送ることを要求した。結局、これは、植民者たちが本国政府に、いろいろな面で不利益を被(こうむ)ることなど無く、この国を自らの国として統治することを欲していることを示すものであった。

植民地と本国政府はいろいろと衝突をしていたが、ついに1775年にアメリカ独立戦争が起きた。1776年7月4日、植民者たちは植民地の最高議決機関であった大陸会議で「独立宣言」(Declaration of Independence) を採択し、議長がこれに署名をしたのである。実は七月四日の独立記念日は、イギリスからの独立を記念する日ではなく、独立宣言の採択と発表を記念する日なのである。

これにより植民者たちは、アメリカを自分たちの国として、誇り高く生きようとする道を選んだのである。苦難を極めた戦争は八年間にも及んだが、彼らは最終的には勝利を得て、独立自治を勝ち取ったのである。

この七月四日の独立記念日は法定休日であり、学校も休みである。この日には、アメリカの人々は殊更に自分たちの国に誇りを感じ、今後の発展に力を合わせようと誓い合う日でもある。街の通りにはあちこちに国旗が掲げられ、賑やかに飾り付けがなされる。軍隊による晴れやかな力強いパレードがなされ、夕べには花火が華やかに打ち上げられ、また夕食にはバーベキュー等が楽しまれたりもする。また、休みを利用して田園地方や海辺等への旅を楽しむことで、この日を祝う人々も多いようである。

1976年の７月４日には、アメリカ建国二百年を記念して大いに祝いの行事が催された。アメリカの人々は、過去において先人たちが命を賭して築いてくれたこの国に、この上無き誇りを感じるとともに、国民の気持ちが前向きに一つになるこの日を、これからも大切に祝い続けることであろう。

フィラデルフィア市には、よく知られる「自由の鐘」（Liberty Bell）があり、かつて独立宣言の採択を祝うために、この鐘が鳴らされたと言われる。それ以来、毎年七月四日にはこの鐘が鳴らされているが、その鐘には次の言葉が刻まれてある。

> "Proclaim liberty throughout the land, unto all the inhabitants thereof [20]."
>
> 「この国中に、即ちそこに住まうすべての人々に自由を布告せよ。」

Notes

<（L）：ページの左半部　（R）：ページの右半部を示す>

１）"May 24," *The Perpetual Almanack of Folklore*, ed Charles Kightly（London: Thames and Hudson, 1987）.

２）"September 7, Old Sayings as to Clothes," *The Book of Days,* A Miscellany of Popular Antiquities in Connection with the Calendar, ed. R. Chambers（London: W. & R. Chambers, 1864）Vol. 2, 322.

３）"Whitsun," *Cassell Dictionary of Superstitions*, ed. David Pickering（London: Cassell, 1995）286.

４）"Burial," Pickering, 47（L）.

５）"May 24," *The Perpetual Almanack of Folklore*, Kightly.

６）Charles Kightly, *The Customs and Ceremonies of Britain*（London: Thames and Hudson, 1986）163（L）-（R）.

7) "Need-fire," *Dictionary of Symbols and Imagery*, ed. Ad de Vries (Amsterdam: North-Holland Publishing Company, 1974).

8) "Midsummer Fires," *Encyclopaedia of Superstitions*, ed. E & M. A. Radford (New York: Philosophical Library, 1949; New York: Greenwood Press, 1969) 173(L)-(R).

9) Kightly, *The Customs and Cermonies of Britain*, 164(L).

10) "June 21," *The Perpetual Almanack of Folklore*, Kightly. / "St John's Wort," de Vries.

11) "St. Iohn's Wort," de Vries.

12) "St. John's Wort," de Vries. / "Midsummer's Eve," Pickering, 169(R).

13) Kightly, *The Customs and Ceremonies of Britain*, 164(L).

14) Kightly, *The Customs and Cermonies of Britain*, 164(L). / "May 23," *The Perpetual Almanack of Folklore*, Kightly.

15) Kightly, *The Customs and Ceremonies of Britain*, 164(L).

16) Kightly, *The Customs and Ceremonies of Britain*, 164(L). / "Midsummer's Eve," Pickering, 169(L).

17) "Midsummer Eve (and Day)," Radford.

18) "Midsummer Eve (and Day)," Radford.

Pluck a rose on Midsummer Day and put it away. If it is as fresh on Christmas Day as when it was gathered, and it is worn at church, the person you are to marry will come and take it. [Devonshire]

19) William Shakespeare, *A Midsummer Night's Dream* (written in 1595-6).

20) Margaret Joy, *Highdays and Holidays*, annot. H. Funado (Tokyo: Kinseido, 1983) 54.

[以上は『倉敷芸術科学大学紀要』第13号（平成20年３月）による。]

第6章　初穂祭・収穫感謝祭・万聖節の前夜祭・火薬陰謀事件記念日・アメリカの感謝祭

はじめに

いずれの時代においても、また如何(いか)なる文化においても、人々は諸祭を催し諸行事を行ってきた。人々は彼らのそれぞれの生業(なりわい)における豊かな実りと発展充実、更にまた平和な日々を願い、今日と未来の幸福を希求しつつ生きてきたのである。単調になりがちな日々の生活の中で、自らの心と体に活力を与え、更なる進展を遂げるために、諸祭、諸行事は人々にとってやはり不可欠なものであろう。

本章では、初穂祭、「豊穣」の神への収穫感謝祭、ハロウィーンと呼ばれる万聖節の前夜祭、イギリスの人々が、「恐ろしい事件として忘れないため」の火薬陰謀事件記念日、そして開拓時代から続くアメリカの感謝祭等の諸習慣と、それに纏わる迷信・俗信の考察を試みる。

1．初穂祭（Lammas; 八月一日）

スコットランドの人々は「初穂祭」（Lammas）と呼ぶ祭を行う。元来この初穂祭は、古代ケルト人が太陽神を敬った祭であり、往時イギリスでは、この日に秋の実りを感謝する収穫祭を催した。ラマスとは「パン（塊）のミサ、パン（塊）の祭」を意味する‘loaf-mass’に由来していると言われ、その年の収穫の始まりを感謝する祭であった。中世の教会では、この日には、最初に刈り取った小麦の束か、あるいはその新たな小麦粉で作ったパンを神に捧げる儀式が行われていた。

現今では、九月～十月の間に各地の教会を中心に「収穫感謝祭」（harvest

festival）を行うのが一般的であり、この八月一日の初穂祭にはそれに代わって定期市（fair）が開かれている。定期市は大小の都市で数日に亘って開かれ、それに絡めて娯楽や運動競技が盛り込まれ、多くの遊楽的な催しがなされる。

またこのラマスの祭日には、「ラマス共有地」（Lammas Land）と呼ばれる定期共用地が、翌春まで共用の放牧地として一般に開放される日でもある。この共用地はそれ以外の期間、春から夏にかけては、共有権保有者たちが作物や干し草を作るために使用される。人々にとっては作物作りも大切であるが、家畜の飼育がうまくいくこともまた極めて肝要なことであり、スコットランドの高地地方では、かつて次のようなことが言われていた。

☆ 邪眼からウシを護るには、ラマスの祭日に月経の血をウシに振り掛けるとよい

この信に関して、Radfordに次の記述があり、内容が同じであることが確認できる。

> To preserve a cow from the Evil Eye, sprinkle menstruous blood on the animal on Lammas Day[1). ［和訳は上記☆印の項の内容に同じ。］

またこのラマスの祭日には、人々は家庭を護るためにも同様のことを信じていたとされ、Radfordに同様の記述が見られる。

☆ ラマスの祭日に、戸口の柱や周辺に月経の血を掛けておけば、一年間、家は害から護られる[2)

これらからは、かつては月経の血は、悪魔、悪霊、邪眼等の魔力封じに役に立つと考えられていたことが窺われる。

スコットランドの高地地方では、ラマスの季節は「ルーナサァ」、つまり、ケルトの神ルーグ（Lugh）の祭であり、大集会、大かがり火焚き、競技会などの祝賀行事が催されていた。また今日でもこの時期は、他の「四季支払日」（Quarter Day）と同様に、悪魔や妖精が横行する日と信じられ、運勢占いの好機とも考えられており、次のものもその一つである。

☆ 未来の恋人の居場所を知りたければ、テントウムシに願い事を告げて放してやるとよい

Lady, Lady Lanners　　テントウムシ、テントウムシ
Take your cloak about your heid　　マントを頭に引っ被(かぶ)り
And fly away to Flanders　　フランドルまで飛んで行け
Fly ower moor and fly ower mead　　荒れ野を越え、牧場を越えて
Fly ower living, fly ower dead　　人里を越え、墓地を越えて
Fly ye east or fly ye west　　東に向かい、西に向かって飛んで行け
Fly to her that loves me best[3].　　愛(いと)しい人の所まで。

因みに、このラマスにはかつて「試し結婚」(handfast marriage) と呼ばれる習慣が見られた。Charles Kightlyがこれについて記述するところでは、ラマスの日に開かれる定期市は、「試し結婚」の契りを結ぶ機会として有名であった。そして一緒になった二人は、一年間の試し結婚後別れる道を選んでも、離婚者と見做されなかったようである[4]。

2．収穫感謝祭 (Harvest Festivals; 七月～九［十］月)

イギリスが産業化されるまでは、人々の多くは田舎に住み、自分たちが栽培する農産物で生活していたので、人々にとっては、収穫の時期は一年で最も大切な時期であった。

収穫作業で、最後の束は収穫女王 (Harvest Queen) と呼ばれ、その束 (小麦の人形) はリボンや花やツタの花環で飾られ、最後の荷車に載せられ、人々の歌声の中で農場へと運ばれた。そしてそれは、次の年のそれに代わるものが出るまで保存され、焼かれたり土にすき込まれたりはしたが、それに宿る霊のために決して捨てられることは無かった。十八～十九世紀には、蹄鉄型や団扇(うちわ)型の小麦の人形まで作られるようになったとされる。なお、今日では、この小

麦の人形作りは、またしても大いに人気を博しているようである。

人々は収穫の有り難さに感謝して、教会を果実や野菜で飾り、感謝の祈りを捧げる。この収穫については農産物ばかりでなく、海産物についても同様であった。例えば、コルチェスターやエセックスでは、九月にカキ漁が始まる前に、カキの収穫に感謝がなされる。漁業に依存する地域では、「海（船）への祝福」（Blessing on the Waters [or Boats]）が行われる。ダラム郡のノースシールドでは、漁港の埠頭で漁船や漁網が祝福される。また、デヴォンのブリックスハムやヨークシアのフランブラでは、海産物の収穫、つまり海の幸への感謝の礼拝が行われ、教会は漁網や漁業用の歯車等で飾られる。ロンドンのビリングズゲート旧魚市場の教区教会であるセントメアリアトヒル（St. Mary-at-hill）教会では、入手できるすべての種類の魚が、入り口に置かれた大きな平板の上に並べられる。かつては、英国国教会の教義である三十九か条（Thirty–Nine Articles）を記念して、三十九種類の魚が並べられるのが慣例であったと言われる。礼拝式が終了すると、供えられた海産物類は、すべて養老院等の慈善施設に提供されることになっている。なお、こうした供えられた農産物や海産物が慈善施設に提供される慣習は、今日すべての収穫感謝祭において遵守されている[5)]。正に、この国の人々の心の温かさの一面が窺われる思いがする。

3．万聖節の前夜祭（Halloween [Hallowe'en]；十月三十一日）

かつてケルト民族は十一月一日に新年を迎えると、彼らはそれを「冬の始まり」とした。彼らは、サムハイン（Samhain）の祭を祝ったが、その前夜にあたる「冬の前夜」（Winter's Eve）と新しい年の元日を祝う習慣があった。つまり十月三十一日の夜は、ケルト民族にとっては、一年の分岐点に当たっていた。この分岐点の日には、死者たちの霊が生家に戻り、夜通しその周囲を徘徊し、また同時に、超自然のあらゆる種類の精霊（しょうりょう）が、特にこの夜には恐るべき魔力を発揮して人里に群がり、人々に危害を加えるものと信じられていた。

キリスト教会は、この異教の祭にキリスト教的意味付けをし、またその信徒たちを保護する目的で十一月一日を万聖節（Feast of All Saints [or All Hallows]）と定めて諸聖人の霊を祀り、その翌日の十一月二日を万霊節（All Souls' Day）として、すべての死者たちに対して祈りを捧げる日と定めた。Hallows（or Saints）とは聖徒の意味である。ハロウィーン（Halloween）とは、十一月一日の万聖節（All Hallows [or All Saints]）の前夜の祭を指す。

万聖節の前夜祭（All Hallows' Even）、つまりハロウィーン（Halloween）には、かつては、生家に戻ってくる死者の霊のためにさまざまな行事が行われていたとされるが、今日では、ソウルケーキや、小銭の喜捨を求めながら戸別訪問するソウリング（Souling）の風習が僅かに残っている他は、ほとんど廃れてしまった。イギリスの北部地方や西部地方の各地には、子供たちが悪魔や悪霊を演じて思い思いの変装をして、ちょうちんを提げ、隊を組んで街を練り歩きながら軒並みにドアを叩き、キャンデーや小銭をねだる風習がある。最近では、'Trick or Treat' と呼ばれる遊びも行われ、「お菓子をくれないと悪戯するぞ！」と触れながら近隣を巡る。なおアメリカでも、子供たちによる同様の遊びが行われている。

ハロウィーンが、本来、新旧の年の境目である点から、古来各種の占いがよくなされてきた。特に、恋占いや結婚占いがよくなされたようである。

［以下は第３部第１章の１.－２）－⑵～⑹の既述内容に含まれるが］

☆ハロウィーンに、ろうそくを手にしてリンゴをかじりつつ鏡を見つめると、肩越しに将来の夫となる人が同じ鏡を覗く

と言われる。

Robert Burns, *Halloween*（1786年）に次の用例が見られる。

> Wee Jenny to her Graunie says, "Will ye go wi'me, Graunie? I'll *eat the apple at the glass*, I gat frae uncle Johnie[6]."
>
> おちびのジェニーが彼女の婆様に言う。「いっしょに行こうよ、おばあちゃん。わたし、鏡の前でジョニーおじさんのくれたリンゴを食べるんだ

もん。」

☆ハロウィーンに、若い独身女性がリンゴを持って鏡の前に立ち、九つに切ったリンゴをナイフに載せて、鏡を覗き込みながら左肩越しに差し出すと、それを取ろうとする未来の夫の姿が鏡に映る[7)]

と言われる。

☆ハロウィーンに一人で家を出て、三つの領地の境界が接している所を流れる小川まで行く。その水に自分の着ているシャツの左袖を浸し、誰とも話をせず家に戻る。濡れたシャツを寝室の暖炉の前に干しておき、火の見える所に横たわり、眠らないでじっと見ていると、真夜中頃にシャツを裏返すために未来の伴侶が現われる[8)]

と言われる。

次のものは、結婚相手の素性を知る占いである。

☆三枚の皿を置き、占われる人が目隠しをして這って行き、どの皿に手を入れるかで、その素性が判る

とされる。

先述のRobert Burns, *Halloween* の注釈に次の記述が見られる。

Take three dishes ; put clean water in one, foul water in another, and leave the third empty: blind-fold a person, and lead him to the hearth where the dishes are ranged; he (or she) dips the left hand: if by chance in the clean water, the future husband or wife will come to the bar of Matrimony, a Maid; if in the foul, a widow; if in the empty dish, it fortells, with equal certainty, no marriage at all. It is repeated three times; and every time the arrangement of the dishes is altered[9)].

三枚の皿を用意して、一枚には奇麗な水を、二枚目には汚れた水を入れ、残りは空にしておく。占われる人を目隠しして、皿を並べてある暖炉の所へ連れて行く。彼（あるいは彼女）は左手を皿に浸す。それがたまたま奇麗な水の皿ならば、婚姻届の役所を一緒に訪れることになるのは初婚者であり、汚れた水の皿ならば再婚者、空の皿ならば、これらの場合と同様の確かさで結婚できないことになる。これは三度繰り返されるが、その都度三枚の皿の位置は変えられるものとする。

☆ハロウィーンに、乙女が剥いたリンゴの皮を、次の呪文とともに左肩越しに後ろに投げれば、その皮が未来の夫のイニシャルを作る。その際の呪文は、「聖サイモンとジュード様、お願いです。手に持ちますこの皮で教えて欲しい。今日すぐにも教えて欲しい、ほんに愛しいお方のイニシャルを」である

この用例として、D. H. Lawrence, *The White Peacock* (1911) に次の記述が見られる。

She stood up, holding up a long curing strip of peel "How many times must I swing it, Mrs. Saxton?" "Three times—but it's not All Hallows' Eve[10]."

彼女は立ち上がった。手には長くねじれたリンゴの皮を持っていた。「何回振らなくてはいけないのかしら、サクストン夫人。」「三回ですよ。—でも、今日は万聖節の前夜ではないわねえ。」

こうした場合に、もしも投げたリンゴの皮がちぎれてしまい文字を作らなければ、その娘は生涯、独身で終わると言われる。

スコットランドの田園地方には、妖しげな恋占いがある。

☆ハロウィーンの夜、一人で炉の所へ行き、通風管の中に青色の毛糸玉を投げ入れ、その糸を糸巻きに巻き取っていく。すると誰かがその毛糸玉を押さえているかのように、糸が巻き取れなくなる。そのとき、毛糸玉に向かって「誰が押さえているの？」と問うと、通風管の中から未来の配偶者の洗礼名か苗字が聞こえてくる[11]

と言われる。

何故毛糸玉は「青いもの」と限定されるのか、その根拠は不明である。

次のものは、またしてもリンゴを用いての恋占いであるが、特にスコットランドやウェールズでは、今日でも子供たちの遊びとして残っている。

☆たらいのような容器に水を入れ、多くのリンゴを浮かべ、そこに顔や手足を突っ込んで、そのうちの一つを口にくわえる。くわえたリンゴの持ち主が、その者の恋人ということになる

なお、ウェールズでは、水の中にリンゴの他にコインを入れたりもする。こうした遊びは、水の中にひょいと頭を潜らせるので、その仕草がアヒルやカモに似ているところから、'duck apple'（アヒルのリンゴくわえ遊び）と呼ばれる。また、この類型の遊びには、水中のリンゴを口にくわえたフォークで突き刺す遊びもあり、'forking for apples'（リンゴのフォーク刺し遊び）と呼ばれている。

上記のリンゴを用いた占い遊びは、実はケルト民族のドルイド僧の行う宗教儀式に由来するものとされる。リンゴそのものは＜不死＞（immortality）の表象であり[12)]、「水の中をくぐってリンゴの国、つまり不死の国へ行くこと」を象徴しているとされる。

ハロウィーンの占いには、未来の伴侶の風采、職業、身分等が占われるものもある。次はRobert Burns, *Halloween*の注釈の記述である。

☆ハロウィーンの夜、一人で納屋に行き二つの戸口を開けておく。そして、み［箕］を手にして風の吹く方角を考えて、まるでモミが入っているかのように揺すってモミガラを風で飛ばす仕草を三回する。そのとき風の入ってくる戸口から人影が入って来て、もう一方の戸口から出て行く。その人影は未来の伴侶であり、風采・職業・身分等が判る[13)]

とされる。

上述の同書の注釈には、キャベツを用いた占いについても言及されており、その概要は以下の通りである。

☆若い男女が数名で手をつなぎキャベツ畑へ出掛け、皆が目隠しをして、各

自がキャベツを一つずつ引き抜く。その茎が大きいか小さいか、真っ直ぐか曲がっているかで、各自の結婚相手の体格や容貌を占う。その茎が大きくて真っ直ぐなものが吉とされる。次に根に付いている土の多少で貧富を占うが、多いほうが吉である。次にナイフで茎の芯を切り、口に入れてその味を試す。甘い味がすれば吉で、相手は好人物と判じられる。最後にそのキャベツの茎―「ラント」（runt）と呼ばれる―を家に持ち帰り、戸口の上辺りに並べて置く。そして、偶然家に入ってくる人物のクリスチャンネームが、「ラント」を並べてある順で、その者の結婚相手のクリスチャンネームだとされる[14)]

万聖節の前夜は、かつてのケルト民族の一年の分岐点の日とされたが、キリスト教会も、ケルト民族の異教の習慣に似合わせた習慣を築き、そこには文化的融合一体化への策と努力が窺われる。特にこうした一年の分岐点に当たるというところから、超自然的な力が大いに働く日とされ、この日には実に多様な占いがなされたようであるが、今日では廃れたものも少なくないようである。

４．火薬陰謀事件記念日（Guy Fawkes Night; 十一月五日）

イギリスでも、カトリック教徒とプロテスタント教徒の争いは果てることが無かった。特に十七世紀初め頃には、カトリック教徒は弾圧を受け、彼らは更なる迫害を受けることを大変恐れていた。

伝えられるところでは、1605年、カトリック教徒の一団の人々が、同じカトリック教徒で軍人のガイ・フォークス（Guy Fawkes）に助けを求め、国会議事堂の爆破により、国王と議会関係者たちを亡き者にする計画を持ち掛けたとされる。その企てには彼の他に七人の人々が加わっていたが、そのうちの一人が自分の義理の兄弟（議員）に手紙を送り、議会の始まる日には国会議事堂には行かないようにとの警告をした。それがもとで陰謀事件が発覚し、国会議事堂の地下室から大量（三十六樽）の火薬が発見された。ガイ・フォークスは取り調べを受けたとき、火薬爆発に必要なマッチやその他の器具を所持していたとされる。ガイ・フォークスらの一味は捕えられ、拷問を受けた後、大逆罪で処刑されたと伝えられる。

この大事件で、国王や王族、また貴族、聖職者、議員その他の議会関係者等多数の人々の尊い命が救われたことを忘れまじとして、十一月五日を火薬陰謀事件記念日としている。英国国教会では記念の礼拝が行われ、次のような感謝の祈りがなされる。

> 'We yield thee our unfeigned thanks and praise, for the wonderful and mighty deliverance of our late gracious sovereign King James the First ... with the Nobility, Clergy and Commons of this Realm then assembled in Parliament, by Popish Treachery appointed as sheep to the slaughter in a most barbarous and savage manner ... [15]'
> 「私達はあなたに深甚なる謝意と賛美の言葉を捧げます。今は亡き仁愛深き国王ジェームス一世の危機を、かくも見事に回避できるようにお導きくだされたことに対して ... 国王のみならず、当時国会議事堂内に参集したこの王国の貴族、聖職者、議員たちを、かかる残忍卑劣な手段により、一瞬に屠(ほふ)らんと企図したカトリックの反逆者らの陰謀を、暴き出すことができたことに対して ... 。」

またこの日には、主として子供たちによる'Bonfire Night'—ガイ・フォークス人形の引き回しと焼き捨て—と呼ばれる行事が行われる。子供たちが行うこの人形の焼き捨ての行事の内容は、彼らがこの事件の首謀者ガイ・フォークスに似せた等身大の人形を作り、自分たちも面を被り、次のような歌を歌いながら家々を回り、人形を町中引き回した後に、最後にはそれを焼いてしまう、というものである。

> Remember, Remember, the fifth of November,
> Gunpowder, treason and plot.

There seems no reason why gunpowder treason
Should ever be forgot[16].
忘れないで、忘れないでよ、十一月五日を、
火薬、反逆、陰謀事件をね。
火薬陰謀事件が忘れられてもよい理由(わけ)なんて全く無いよねえ。

国の政治の向きと、また宗教対立の大きな渦の中では、とかく政変や革命が起きがちなことは歴史が語るところであるが、イギリス国の転覆を計画したこの火薬陰謀事件を、神に護られることによって未然に防ぎ、人々の命と国を護ることができた記念として、人々は長くこの事件を心に留めることであろう。

５．アメリカの感謝祭（Thanksgiving Day, U.S.A.; 十一月第四木曜日）

アメリカの感謝祭のルーツは、ピルグリムファーザーズ（Pilgrim Fathers）の人々が新天地で初めての収穫を得たとき、神に感謝して催した三日間の祭である。かつて1620年９月６日に百二人のオランダ人とイギリス人の一団がメイフラワー号（Mayflower）で出発し、命がけで大西洋を渡り、十二月末にアメリカの北東部マサチュセッツの現在のケープコッド湾に到着した。彼らは新天地に丸太小屋を建て、翌1621年の春に土地を耕し種を蒔いた。彼らは友好的なインディアンたちからトウモロコシ、ジャガイモ、カボチャ、クランベリ等の栽培法を教わり、また野生のシチメンチョウの捕獲と飼育の方法をも学んだ。やがて秋になって初めての収穫を終えたとき、彼らはその実りに対して感謝の祭を催した。彼らは大いに力になってくれたインディアンたちを招き、十一月末の木曜日から三日間の「収穫感謝祭」（harvest festival）を行ったとされる。今日でも感謝祭が木曜日に催されるのは、最初の感謝祭の開催曜日に由来するのであろう。

以来、アメリカの農民たちは収穫感謝祭を行ってきたが、1863年まではそれ

それの地域で断続的に行われていたと考えられている。この1863年には、リンカーン大統領（President Abraham Lincoln）が収穫感謝祭（Thanksgiving Day）を十一月最後の木曜日と定め、国民の祝日（学校は当日とその翌日も休日）とした。更にそれは後に、フランクリン・ルーズベルト大統領（President Franklin Roosevelt）により十一月の第四木曜日に修正された経緯がある。

感謝祭の日には、教会での礼拝が行われ、また一般に、各家庭では感謝祭のご馳走が用意され、他所に出掛けている家族も帰省して家族団欒の時が過ごされる。なお、感謝祭のご馳走で欠かせない伝統的品目はシチメンチョウ（turkey）である。恐らくは、1621年の最初の感謝祭にも食されたものであろうが、確証はないとされる[17]。因みにシチメンチョウ料理は、アメリカであれイギリスであれ、クリスマス（Christmas）を祝う際にも、その食卓には欠かせない品目とされている。

Notes

<（L）：ページの左半部　（R）：ページの右半部を示す>

1）“Lammas,” *Encyclopaedia of Superstitions,* ed. E & M. A. Radford（New York: Philosohical Library, 1949; New York: Greenwood Press, 1960）.

2）“Lammas,” Radford.

3）“August 1,” *The Perpetual Almanack of Folklore,* ed Charles Kightly（London: Thames and Hudson, 1987）.

4）Charles Kightly, *The Customs and Ceremonies of Britain*（London: Thames and Hudson, 1986）‘Lammas.’

5）Kightly, *The Customs and Ceremonies of Britain,* 135.

6）“Halloween,” *Burns Poems and Songs,* ed. James Kinsley（1969; Oxford: Oxford Univ. Press, 1970）109-12, 126.

7）“Halloween,” *Cassell Dictionary of Superstitions,* ed. David Pickering（London: Cassell, 1995）126（L）.

8）“HALLOWEEN,” *Zolar's Encyclopaedia of Omens, Signs & Superstitions,* ed. Zolar

(London: Simon & Shuster, 1989) 186.

Going alone to a stream where "three lairds' lands meet" and dipping in the left sleeve of a shirt was another tradition. When done, one would return home, without speaking, and hang the sleeve to dry before the bedroom fire. One should go to bed, being careful to remain awake. It was said that the form of a future helpmate would enter the room and turn the sleeve in order that the other side might dry.

9) "Halloween," Kinsley, Footnote, 130.

10) D. H. Lawrence, *The White Peacock,* The Cambridge Edition of the Letters and Works of D. H. Lawrence, ed. Andrew Robertson (Cambridge: Cambridge Univ. Press, 1983) Ⅰ, Ⅷ, 92.

11 "Halloween," Kinsley, Footnote, 125.

12) "Apple," *Dictionary of Symbols and Imagery,* ed. Ad de Vries (Amsterdam: North-Holland Publishing Company, 1974) 2.

13) "Halloween," Kinsley, Footnote, 128.

14) "Halloween," Kinsley, Footnote, 123.

15) "November 5," *The Perpetual Almanack of Folklore,* Kightly.

16) Margaret Joy, *Highdays and Holidays,* annot. H. Funado (Tokyo: Kinseido, 1983) 64.

17) Tad Tuleja, *Curious Customs* (New York: Harmony Books, 1987) 277.

［以上は『倉敷芸術科学大学紀要』第14号（平成21年3月）による。］

第７章　クリスマス（キリスト降誕祭）(1)

はじめに

クリスマス（キリスト降誕祭）は、キリスト教徒にとってこの上なく意味深く大切な祝祭である。人々は家族で、また地域の人々の間で、キリストの生誕を祝う。ただ、クリスマスには一つの特徴があり、それは信仰を異にする人々、つまりキリスト教徒以外の人々によっても広く祝われるという一面を持っていることである。

本章では、クリスマスが十二月二十五日に定められるまでには、異教の祝祭との習合という、キリスト教会の賢明な方策と努力があったとされるが、そのことを含めてのクリスマスの変遷の概要史、またクリスマスを迎える諸準備に関する種々の習慣と、それに纏わる迷信・俗信の考察を試みる。

［なお、クリスマスイヴとクリスマス、またそれに続くこの祝祭期の諸習慣と、それらに纏わる迷信・俗信に関する考察は次章に記載する。］

１．クリスマスの概要史

１）クリスマスが十二月二十五日に定められた経緯 ... 異教の祝祭とキリスト教祝祭の習合

キリスト降誕祭は、十二月二十四日のクリスマスイヴに始まり、そして二十五日の祭日、更に続いて普通一月六日までがその祭儀期間とされる。

本来キリストの生誕が十二月二十五日であったかどうかは全く不明であり、それがちょうど冬至の頃であったかどうかについても、その根拠は何もないとされる。実際、それは四世紀前までは別の時期に祝われていたとされ、これが冬至の頃に行われるようになったのは、キリスト教がローマ帝国において公認された後、四世紀になってからであった[1)]。

キリスト教会では、よく用いてきた布教策として、元々の異教徒の間に広く行われていた諸祭儀に、キリスト教の意味付けを与えて教会の祭とする方法を採った。これは彼らの意図する祭儀が、キリスト教徒以外の人々にも広く受け入れられるようにするための賢明な策であったと思われる。

古代ローマでは十二月二十五日には「勝利の太陽神の誕生日」(Birthday of the Unconquered Sun) が祝われていた。これは古代ローマの冬至の祝いであった。これを日を変えずに、「正義の太陽」(Sun of Righteousness) であるキリストの降誕祭に相応（ふさわ）しい日と定めた。更にもう一つ、古代ローマでその直前の一週間に祝われていた「農神祭」(Saturnalia) の期間をも、キリスト降誕を祝うものとして取り込んでいる。その後も更に、英国をも含めた北欧諸国におけるゲルマン系の人々の冬至の祝祭である「ユール」(Yule) からも、その習慣を採り入れたとされる[2)]。

こうして時の経過の中で、十一世紀半ばにキリスト降誕祭は、古代ローマ人の諸祭とゲルマン人のユール等の複合要素が一つに習合されて「クリスマス」(Christmas) ―この語は「キリストのミサ」(Christ's Mass) からのもの―となったと考えられている。

このような経緯をもつクリスマスには、特に中世の時代には、当然ながら異教の祝祭の雰囲気を持つ行事が含まれており、現在においてもその名残（なごり）が見られる。例えば、前述の「ユール」に関係する「クリスマス前夜の大薪焚き」(Yule Logs) などもその一つである。これはクリスマスの前日、暖炉で燃やす大きな薪を家に運び込む習慣である。また、サマセットシアの農家での、最も大きいリンゴの樹にリンゴ酒を振り掛け、リンゴの豊作を願う「リンゴの樹への祝杯」(Wassailing the Apple Trees)［第4部第1章で既述］等もその類いである。

2）宗教改革の影響を受けて

この異教的内容を持つクリスマスの祭儀慣習は、宗教改革の時代に大きな様変わりを見せることになる。宗教改革を唱える人々は合理的な考え方を主張し、その結果、クリスマスは「迷信的な祭儀慣習」とされ、果てはこの祭儀を行うことそのものが禁じられた。それによってクリスマスにおける多くの民間行事が止められることになった。例えばスコットランド低地地方などでは、改革教会の力が強く、民間行事が長期間徹底的に禁止されたため、この地方ではクリスマスを祝う代わりに新年を祝う民俗的行事が盛んになり、それが現在にも及んでいる。

同様のことが他の地域にも起きている。例えばイングランド地方では、ピューリタン（清教主義者）たちが極めて厳格な考え方で短期間の禁止措置を採っており、スコットランドにおける程ではなかったにせよ、やはり民間行事に相当な抑圧の影響があったとされる。

その後のジョージ王朝の時代には、世の中全体における経済状態の悪化等により、クリスマスにおける民間祭事は一層衰退の方向に向かった[3)]。

3）クリスマスはヴィクトリア朝に今日の姿に

クリスマスの祭事に関して、大きな様変わりの時期が到来する。それはヴィクトリア朝期であった。十九世紀半ばの頃、ヴィクトリア女王の夫君アルバート公（Prince Albert）が異風を吹き込んだ。その一つとして、クリスマスツリーを挙げることができるであろう。このクリスマスツリーが、所謂（いわゆる）「ヴィクトリア朝風のクリスマス」の象徴となったのである。

一方、当時の文壇において名をなしていたチャールズ・ディケンズ（Charles Dickens）が*Christmas Carol*（『クリスマスキャロル』）等の作品を著し、一般の人々にヴィクトリア朝風のクリスマスのムードを広めることにもなったようである。

このヴィクトリア朝風のクリスマスが、今日のクリスマスの祭事の祖型になったと考えられている。

２．クリスマスを迎える諸準備

１）クリスマスカード

クリスマスの準備については、大抵は当日の十二月二十五日の相当前から始められる場合が多く、その前触れを務めるのがクリスマスカードである。古くから親しい者同士の間で、クリスマスカードが交換されていたとも言われるが、一般に広まるのは、商品としてのクリスマスカードが出されてからのようである。最初の印刷された絵入りの商品としてのクリスマスカードは、1843年にロンドンのサウスケンジントン博物館のヘンリー・コウル（Henry Cole）卿の発案と企画で、イギリス人画家ジョン・カルコット・ホースレー（John Calcott Horsley）が考案し、1,000枚発行されたとされる。それは、当時の一般の人々が買い求めるにはやや高価だったようである。ホースレーのカードには、クリスマスにおける中流家庭のワインの食卓の楽しい団居（まどい）の絵と、唐草模様で仕切りをつけた貧困者の絵が併せて描かれ、またそこには今日も使われる“A MERRY CHRISTMAS AND A HAPPY NEW YEAR TO YOU!”の文言が印刷されていた[4]。

1870年代になると、廉価でしかもカラーの石版刷りのカードが特別郵便料金で売り出され、人々の間で大いに持て囃（はや）された。この頃にはアメリカでも、クリスマスカードを贈る習慣が広まったようである。なお、1850年代以降には、カードの発売による収入を、貧民救済等の慈善事業に供する風潮も高まったとされる。

今日では、クリスマスカードの交換は、キリスト教文化圏の人々の間でのみならず、一部、キリスト教徒以外の人々の間でも、特に若い人々の間で、大いに楽しまれている。

２）贈り物

クリスマスに贈り物をする習慣のルーツは、イエス誕生のときに東方の賢者三博士がイエスの誕生を祝い、黄金、乳香、没薬（もつやく）の贈り物を持って来たとの伝承に関わりがあるとされる。

紀元前のローマ人の間でも、冬至には贈り物をする習慣があったとされる。クリスマスの贈り物としては、時としては金貨もあったが、大抵は蜂蜜、果物、ランプなどに人気があった。またローマのサトゥルヌスの祭の伝統から、富める者が貧しい人々に施しをする習慣があり、その名残でクリスマスにはかなり古くから、裕福な者が召使い等の使用人に、また地主ならその小作人等に、また親は子に、贈り物をする習慣があったようである。なお、同じ社会的身分の個人同士が贈り物を交換する習慣は、むしろ新年（New Year）や十二夜（Twelfth Night）等のほうにあったとされる。

この個人同士のプレゼント交換の習慣は、比較的新しいものと考えられ、十九世紀のヴィクトリア朝時代中期に、クリスマス祝祭の商業化の波の中で始まったとされる[5)]。

3）飾り付け ... ヒイラギ（holly）、ツタ（ivy）、ヤドリギ（mistletoe）

クリスマスの飾り付けは、かなり早い時期から始められる。ただし、今日でも人々の中には一部、次のような信を持つ者もいる。

☆クリスマスイヴの前に飾り付けをしてはならない。中でも特に常緑樹の飾り付けをイヴ以前に済ましてしまうと、不運に見舞われる[6)]

常緑樹は古くから＜不滅＞を象徴するものとして、異教の時代からも冬至の祭儀に用いられてきた。クリスマスの飾り付けに用いられる伝統的な常緑樹は、ヒイラギ（holly）、ツタ（キヅタ；ivy）、ヤドリギ（mistletoe）である。以下はそれぞれの樹木に関する伝承である。

(1) ヒイラギ（holly）

ヒイラギは極めて神聖な樹とされ、うかつに切り倒してはならないとされた。一般にこの樹を切る場合には、物々しくも議会の許可を得たとか、あるいは仮令（たとえ）それが個人の所有であろうとも、人に見られないように密かに伐採したりしたようである。樵（きこり）がこの樹を切ることを嫌がったのも、この樹を切ると危害に見舞われると言われたからである。Kipling, *Diversity of Creatures*（キプリング『さまざまな生き物』1917）には、'the sacred holly which no woodman touches without orders[7]'（如何なる樵も命令が無ければ手を触れようとしない神聖なるヒイラギの樹）との記述も見られる。

ヒイラギの樹は、イチイの樹と同様に教会構内や教会墓地にも植えられ、「悪鬼、魔女の危害から護り、またこの樹には決して落雷が無いものとされ、人々を稲妻の害から護る」とされた。また民間療法の点では、

☆霜焼けを治療するには、裸足で雪の中に出て（歩き）、ヒイラギの樹で打てば効く

とか、

☆霜焼けには、ヒイラギの実を焼いた灰で擦ると効く

とも言われる。

また、一部の地域（ケンブリッジシアの沼沢地方）では、

☆熱病を防ぐには、ヒイラギの枝で足を掻けばよい

とも言われる[8]。

また、飾り付けに家に持ち込むヒイラギの種類によって、夫婦のどちらが主権を持つかが決まるとも言われる。

☆持ち込まれるヒイラギの種類で、翌年一年間の夫婦間の主権者が決まる。持ち込むのが刺の多いヒイラギであれば夫が、刺の少ないヒイラギであれば妻が、それぞれ家庭内の主権を得ることになる[9]

これはダービーシアでの伝承である。

同じダービーシアでも、下記の伝承を持つ地域もある。

☆クリスマスに、家にヒイラギを飾らないのは縁起が悪い。その際ヒイラギは刺の多少の両種類を飾らねばならない。また両種類が同時に家に持ち込まれねばならない。これを違えて、もし先に持ち込んだ種類が刺の多いものであれば夫が、刺の少ないものであれば妻が主権を掌握する

と言われる。

これについては、「クリスマス前日にヒイラギを集めておき、翌日の早朝ほ

の暗い時間に家に持ち込むべき」とされる[10]。

ヒイラギがキリスト信仰におけるシンボルとなった理由は、二つあるとされる。一つは、ヒイラギは旧約聖書のホウキギに喩えることができることである。もう一つは、血のように赤い実を付け、かつ葉に刺のあるヒイラギは、キリストが流した血の色と、かつ最後に被(かぶ)らされたとされる荊(いばら)の冠を象徴するからである[11]。クリスマスの装飾において、一般によく用いられる赤と緑の色の配合については、「キリストの流された血の色（実の色）と、刺のある葉の色」に基づくものである。

因みにアメリカでは、赤と緑のまだらの葉をもつポインセチアが、クリスマスのシンボルとして人気がある。これは十九世紀の初めに、アメリカの駐メキシコ公使ジョエル・ポインセット（Joel Poinsett）―ポインセチアはこの人物の名から命名―が船で運んだものだと伝えられている[12]。

⑵ ツタ（キヅタ；ivy）

クリスマスの時期には、その飾り付けにヒイラギとともに必ずツタ（キヅタ）が用いられ、それは教会の飾り付けにも家庭の飾り付けにも、まさに相応しいものとされている。

一般にツタは、縁起に関しては善悪両様の面を有する。「ツタは家庭の場合、どこにでも植えてよいものとはされず、一般的には家の外側の通路や玄関口に植えるのがよい」とされる。「家の建物全体にツタが這っている状態はよくない」とされるようである。

ツタの木で作ったカップは、中に入れた液体に健康によいエキスや効能を与え、こむら返りや百日咳に効き目がある、とされる。シュロップシアでは今日でも、子供たちが百日咳の治療に必要な飲み物（薬）を飲むとき、このツタのカップを用いるとされる[13]。

ツタの葉は占いに用いられ、

☆誰にも見られないで、ツタの葉を摘み、繰り返し「ツタよ、ツタよ、お前を摘んだのはこの私、私の胸にお前を置きましょう、私に最初に話しかけ

た殿方が、確かに私の恋人になりますように」と唱える。この恋人が結婚相手にもなる

というものがある。また、

☆ 元日の夜に、皿に水を入れ、それにツタの葉を浮かべておき、十二夜（一月五日）になってもそれが緑のままであれば、一年間病気にならず健康の徴（しるし）であるが、黒い染みが見つかれば病気になる

という占いが伝えられている[14]。

ハロウィーン―万聖節の前夜；十月三十一日の夜―によくなされた占いと同様に、「これからの一年間で家族の誰かが死亡するかどうかを知りたい」という占いがある。

☆ 各自がツタの葉を一枚ずつ取り、それを鉢の水の中に入れておき、一晩そのままにしておく。その葉には印が付けられていて、各自が自分の葉を識別できるようにしておく。死ぬ運命にある者には、翌朝、その葉の上に棺の形が現われる[15]

と言われる。

これは比較的最近まで、実際に行われていたようである。

なおツタの葉を摘むことに関して、サマーセットシアでは、

☆ 教会からツタの葉を摘んではいけない。それは病気の徴なのだから[16]

と言われる。

ツタは縁起上、このように明暗両様の意味合いを持つが、クリスマスの飾り付けには欠かせないものとされている。

(3) ヤドリギ（mistletoe）

ヤドリギは、自ら地面から生育するものではなく、他の樹に寄生する植物であるという特徴がある。ヤドリギは緑の植物であり、白い真珠のような実を付ける。クリスマスの飾り付けとして用いられる場合、一般の家庭には用いられるが、この植物が教会に飾り付けられることは、ごく一部の例外（ヨーク大聖堂［York Minster］では祭壇にヤドリギが置かれる）を除いて、先ず無いも

のとされる[17]。

ヤドリギが教会に飾られない理由としては、二つあるようである。一つは、「ヤドリギは、異教ドルイド教で神聖な植物として崇められるもの」であるため、キリスト教会側からは、その神聖を冒涜するものと見做されたからである[18]。異教時代の「ドルイド教におけるヤドリギについての見方」として、大プリニウス『博物誌』に、「ドルイド教司祭たちは、ヤドリギよりも神聖なものはないと考えている[19]」との記述が見出される。

ヤドリギが教会に飾られないもう一つの理由は、ヤドリギが連想させるものに原因があるとされる。「ヤドリギは、時にはただ陽気な連想に過ぎないこともあるが、非常にしばしば下品で粗野な行為を連想させる」ことがその理由とされるようである。更にこれに続けて、「その下品な連想によって、若者たちは皆、ヤドリギの枝を帽子に入れて持ち歩く」との記述も見られる[20]。

ヤドリギの飾り付けに関しては、次のような信がある。

☆ヤドリギを飾っておけば、決して家からパンが無くなることがない[21]

つまり、それは生活の保証となる、という訳である。デヴォンシアに伝わる信である。

☆ヤドリギは翌年のクリスマスまで取って置くとよい。それは、雷避(よ)けになる

☆ヤドリギは翌年のクリスマスまで取って置くと、未婚女性の将来の夫を占うのに役立つ

と言われる。

ところで、ヤドリギについての種々の伝承のうちで、最も親しみ深いものは次のものであろう。

☆白い実をつけたヤドリギの枝が、台所を主体に飾り付けられる。その下に女性がたまたま立てば、男性は彼女にキスをする特典が与えられる。キスをする度ごとにその実が一つずつ摘み取られ、実が無くなれば特典は無くなる

この習慣は、特に若い男女の近付きのきっかけを与えるものであったようである。Washington Irving, *Sketch Book*（1820）に次の記述が見られる。

> The mistletoe is still hung up in farmhouses and kitchens at Christmas; and the young men have the privilege of kissing the girls under it, plucking each time a berry from the bush. When the berries are all plucked, the privilege ceases[22].
> ヤドリギは、今でもクリスマスには農家や台所に吊るされる。そして若者には、その下にいる娘にキスできるという特典があり、キスする度に茂みから実を一つずつ摘む。実が全て摘み取られれば、その特典は無くなる。

因みにこの習慣に関してであるが、これが若い男女間のみの習慣に限られないことを挙げておく。Dickens, *Pickwick Papers*（1837）に次の一節が見られる。

> ... old Wardle had just suspended, ... a huge branch of mistletoe, and this same branch of mistletoe instantaneously gave rise to a scene of general and delightful struggling and confusion; in the midst of which, Mr. Pickwick ... took the old lady by the hand, led her beneath the mystic branch, and saluted her in all courtesy and decorum[23].
> ... 老ウォードル氏は ... ヤドリギの大枝をたった今吊るし終わった。するとこのヤドリギの大枝が、すぐに皆の喜ばしい押し合いと混乱を引き起こした。その最中（さなか）に、ピクウィック氏は ... 老夫人の手を取り、彼女を神秘的なヤドリギの下に導き、できる限りの礼儀正しさと丁重さをもって、彼女にキスをした。

どうやら、クリスマスにはヤドリギの下で女性（特に未婚女性を主体）にキスをし、その実を一粒渡しながら「佳（よ）いお年を」と挨拶するのが習慣化されていたようである。

「ヤドリギの下でのキスの習慣の根拠」については、種々のものがある。これについて、Tad Tulejaが以下のような諸説を紹介し、若干の見解を述べている。

フレイザー（Frazer）は、この習慣を「ギリシアの農神祭の無礼講」と結び付けて考えている。フイリップ・ウォーターマン（Philip Waterman）は、これをもっと深い意味に捉えて、それを、バビロンの美女ミリッタ（Mylitta）を崇める神殿での売春行為の名残だと考えている。更にT. G. クリッペン（Crippen）は、それを、「特にイギリス的な習慣」と見做そうとしている。それは原始的な結婚または豊饒の儀礼を表わしているのかも知れないし、また北欧の紛争中止の習慣にまで遡るものなのかもしれないと考える。例えば、「もし人々が森のヤドリギの近くで遭遇した場合には、争うことを禁じられていた」とすれば、それは、「平和と友好の誓いを示すために」戸口にヤドリギの小枝を吊るすという慣習にほぼ近いものになる。その誓いは、キスと同様に「友好的な挨拶」であったと考えられる。Tulejaは、この推理はヤドリギとクリスマスの関係を筋道の通ったものにする、と評している。なぜなら、クリスマスは平和の時節だからである[24)]。この最後の部分では、端的ではあるが、Tulejaのもっともな見解が述べられており、そこには一応の説得性が認められるように思われる。

また、一般にヤドリギに関しては次のような伝承がある。ウェールズやウスターシアの農民の間では、「ヤドリギはメウシに幸運をもたらす」とされた。

☆ 新年になって初めて子を産んだメウシにヤドリギの小枝を食べさせる。そうすればすべてのメウシに幸運がもたらされる

と信じられた[25)]。

また、その他ヤドリギの薬効に関して補足すると、

☆ ヤドリギの枝を首に吊るしたり、煎じて茶にして飲めば、てんかんや百日咳に効く

との伝承がある。

4）クリスマスツリー（Christmas Tree）

キリスト教の流布以前のヨーロッパでは、北欧民族の間で樹木、特に果樹や常緑樹を偉大な存在、即ち「神の化身」として崇める習慣があった。キリスト教が広まり、中世の時代、十四、十五世紀には、人々の間でクリスマスの時期、特に十二月二十四日には、決まって聖書中のアダムとイヴの物語が上演され、大いに持て囃された。その奇跡劇で大事な小道具とされたのが、パラダイスツリー（paradise tree）と呼ばれるリンゴの実を付けた常緑樹であり、それが文盲の多かった観客に、エデンの園の失われた純潔を大いに思い出させた。恐らくその純潔への誘(いざな)いとして、（つまり異教信仰における伝承への先祖返り的な現象として）十六世紀のドイツでは、クリスマスの時期に家に常緑樹を持ち込むようになったのであろう、と考えられている。 こうした樹木は、十七世紀までにクリスマスツリー‘*Christbaüme*’（Christ trees）として知られるようになったが、十九世紀までは、それは主としてドイツの習慣であった[26)]。

イギリスにおけるクリスマスツリーの導入については、特筆すべき人物がいる。それは、ヴィクトリア女王の夫君アルバート公（Prince Albert）であり、彼が従来のクリスマスに大いに異風を吹き込んだ。アルバート公は、1844年にクリスマスツリーを彼の本国ドイツから取り寄せ、それをウインザーの宮廷に飾った。これがきっかけとなり、商人の逞しい戦術等もあり、クリスマスツリーはほぼイギリス全土に広まり始め、それぞれの家庭でクリスマスツリーが飾られるようになっていった。やがてこれが、所謂ヴィクトリア朝風のクリスマスの象徴となり、今日のものの基の姿になったのである[27)]。

一方アメリカ大陸では、Tulejaの記述によると、クリスマスツリーは1820年代に、やはりドイツ移民によって初めて飾られ、それは数十年先になって定着したとされる。なおTulejaは、更にスナイダー（Snyder）の見解を挙げて、このクリスマスツリーが世界の多くの地域に広まったのは二十世紀初めの頃である、と述べている[28)]。

Notes

＜(L)：ページの左半部　(R)：ページの右半部を示す＞

1) Charles Kightly, *The Customs and Ceremonies of Britain* (London: Thames and Hudson, 1986) 72.

2) Kightly, 73.

3) Kightly, 73.

4) Tad Tuleja, *Curious Customs* (New York: Harmony Books 1987) 180. / "CHRISTMAS CARD," *Zolar's Encyclopaedia of Omens, Signs & Superstitions*, ed. Zolar (London: Simon & Shuster, 1989) 76.

5) Tuleja, 180.

6) Kightly, 73.

7) Rudyard Kipling, *A Diversity of Creatures*, Penguin Books, ed. Paul Driver (London: Penguin Classics, 1987 ; London: Penguin Books, repr. 1994) 61.

8) "Holly protects," "Holly cures chilblains," & "Holly prevents fever," *A Dictionary of Superstitions*, ed. Iona Opie & Moira Tatem (1989; Oxford: Oxford Univ. Press, 1990).

9) "Holly indicates dominant partner," Opie & Tatem; 〈1871〉.

10) "Holly indicates dominant partner," Opie & Tatem; 〈1881〉.

11) Tuleja, 175.

12) Tuleja, 175.

13) "Ivy," *Encyclopaedia of Superstitions*, ed. E & M. A. Radford (New York: Philosohical Library, 1949; New York: Greenwood Press, 1960) 154.

14) "Ivy Leef : divination," Opie & Tatem.

15) "Ivy Leaf in water : divination," Opie & Tatem.

16) "Ivy picked off church," Opie & Tatem.

17) "Mistletoe," *Cassell Dictionary of Superstitions*, ed. David Pickering (London: Cassell, 1995) 173(L).

18) "Mistletoe, kissing under," Opie & Tatem; 〈1813〉.

19) "ドルイド"『プリニウスの博物誌』中野定雄・中野里美・中野美代訳（東京：雄山

閣出版，昭和61年）Ⅱ，16-95, 704.

Pliny, *Natural History*, XVI, xcv（English Version, ed. Loeb）: The Druids ... held nothing more sacred than the mistletoe ...

20）"Mistletoe, kissing under," Opie & Tatem; 〈1892〉.

21）"Mistletoe as protection," Opie & Tatem; 〈1955〉.

22）Washington Irving, *The Sketch Book*, The Works of Washington Irving（New York: AMS Press, 1973）Vol. XIX, Footnote, 278.

23）Charles Dickens, *The Pickwick Papers*, The Oxford Illustrated Dickens（1948; New York: Oxford Univ. Press, 1991）XXVIII, 391.

24）Tuleja, 175-76.

25）"Mistletoe," Pickering, 173(R)-74(L).

26）Tuleja, 174.

27）Kightly, 73. / "CHRISTMAS TREE," Zolar, 81.

28）Tuleja, 174.

[以上は『倉敷芸術科学大学紀要』第15号（平成22年3月）による。]

第８章　クリスマス（キリスト降誕祭）(2)

はじめに

クリスマス（キリスト降誕祭）は、信徒の人々にとって最も大切な意義深い祝祭である。［前章（１）に続き］本章（２）では、クリスマスイヴとクリスマス、及びそれに続く祭儀期間をも含め、古くからの諸習慣とそれに纏わる迷信・俗信の考察を試みる。

特にクリスマスイヴについては、各家庭でユールログと呼ばれる大薪を暖炉で燃やすことによって、クリスマス前夜の雰囲気が高まることや、それに纏わる人々の古くからの信に注目してみたい。［１.参照］

またクリスマスに関しては、「クリスマスには仕事はしないもの」という伝統的考え方に注目し、更に教会での厳粛な祝祭行事に触れる。［６.参照］その他では、殊に、サンタクロースの謂(いわ)れとそのルーツについての若干の言及を含めたい。［３.参照］

１．クリスマスイヴ（Christmas Eve; 十二月二十四日）

かつてキリスト教が広まり、中世の時代になるとクリスマスイヴには、聖書中の「アダムとイヴ」の劇がよく上演されたものだと言われるが、今日ではこの習慣は先ず見られなくなっている。ただし、イヴの二十四日に関して、次のような諸点は今日にも大いに伝えられている。

１）ユールログ（Yule Log）

非ケルト系民族は、かつて夏至と冬至を大切な行事としていたが、キリスト教は、キリスト降誕祭をこの冬至に合致させて祝祭行事とした。夏至の屋外の大かがり火に対して、冬至の屋内での炉火に当たるものとして、クリスマスイヴにはユールログ（Yule Log）と呼ばれる大きな薪を暖炉で燃やす。この大薪については、古来多様な信がある。

☆ **大薪は購入したものではいけない。他人から譲り受けたり、自分で見つけたり、自分の土地にあるものなどがよい**

とされる。

☆ **大薪の運び込みは、クリスマス前日になってからでなければならない**

☆ **大薪に火を点けるのは夕暮れになってからであり、火を点けるには前年の薪の燃え止(さ)しを用いる**

のが仕来たりとされる。

また、Charles Kightly, *Perpetual Almanack,* December 24には次の記述が見られる。

> ... it [the Yule Log] should then burn at least all night—or if possible throughout the coming Twelfth Days of Christmas—without going out, ... [1)]［和訳は次の☆印の項の内容に同じ。］

つまり、かつては、

☆ **点火後は、それ［ユールログ］が消えないようにし、少なくとも一晩中燃やし続けねばならない。できれば、クリスマス季節の十二日間ずっと燃やし続けるのがよい**

と言われる。

☆ **クリスマスイヴの夕食中に、ユールログを動かしたり、火を掻き立ててはいけない**

とされる。

☆ **点火用として保存する燃え止しには、火難除(よ)けの霊力がある**

と広く信じられる。

☆ **大薪の断片をベッドの下に入れておき、次のクリスマスに新たな大薪と一緒に燃やすとよい。こうすると家を火災から護ってくれる**

この断片は、ベッドの下以外では、台所の天井に吊るしておいたりもする[2)]。

☆クリスマスの燃え木は取って置き、十二夜（Twelfth Night; 一月五日）に燃やすのがよい

ヨークシア州その他での習慣とされる。

２）飾り付けに関して

クリスマスイヴには、英米のキリスト教徒の家庭では、クリスマスツリーに始まり、ヒイラギ、ツタ、ヤドリギ等が飾り付けられる。特に、ヤドリギについては、［前章２.－３）－(4)でも触れた通り］その樹の下では、男性は女性にキスをする特典が与えられる。次はこれに関する俗信で、前章に追加されるものである。

☆娘はヤドリギの下でキスをされると、大いに幸運に恵まれる

と広く信じられる。

☆ヤドリギの下でキスをされた娘は、その葉と実を取って寝室に行き、ドアに鍵を掛け、その実を飲み込む。葉には最愛の人の名前の頭文字を彫る。これをコルセットの内側に縫い込んで心臓の近くに位置するようにしておく。そうすれば葉がそこにある限り、恋人を縛り付けておくことができる[3)]

と言われる。

これはヨークシアに伝えられる。

３）ユールキャンドル（Yule Candle）

クリスマスイヴにはユールキャンドル（Yule Candle）を灯す習慣がある。

☆ユールキャンドルは、買うものではなく人からもらうものであり（商人からサービスでよくもらえる）、一晩中灯せるだけの大きいものがよい

とされる。

ユールキャンドルは型込めろうそく―大きな型に入れたもの―で、一本で赤いものが普通とされるが、時に赤と青の一対のもの等もあり、大抵は常磐木(ときわぎ)の枝で飾られている。

次は、それがテーブルに置かれた場合の、*Dictionary of Superstitions*に見られる記述である。

> It [The Yule Candle] would be unlucky to light it before the time ... The candle must not be snuffed, and no one must move from the table, till supper be ended[4). [和訳は次の☆印の項の内容に同じ。]

つまり、

☆ユールキャンドルは、クリスマスイヴ以前に火を点けると不吉である。ろうそくは芯を切って消してはならない。夕食が済むまでは、誰もそれをテーブルから移してはならない

なお、「芯を芯切り鋏(ばさみ)で切ると、幸運が失われる」とも言われる。

☆ユールキャンドルの燃えかすは、ろうそくが燃え尽きるまでそのままにしておくのがよい

とされる。

従って、ろうそくは吹き消されることもない。「就寝等で止むを得ず消すときには、火箸で挟んで消すのがよい」とされる。

イヴの夜には、窓辺に大きなろうそくを灯すことが多い。また、イヴだけではなくクリスマス季節中には、ずっと窓辺にろうそくを灯したりもする。

窓辺にろうそくを灯す習慣はドイツで始まったとされるが、広く一般に行われるものである。この習慣の謂れは、「幼子キリストの道標(しるべ)」(candlelight led the infant Jesus through the darkness[5)）とされる。

2．クリスマスイヴに誕生する者

☆クリスマスイヴに生まれた子は、生涯、幸運に恵まれる

と期待される。

☆クリスマスイヴに生まれた者は、精霊(しょうりょう)—死者の霊魂—に悩まされること

が無い

と言われる。

３．サンタクロース（Santa Claus）とそのルーツ

サンタクロース、別名クリスマス爺さん（Father Christmas）については、現在では一応の衣装やスタイル、またその行動がお決まりのものになっているが、以前にはいろいろな内容があったとされる。

イングランドのクリスマス爺さんは、遅くとも十五世紀以来、この季節に人間の姿に変装して現われる魔力の持ち主、として知られていた。これが、クリスマスイヴにトナカイの牽くそりに乗って各家庭を訪ね、煙突から降りて来て、暖炉の壁の所に吊るしてある子供たちの長靴下に贈り物を詰め込む、という今日のサンタクロース像となったのは、他でもない多民族の伝説のるつぼであるアメリカにおいてであった。

西欧諸国の多民族のサンタクロース伝説には、いろいろなものがあるとされるが、代表的なものの一つとして、四世紀の小アジアのミラ（Myra）の聖ニコラウス（St. Nicholas）の伝説が挙げられるであろう。それによれば、聖ニコラウスは貧しい三人の姉妹に、真夜中に気付かれないように持参金を贈り、この女性たちが娼婦に身を落とさないで済むようにした、と言われている。

真夜中に、聖人が姉妹の家の煙突に三枚のコインを投げ込んだところ、暖炉の傍に乾かしてあった複数の長靴下の中に、そのコインがちゃんと納まった[6]、と伝えられる。これが、長靴下にプレゼントが入れられる謂れとされている。またこの聖人は、シントクラウス（*Sinte Klaas*）爺さんとして、その祝日の十二月六日には、オランダ系アメリカ人の子供たちの靴の中に贈り物を詰めて回った、とも伝えられている。

また、この他のサンタクロースに関する伝説としては、ドイツ系アメリカ人たちの間に伝わるクリスクリングル（*Krisskringle*）がいる。彼はよい子には褒美を贈り、悪い子には罰を与えた、と伝えられる。また、その他、スカン

ディナヴィアまたはロシアの伝説では、北極に住む魔法使いの話が伝えられている。これらの多民族の諸伝説がアメリカで複合され、その結果、今日のサンタクロースが誕生したとされるようである。このでき上がったサンタクロースの姿と内容は、1870年代に大西洋を渡り、元の古里であるヨーロッパに伝わった[7]、と考えられるようである。

サンタクロースは、人々、特に子供たちに「夢」を与えてくれる故に、彼らにとっては、クリスマスにおける一大「楽しみ事」なのである。更にまた、サンタクロースは、キリスト教徒のみならず、広く世界の多くの人々に愛される存在でもある。

４．クリスマス料理

クリスマス料理については、長年のうちに種々の変遷が見られるようである。

１）シチメンチョウ（turkey）

シチメンチョウは、今日のクリスマス料理の中心的な役割を果たす食材である。実は、シチメンチョウ料理は、イギリスでもエリザベス朝時代には既にクリスマス料理の一つになっていたが、それがガチョウやニワトリや骨つきのローストビーフなどからその主役の座を奪ったのは、割と最近になってからのことだと言われる。かつては、クリスマスに不可欠の一番の料理とされたのは、イノシシの頭の料理であったが、これとその改良種と言われる雄ブタの料理も、今やともにクリスマスの食卓から姿を消してしまっている[8]。

２）クリスマスプディング（Christmas pudding）

かつて人々に愛好されたクリスマス料理に、プラムポリッジ（plum porridge）がある。これは、牛肉と干しブドウと乾燥したセイヨウスモモを入れた一種の粥（かゆ）であったが、これが十九世紀初期には固形にされ、クリスマスプディングができ上がっていた。今日でも、家庭ではこれを「掻き混ぜの主日」（Stir-up Sunday）に作り、その中に「幸運をもたらす」とされる銀貨やお守りの小物を入れる習慣がある[9]。

☆クリスマスプディングは、幸運を呼ぶために、家中の皆が掻き混ぜねばならない

☆掻き混ぜながら、月別の願い事を唱えると、それらが叶えられる

また、

☆一心に願い事を唱え、三度容器の底が見えるまで掻き混ぜるとよい[10]

と言われる。

☆妙齢の娘たちは、もしも十二カ月以内に結婚したいと望むなら、掻き混ぜの手伝いをしなければならない[11]

とも言われる。

3）ミンスパイ（mince pie）

伝統的な料理ミンスパイは、羊肉等の細（こま）切れ肉（mince meat）にオレンジ、イチジク、ナツメヤシ等の果物やスパイスを混ぜ合わせて焼いたものを、小麦粉の生地に入れて、（キリスト誕生の関わりから）飼い葉桶を模（かたど）った形に焼き上げたものである。そのため、一時期にはピューリタンから、偶像崇拝的な風習として非難されたりもした。

☆別々の人によって作られたミンスパイには、翌年一年間に一カ月分の幸運をもたらす不思議な力がある[12]

そのため今日でも、各家庭同士で、でき上がったミンスパイを交換し合ったりするようである。

なお、パイに関しては、古い時代には、ヨークシアクリスマスパイ（Yorkshire Christmas pie）などもあったとされる。これは、ガチョウ、野ウサギ、ガン、カモなどの肉を多量に入れて焼き上げた大きなパイであったが、姿を消してしまってから久しい、と言われる。

4）クリスマスケーキ（Christmas cake）

☆クリスマスケーキはイヴに食されるが、一部はクリスマスの日まで取って置かれるべきである

リンカーンシア州などでは、「これを怠ると、次の年は不運の年になる」と言われるようである。

5．クリスマスイヴとクリスマス早朝における教会行事

クリスマスイヴの教会行事として挙げられるものには、次のようなものがある。

1）深夜ミサ（Midnight Mass）

キリスト教徒にとっては、厳密な意味では、クリスマスはクリスマスイヴから始まると考えられている。その点から、キリスト教徒の多くは教会の深夜ミサに出掛ける。実は今日では、一年に一度、このミサだけに出席する者さえいるとも言われ、各地の教会は人々で溢れんばかりとなる。深夜ミサは元々ローマカトリック教会の聖体祭儀であったが、これが今日のように教派を問わず各地の教会で盛んに行われるようになったのは、第二次世界大戦以降だとされる[13)]。このミサでは、教会にクリブ—crib; 飼い葉桶・まぐさ桶—の模造品が飾り付けられるが、これはキリストがベツレヘム（Bethlehem）の馬小屋の飼い葉桶で誕生したと伝えられることから、それを想像しての飾り付けである。この習慣も、基はローマカトリック教会が始めたものだとされるが、現在では多くの教派の教会でこれが飾り付けられる。この飾り付けは、家庭でも、商店でも、また公共施設や学校でもなされる。学校では、その飾り付けの前で、子供たちによるキリスト降誕劇が演じられたりする。

2）クリスマス早朝の礼拝式（Christmas Morning Service）

特にプロテスタントの人々には、クリスマスの朝に高らかに鳴り響く鐘の音

とともに行われる「早朝の礼拝式」（Christmas Morning Service）に出席する者が多い。

3）悪魔のための弔鐘（Tolling the Devil's Knell）

深夜ミサでの祈りの後や、クリスマスの朝には、次のようなことが言われる。

☆クリスマスを迎えるとき、教会での祈りの後では、魔女や悪霊などの害を受けることはあり得ない

Shakespeare, *Hamlet*には、これに関連する次の一節が見られる。

> Some say that ever 'gainst that season comes / Wherein our Saviour's birth is celebrated, / This bird of dawning singeth all night long ; / And then, they say, no spirit dare stir abroad, / The nights are wholesome, then no planets strike, / No fairy takes, nor witch hath power to charm, / So hallow'd and so gracious is that time[14].
>
> 救い主キリストのご降誕が祝われる季節が来ると決まって、夜明けを告げるあの鳥が夜通し鳴き続けるそうである。すると、妖魔は一歩も出歩くことができない。夜の世界は浄化され、星も妖気を発せず、妖精も力なく、魔女も魔力を失（しっ）する。それ程にこの季節は清らかで汚れが無い、と言われる。

これに関連して、Kightlyは「悪魔のための弔鐘」（Tolling the Devil's Knell）という特別な行事について触れている。これはクリスマスイヴにデューズベリー（Dewsburry）のオールセインツ（All Saints）教会でのみ古くから行われている行事である。イヴの十時頃から一組の鐘のうち最低音の鐘(tenor)を鳴らし始め、キリスト生誕の年数と同じ数だけ鳴らし続ける。その間、最後の鐘の音が、ちょうどクリスマスイヴの真夜中の十二時―つまりクリスマス祝祭日の零時―から鳴らし始める組み鐘（chime）の最初の音とぴったり一致するように、慎重に間合いが取られる。こうして真夜中に、「キリストの降誕」と「悪魔の死」が同時に告げられる訳である。このことは次の信となっている。

☆ 悪魔のための弔鐘行事を怠っては、向こう一年間悪魔が教区内を横行して災禍を振り撒(ま)く[15)]

かつてのこの地の住民の信として、今日にも伝承されているようである。

6．クリスマス（Christmas Day; 十二月二十五日）

いよいよクリスマスの日を迎え、その朝戸を開けることになるであろうが、それに関して次のような信がある。

☆ クリスマスの朝、家のドアを開ける最初の人は幸運に恵まれる

と言われる。

そのとき、サセックス州の一部では、「ようこそ、サンタクロース！」と言う習慣がある。

☆ クリスマスの朝、寝室を出て階下に降りる最初の者はほうきを持って行き、表玄関のドアを広く開けて、敷居から「厄」を掃き出す

これも同様にサセックス州の信である。

クリスマスの日には、古来人々は「仕事をしない」のが一般的な習慣である。これについては、広くクリスマス期をも含めての習慣として、

☆ クリスマスの日、及びクリスマス期には、避けられない仕事、例えば家畜の世話などを除いて、耕作にせよ、その他の労働にせよ、一切しないもの

とされる。

1）クリスマス祝祭（Christmas Festival）

この日の教会行事としては、クリスマス祝祭（Christmas Festival）があり、これに出席する人々も多い。この祝祭では、この日に相応(ふさわ)しい「九つの聖書日課」（nine scriptural lessons）の朗読がなされる。またその間には、クリスマ

スキャロル（Christmas Carol; クリスマス祝歌）が歌われる。

2）クリスマスキャロル（Christmas Carol; クリスマス祝歌）

キャロルの歴史は、一般的には十三世紀に遡ると考えられている。キャロルは、元はキリストの降誕や宗教的主題とは関係無く、庶民の踊りと一緒に歌われていた世俗的な歌であったとされる。その特徴としては、折り返し句が一句ごとに反復される形式が多い。今日よく知られているものとしては、*'O Come All Ye Faithful'* *'Hark the Herald Angels'* *'Once in Royal David's City'* *'Good King Wenceslas'* *'O Little Town of Bethlehem'* 等があるが、この大半はヴィクトリア朝時代（十九世紀）に作られた、とされる[16]。

7．エリザベス女王のメッセージ

今日イギリスでは、クリスマスデイには、エリザベス女王（Queen Elizabeth）のメッセージを静かに聴く家庭が多い、と言われる。この伝統は、かつて1932年のジョージ五世（George V）の治世に始まったもので、1956年以降はテレビを通して行われている。

8．クリスマスに誕生する者

クリスマスデイに誕生する者については、次のような信がある。

☆**クリスマスデイが日曜日なら、その子は偉大な主君になり、月曜日なら永遠に強く賢明に、火曜日なら自分が強くて貪欲になると分かり、水曜日なら勇猛で快活に、木曜日なら十分栄える幸せな権利を持ち、行為は善良でぐらつかず、弁舌は賢明で分別があり、金曜日なら長生きで眼が好色に、土曜日なら間違いなく半年以内に死ぬであろう**[17]

この信では、土曜日生まれが格別に不運な内容になっている。

☆**クリスマスの日に生まれるような幸運な人は、生涯、亡霊に悩まされるこ**

とが無い

**☆クリスマスの日に生まれると、溺れることも無いし、絞首刑にされること
も無い**

と言われる。

９．残りのクリスマス季節

キリスト降誕祭が終わると、残るクリスマス季節を手持ち無沙汰に過ごす人が少なくないようである。この理由としては、クリスマス後の十二日間に往時には行われていた教会や世俗の行事の多くが、廃れてしまったことが考えられる。例えば、クリスマスの翌日（二十六日）の聖ステパノ（St. Stephen）の祝日に、かつてのように貧しい隣人たちへの施しや、各家庭で使用人、郵便集配人、清掃業の人等に祝儀の贈り物をする習慣―「クリスマスの贈り物日」(Christmas Boxing Day）と称される習慣―もほとんど無くなっていると見られる。

二十八日は、「聖嬰児日」(Childermas）である。雇い主の中には、この日の出勤を命じる者もあるかもしれないが、一般にこれは人々に好まれない。この日は、ヘロデ王（Herod）に殺害された罪無き幼児たち（Holy Innocents）を記念する日であり、一年中で最も不吉な日とされる。

☆聖嬰児日に物事を始めると、恐ろしい厄難に遭う

と言われる。

クリスマス休暇は、大抵新年まで続くようである。中にはごく少数と考えられるが、伝統的なクリスマス季節の最終日に当たる一月六日の「十二日節」(Twelfth Day）までか、あるいはその後の月曜日の「耕作初めの日」(Plough Monday）まで、休暇を楽しむ人々も見られるようである。

10. 飾り付けの片付け

☆ クリスマスの飾り付けに使った常磐木やツタは、家畜、特にメウシに食べさせるとよい

と信じられている。

「これらは農場に幸をもたらす」と今も一部に伝えられている。

☆ 教会に飾られていたヒイラギの枝やツタは、家に持ち帰るとよい。特に液果の付いたヒイラギの枝を家に吊るしておくと、必ず幸運な年がやって来る

と言われる。

教会であれ、家であれ、クリスマスツリーやその他の飾り付けを取り外す時期については、今日では、一応次のように言われている。

☆ クリスマスの飾り付けの取り外しは、一月六日の「十二日節」(Twelfth Day) の前日、つまり「十二夜」(Twelfth Night) にするのがよい

しかしながら、今日では必ずしもこれが守られているとは限らない（特に、商業関係者の間ではそのようである)。

飾り付けの取り外し時期については、かつては、一般に次のようにも言われていた。

☆ クリスマスの飾り付けは、「聖燭節」(Candlemas; 二月二日) に取り外すもの

とされた。

また、更にウェールズ各地やイングランド西部のカトリック教徒たちの間では、

☆ 取り外した飾り付けは「懺悔節火曜日」(Shrove Tuesday) まで取って置き、これを燃やして、その上でパンケーキを焼くとよい[18)]

と言われ、今も一部に残っているようである。

なお、飾り付けの取り外しは「聖燭節」の前にすべきだ、との異なる信もあるが、このときの片付け状態、特に教会の信徒席の片付け状態に関して、次の

ような信がある。

☆ 教会のクリスマスの飾り付けは「聖燭節」前に奇麗に片付けられるべきであるが、特に「葉や液果が残る信徒席」を占める家族には、その年死者が出る[19]

とされた。

次はこのことを強く信じる人物についての、R. チェインバーズの『日々の書』(1864) の記述である。

An old lady ... whom I know, was so persuaded of the truth of this superstition, that she ... used to send her servant on Candlemas-eve to see that her own seat at any rate was thoroughly freed from danger[20].

私の知っている ... ある老婦人は、この俗信の真実性を大変に信じていたので、彼女は聖燭節前夜にいつも彼女の召使いを送り、ともかくも彼女自身の席が完全に危険から免れるように、調べさせたものであった。

クリスマスの飾り付けの処理については、焼くか焼かないかの大きな相違点がある。

☆ クリスマスの飾り付けは焼くものである

という考え方が先ずある。

次はこれに関するThomas Hardyの記述である。

... we were burning the holly / On Twelfth Night ; the holly, /
As people do : the holly, / Ivy, and mistletoe[21].

... 私たちはヒイラギの枝を焼いていた、 十二夜に、ヒイラギの枝を、
人々がするように、ヒイラギの枝、 ツタ、ヤドリギを［焼いた］。

なお、飾り付けが翌年のクリスマスに焼かれる習慣もある。次はそれに絡む占いの信である。

☆クリスマスのヤドリギの飾り付けは、しばしば次のクリスマスまで取って置かれ燃やされるが、未婚の娘たちは、その際のヤドリギの燃え方で未来の夫を占った。静かな炎はよい徴(しるし)であり、パチパチ跳ねると不機嫌で怒りっぽい夫を持つことになる前兆とされた[22)]

これは、特にウスターシアの伝承である。

ここまでは、飾り付けを焼く習慣である。ところが一方では、飾り付けを焼いてはいけないとする、全くもって逆の習慣もある。

☆クリスマスの飾り付けを焼くのは不吉である。絶対に焼いてはいけない。うっかりして焼けば、次の十二カ月の間に家から死者が出る

と言われる。

この習慣は、シュールズベリー、ルイトン、フォード、ワーゼン、モントゴメリーシア州南東部等で見られる[23)]。

古くからこれら両方の相反する習慣があり、それぞれの習慣が今日にも続いている。

人々はそれぞれの習慣に意義を見出し、その伝統を受け継ぎ、大切に守っていこうとするものである。従って、人々のそれぞれの習慣、伝統は大いに尊重されるべきものである。正にそれこそが、人々それぞれの「文化」であり、人々それぞれの「心」なのである。

Notes

＜(L)：ページの左半部　(R)：ページの右半部を示す＞

1) "December 24," *The Perpetual Almanack of Folklore*, ed. Charles Kightly (London: Thames and Hudson, 1987).

2) "Christmas Log / Ashen Faggot: piece kept for luck / protection," *A Dictionary of Superstitions*, ed. Iona Opie & Moira Tatem (1989; Oxford: Oxford Univ. Press, 1990).

3) "Mistletoe, kissing under: divination / spell," Opie & Tatem.

4) "Christmas Candle," Opie & Tatem; 〈1817〉.

5）"Candle," *Cassell Dictionary of Superstitions*, ed. David Pickering (London: Cassell, 1995) 52(L).

6）"Christmas," Pickering, 64(L)-(R).

St. Nicholas tossed three coins down the chimney of the house... : the coins fell neatly into some stockings that were drying by the hearth.

7）Charles Kightly, *The Customs and Ceremonies of Britain* (London: Thames and Hudson, 1986) 75(L).

8）Kightly, *The Customs and Ceremonies of Britain*, 75(L).

9）Kightly, *The Customs and Ceremonies of Britain*, 75(L).

10) "Christmas Pudding, stirring," Opie & Tatem; 〈1905〉.

11) "Christmas Pudding, stirring," Opie & Tatem; 〈1888〉.

12) Kightly, *The Customs and Ceremonies of Britain*, 75(R).

13) Kightly, *The Customs and Ceremonies of Britain*, 74(R).

14) William Shakespeare, *Hamlet*, The Arden Edition of the Works of William Shakespeare, ed. Harold Jenkins (1982; New York: Methuen, repr. 1994) I - I , 163-69.

15) Kightly, *The Customs and Ceremonies of Britain*, 219.

16) Kightly, *The Customs and Ceremonies of Britain*, 74(R).

17) "Christmas, born at," Opie & Tatem.

18) "Christmas Decorations (evergreens) : burning on Shrove Tuesday," Opie & Tatem.

19) "Christmas Day," *Encyclopaedia of Superstitions*, ed. E. & M. A. Radford (New York: Philosophical Library, 1949; New York: Greenwood Press, 1969) 74.

20) "July 13, Superstitions, Sayings &c. Concerning Death," *The Book of Days*, A Miscellany of Popular Antiquities in Connection with the Calendar, ed. R. Chambers (London: W. & R. Chambers, 1864) Vol. 2, 53(L).

21) Thomas Hardy, *Winter Words in Various Moods and Metres* (London: Macmillan and Co., 1928) 'Burning The Holly,' 121.

22) "Mistletoe, kissing under: divination / spell," Opie & Tatem; 〈1961〉.

23）“Christmas Decorations,（evergreens）: burning,” Opie & Tatem;〈1883〉.

［以上は『倉敷芸術科学大学紀要』第16号（平成23年３月）による。］

Abstract

Speculation concerning Superstitions in the Cultural Background of the English & the Americans

Kunihiro Fujitaka

Like other nations, the life of English & American people is full of a variety of superstitious beliefs, whether they notice it or not; it could be safely said that people are likely to be surrounded by various superstitions. One good example showing that most people do care is that they dislike to spend a night in room number 13 in a hotel, another that they would not get married in May. Such superstitious customs of theirs are often seen, I believe, showing that superstitions are part of their life, or, broadly speaking, background culture.

The word 'superstition' sounds to us rather frivolous because most superstitions are not scientific at all, but the origin might be something born out of ancient people's sincerity and desperation. The systematic understanding of the phenomenon of an eclipse of the sun is easily made by modern people through science, while the mystery of this natural phenomenon could not be understood by ancient peoples, and it could lead them to a great horror full of danger and possible death. So the answer which they made up laboriously was a great belief. We could admit that our present-day 'superstition' was their ancient-day 'conviction.'

In the present book on superstitions, English & American people's old manners and customs will be shown along with their superstitious beliefs. Each superstition will be speculated on from various viewpoints: such as ethnographically, or psychologically, etc. I do hope that this book will help its readers have a better understanding of the culture, mentality, and humanity of the English & the Americans.

索　引

あ

い

う

え

お

か

き

く

け

こ

さ

し

す

せ

そ

た

ち

つ

て

と

な

ね

の

は

ひ

ふ

へ

ほ

ま

み

め

や

ゆ

よ

り

ろ

わ

[著者略歴]

藤高　邦宏（ふじたか　くにひろ）

1943（昭和18）年　愛媛県生まれ
広島大学教育学部卒
広島大学大学院文学研究科英語学英文学専攻　博士前期課程修了。
中学校、高等学校教諭・大学受験ラジオ講座講師を経て岡山理科大学・倉敷芸術科学大学勤務（元国際教養学部長）、現在　倉敷芸術科学大学名誉教授。

Ph. D.（英文学）、観光英語検定１級（文科省・国交省後援）
趣味　短歌投稿、ガーデニング、ママカリ釣り、水泳、空手道（全空連剛柔会四段）

英米人の迷信・俗信考
－古来の信とその心を人と文芸に探る－

2016年10月9日 初版発行

著　者　藤高　邦宏

発　行　ふくろう出版
〒700-0035　岡山市北区高柳西町 1-23
友野印刷ビル
TEL：086-255-2181
FAX：086-255-6324
http://www.296.jp
e-mail：info@296.jp
振替　01310-8-95147

印刷・製本　友野印刷株式会社

ISBN978-4-86186-678-4 C3098